FANTASY

Buch

Nach einer uralten Überlieferung soll der »Stein der Macht« seinem Besitzer absolute Macht über die Welt verleihen. Nur liegt der Stein im seit Urzeiten brennenden Combat, dieser von den Göttern für ihre Freveltaten bestraften Stadt. Doch es gibt verschiedene Interessenten, die diesen Stein für sich gewinnen wollen: Vela, die Hexe und Ehrwürdige Frau, und Skar, der Satai mit dem strikten Ehrenkodex. Unsägliche Mühen werden Skar abverlangt, als er mit einigen Gefährten endlich die gefahrvolle Reise nach Combat antreten kann – vor allem vermisst er seinen Freund Del, der durch eine Intrige von ihm getrennt wurde.

Autor

Wolfgang Hohlbein, geboren 1955 in Weimar, ist der beliebteste deutsche Autor auf dem Gebiet der Fantasy. Seit er 1982 mit dem ersten Enwor-Roman »Der wandernde Wald« bekannt wurde, hat er schnell ein Millionenpublikum gewonnen. Er lebt und arbeitet zusammen mit seiner Frau, sechs Kindern, mindestens 10 Katzen und drei Hunden bei Neuss.

Die Enwor-Saga bei Blanvalet:

Enwor: 1. Der wandernde Wald (24947), 2. Die brennende Stadt [= Stein der Macht I] (24948), 3. Das tote Land [= Stein der Macht II] (24949), 4. Der steinerne Wolf [= Stein der Macht III] (24950), 5. Das schwarze Schiff (24951), 6. Die Rückkehr der Götter (24952), 7. Das schweigende Netz (24953), 8. Der flüsternde Turm (24954), 9. Das vergessene Heer (24955), 10. Die verbotenen Inseln (24956), 11. Das Elfte Buch (24957)

Weitere Bände sind in Vorbereitung.

FANTASY

Wolfgang Hohlbein

Die brennende Stadt

Enwor 2

BLANVALET

Umwelthinweis:
Alle bedruckten Materialien dieses Taschenbuches sind chlorfrei und umweltschonend. Das Papier enthält Recycling-Anteile.

Blanvalet Taschenbücher erscheinen im Goldmann Verlag, einem Unternehmen der Verlagsgruppe Bertelsmann GmbH.

Deutsche Taschenbuchausgabe 5/2001

Karte und Innenillustrationen wurden gezeichnet von Wilhelm Schaberich, Herne
Umschlaggestaltung: Design Team München
Umschlagillustration: Agt. Schlück/Kelly
Druck: Elsnerdruck, Berlin
Verlagsnummer: 24948
V. B. · Herstellung: Peter Papenbrok
Printed in Germany
ISBN 3-442-24948-1
www.blanvalet-verlag.de

1 3 5 7 9 10 8 6 4 2

DIE SÜDÖSTLICHEN GEBIETE VON
ENWOR
COHBAT
BESH-IKNE
WOLAN
BESH
BEL-ISHTAR
MALAB
IKNE
BESH-ENDOR-DELTA
FESTE ENDOR
ENDOR

Das Tal umfing sie wie eine riesige tiefe Schüssel, als sie den Kamm überschritten und ihre Pferde durch den schmalen Hohlweg hinabgeführt hatten. Sie froren. Ihre Schritte waren zum Schluß immer schleppender geworden, und ihre Glieder waren steif und schmerzten vor Kälte, obwohl sie sich alle in Felle und zusätzliche Decken gehüllt hatten. Eis, Rauhreif und kleine Nester aus verharschtem Schnee hatten sich in ihren Haaren und Kleidern festgesetzt, und der Sturm wehte ihre Spuren hinter ihnen beinahe ebenso schnell wieder zu, wie sie entstanden waren. Niemand sprach. Selbst das mühsame Schnauben der Pferde und die gemurmelten Flüche, mit denen sie ihrer Erschöpfung anfangs Ausdruck verliehen hatten, waren nach und nach verstummt. Die würgende Kälte hatte ihre Gesichter gelähmt und ihre Lippen erstarren lassen, und ihre Körper waren taub von den Bissen des Windes. Der Hohlweg – eigentlich mehr ein Riß, eine schnurgerade, wie mit einer gigantischen Axt in den Fels gehauene Bresche mit zerschründetem Boden und glatten, eisverkrusteten Wänden, auf denen sie von ihren eigenen Spiegelbildern wie von einer Prozession grotesk verzerrter Schatten begleitet worden waren – hatte den Sturm eingefangen und seine Kraft noch gesteigert. Der Hohlweg war nicht einmal sonderlich lang gewesen, vielleicht zweimal so weit, wie ein Pfeil fliegt, auf gar keinen Fall mehr, aber sowohl Skar als auch die anderen hatten hinterher das Gefühl, stundenlang durch eine klirrende, brüllende Hölle aus Kälte und schneidendem Eis marschiert zu sein.

Skar blieb aufatmend stehen, als die vereisten Wände endlich zur Seite wichen und sich statt dessen der runde, von Schnee und grauem, klumpigem Matsch erfüllte Talkessel vor ihnen ausbreitete. Der Wind war hier draußen nicht mehr so wütend, aber jetzt, nachdem er nicht mehr so sehr stürmte, spürte Skar die Kälte um so schmerzlicher. Er hatte das Gefühl, langsam von innen heraus zu Eis zu erstarren, und er vermochte sich nicht zu erinnern, wann er das letzte Mal so total erschöpft und ausgelaugt gewesen war. Der viertägige Marsch durch die Berge hatte ihnen allen das Letzte abverlangt, sowohl in physischer als auch in psychischer Hinsicht. Skar versuchte, die Hände zu bewegen, aber es ging nicht. Seine Finger waren verkrümmt und blau angelaufen; schmerzende Klauen, die wie leblose Gewichte an seinen Armen hingen und ihn langsam zu Boden zerrten. Er hob die Rechte vors Gesicht, zerrte mit den Zähnen die schmutzigen Handlappen herunter und versuchte, den Daumen zu krümmen. Es ging, wenn er auch den Versuch mit Schmerzen bezahlte, die ihm die Tränen in die Augen trieben. Er schüttelte den Kopf, steckte die Hände unter die Achselhöhlen und begann mit den Füßen auf den Boden zu stampfen. Eine Gestalt taumelte an ihm vorüber, unkenntlich von Eis und glitzerndem Rauhreif, der sich wie ein starrer Panzer auf ihren Zügen festgesetzt hatte. Sie wankte ein paar Schritte und fiel auf die Seite. Der Schnee dämpfte den Aufprall, aber ihr Gesicht schrammte über einen Stein, der unter der trügerischen weißen Decke verborgen gewesen war und eine dünne, blutigrote Spur hinterließ. Skar hatte nicht einmal mehr die Kraft, Mitleid zu empfinden.

Hinter ihm sank Beral mit einem Wimmern, das sowohl Schmerzen als auch Erleichterung (oder beides) ausdrücken konnte, in die Knie. Seine Rechte umklammerte noch immer das Zaumzeug des Pferdes, und das Tier mußte den Kopf senken, um dem Schmerz, mit dem die stählernen Zähne der Trense in sein Maul bissen, zu entgehen. Beral trug keine Handlappen; wahrscheinlich waren seine Finger so steifgefroren, daß er die Zügel gar nicht mehr loslassen konnte. Er blieb einen Moment lang hocken, schwankte vor und zurück wie ein dünner Zweig im Sturm und fiel dann mit einem halblauten, seufzenden Geräusch in den Schnee.

Skar kämpfte einen Herzschlag lang gegen das übermächtige Verlangen, es den anderen gleichzutun und sich auch einfach zu Boden sinken zu lassen, die Augen zu schließen, auszuruhen. Es war nicht allein die Kälte. Seit sie Ikne verlassen hatten, war es beständig kälter geworden. Der Winter war mit Macht über das Land hereingebrochen, und sie waren ihm noch entgegengeeilt, so schnell sie konnten, und Skar hatte praktisch ununterbrochen gefroren. Es waren auch nicht der kräftezehrende Marsch über endlose Eisgletscher und die halsbrecherischen Kletterpartien, die keiner von ihnen ohne die Hilfe des anderen gemeistert hätte; auch nicht allein die Angst oder das bohrende Mißtrauen, das ihre Gruppe wie ein schleichendes Gift von innen heraus zerfraß; nicht einmal das Wissen, daß alles, was sie bisher durchgemacht hatten, nicht viel mehr als ein Vorgeschmack auf das war, was sie noch erwartete. Vielleicht, überlegte er, war es eine Kombination all dem gewesen, das ihre Seelen im gleichen Maße zermürbt hatte wie die unbarmherzigen Hiebe des Windes ihre Körper. Aber vielleicht war es auch etwas ganz anderes.

Skar schüttelte den Gedanken mit einem ärgerlichen Achselzukken ab und begann langsam im Kreis zu gehen. Seine Stiefel versanken bei jedem Schritt bis weit über die Waden im Schnee, und er wußte, daß er eigentlich mehr Kraft verbrauchte, als er sich leisten konnte. Eine einsame Schneeflocke sank auf seine Schulter herab, glitzerte einen Moment lang im verklebten Fell seines Umhanges und zerschmolz, als sein Atem sie streifte. Er lächelte.

»Was amüsiert dich so, Satai?«

Skar blieb stehen und sah Nol stirnrunzelnd an. Er hatte nicht gemerkt, daß der Malabese ihm gefolgt war. Ein deutliches Anzeichen für den Grad seiner Erschöpfung.

»Vielleicht freue ich mich, daß ich noch lebe«, sagte er nach einer Weile.

Nol grinste schief. »Warte noch ein paar Tage damit«, riet er. »Wenn du es dann noch kannst.«

Skar funkelte den Graugesichtigen einen Herzschlag lang wütend an und sah dann zum Höhleneingang hinüber.

Der Anblick bereitete ihm Unbehagen, beinahe Angst. Er legte den Kopf in den Nacken, ließ den Blick an den spiegelblank polierten Felswänden emporwandern und betrachtete den schmalen, dunkelrot gefärbten Streifen Himmel im Westen. Er hatte sich immer noch nicht an den Anblick gewöhnt, und er würde sich auch nicht daran gewöhnen, ganz egal, wie lange es noch dauerte. Und er wußte, daß es auch den anderen nicht besser erging. Sie hatten ganz zu Anfang, noch an Bord der Sharookan, einmal über Combat geredet, das Thema aber seither wie auf eine geheime Verabredung hin beinahe ängstlich vermieden, wie Kinder, die glaubten, einer Gefahr allein dadurch entgehen zu können, daß sie sie verleugneten. Dabei wußte jeder von ihnen bereits jetzt mehr über die verwunschene Stadt als alle Tempelpriester und Schriftgelehrten von Ikne und Besh zusammen. Der lodernde Feuerschein hatte ihnen den Weg gewiesen, seit sie den Paß überwunden hatten: eine flammende Glorie, die den Himmel in flackerndes, blutiges Rot tauchte und die Berge davor zu nachtschwarzen, flachen Schatten degradierte. Skar hatte Zeit genug gehabt, sich an das Bild zu gewöhnen; trotzdem ließ ihn der Anblick für einen Moment selbst seine Müdigkeit vergessen. Der brennende Himmel dort oben erschien ihm wie eine stumme Warnung, eine gleichermaßen unhörbare wie unüberhörbare Stimme, die ihm zurief, umzukehren, keinen Schritt weiter zu gehen und das Schicksal nicht noch stärker herauszufordern, als er es bereits getan hatte.

Nun, wenigstens diese Entscheidung war ihm abgenommen. Vielleicht war er in dieser Beziehung sogar besser dran als die anderen. Sie konnten zurück, zumindest theoretisch. *Er* hatte diese Wahl nicht. Wenn er überhaupt eine Wahl hatte, dann die zwischen einem raschen Tod in Combat und der Aussicht, zwei oder drei Monate lang zu sterben.

»Was denkst du?« fragte Nol leise.

Skar riß seinen Blick von der Felswand und dem glosenden Himmel los und sah den Malabesen an. »Wie machst du das eigentlich?« fragte er anstelle einer direkten Antwort.

»Was?«

»Ich frage mich, wie du es schaffst, den ganzen Tag mit offenem Mund herumzulaufen, ohne daß dir die Zunge einfriert.«

Nol blinzelte, sperrte den Mund auf und machte ein betroffenes Gesicht. Dann grinste er. »Ganz einfach. Ich halte sie in Bewegung.«

Skar erwiderte das Grinsen, boxte ihm spielerisch in die Rippen und deutete mit einer Kopfbewegung auf die anderen.

»Wir sollten Feuer machen. Es kann verdammt kalt werden heute nacht. Ich habe keine Lust, morgen mit erfrorenen Fingern oder Zehen aufzuwachen.«

»Denk einfach an den morgigen Tag«, erwiderte Nol mit todernster Miene. »Dann wird dir warm genug.«

Skar verstummte. Nol würde wahrscheinlich aus reiner Sturheit zu den Überlebenden der Expedition gehören, und sei es nur, damit er das letzte Wort behielt.

Skar ging zu seinem Pferd zurück und machte sich mit ungeschickten Bewegungen daran, das Sattelzeug zu lösen. Es war schwer und steif vor Kälte und Eis. Er brauchte eine geraume Weile, um die Schnallen aufzubekommen, und dann entglitt der Sattel seinen gefühllosen Fingern und fiel zu Boden. Skar fluchte und rief sich in Erinnerung, wie kalt es war. Sie waren zwar der Eishölle des Hohlweges entronnen, aber die Wärme hier draußen war nur Illusion. Die Temperaturen lagen noch immer tief unter dem Gefrierpunkt.

Er richtete sich auf, ging steifbeinig zu Beral hinüber und stubste ihn mit der Stiefelspitze in die Rippen. Der Fährtensucher stöhnte leise, aber Skar bezweifelte fast, daß er die Berührung überhaupt gespürt hatte. Wahrscheinlich war der Laut nichts als ein Reflex gewesen.

Skar ging ächzend in die Hocke, griff nach Berals Schultern und schüttelte ihn. Beral machte eine kraftlose Abwehrbewegung und stöhnte erneut, als Skar ihn auf den Rücken drehte. Berals Gesicht war dick mit Schnee verklebt. Skar fluchte leise, als er sah, wie schnell Berals Atem ging. Er stand ächzend auf, wobei er auf dem rutschigen Schnee beinahe das Gleichgewicht verloren hätte, zog Beral unsanft an den Haaren in die Höhe und schlug ihm ein paarmal mit der flachen Hand ins Gesicht. Berals Kopf flog in den Nakken und pendelte lose hin und her, als wäre er eine übergroße Marionette, deren Fäden man plötzlich durchschnitten hatte. Skars Hand brannte wie Feuer, und für einen Moment hatte er fast Angst, zu heftig zugeschlagen zu haben. Beral war zierlich wie ein Kind. Er mochte zäh sein, viel zäher, als man beim Anblick seines knabenhaften Körpers glauben wollte, aber er war verletzlich.

»Was ... was ist los?« Beral öffnete widerwillig die Augen, versuchte Skars Hand abzustreifen und verzog schmerzhaft die Lippen.

Skar ließ los, trat einen halben Schritt zurück und sah kopfschüttelnd zu, wie der Fährtensucher erneut vornüber in den Schnee sank.

»Du bist ein Barbar«, murmelte Beral undeutlich. »Ein grober Flegel. Du solltest mir helfen, statt mir den Schädel einzuschlagen.«

Skar grinste. »Steh lieber auf, bevor ich wirklich grob werde.«

Beral bewegte sich unwillig, wälzte sich auf den Rücken und vergrub das Gesicht in den Händen. Skar sah, daß seine Fingerkuppen schwarz angelaufen waren und sich an Daumen, Zeige- und Mittelfinger der Rechten die Nägel abzulösen begannen. Erfroren.

»Wenn es hier nicht so kalt wäre«, murmelte Beral, »wäre ich sicher, in der Hölle zu sein.«

»Wer sagt dir, daß es in der Hölle nicht kalt ist?«

»Hm?«

»Schon mal was von höllischer Kälte gehört?« Skar wurde übergangslos ernst, bückte sich und stellte Beral wie ein Spielzeug auf die Füße. »Beweg dich. Du erfrierst, wenn du im Schnee liegen bleibst.«

Beral nickte mühsam, murmelte irgend etwas, das sich entfernt wie »Danke« anhörte, aber genausogut eine Verwünschung in seiner Muttersprache sein konnte, und machte einen unsicheren Schritt. Von seiner Rechten tropfte Blut und malte kleine runde rote Löcher in den Schnee.

Skar wartete, bis er sicher war, daß Beral aus eigener Kraft stehen konnte. Dann ging er zu seinem Pferd zurück. Das Tier wieherte unruhig, schlug mit dem Schwanz und schnappte nach seiner Hand, als er ihm beruhigend die Nüstern tätscheln wollte. Es hatte Angst. Skar konnte das Flackern seiner Augen sehen, das unruhige Beben seiner großen Nüstern. Das Tier war heruntergekommen, so wie sie alle. Es war ein stolzer, prachtvoller Rappe gewesen, als er ihn, zusammen mit den anderen Reittieren, von Rayan bekommen hatte. Der Freisegler hatte Skar das Versprechen abverlangt, sich um das Tier zu kümmern. Skar hatte es gegeben, aber nicht halten können. Er mußte froh sein, noch die Kraft zu haben, sich um sich selbst zu kümmern.

Er tätschelte dem Tier beruhigend den Hals, flüsterte ihm ein paar leise, sinnlose Worte ins Ohr und wartete, bis es aufhörte zu zittern. Dann machte er sich daran, sein Gepäck weiter abzuladen; jedenfalls versuchte er es. Die ledernen Schnürriemen waren steinhart gefroren und die Kupferschnallen so kalt, daß seine Finger an dem Metall kleben blieben. Ein paar Sekunden lang kämpfte er fluchend damit, ehe er aufgab und sich mißmutig aufrichtete. Seine Finger bluteten. Ein paar Hautfetzen waren an den Metallschnallen zurückgeblieben.

»Ärger?«

Skar fuhr herum und starrte wütend in Tantors Fuchsgesicht. Der Zwerg hatte sich in Arsans Mantel gehüllt, der ihm um mindestens fünf Nummern zu groß war, und eine riesige Fellkappe über den Kopf gestülpt. Er sah mehr denn je wie ein verschlagener kleiner Gnom aus.

Skar grunzte etwas Unverständliches, faltete die Finger vor dem Gesicht zu einer spitzen Höhle und blies hinein. Es half zwar nichts, aber er konnte sich auf diese Weise wenigstens einbilden, etwas Wärme in die tauben Glieder zu bekommen.

»Ich helfe dir«, sagte Tantor. Er huschte an Skar vorbei und bückte sich nach seinem Sattel, aber Skar schleuderte ihn mit einem Fußtritt zurück. »Hau ab!«

Tantor richtete sich mit einer flinken Bewegung auf und blinzelte zu Skar empor. Er lächelte immer noch. Irgendwann, dachte Skar grimmig, würde er ihm die Faust auf dieses Lächeln setzen und es aus seinem Gesicht herausschlagen. Vielleicht schon heute.

»Verschwinde!« sagte er noch einmal. »Ich komme schon allein zurecht.«

Tantor ignorierte seine Worte, griff unter seinen Umhang und förderte einen abgewetzten Lederbeutel zutage. »Nimm das«, sagte er. »Das wird deinen Händen guttun.«

Skar betrachtete den Beutel mißtrauisch und zuckte dann die Achseln. Tantor trippelte näher und winkte auffordernd. »Nimm. Ich meine es nur gut.«

Skar griff zögernd nach dem Beutel. Seine Finger berührten die des Zwerges. Tantors Haut fühlte sich eisig an, eisig und glatt. Skar erinnerte sich daran, wie sich Berals Haut angefühlt hatte – feucht, kalt und spröde, aber trotzdem noch menschlich. Die des Zwerges erinnerte ihn an Wachs.

Trotzdem nahm er den Beutel.

»Mach ihn auf.«

Skar gehorchte zögernd. Ein braunes, körniges Pulver rieselte auf seine Handfläche.

»Du mußt es zwischen den Fingern zerreiben«, sagte Tantor. »Es hilft dir.«

Skar betrachtete das Pulver sekundenlang mißtrauisch, ehe er tat, was der Zwerg verlangte. Die versprochene Wirkung stellte sich beinahe augenblicklich ein. Er spürte, wie seine Haut wieder glatt und geschmeidig wurde und das Blut schneller zirkulierte. Seine Finger wurden warm und begannen zu kribbeln. Sie schmerzten zwar stärker, aber er konnte sie wenigstens wieder bewegen.

Er verschnürte den Beutel, ignorierte Tantors ausgestreckte Hand und verstaute ihn unter seinem Mantel. Das Lächeln des Zwerges erlosch. Er starrte Skar böse an, drehte sich mit einem Ruck um und stapfte durch den Schnee davon.

Skar grinste schadenfroh. Er mochte Tantor nicht, und er war nicht sicher, daß es nur mit den Umständen zusammenhing, unter denen er ihn getroffen hatte. Er hatte nie einen Hehl aus seinen Gefühlen gemacht, aber trotzdem war Tantor stets in seiner Nähe, versuchte ihn zu beschützen und zu behüten, als wäre er eigens als Kindermädchen für ihn mitgekommen.

Er schickte Tantor einen letzten, feindseligen Blick nach und bückte sich erneut nach seinem Gepäck. Diesmal vermied er es sorgfältig, die Metallteile mit der bloßen Haut zu berühren. Seine Fingerspitzen schmerzten zwar kaum mehr, aber das hatte er wohl eher Tantors Pulver und der taub machenden Kälte zu verdanken. Er konnte sich Verletzungen dieser Art nicht leisten.

Er brauchte lange, bis er seine Habseligkeiten ausgepackt und notdürftig von Eis und eingedrungenem Matsch gereinigt hatte. Viel war es ohnehin nicht, was er mitgebracht hatte. Ihre Lebensmittelvorräte waren fast aufgebraucht, und alles, was er in Combat benötigte, waren sein gesunder Menschenverstand und zwei kräftige Hände. Vielleicht noch das Schwert, dachte er. Und ungefähr so viel Glück, wie einer braucht, der mit einer Hacke in die Wüste geht und *irgendwo* anfängt zu graben, um eine Wasserader zu finden.

Er zog das Schwert aus der Scheide, drehte es langsam in der Hand und betrachtete die silbernen Reflexe vom Sternenlicht, die sich auf der Klinge brachen. Es war eine gute Waffe; nicht so gut wie sein *Tschekal,* natürlich, aber sicher die beste Klinge, die man für Geld in Ikne erstehen konnte, so wie alles, was Vela ihnen an Ausrüstung mitgegeben hatte, das Beste war.

Sein Blick wanderte noch einmal zum Himmel hinüber und hing einen Moment an dem flammendroten Streifen im Westen. Den Feind, auf den sie dort treffen würden, konnten sie nicht mit einem Schwert besiegen.

Er schob die Waffe zurück, griff nach dem sorgfältig in Decken eingehüllten Reisigbündel und ging langsam zu den anderen hinüber.

Der Feuerplatz war schon vorbereitet. Die Sumpfleute hatten loses Geröll vom Höhleneingang herübergeschafft und zu einem zwei Fuß durchmessenden Kreis aufgeschichtet, aus dessen Inneren sorgfältig aller Schnee und Matsch entfernt worden war, so daß der nackte Felsboden sichtbar wurde. Skar warf sein Reisigbündel auf das der anderen und ließ sich seufzend neben Arsan nieder. Seine Hand tastete unter dem Umhang nach dem schmalen Lederbeutel, ohne daß er sich der Bewegung überhaupt bewußt wurde. Er hatte in den letzten Wochen oft danach getastet, sehr oft. Seine Fingerspitzen kannten jede winzige Einzelheit des Brustbeutels, jede Narbe, jeden Riß, jede Unebenheit des Materials. Und sie spürten mit schmerzlicher Deutlichkeit, wie dünn der Beutel geworden war. Der Weg durch die Berge hatte auch an ihm gezehrt.

»Ich bin froh, wenn alles vorbei ist«, murmelte Arsan. Skar sah auf, aber Arsan starrte aus leeren, blicklosen Augen zu Boden. So war Skar sich nicht einmal sicher, ob die Worte überhaupt ihm galten.

Skar hatte den schmalen, kleinwüchsigen Kohoner an Bord der Sharokaan kennengelernt, jenes Freiseglers, mit dem sie nach seiner geglückten Flucht aus Ikne den Großteil des Weges zurückgelegt hatten: den Besh hinauf, vorbei an den Sümpfen von Cosh bis weit in den Norden. Das Schiff war zu schwerfällig und zu groß gewesen, um sie ganz bis an die Schattenberge, in denen der Besh entsprang, zu bringen, aber sie hatten immerhin zehn Tage an Bord des Dreimastseglers zugebracht; das letzte Mal, daß sie wirklich ausreichend gegessen und geschlafen hatten. Arsans vor Schmerzen und Erschöpfung eingefallenes Gesicht erinnerte Skar trotz aller Unterschiede an Rayan, den Kapitän und Eigner der Sharokaan. Rayan war älter und wog gut das Doppelte, wenn nicht noch mehr, aber er und Arsan hatten die gleichen Augen. Hungrige Augen, Augen, in denen ein unstillbares Feuer brannte, das Skar gleichermaßen erstaunte wie ängstigte.

»Es wird gleich wärmer«, erwiderte er in Ermangelung einer besseren Antwort.

Arsan schüttelte den Kopf, nahm eine Handvoll Schnee auf und ließ die nassen Flocken wie klebrigen Sand durch die Finger rinnen. »Es wird nie mehr wärmer«, sagte er. »Du bildest dir vielleicht ein, daß es wärmer wird, aber das stimmt nicht.« Er lachte, leise und hart und in einem Ton, der Skar erschauern ließ, verschränkte die Hände vor den angezogenen Knien und sah auf. Ein dünnes, resignierendes Lächeln flog über sein Gesicht. »Wir werden sterben, weißt du das?«

Skar antwortete nicht.

Arsan schien sein Schweigen als Zustimmung zu deuten. »Du weißt es. Wir sind schon tot. Wir wissen es nur noch nicht. Oder vielleicht wissen wir es schon und wollen es nur nicht wissen. Wir sind schon tot. Zehn lebende Tote, die nur aus reiner Sturheit noch nicht umgefallen sind.«

»Hör auf«, brummte Skar.

Arsan schüttelte den Kopf. »Ich hätte nie hierherkommen dürfen«, sagte er ruhig. »Nie.« Er lachte wieder, aber diesmal hörte es sich mehr wie ein unterdrücktes Schluchzen als wie ein menschliches Lachen an. »Warum sind wir eigentlich hier?« murmelte er so leise, daß Skar Mühe hatte, die Worte zu verstehen. »Warum bist du hier, Skar? Geld? Macht? Eine Frau?« Er lachte erneut, lauter und bitterer diesmal. »Willst du wissen, warum ich hier bin, Skar?«

Skar schüttelte den Kopf. »Nein.«

»Geld«, sagte Arsan. »Ich bin wegen Geld hier. Viel Geld, Skar, mehr, als ein Mann wie ich in seinem ganzen Leben verdienen könnte. Weißt du, daß ich der einzige von euch allen bin, der vorher ein ganz normales Leben geführt hat?«

Skar schnitt eine Grimasse. »Hör auf, Arsan. Du bist müde und genauso erschöpft wie wir alle. Rede dir nichts ein.«

»Ich bin nicht müde«, widersprach Arsan. »Ich war noch nie so klar wie jetzt. Ich habe mich mein Leben lang wie ein Idiot benommen, und die größte Idiotie von allen war, hierherzukommen. Eigentlich ist es nur gerecht, wenn sie mich umbringt. Ich bin aus Geldgier hier, aus keinem anderen Grund. Dabei hätte ich es besser wissen müssen.« Er stockte wieder, sah eine Zeitlang zu Boden und schluckte mühsam. »Ich war immer arm, weißt du. Wirklich arm.«

Skar lächelte. »Aber glücklich?« fragte er scherzhaft.

Arsan blieb ernst. »Nein, Skar. Der Mann, der den Spruch *Arm, aber glücklich* erfunden hat, muß ein sehr reicher Mann gewesen sein. Wer arm ist, ist nicht glücklich. Du kannst nicht glücklich sein, wenn du dich vor Hunger übergibst. Ich war arm, und ich dachte, ich hätte eine Chance. Ich hätte es besser wissen müssen.«

Skar suchte vergeblich nach irgend etwas, das er Arsan hätte sagen können. Es gab nichts. Er konnte niemandem Trost zusprechen, wenn in seinem Inneren nichts als Leere und hilfloser Haß war.

»Und du?« fragte Arsan.

Einen Moment lang war Skar versucht, dem Kohoner von dem dünner werdenden Lederbeutel um seinen Hals zu erzählen, von dem begrenzten Vorrat an Leben, den er mit sich herumtrug, aber er tat es nicht. Sie alle hatten ihre Gründe gehabt, zu kommen, triftige Gründe, sicherlich, aber die gingen ihn nichts an, so wie seine Gründe die anderen nichts angingen. Und er wollte auch nichts von den Dingen hören, die Arsan, Beral, Nol und die anderen hergetrieben hatten. Er war offiziell der Kommandant der Gruppe, wenn er auch bisher noch keine Gelegenheit gehabt hatte, das Kommando wirklich auszuüben, aber er sah sich nicht als Beichtvater. Daß Arsan ihm ausgerechnet jetzt all dies erzählte, war Zufall, einzig dem Umstand zu verdanken, daß er sich in diesem Moment neben ihn gesetzt hatte. Er hätte es jedem anderen auch erzählt, mit den gleichen Worten, dem gleichen Schmerz. Es war Zufall. Arsan war am Ende, vielleicht ein bißchen eher als die anderen, aber nicht viel eher. Er hätte genauso mit einem Stein geredet oder mit seinem Pferd.

»Du willst es nicht sagen, wie?« fragte Arsan.

Skar nickte. »Stimmt. Und ich möchte auch nicht darüber sprechen, warum wir hier sind. Wir *sind* hier. Und jeder wird für sich wissen, warum. Das reicht.«

Er sah auf und begegnete Nols Blick. In den Augen des Malabesen blitzte es spöttisch auf. Er hatte ihre Unterhaltung mitverfolgt, obwohl er auf der anderen Seite des Feuers saß, hatte aber bisher geschwiegen.

Arsan setzte dazu an, noch etwas zu sagen, aber in diesem Moment stand Tantor auf, und Arsan senkte rasch den Blick. Anders als Skar haßte der Kohoner den Zwerg nicht. Er fürchtete ihn, so, wie er offenbar jeden fürchtete; nicht nur jedes Mitglied der Gruppe, sondern überhaupt jeden Menschen. Schon auf dem Schiff und später auf dem Ritt zum Gebirge war er außergewöhnlich still und zurückhaltend gewesen, und Skar hatte sich mehr als einmal gefragt, warum Arsan überhaupt bei ihnen war.

Tantor näherte sich der Feuerstelle. Er hatte seinen Umhang abgestreift und nur die riesige Fellmütze auf dem Kopf behalten. Er nahm eine Handvoll eines weißen, körnigen Pulvers aus einer der zahllosen Taschen seines Lederwamses und verstreute es über das Reisig. Seine Lippen formten dabei schnelle, abgehackte Worte in einer unverständlichen Sprache.

Der Zwerg begann um die Feuerstelle herumzutanzen, hob die Hände zu einer beschwörenden Geste und begann zu singen: hoch, schrill und mißtönend. Er warf wieder Pulver auf das Reisig. Eine winzige gelbe Flamme züngelte auf, flackerte und erlosch. Tantor fuhr fort, um die Feuerstelle herumzuhüpfen.

»Theater«, sagte Nol. »Nichts als Hokuspokus, um Eindruck zu schinden. Irgendwann wird er einmal vergessen, seine Schau abzuziehen und ein dummes Gesicht machen, wenn das Holz trotzdem brennt.« Er sprach so laut, daß Tantor trotz seines Gebrülls die Worte hören mußte, aber der Zwerg ignorierte ihn. Jeder ignorierte Nol, so gut es ging.

Das Reisig begann zu brennen, zuerst zögernd und unter starker Rauchentwicklung, dann, als das Pulver das Holz getrocknet und entzündet hatte, in knisternden, hohen Flammen, die der Kälte und Dunkelheit der Nacht wenigstens für einen Augenblick Herr wurden.

Skar beugte sich vor, um möglichst viel von der ausgestrahlten Wärme aufzufangen. Das Feuer brannte heißer als ein normales

Reisigfeuer, viel heißer, und das Holz selbst verbrauchte sich kaum. Die Bündel lagen noch immer so da, wie sie sie hingeworfen hatten, und sie würden bis weit in den nächsten Tag hinein brennen und Wärme verbreiten. Ohne Tantors magisches Feuer hätten sie nicht einmal die erste Nacht in den Bergen durchgestanden. Feuer war Tantors Spezialität, Feuer und Eis.

Minutenlang saß Skar unbeweglich da und genoß das Gefühl, die Wärme schichtweise in seinen Körper eindringen zu spüren. Die eisige Kälte wich nur zögernd aus seinen Gliedern, und mit der Wärme kam die Müdigkeit. Diesmal wehrte er sich nicht. Er ließ sich zurücksinken, streckte Arme und Beine aus, blinzelte in die Flammen und schloß schließlich die Augen. Das Feuer hinterließ grelle Nachbilder auf seinen Netzhäuten.

Seine Finger schlossen sich um den Brustbeutel. Er versuchte, die Anzahl der Kugeln darin zu zählen und sich dabei auszurechnen, wann er die letzte verbrauchen würde, aber er kam nicht mehr dazu, den Gedanken zu Ende zu denken.

Unter dem brennenden Himmel von Combat schlief er ein.

Eine zentnerschwere Steinplatte lastete auf seiner Brust. Er versuchte zu atmen, aber das Gewicht des Felsens preßte seinen Brustkorb zusammen, marterte jede Faser seines Körpers, als wäre der Himmel selbst herabgestürzt, um ihn mit seinem Gewicht zu zermalmen. Er wollte schreien, aber auch das ging nicht. Sein Körper war starr, gelähmt, ein einziger grauenhafter Krampf. Er konnte nicht atmen, erstickte, aber seltsamerweise lebte er noch, lebte trotz des mörderischen Drucks auf seiner Brust und der quälenden Leere in seinen Lungen. Es war wie ein nie endender Tod, ein ununterbrochenes, qualvolles Sterben, dem die letzte Erlösung vorenthalten blieb. Er öffnete den Mund, schnappte hilflos nach Luft und bäumte sich gegen das unsichtbare Gewicht auf. Seine Lungen schienen zu bersten. Flüssiges Feuer begann seinen Körper von innen heraus zu verbrennen. Er bäumte sich wieder auf, stemmte sich mit der ganzen gewaltigen Kraft seines Körpers gegen den Druck und sank mit einem lautlosen Schrei zurück. Seine Anstrengungen schienen den stählernen Ring um seine Brust nur noch mehr zusammenzuziehen. Der Boden, auf dem er lag, fühlte sich mit einem Mal weich und nachgiebig an und doch zugleich fest, wie eine zähe, gummiartige Masse, in die Skar Millimeter für Millimeter hineingepreßt wurde. Er keuchte, bekam plötzlich und unerwartet wieder Luft und versuchte aufzuspringen, aber statt des tödlichen Drucks war nun etwas unter ihm, etwas, das ihn festhielt und ihn mit der gleichen Kraft, mit der er vorher zu Boden gepreßt worden war, hinabsog. Er sah an sich hinunter. Sein Körper war nur noch zum Teil da, fast zur Hälfte verschwunden. Wo seine Beine gewesen waren, brodelte jetzt ein schwarzer See, und er sah jetzt, daß er nicht auf Felsen, sondern auf einer dunklen, amorphen Masse lag, einer scheinbar endlosen Fläche kleiner vielfüßiger Dinger, Käfer, Spinnen, Schaben aus schwarzem, glänzendem Chitin, die sich in einer majestätischen, langsamen Bewegung über seinen Körper schoben, ihn auffraßen, einsogen, absorbierten . . .

Skar erwachte mit einem keuchenden Schmerzenslaut. Die Schrecken des Alptraumes wichen wie Morgennebel, der vom Sturm hinweggeweht wurde, aber in seinem Inneren blieb noch ein kleiner Rest des dumpfen Druckes, etwas, das nicht zu dem Traum, sondern zu ihm selbst gehörte, ein dunkler Begleiter, seit vierzig Tagen in ihm und jeden Morgen ein wenig schlimmer und kraftvoller werdend. Die Nacht war gewichen, und es war hell geworden, der Himmel war blau, fast weiß, und die Farben schienen irgendwie falsch, verschoben in eine Richtung, die nicht mehr zu dieser Welt gehörte. Graue, bebende Fäden krochen wie lebendige Spinnweben durch Skars Körper, woben sich um sein Gehirn, seine Augen . . . Er stöhnte. Seine Hand schmerzte, er fror so erbärmlich, daß er trotz der drei Decken und des noch immer lodernden Feuers am ganzen Leib zitterte. Er hob die Hand, griff mühevoll nach dem Brustbeutel und nestelte an dessen Verschluß herum. Seine Finger gehorchten ihm nicht, nicht so, wie sie es sollten, und das graue Netz in seinem Inneren wurde dichter. Wieder hatte er das Gefühl, erstikken zu müssen, aber diesmal bekam er wirklich keine Luft mehr. Er öffnete den Beutel, nahm eine der glatten braunen Kugeln zwischen die Fingerspitzen und führte sie zum Mund. Er hatte seine Gesichtsmuskeln nicht mehr unter Kontrolle. Seine Lippen bebten. Ein dünner Speichelfaden lief aus seinem Mundwinkel, versickerte in seinem Pelz, ließ diesen feucht und kalt und hart werden.

Er schluckte krampfhaft, schloß die Augen und wartete darauf, daß die Wirkung einsetzte. Es dauerte lange. Seit dem ersten Mal dauerte es jedesmal länger, bis das Gegengift wirkte. Sein Körper begann sich daran zu gewöhnen, und er hätte sich, wenn er dem Gedanken nicht voller Panik ausgewichen wäre, den Tag ausrechnen können, an dem er zwei statt eine der braunen Kugeln würde nehmen müssen.

Skar richtete sich mühsam in eine halb sitzende, halb hockende Stellung auf. Seine Muskeln waren verspannt und schmerzten, und als er in die Runde blickte, sah er, daß es den anderen nicht besser erging. Trotz des Feuers hatte sich die Kälte eingeschlichen, hatte wie ein kleines listiges Tier die Barriere aus Flammen und knisternder Wärme übersprungen und ihre Körper taub und steif werden lassen; nicht so sehr, um sie wirklich in Gefahr zu bringen, aber ausreichend als Warnung, als stummer Hinweis, daß sie hier in ihrem Reich waren und jeder Versuch, ihr zu trotzen, auf Dauer mißlingen mußte.

Er schien – mit Ausnahme Tantors, der wie ein kleiner pelziger Ball in seine Decken eingedreht auf der anderen Seite des Feuers schlief – der letzte zu sein, der aufwachte, und hinter seiner Stirn war noch immer ein dumpfer Druck, ein Gefühl dicht unterhalb der Grenze zu wirklichem Schmerz; die Erinnerung an den überstandenen Alptraum, aber auch Furcht, seit Wochen sein ständiger Begleiter und wie die Kälte immer da. Auch jetzt, unmittelbar nachdem er aufgewacht war, konnte er sich nicht mehr an alle Einzelheiten des Traumes erinnern, aber das war auch nicht nötig. Es war immer derselbe Traum, jede Nacht.

Seine Hand tastete wieder nach dem Lederbeutel. Der Vorrat darin war auf weniger als die Hälfte zusammengeschrumpft; dreißig Tage, vierzig, wenn er die fünf, die er als eiserne Ration abgezweigt hatte, mitzählte. Vielleicht konnte er ihn ein wenig strecken, wenn der Rückmarsch nicht so strapaziös war wie der Weg hier herauf. Sein Körper verbrauchte im gleichen Maße mehr des Gegenmittels, wie die Anstrengungen wuchsen. Er hatte schon auf dem

Schiff damit begonnen, die Zeit, die bis zum Einnehmen einer der Kugeln verging, zu strecken, wenige Stunden nur, die sich aber summieren und zwei, vielleicht drei Tage ergeben würden. Nicht viel Zeit, und doch eine Ewigkeit, wenn das Leben nur noch nach Stunden gezählt werden konnte.

Sein Gedanke an Vela, die ihn an die Schwelle des Todes gesetzt hatte, ließ ihn nur Entsetzen verspüren.

Er erhob sich vollends auf die Knie und rieb die Hände über der Glut aneinander. Ein Windstoß fauchte über das Tal, brach sich an den spiegelnden Wänden und wirbelte eine Wolke aus feinem, pulvrigem Schnee auf, die wie Staub in der Luft hing und sich nur langsam wieder senkte. Die Pferde wieherten nervös.

Skars Blick wanderte wieder nach Westen. Das dunkle, drohende Rot am Himmel war zu einem kaum wahrnehmbaren Streifen geworden, aber es war noch immer da.

Er stand umständlich auf, wickelte sich fröstelnd in seinen Umhang und legte nach kurzem Zögern eine zusätzliche Decke um die Schultern. Die Kälte hatte sich einmal in seinen Knochen eingenistet und wich nur langsam wieder.

Er begann langsam im Kreis herumzugehen und stampfte mit den Füßen auf, um das Blut wieder zum Zirkulieren zu bringen. Seine Finger und Zehen schmerzten, als wäre in seinen Adern nicht länger Blut, sondern ein Strom winziger, reißender Eiskristalle, die ihn langsam von innen heraus zerschnitten. Aber er wußte, daß der Schmerz bald vergehen würde. Es war kalt, jedoch nicht mehr so kalt, daß ihnen wirklich Gefahr drohte. Die Temperaturen lagen hier, im Schutze des Talkessels, nur mehr dicht unter dem Gefrierpunkt. Tief genug, um zu erfrieren, wenn man ruhig lag und schlief, aber längst nicht kalt genug, einen Mann, der sich bewegte und warm gekleidet war, ernsthaft in Gefahr zu bringen.

Die Stille fiel ihm auf. Obwohl sich zehn Personen und fast doppelt soviel Pferde in dem Talkessel aufhielten, schien das an- und abschwellende Heulen des Windes der einzige hörbare Laut zu sein.

Er zog die Decke enger um die Schultern und hielt nach Arsan Ausschau. Der Kohoner stand am gegenüberliegenden Rand des Kessels, unweit des Höhlenausgangs. Es war nicht zu erkennen, was er tat oder ob er überhaupt etwas tat. Er schien einfach dazustehen und in die Finsternis jenseits des gezackten Loches zu starren.

Skar ging um das Feuer herum, trat mit einem großen Schritt über den schlafenden Zwerg hinweg und stapfte langsam zu Arsan hinüber.

Der Kohoner wandte den Kopf, als er Skars Schritte hinter sich hörte. Für einen Moment wirkte der Blick seiner Augen leer, allenfalls ein wenig verwirrt, als erwache er aus einem tiefen Schlaf und frage sich ernsthaft, wie er hierher gekommen sei und was er überhaupt hier suchte; dann lächelte er.

»Glaubst du, daß es jetzt ungefährlich ist, hineinzugehen?« fragte er anstelle einer Begrüßung.

Skar starrte sekundenlang in die gezackte, wie hineingesprengt wirkende Öffnung in der Felswand und hob die Schultern. Er kannte diesen Teil des Gebirges nicht, ebensowenig wie Arsan oder einer der anderen ihn kannte, aber eine der ersten Regeln, die sie gelernt hatten, war, niemals nach Dunkelwerden in eine Höhle zu gehen. Er wußte nicht viel über Schneespinnen - eigentlich nicht viel mehr, als daß es sie gab, daß sie ausschließlich in diesem Teil der Welt und auch hier nur in den unwegsamsten Winkeln des Gebirges lebten, daß sie in Höhlen hausten und mit Sonnenaufgang in eine totenähnliche Starre verfielen und zur hilflosen Beute ihrer Feinde wurden. Er hatte nie eines dieser Tiere gesehen, aber allein der Gedanke an die Art ihres Lebens erschien ihm wie eine groteske Ungerechtigkeit des Schicksals. Nach Dunkelwerden grausame und nahezu unbesiegbare Räuber, waren sie während der hellen Tagesstunden selbst gegen den schwächsten Angreifer wehrlos; sicherlich einer der Gründe, warum sie so gut wie ausgestorben waren.

»Ich weiß es nicht«, sagte er nach einer Weile. »Aber es ist hell.«

Arsan sah ihn zweifelnd an. »Hier draußen, ja«, sagte er.

Skar schüttelte den Kopf. »Sie wachen erst nach Sonnenuntergang auf.«

»Und worin besteht dort drinnen der Unterschied zwischen Tag und Nacht?« fragte Arsan.

Skar wußte keine Antwort auf diese Frage, und sie interessierte ihn auch nicht sonderlich.

»Wir werden es herausfinden«, sagte er leichthin. »In spätestens einer Stunde müssen wir aufbrechen. Der Weg hinunter auf die

Ebene ist noch weit. Ich möchte keine weitere Nacht im Gebirge verbringen.«

Arsan nickte, legte den Kopf in den Nacken und blinzelte nach oben. Obwohl die Sonne grell und flammend am Himmel stand, war es eisig kalt, und ihr loderndes rotes Licht schien nicht mehr als böser Spott zu sein.

Skar schauderte. Aber es war nicht die Kälte, die ihn frösteln ließ. Diesmal nicht. »Gehen wir zurück zum Feuer«, sagte er. »Es ist noch etwas Holz da. Wir sollten uns aufwärmen, ehe wir aufbrechen. Der Abstieg wird sicher gefährlich. Und ich habe keine Lust, mir den Hals zu brechen, nur weil ich vielleicht die Zügel nicht richtig halten kann.«

Arsan starrte weiter in das Dunkel jenseits des Höhleneingangs, als hätte er Skars Worte überhaupt nicht gehört. Sein Gesicht war leer, und seine Haltung wirkte unnatürlich starr und verkrampft. »Weißt du«, sagte er leise, ohne den Blick von dem schattenerfüllten schwarzen Schlund zu wenden, »daß ich fast die ganze Nacht hier gestanden habe?«

Skar antwortete nichts. Arsans Worte waren nur scheinbar eine Frage gewesen.

»Ich habe hier gestanden und überlegt, ob ich nicht einfach hineingehen und Schluß machen soll«, fuhr Arsan nach sekundenlangem Schweigen fort. »Einfach hineingehen und Schluß machen. Ist das nicht verrückt?«

Skar schüttelte den Kopf. »Nein«, sagte er. »Das ist ganz und gar nicht verrückt.« Er verstand den Kohoner gut, nur zu gut. Arsan hätte nicht hierherkommen dürfen, nie. Er hatte sich der Gruppe angeschlossen, obwohl er gewußt hatte, daß er sterben würde, und wahrscheinlich hatte er auf dem ganzen Weg hier herauf an nichts anderes gedacht als an den Tod. Arsan war kein Held. Er war nicht einmal mutig. Er war nichts als ein kleiner, verzweifelter Mann, der geglaubt hatte, eine Chance zu bekommen. Und doch mußte etwas Besonderes an ihm sein, etwas, das Skar bisher noch nicht entdeckt hatte und von dem Arsan vielleicht nicht einmal selbst wußte, das Vela aber dazu bewogen hatte, Skar diesen Mann mitzugeben. Skar begriff plötzlich, daß es seine Pflicht war, sich um den Kohoner zu kümmern, wenn schon nicht als Mensch, so doch wenigstens als

Kommandant der Gruppe, als der er sonst zu spät merken würde, worin die besondere Begabung dieses kleinen traurigen Mannes gelegen hatte.

»Du sprichst in letzter Zeit ein wenig zuviel vom Sterben«, sagte er tadelnd.

Zu seiner eigenen Überraschung lächelte Arsan. »Ich wußte, daß du das sagen würdest«, erwiderte er.

»So?«

»Ich weiß fast immer, was du in einer bestimmten Situation tun oder sagen wirst«, fuhr Arsan fort.

Skar sah den dunkelhaarigen Kohoner verwirrt an. »Bin ich so leicht zu durchschauen?«

Arsan nickte. »Schwerer als die anderen«, sagte er. »Doch auch bei dir ist es möglich. Es ist einfach, hinter das Gesicht eines Menschen zu blicken.«

»Du ... liest Gedanken?« fragte Skar stockend.

Arsan schüttelte rasch den Kopf. »Nein. Aber ich beobachte. Ich habe Augen zum Sehen und Ohren zum Hören. Ich kenne euch alle, Skar, nicht nur dich.« Er drehte sich herum und deutete der Reihe nach auf die anderen. »Nicht einer von ihnen ist in Wirklichkeit das, was er zu sein vorgibt, aber die meisten wissen es nicht einmal. Sie alle tragen Masken, Skar, auch du. Nimm«, fuhr er fort, als Skar ihn mit deutlichem Zweifel ansah, »zum Beispiel Beral. Er spielt gerne den Narren, dabei ist er in Wirklichkeit nichts als ein trauriger alter Mann, der zuviel erlebt hat und den Tod herausfordert. Gerrion – vielleicht der ehrlichste von allen. Ein Mörder, dem das Töten Freude bereitet und der aus reiner Abenteuerlust mitgekommen ist.« Er stockte wieder, sah Skar an und deutete mit einer Kopfbewegung auf Gowenna, die bei ihrem Pferd stand und ihr Sattelzeug festzurrte. Der schmucklose dreieckige Schild, der auf ihrem Rücken festgebunden war, glänzte, als wäre er frisch poliert. »Sie ist allein der Herausforderung gefolgt. Und dir.«

»Mir?« fragte Skar überrascht.

Arsan nickte. »Du bist ein Satai, Skar. Ihr Stolz hätte es nicht zugelassen, einer Herausforderung auszuweichen, der du dich gestellt hast. Sie ist mitgekommen, um dabei zu sein, wenn du verlierst. Sie will deine Niederlage sehen, nicht ihren Sieg. Sie haßt dich, Skar.«

Skar verbiß sich die Antwort, die ihm auf der Zunge lang. Arsan war der Wahrheit näher, als er vielleicht selbst glaubte.

»Und du haßt sie«, fuhr Arsan fort. »Ich weiß nicht warum, aber nur einer von euch beiden wird nach Ikne zurückkehren.«

Skar lachte, aber es klang unecht und bestätigte Arsans Behauptung noch. »Du glaubst, ich würde sie umbringen?« fragte er.

»Du wirst sie töten, wenn nicht einer von euch beiden in Combat umkommt, Skar. Du wirst sie töten oder von ihr getötet werden. Gowenna ist von allen die, die am leichtesten zu durchschauen ist. Sie haßt die Männer, und sie haßt dich, weil du all das symbolisierst, was in ihren Augen einen Mann ausmacht. Mut, Kraft, Stärke . . .«

Skar unterbrach ihn, bevor er weitere Superlative aufzählen konnte. »Ich glaube, du unterschätzt Gowenna«, sagte er. »Sie kann nicht nur mit der Klinge umgehen. Sie ist . . .«

»Intelligent, ich weiß«, sagte Arsan. »Und sie weiß im Grunde ganz genau, daß sie im Unrecht ist. Kraft und die Fähigkeit, ein Schwert zu führen, machen noch lange keinen Mann. Trotzdem ist es genau das, was sie sein möchte. Und gerade weil sie es weiß, haßt sie dich um so mehr. Sie wird dich fordern, Skar. Und sie wird es in dem Moment tun, in dem sie sich dir überlegen glaubt. Nimm dich in acht vor ihr.«

»Sprich weiter«, sagte Skar, als Arsan abbrach.

»Es gibt nichts mehr zu sagen. Es gibt nur noch die Sumpfleute, uns zwei und Tantor.« Arsan machte eine wegwerfende Handbewegung. »Es lohnt nicht, über den Zwerg ein Wort zu verlieren. Du weißt so gut wie ich, was von ihm zu halten ist. Er ist Velas Auge und Arm. Und wer hat je gewußt, was hinter der Stirn eines Sumpfmannes vorgeht?«

»Und ich?«

Arsan lächelte erneut. »Das solltest du besser wissen als ich, Skar.«

»Vielleicht. Aber vielleicht will ich es auch nicht wissen.«

»Und du verlangst von mir, daß ich einem Mann sage, wovor er bis ans Ende der Welt geflohen ist?«

»Wer sagt dir, daß ich vor irgend etwas fliehe? Vielleicht ist es genau umgekehrt, und vielleicht ist es wirklich Zufall, daß ich hier bin. Vielleicht gibt es keinen Grund für mein Hiersein, und es wäre das

Vernünftigste, wenn ich ein paar hundert Meilen entfernt wäre.«

»Das wäre es sicher«, nickte Arsan. »Aber das gilt für jeden von uns. Ich weiß nicht, warum du mitgekommen bist, Skar. Ich weiß manchmal, wie du reagieren wirst, doch warum du es tust, weiß ich nicht. Es ... paßt nicht zu dir.«

Es hätte viel gegeben, was Skar hätte antworten können, aber irgend etwas hielt ihn immer noch davon ab, Arsan völlig zu vertrauen. Es war kein Mißtrauen. Arsans Offenheit war echt, nicht gespielt, und die Art des Kohoners, so vorbehaltlos ehrlich und frei zu reden, war wohl nichts anderes als eine wortlose Bitte um Hilfe. Aber er brachte es nicht fertig, das Vertrauen des Kohoners auf die gleiche Weise zu erwidern. Noch nicht. Vielleicht später, wenn sie dann noch lebten, wenn irgendeiner von ihnen dann noch lebte, wenn er überhaupt noch einmal fähig sein würde, einem fremden Menschen zu vertrauen. Er hatte manchmal das Gefühl, daß Vela mehr verletzt hatte als seinen Stolz.

»Du hast recht«, sagte er schließlich. »Es paßt nicht zu mir.« Er spürte, daß Arsan auf mehr wartete, daß er eine Erklärung, vielleicht auch nur ein zaghaftes Wort der Freundschaft, ein Lächeln erwartete, aber er sagte nichts dergleichen, sondern wandte sich mit einem entschlossenen Blick um und ging zu seinem Pferd zurück.

Eine Weile konnte er sich damit beschäftigen, seine Sachen zusammenzusuchen und das Pferd zu satteln, und darauf konzentrierte er sich auch mit schon fast wütender Energie, froh, eine Aufgabe zu haben, die, wenn schon nicht seine Gedanken, so doch wenigstens seine Hände beschäftigte.

Das Tier war nervös und scheute immer wieder, als er versuchte, ihm den Sattel aufzulegen. Das Fell war von den hartgefrorenen Lederriemen zerrissen und entzündet; der Gaul mußte starke Schmerzen haben. Es bedurfte Skars ganzer Überredungskunst und Geduld, ihm Sattel und Packtaschen aufzulegen, und Skar war schließlich der letzte, der mit seinem Pferd am Zügel durch das Tal und auf den Höhleneingang zuschritt. Die anderen hatten sich bereits vor dem gezackten Schlund versammelt und warteten auf ihn, aber niemand äußerte ein Wort der Ungeduld. Überhaupt fiel Skar das unnatürliche, angespannte Schweigen auf, dessen sich die kleine Schar befleißigte. Selbst die drei Sumpfleute, die kaum mehr als zehn zusammenhängende Sätze gesprochen hatten, seit sie aus Ikne aufgebrochen waren, wirkten noch stiller. Ihre Kleider waren jetzt weiß, und ihre Gesichter und Hände hatten einen grauen, von fahlen weißen und braunen Streifen durchzogenen Farbton angenommen, der sie nahezu unsichtbar werden ließ. Wie immer, wenn Skar die drei Chamäleonmänner sah, überlief ihn ein sanfter Schauer. Es war etwas Unnatürliches an diesen Menschen, etwas, das auf seine Art noch fremder und erschreckender auf Skar wirkte als Tantors Zaubereien.

Sie alle wirkten nervös, nervös auf jene schwer zu beschreibende Art, die gleichzeitig mit Furcht und Erleichterung gepaart war: Furcht, vor dem, was sie erwarten mochte, aber auch Erleichterung, daß die Qualen so oder so bald ein Ende hatten, wobei es vielleicht nicht einmal die körperlichen Strapazen waren, die an ihren Kräften gezehrt hatten. Vielmehr war es das Warten selbst gewesen, die Ungewißheit. Skar kannte das Gefühl zur Genüge – er hatte es unzählige Male gespürt, vor jeder Schlacht, in die er gezogen war, vor jedem Kampf, den er ausgefochten hatte. Die Schrecken, die das Unbekannte barg, waren meist schlimmer als die Realität. Obwohl keiner von ihnen wußte, ob er am nächsten Morgen noch am Leben sein würde, waren sie doch alle insgeheim froh, daß die Zeit des Wartens vorüber war.

Sie drangen ohne ein weiteres Wort in die Höhle ein. Vor dem Eingang lag Schutt; Fels, der von eindringendem und gefrierendem Wasser gesprengt worden war und eine schräge, selbst für die Pferde leicht zu ersteigende Rampe bildete, die sich auf der anderen Seite fortsetzte und sie wieder sicher auf den Höhlenboden zurückbrachte. Skar dachte daran, was Velas Karten über diese Höhle sagten: ein hoher, domartig gewölbter Saal, von dem drei halbrunde Stollen tiefer in den Berg hineinführten. Nur einer von ihnen führte zum Ziel. Die beiden anderen führten tiefer in den Berg hinein und endeten in einem unerforschten, tödlichen Labyrinth, aus dem noch niemand wieder herausgekommen war. Wie die Höhle selbst waren auch die Stollen künstlicher Natur; ein Teil jener gewaltigen unterirdischen Anlage, in der die Bewohner Combats Schutz vor dem Zorn der Götter gesucht hatten. Es hatte ihnen nichts genutzt. Die wenigen, die den Untergang der Stadt überstanden hatten, waren hier unten gestorben, verhungert, verdurstet, verbrannt vom Atem der Götter, der sie selbst hier unten erreicht hatte.

Skar schob den Gedanken verärgert beiseite. Das alles war, wenn es überhaupt jemals so geschehen war, Jahrtausende und vielleicht noch länger her. Jetzt war diese Höhle nichts als ein gewaltiges Loch dicht unter dem Gipfel des letzten Berges, der sie noch von ihrem Ziel trennte. Der Stollen war nicht lang, wenig mehr als eine halbe Meile, und es gab hier nichts, was ihnen wirklich gefährlich werden konnte. Nichts außer den Schrecken, die in ihnen selbst lauerten.

»Wir brauchen Licht«, sagte er. Seine Stimme klang seltsam dumpf. Er hatte ein Echo erwartet, aber die glitzernden, eisverkrusteten Wände schienen jegliches Geräusch einfach aufzusaugen. Hinter ihm glomm ein winziger gelber Funke auf und wuchs rasch zur prasselnden Flamme einer Fackel heran. Das Feuer zauberte flackernde Lichtreflexe und kleine flinke Schatten auf Wände und Boden.

Sie führten ihre Tiere vorsichtig bis in die Mitte der Halle. Mit Ausnahme von Skar und Nol hatten sie mittlerweile alle Fackeln entzündet. Das Licht bildete eine rötliche, flackernde Kuppel über ihnen, schien aber nur wenige Meter weit zu reichen, ehe es sich in der ewigen Nacht im Inneren des Berges verlor. Die Wände waren nur als schwarze, umrißlose Schatten erkennbar, auf denen sich manchmal ein einsamer Lichtsplitter brach. Der Boden war hier ebener als vorne am Ausgang, und Skar war sich nicht sicher, ob die Linien und Striche, die durch die zollstarke Staubschicht auf dem Fußboden sichtbar waren, zu einem Mosaik gehörten oder einfach Sprünge im Fels waren. Wenn diese ganze Anlage, wie Vela behauptete, wirklich künstlichen Ursprungs war, mußten sie achtgeben. Die Herren Combats waren mächtig gewesen, mächtig genug, um sich selbst mit den Göttern messen zu wollen. Ihr Zauber mochte noch immer wirksam sein.

Er hob die Hand, um die anderen zum Anhalten zu bewegen, drehte sich einmal um seine Achse, ohne mehr als Schatten und massige schwarze Schemen zu erkennen, und schwang sich mit einem entschlossenen Ruck in den Sattel. Sein Pferd tänzelte nervös und stieß ein leises, ängstliches Wiehern aus. Seine tierischen Instinkte mochten es die Fremdheit der Welt, in die sie eingedrungen waren, noch deutlicher spüren lassen.

Auch die anderen saßen auf. Die Höhle war groß genug, daß sie nebeneinander reiten konnten. Skar fiel erneut die allgemeine Nervosität auf, aber sie war anders diesmal, angespannter, furchtsamer. Die Hände der Männer wanderten immer wieder nervös zu ihren Waffen, und sie ritten wie eine Herde Schafe, die sich ängstlich aneinanderdrängt, dichter beisammen, als es notwenig gewesen wäre.

Skar brachte sein Pferd mit sanftem Schenkeldruck zum Stehen, als sie das gegenüberliegende Ende des Saales erreicht hatten. Die Stollen waren da, wie auf Velas Karte eingezeichnet – drei große finstere runde Löcher, die nebeneinander in den Fels hineinführten. Einer von ihnen war zerstört, zur Hälfte eingestürzt und von einer unüberwindlichen Mauer aus Felstrümmern und zerschmolzenem und blasig erstarrtem Gestein blockiert. Skar versuchte sich die Temperaturen vorzustellen, die notwendig waren, massiven Fels wie Wachs zerlaufen zu lassen, aber er konnte es nicht.

Er drehte sich halb im Sattel um und warf Gowenna einen fragenden Blick zu.

»Der Mittlere«, sagte sie. Auch ihre Stimme schwankte, obwohl sie sich sichtlich Mühe gab, möglichst unbeeindruckt zu erscheinen. Aber die Magie dieser Höhle war nichts, dem man mit Mut und Unerschrockenheit begegnen konnte, sondern etwas vollkommen Fremdes, etwas, das die Mauern um ihren Geist unterlief und an Bereichen ihrer Seele nagte, von denen sie bisher kaum gewußt hatten, daß es sie gab.

Skar nickte wortlos. Sein Blick begegnete dem Arsans. Die Augen des Kohoners waren unnatürlich geweitet, sein Gesicht zuckte im flackernden Schein der Fackeln. Sie alle hatten das Spinnensymbol, einen Kreis mit acht Beinen und einem hineingemalten Totenschädel, auf der Karte gesehen.

»Beeilen wir uns«, sagte er rauh.

Es war ein seltsames Gefühl, in den Stollen einzudringen. Keine Furcht in dem Sinne, in dem er das Wort bisher benutzt hatte, sondern eine drückende, kribbelnde Beklemmung, als dringe er mit jedem Schritt weiter in einen Bereich der Welt vor, in dem nichts Lebendes Bestand haben konnte. Er konnte das Alter der Wände, die ihn einschlossen, spüren, all die Jahrhunderte, Jahrtausende, die seit ihrer Entstehung vergangen waren. Die Welt war untergegangen und neu entstanden, seit man die Wände erbaut hatte, und irgend etwas von all den Millenien, die an ihnen vorübergezogen waren, war an ihnen haften geblieben, etwas Bedrückendes und Traurigmachendes, ein Stück materialisierter Ewigkeit, das Wissen, daß alle Bemühungen und jeder Kampf, egal wie groß und gewaltig das Ziel erscheinen mochte, letztlich sinnlos waren und keine Spuren in der Zeit hinterließen. Skar hatte plötzlich das Gefühl, nur noch mit Mühe atmen zu können.

Er gab seinem Pferd die Sporen und ritt schneller. Am Ende des Stollens war ein winziger, trübgrauer Fleck: Tageslicht, das vom jenseitigen Eingang hereinschimmerte. Der Boden war so glatt, als wäre er poliert worden, und ein süßlicher, schwer einzuordnender Geruch, der Skar erst nach einiger Zeit auffiel, hing in der Luft, etwas, das wie Verwesung und doch wieder ganz anders roch. Er wollte nicht wissen, was seine Ursache war.

Sie brauchten weniger als eine halbe Stunde, um den Tunnel zu durchqueren. Der Stollen endete wie abgeschnitten am Rande einer brettflachen, halbkreisförmigen Ebene, die, ebenso wie der Tunnel, frei von Schnee und Matsch war. Ein warmer, böiger Wind schlug Skar entgegen, und aus dem Abgrund jenseits des Plateaus drang ein dumpfes, vibrierendes Grollen herauf, ein Geräusch, als rege sich dort unten ein mächtiger, feuergeborener Drache.

Der Himmel war mit schweren, dunkelgrauen Wolken bedeckt, die im Widerschein eines gewaltigen Feuers gelb und rot und orange glühten.

Sie ritten bis in die Mitte der Ebene, stiegen von ihren Pferden und gingen nebeneinander auf den Abgrund zu.

Unter ihnen, wie ein vom Himmel gefallener brennender Stern tief in das schimmernde Glas Tuans eingegraben, lag Combat.

Minutenlang sprach keiner von ihnen ein Wort. Jeder von ihnen hatte ein anderes Bild der Stadt mit hierhergebracht, und jedes mochte gewaltiger und schrecklicher sein als das andere. Aber die Wirklichkeit übertraf alles.

Skar hatte nie an die alten Legenden und Mythen geglaubt, selbst während der letzten Tage noch nicht, als das flammende Fanal

Combats ihnen bereits den Weg gewiesen hatte. Er hatte gewußt, daß es Combat gab, natürlich, aber er hatte all die Geschichten und Mythen, die sich um die Brennende Stadt rankten und die die Leute nur hinter vorgehaltener Hand zu erzählen wagten, wie alle Legenden für übertrieben und falsch gehalten.

Sie waren es nicht.

Er wußte im gleichen Moment, in dem er die Stadt sah, daß die Wirklichkeit noch viel bizarrer und erschreckender war als die Legenden, daß die menschliche Phantasie nicht ausgereicht hatte, die Schrecken der Vergangenheit zu schildern. Er hatte geahnt, daß Combat gewaltig war, aber auch dieses Wort reichte nicht aus. Die Stadt war ungeheuerlich. Ein Monstrum aus Glas und Kristall und Stahl und Marmor, selbst jetzt noch hundertmal größer als die gewaltigste Stadt, die er je erblickt hatte.

Skar suchte vergeblich nach einem passenden Vergleich, etwas, das an Größe und Schrecklichkeit dem brüllenden Scheiterhaufen der Götter dort unter ihm standhalten konnte. Selbst die mächtigen Mauern Iknes mußten gegen diese ungeheuerliche Ansammlung von Türmen, Mauern und Quadern zu einem lächerlichen Nichts zusammenschrumpfen.

Die Stadt war kreisförmig angelegt. Der äußere, Meile um Meile durchmessende Ring bestand aus einer Unzahl niedriger runder Türme, die durch wuchtige Mauerstücke verbunden waren. Dahinter, wie die Speichen eines Rades dem Zentrum zustrebend, zogen sich Hunderte und Aberhunderte von Straßen dahin, gesäumt von Gebäuden, die an Größe und Form alles übertrafen, was Skar jemals erblickt hatte. Gigantische Türme, Nadeln aus blausilbernem, gleißendem Stahl gleich, ragten hoch in den Himmel, untereinander verbunden mit einem Netzwerk von Brücken und Stegen aus glitzernden, spinnwebdünnen Kristallfäden. Trotz der großen Entfernung glaubte er eine Unzahl von Details zu erkennen, Dinge, die wie durch einen geheimnisvollen Zauber selbst durch den Vorhang aus wabernder Glut und Hitze hindurch sichtbar blieben, als hätten die Erbauer Combats dafür Sorge getragen, daß die Größe und Pracht ihrer Schöpfung selbst jetzt noch zu bestaunen war. Die Stadt war da, wo sie nicht aus Stahl und Kristall bestand, ganz aus weißem Marmor erbaut, gigantische Gebäude, die sich neben- und

übereinander erhoben, ineinander verzahnt, verwachsen in einer Architektur, die gleichzeitig abstoßend fremd wie faszinierend schön war, mit ihrem makellosen Weiß das Blaken der Flammen widerspiegelnd, als wollten sie dem Feuer spotten, das seit Jahrtausenden an ihnen fraß und ihnen doch keinen Schaden hatte zufügen können. Dazwischen zogen sich gewaltige breite Alleen dahin, Prachtstraßen, eingesäumt von himmelstürmenden Reihen titanischer weißer Säulen, auf denen Skulpturen wie stumme Wächter standen: Menschen, Tiere, aber auch bizarre Fabelwesen, längst ausgestorben oder auch niemals wirklich am Leben gewesen. Es gab Plätze, unendliche leere Flächen, künstliche Flüsse und riesige marmorne Springbrunnen, aus denen nun Feuer statt Wasser sprudelte. Im Zentrum der Stadt schließlich, funkelnd wie ein riesiges lohendes Auge, lag die Kuppel, niedriger als die Türme und doch gewaltiger, ein titanischer Edelstein aus Millionen und Abermillionen gleichförmig geschliffener Facetten, die im grellen Widerschein der Flammen wie geschäftige kleine Kristallkäfer hin und her zu eilen schienen.

Skar stand lange am Rande des Plateaus, unfähig, sich zu rühren oder etwas anderes zu empfinden als Staunen und ein Gefühl ungläubigen Entsetzens. Er wußte nicht einmal genau, was er erwartet hatte – eine Art Scheiterhaufen vielleicht, eine gewaltige, glühende Ruine, die Flammen und Asche und glühendes Magma in den Himmel spie –, aber der Anblick lähmte ihn. Die Stadt war unter einer gewaltigen Glocke aus Flammen und Hitze begraben, eine Halbkugel aus Feuer, aus der die Spitzen der Türme wie brennende Finger herausstachen. Aber sie war unbeschädigt. Hinter dem Vorhang aus Glut, den der Atem der Götter über sie gebreitet hatte, war sie unbeschädigt, schimmernd und glänzend wie am ersten Tag, gewaltig, erschreckend und gleichzeitig schön wie unbeschreiblich häßlich, ein Monument der Macht, dem nicht einmal die seit Jahrtausenden brennenden Flammen des Götterfeuers etwas hatten anhaben können. Die Erbauer Combats hatten sich gegen die Götter aufgelehnt und waren vernichtet worden, aber ihr Werk hatte sie überdauert. Der Atem der Götter hatte ihre Stadt mit Flammen überzogen, die so lange brennen würden, wie die Sonne am Himmel stand und die Welt sich drehte, aber nicht einmal sie hatten ihre Kraft brechen können. Combats Macht war gebändigt, aber sie war noch da, spottete selbst den Gewalten, welche die Berge in ihrem Rücken aufgefaltet und die Ebenen von Tuan zu brüchigem Glas verschmolzen hatten, und wartete auf den Tag, an dem irgend jemand kam, sie wieder zu erwecken. Skar begriff plötzlich, warum Vela vor nichts zurückgeschreckt war, sie herherzubringen. Wer immer die Gewalt über dieses Fanal der Macht hatte, beherrschte die Welt.

Schließlich war es Gowenna, die das Schweigen brach.

»Wir sollten weitergehen«, sagte sie. Ihre Stimme zitterte. »Der Abstieg wird noch den ganzen Tag dauern. Wir ... haben Zeit genug, die Stadt zu betrachten.«

Skar löste sich nur mit Mühe von dem Anblick. Er wandte sich um, ging langsam zu seinem Pferd zurück und zog sich mit sichtlicher Anstrengung in den Sattel. Der Wind war stärker geworden und trug jetzt Brandgeruch mit sich, und die Felsen in ihrem Rükken spiegelten das flackernde Rot des Feuers wider. Er zwang sein Tier herum, deutete mit einer befehlenden Geste auf den südlichen Rand des Plateaus und ritt los, ohne auf die anderen zu warten. Es gab nur diesen einen Weg hinunter, einen schmalen, vielfach gewundenen Pfad, gerade breit genug für einen einzelnen Reiter, und es bestand keine Gefahr, daß einer zurückblieb oder sich verirrte.

Er ritt schneller, als es angebracht war. Der Pfad war, obwohl glatt und mit erstaunlich wenig Geröll und Schutt übersät, nicht ungefährlich. Der Boden war abschüssig, und die Hufe der Pferde fanden auf dem Fels kaum Halt. Skars Pferd tänzelte mit kleinen, ängstlichen Schritten vorwärts und warf immer wieder den Kopf hoch, um seinem Unmut Ausdruck zu verleihen. Schließlich gestattete Skar dem Tier, langsamer zu gehen. Der Weg ins Tal hinab war weit. Das Plateau, auf dem der Stollen endete, lag dicht unter der Spitze des Berges, mehr als anderthalb Meilen über den höchsten Türmen der Stadt, und der Weg, der sich in endlosen Kehren und Schleifen talwärts zog, hatte sicherlich die zehnfache Länge. Außerdem mußten sie mit ihren Kräften haushalten. Er hatte nicht die Zeit, die Männer noch tagelang ausruhen zu lassen, bevor sie in die Stadt eindrangen, und die Hitze dort unten verbot ein Übernachten unmittelbar vor Combat von selbst, so daß ihnen auch am nächsten Tag noch ein anstrengender und vermutlich kaum weniger qualvoller Marsch bevorstand.

Es wurde wärmer, je tiefer sie kamen. Die Sonne kletterte rasch zum Zenit hinauf, aber ihr Licht verblaßte gegen die Höllenglut Combats zu einem trüben Schimmer. Das sanfte Grollen, das sie zuerst gehört hatten, steigerte sich allmählich zu einem dumpfen, grollenden Donnern: ein Geräusch wie von einem fernen Wasserfall, das den Fels unter ihren Füßen zum Vibrieren brachte. Trotz der Wärme gab es hier und da noch Schnee - kleine, in Felsspalten und Risse geduckte Nester, aber auch weite, ausgedehnte Flächen, die dem Ansturm des warmen Windes, der aus dem Tal heraufwehte, bisher standgehalten hatten, und der Fels war an vielen Stellen zerfurcht und ausgewaschen, als fließe hier oft und viel Wasser. Skar konnte sich den niemals endenden Kampf gut vorstellen - nachts mußten die Temperaturen selbst hier bis tief, sehr tief unter den Gefrierpunkt fallen, trotz des Windes und des glühenden Hauches, den er mit sich brachte; aber mit dem Erwachen des Tages siegte die Wärme, Schnee und Eis schmolzen und flossen ab.

Gegen Mittag rasteten sie im Schutz eines mächtigen, gezackten Felsens. In seinem Schatten lag noch Schnee, und Skar spürte erst jetzt, wie warm es geworden war. Er saß ab, nahm den fellgefütterten Umhang von den Schultern und verstaute ihn nach kurzem Zögern in seinem Gepäck. Er würde ihn nicht mehr brauchen, nicht, bis sie ihren Auftrag erledigt und den Rückweg angetreten hatten.

Sie aßen schweigend - Salzfleisch, trockenes Fladenbrot, und tranken abgestandenes Wasser aus ihren Feldflaschen. Keiner von ihnen hatte Lust auf eine Unterhaltung. Wieder fühlte Skar diese seltsame, mit Angst gemischte Beklemmung, die wie eine schleichende Krankheit von der Gruppe Besitz ergriffen hatte.

Er aß langsam und ohne Appetit, wickelte die Reste sorgfältig in ein Tuch und verstaute sie wieder in den Satteltaschen, die dünn geworden waren. Die Vorräte reichten noch für drei Tage, und selbst das nur bei größter Sparsamkeit. Auf dem Rückweg würden nicht nur Kälte und Sturm, sondern auch der Hunger ihr Begleiter sein.

Als Skar zu seinem Platz zurückkehrte, erwartete ihn Gowenna. Auch sie hatte ihren Mantel abgelegt, trug darunter aber nicht wie Skar und die anderen ein langes, fellgefüttertes Hemd, sondern nur den glänzenden Brustharnisch und ein seidenes, halb durchsichtiges

Etwas, das sicher sehr dekorativ, aber alles andere als den Temperaturen angemessen war. Sie zitterte. Auf ihren nackten Unterarmen war eine Gänsehaut, und als sie sprach, tat sie es in der schnellen, hastigen Art eines Menschen, der verhindern möchte, daß seine Stimme vor Kälte schwankte.

»Wir sollten miteinander reden«, sagte sie.

Skar ging an ihr vorbei, hockte sich auf einen Felsen und zog die Knie an den Körper. Der Stein unter ihm war feucht und kalt, und er drehte sich so, daß der warme Wind aus dem Tal die Breitseite seines Körpers traf. »Du fängst ein wenig spät damit an«, sagte er, ohne Gowenna anzusehen. Der Unterton von Feindseligkeit in seiner Stimme war nicht zu überhören, und er gab sich auch gar keine Mühe mehr, sich zu verstellen.

Es war nicht Gowenna, der sein Haß gelten sollte. Sie war nur ein Werkzeug wie er, wenn auch vielleicht im Gegensatz zu ihm ein williges. Es war eine andere, die er hassen sollte, mit jeder Faser seiner Seele. Aber er konnte es nicht. Trotz allem, was sie ihm angetan hatte, hatte sie in seinen Gedanken noch immer die Aura des Unantastbaren, Heiligen. Sie war eine *Errish,* und er hatte gelernt, den Ehrwürdigen Frauen aus Elay mit Achtung und Ehrerbietung zu begegnen, sie – wenn schon nicht als Götter – so doch als Vertreter einer anderen, besseren Menschheit zu betrachten. Er hatte gelernt, daß eine *Errish* niemals etwas Schlechtes oder Verwerfliches tun würde – tun *könnte* – und nicht einmal das, was geschehen war, hatte diesen Glauben erschüttern können. Er wußte es besser, aber irgend etwas war in ihm, das den Glauben an das Gute in den *Errish* noch nicht verloren hatte. Er hätte sie hassen müssen, wollte sie hassen, aber er konnte es eben nicht. Und so entlud sich sein Zorn ganz auf Gowenna. »Wir sind seit mehr als vierzig Tagen unterwegs, aber ich habe bereits bezweifelt, daß du überhaupt meinen Namen weißt.«

Gowenna gab ein unwilliges Geräusch von sich. »Ich habe nicht vor, um deine Freundschaft zu buhlen, Satai«, sagte sie scharf. »Aber es gibt ein paar Dinge, die wir klären müssen, bevor wie die Stadt erreichen.«

Skar unterdrückte den Impuls, zu nicken. Es gab diese Dinge wirklich, aber sie waren wahrscheinlich anderer Natur als die, über die Gowenna mit ihm reden wollte. Die Spuren im Schnee zum Beispiel, der flüchtige Schatten, den er zu sehen geglaubt hatte, bevor sie in den Talkessel ritten . . .

»So?« erwiderte er.

»Hast du dir schon Gedanken darüber gemacht, wie du in die Stadt hineinkommen willst, ohne sofort zu Asche verbrannt zu werden?«

Skar verneinte. »Warum auch? Du wirst uns sagen, wie es zu bewerkstelligen ist, denke ich.«

In Gowennas Gesicht zuckte es. Über ihrem linken Auge war eine frische, kaum verkrustete Wunde von ihrem Sturz auf den Stein am vergangenen Abend.

»Ich hätte gute Lust, es dir nicht zu sagen«, zischte sie.

»Ach?« sagte Skar. »Und dann vor Vela zu treten und ihr zu erklären, daß das Unternehmen fehlgeschlagen ist, weil du mich haßt?« Er lächelte, drehte sich wieder um und starrte mit unbewegtem Gesicht ins Tal hinunter. »Wo ist dieser geheime Gang?« fragte er, übergangslos das Thema wechselnd.

»Woher weißt du, daß es ein unterirdischer Gang ist?« antwortete Gowenna.

Skar deutete mit einer Kopfbewegung auf den feuerspeienden Glutofen unter ihnen. Der Wind drehte sich, und für einen Moment wurde das Brüllen der Flammen so laut, daß er schreien mußte, um zu antworten: »Wenn du nicht gerade fliegen kannst und noch dazu feuerfest bist, ist es die einzige Möglichkeit.«

Gowenna zögerte mit der Antwort. Ihr Haar bewegte sich im warmen Hauch des Windes. Sie wandte den Kopf und sah an Skar vorbei. Der dunkelrote Widerschein der brennenden Stadt spiegelte sich in ihren Augen. Für einen Moment sah es so aus, als brenne in ihrem Schädel ein verzehrendes Feuer.

»Die Hitze ist im Inneren der Stadt nicht so schlimm, wie es scheint«, sagte sie. »Was dort unten verbrennt, ist größtenteils nur Luft, und . . .«

»Luft? Wie kann Luft brennen, Gowenna?« war Nol zu vernehmen.

Gowenna fuhr mit einer ärgerlichen Bewegung herum. Ihr kurzer Disput hatte die anderen herbeigelockt, und mit Ausnahme von

Tantor und El-tra, den drei Sumpfmännern, die nur einen Namen besaßen, hatte sich die ganze Gruppe am Rande des Felsens versammelt.

»Sag«, wiederholte Nol stirnrunzelnd, »wie kann Luft brennen?«

»Sie kann, Nol«, antwortete Skar an Gowennas Stelle. »Die Hitze verbrennt mehr Sauerstoff, als da ist, und so strömt er nach. Aber auch er verbrennt, und es wird mehr und immer mehr angesogen.«

»Und dieser Feuersturm heizt die Flammen noch mehr an«, nickte Beral. »Ich verstehe. Ist es das, was den Prozeß in Gang hält?«

»Zum Teil sicher«, sagte Gowenna. »Aber es ist wohl auch Magie im Spiel – ich weiß es nicht. Jedenfalls ist die Hitze am schlimmsten in den Außenbezirken der Stadt. Weiter zum Zentrum hin kann sich ein Mensch bewegen. Wenn auch nicht lange«, schränkte sie ein, als sie Nols zweifelnden Blick sah.

»Und wie wollt ihr diese Feuersperre überwinden?« fragte Nol.

»Es gibt Gänge. Unterirdische Gänge. Die Höhle, durch die wir gezogen sind, ist nur ein Teil einer gewaltigen Anlage, die das Gebirge durchzieht.« Sie brach ab, wandte sich um und deutete mit ausgestrecktem Arm nach unten. »Was ihr dort seht, ist nur ein kleiner Teil Combats. Die Stadt erstreckt sich weit unter die Erde. Ich kenne den Eingang zu einem dieser Gänge. Er führt uns unter der Stadtmauer hindurch bis fast zum Zentrum hin. Es wird aber kein Spaziergang. Es gibt . . . Wesen dort unten, und die Hitze ist auch noch gewaltig.«

»Wesen?« hakte Nol nach. »Was für Wesen? Schneespinnen?«

Gowenna lächelte. »Nein, Nol«, sagte sie. »Keine Schneespinnen. Im Gegenteil.«

Skar wartete auf weitere Erklärungen, aber Gowenna schien nicht gewillt zu sein, mehr zu sagen. Sie fuhr mit einer abrupten Bewegung herum, scheuchte Nol zur Seite und ging rasch zu ihrem Pferd zurück.

Arsan sah ihr kopfschüttelnd nach. »Sie ist nicht sehr mitteilsam«, knurrte er. »Aber sie wählt sich den denkbar ungünstigsten Moment, die Geheimnisvolle zu spielen.«

Skar erhob sich ebenfalls und ging zu seinem Tier hinüber. Diesmal schien Arsans Menschenkenntnis nicht zu wirken. Gowenna hatte ihnen die Antwort selbst gegeben, aber er schien der einzige zu sein, der sie verstanden hatte. Sie war dort gewesen. Er, Arsan, Beral und die anderen waren nicht die ersten, die Combat betreten würden. Sie war hier gewesen und hatte versagt, und vielleicht war gerade das der Grund für ihren Haß und ihre Verbitterung.

Er stieg auf, drängte sein Pferd aus dem Windschatten des Felsens und wartete, bis die anderen ebenfalls in die Sättel gestiegen und hinter ihm Aufstellung genommen hatten. Sein Blick wanderte noch einmal nervös über den grauen, porösen Stein hinter sich. Sie hatten den schwierigsten Teil des Weges geschafft. Vielleicht nicht den gefährlichsten, aber den schwierigsten.

Trotzdem fühlte er sich weder beruhigt noch erleichtert, im Gegenteil. Es waren zu viele Dinge, die noch geschehen würden, zu viele Fragen, auf die er vielleicht niemals eine Antwort bekommen würde, zu viele Gefahren für einen einzelnen Mann, auch wenn er Satai war. Selbst wenn sie Combat überleben sollten, stand ihnen die echte Gefahr noch bevor. Skar glaubte nicht daran, daß Vela die ganze Zeit ruhig in Ikne warten würde. Er hatte die Spuren im Schnee gesehen, Spuren von Füßen, von menschlichen Füßen, und er wußte, daß das Gefühl, beobachtet zu werden, das er seit ein paar Tagen empfand, nicht pure Einbildung war.

Einen Moment überlegte er, ob er Gowenna oder einem der anderen von seiner Beobachtung – seinem Verdacht – erzählen sollte, entschied sich aber dann dagegen.

Mit einem entschiedenen Ruck ließ er sein Pferd antraben.

Unter ihnen, im Tal, schrie ihnen Combat ihr brandiges Willkommen entgegen.

Der Sturm hatte die ganze Nacht mit ungebrochener Wut getobt. Der Himmel war schwarz, eine brodelnde Masse, die sich wie eine erdrückende Last über die Stadt und den Fluß gelegt und den Unterschied zwischen Tag und Nacht, Wasser und Land, Himmel und Erde verwischt hatte, die Konturen der Zinnen und Türme verschluckte und die Fackeln der Soldaten, die auf den Wehrgängen patrouillierten, zu winzigen Fünkchen machte, die wirkten, als seien sie ständig im Verlöschen begriffen. Es war kühl, fast kalt, aber nicht eisig – hier, so weit im Süden, wurde es niemals *wirklich* kalt, nicht einmal während der Wintermonate, wenn der größte Teil der übrigen Welt unter Schnee und Eis begraben lag – aber die wuchtigen Bruchsteinmauern Iknes waren nur selten hinter dem Vorhang aus tanzenden Regenschleiern sichtbar geworden, und der unablässig heulende Wind, der die verwinkelten Gassen des Händlerviertels mit einem niemals verstummenden Chor seufzender und wimmernder Stimmen erfüllte und die Dunkelheit zu geheimnisvollem Leben erweckte, brachte die Erinnerung an Eis und Frost und knirschenden Rauhreif und Winter mit sich, so daß Skar trotz allem fror.

Er war erst seit wenigen Augenblicken im Freien, aber der Regen hatte ihn bereits nach den ersten Schritten bis auf die Haut durchnäßt, obwohl er gelaufen war und sich bemüht hatte, stets auf der windabgewandten Seite der Straße zu bleiben. Der Sturm beutelte die Stadt seit Tagen; eine klamme, unsichtbare Riesenhand, die über das Land strich und die titanischen Mauern mit einer an Hohn grenzenden Leichtigkeit übersprang, den Fluß in einen schäumenden grauen Katarakt verwandelte und nachhaltig daran erinnerte, daß der Herbst längst hereingebrochen war und die Hitze der vorangegangenen Wochen nichts als ein letztes vergebliches Aufbäumen im nie endenden Kampf der Jahreszeiten bedeutete. Und so wie der bleigraue Himmel mit jeder Stunde um eine Winzigkeit tiefer auf die Stadt herabzusinken schien, schien sich auch der Pulsschlag Iknes zu verlangsamen – die Straßen leerten sich jetzt früher, und die Menschen waren merklich ruhiger und schweigsamer geworden, als entzöge der Sturm nicht allein der Stadt Licht und Wärme, sondern auf geheimnisvolle Weise auch ihren Bewohnern etwas von ihrer Lebenskraft.

Skar hatte auf dem Weg hierher nicht einen einzigen Menschen getroffen, obwohl das Händlerviertel Iknes zu jenen Orten gehörte, an denen das Leben erst nach Einbruch der Dunkelheit richtig erwachte. Es gab viele, die einen Passierschein benötigten und auch bekamen, und kaum weniger, die sich nicht um die Bestimmungen scherten und auch nach Schließen der Stadttore noch aus dem Haus gingen, ungeachtet der drohenden Geldstrafe. Heute waren die Gassen leer. Die einzige Bewegung kam von den schräg vor dem Wind herspringenden Regenschleiern.

Die Straße glänzte wie ein riesiger mattgrauer Spiegel. Zwischen den Quadern des Kopfsteinpflasters hatten sich unzählige winzige Seen und kleine reißende Bäche gebildet, glitzernde Silbersplitter, die sich zu gurgelnden Strömen vereinigten und die Rinnsteine überfluteten. Die Kanäle hatten es längst aufgegeben, die unablässig vom Himmel herabstürzenden Wassermassen aufnehmen zu wollen; die Abflußrinnen standen bereits jetzt knöcheltief unter Wasser und braunem, brodelndem Schlamm, und obwohl die Flutschleusen schon vor Tagen weit geöffnet worden waren, stieg der Pegel unaufhaltsam. Die niedrig gelegenen Bezirke der Stadt würden vielleicht schon morgen, spätestens aber übermorgen geräumt werden müssen.

Skar zog den Kopf zwischen die Schultern ein und ging schneller. Der Wind schlug mit winzigen spitzen Krallen nach seinem Gesicht und biß bei jedem Atemzug schmerzhaft in seine Kehle. Seine Stiefel quietschten vor Nässe. Wasser lief in kleinen eisigen Strömen unter seinen Kragen. Der Wind war kalt, aber schlimmer als die Kälte war der Regen – feine, wehende Schleier aus Millionen und Abermillionen unendlich feiner Tröpfchen, die da, wo der Sturm sie nicht vor sich her peitschte, wie spinnwebfeiner Nebel in der Luft hingen und alles mit Feuchtigkeit tränkten. Es gab keinen Schutz gegen diesen Regen – seit Tagen kroch er unaufhaltsam in jeden Winkel, schlüpfte durch jede Tür, jedes Fenster, jede Mauerritze und überwand beharrlich jede Sperre, die man gegen ihn errichtete. Ikne sog sich langsam voll Wasser, als wäre die ganze Stadt ein gigantischer steinerner Schwamm, dessen einzige Aufgabe es war, Wasser in seinen unzähligen Kavernen und Schächten zu sammeln. Selbst in seinem Quartier tief unter der Arena, unter Tonnen von

Fels und Erdreich vergraben, schien es ununterbrochen feucht und klebrig zu sein.

Skar war froh, als der trübe Schein der Windlaterne endlich vor ihm auftauchte; eine zerfaserte Insel aus Licht und tanzenden Schatten in dem grauen Ozean, in dem Ikne ertrank.

Sein Blick fiel wie immer auf das verblichene Schild über dem Eingang. Die Buchstaben waren längst abgeblättert, und nur wer ohnehin wußte, was auf dem Schild stand, wäre jetzt noch in der Lage gewesen, die Worte RACHES WACHT zu entziffern. Aber das Schild war ohnehin nicht notwendig und hing vermutlich nur noch dort, weil es noch niemand der Mühe wert gefunden hatte, es abzunehmen.

Jedermann in Ikne kannte die WACHT; ein Umstand, den der Wirt allerdings weniger der Qualität seines Weines als vielmehr der Tatsache zu verdanken hatte, daß RACHES WACHT die einzige Taverne innerhalb der Stadtmauern war, die während des ganzen Tages und der gesamten Nacht geöffnet bleiben durfte. Wer nach Dunkelwerden noch Durst auf einen Krug Bier oder Wein verspürte oder eine Mahlzeit haben wollte – eine Mahlzeit freilich, die ebenso schlecht wie teuer war –, hatte gar keine andere Wahl, als hierherzukommen. Die Stadtpatrouille achtete streng darauf, daß die übrigen Schänken bei Einbruch der Dämmerung geschlossen wurden, und kein Wirt, der Wert darauf legte, seine Konzession zu behalten, hätte es gewagt, gegen diese Verordnung zu verstoßen. Die Tempelkönige Iknes verstanden bei der Auslegung ihrer Gesetze keinen Spaß.

Skar legte die letzten Meter im Laufschritt zurück, betrat das eingeschossige Haus und stemmte sich mit seinem ganzen Körpergewicht gegen die Tür, um sie gegen das wütende Schieben und Stoßen des Windes zu schließen. Das Heulen des Sturmes wurde leiser, als der Riegel einrastete.

Er streifte seinen Umhang ab und schüttelte sich wie ein nasser Hund, bevor er den Vorhang beiseiteschlug und den Schankraum betrat.

Skar blieb gewohnheitsmäßig unter der Tür stehen und sah sich rasch nach beiden Seiten um. Die Schänke war in schummeriges gelbes Halbdunkel getaucht. Unter der hohen, rußgeschwärzten

Decke flackerte eine einsame Öllampe, deren viel zu kleine Flamme vergeblich versuchte, Dunkelheit und Schatten in die Ecken zu verbannen. Der würfelförmige Raum war fast leer – das Wetter hatte die Leute nicht nur von den Straßen vertrieben, sondern den Wirt auch der meisten seiner Gäste beraubt, und die ungewohnte Leere ließ die Schäbigkeit des Raumes besonders deutlich hervortreten. Die Wände bestanden aus roh zusammengemauerten Ziegelsteinreihen, zwischen denen der Mörtel hervorrieselte. Irgendwann vor langer Zeit waren sie einmal gestrichen worden, aber die Farbe war längst fleckig, so daß sie jetzt eher wie verkrusteter Schmutz aussah. Die Fensterscheiben vor den zugezogenen Läden wirkten blind und staubig. Vor der niedrigen Theke hockten zwei Soldaten und würfelten, ohne jedoch sehr auf ihr Spiel konzentriert zu sein – zumindest einer von ihnen war schon so betrunken, daß er Mühe hatte, den Würfelbecher zu halten. Seine Bewegungen wirkten abgehackt und fahrig, und der dunkle Fleck vor ihm bewies, daß er ähnliche Schwierigkeiten auch mit seinem Weinkrug hatte. Die Uniformen der beiden waren verdreckt und schlampig; auf dem schwarzen Leder der Brust- und Rückenschilde klebte eingetrockneter Schlamm, Helme und Arm- und Beinschienen waren auch schmutzverkrustet. Der Stoff ihrer Röcke war zerknittert. Wahrscheinlich, dachte Skar, zwei Soldaten der Stadtpatrouille, die nach einer langen und kalten Nachtwache Trost bei einem – oder mehreren – Krügen Wein gesucht hatten.

Er ging langsam an ihnen vorbei, hockte sich in eine Ecke schräg gegenüber der Tür und hob stumm die Hand, als der Wirt aus rotgeränderten Augen zu ihm herüberblickte. Skar mußte unwillkürlich lächeln, als er Raches verschlafenes Gesicht sah. Del und er verkehrten seit Jahren in dieser Taverne, aber er konnte sich an nicht mehr als zwei oder drei Gelegenheiten erinnern, zu denen der Wirt nicht selbst hinter der Theke gestanden war. Er hatte sich schon mehrmals gefragt, wann der glatzköpfige Fettwanst überhaupt schlief. Aber vielleicht hatte Rache sich einen derartigen Luxus auch längst abgewöhnt, um das Geld für eine Bedienung zu sparen.

Rache rang sich ein halbwegs freundliches Nicken ab und begann Wein aus dem bauchigen Faß hinter der Theke in einen Krug zu füllen.

Außer ihm und den beiden Soldaten hatten sich nur noch zwei weitere Gäste in die Schänke verirrt. Eine zusammengekauerte, in braune Fetzen gehüllte Gestalt - ein Bettler vielleicht, der von irgend jemandem genug geschenkt bekommen oder der auch genug gestohlen hatte, um sich einen Krug Wein und damit ein trockenes und warmes Plätzchen zu kaufen, lehnte an der Wand, hatte den Kopf auf die angezogenen Knie gebettet und schnarchte friedlich. Und eine dunkelhaarige schlanke Frau hockte mit halbgeschlossenen Augen gleich dem Bettler in einer Ecke und fixierte einen imaginären Punkt irgendwo über der Theke.

Skar betrachtete sie für einen Moment. Ihre Anwesenheit überraschte ihn. Sie war nicht die Art von Frau, wie man sie normalerweise in RACHES WACHT antraf. Ihrer Kleidung nach hätte sie eine Tempeldirne sein können, obgleich sie dafür schon fast ein wenig zu alt schien - vierzig, vielleicht fünfundvierzig; auf eine seltsam reizvolle Art sah man ihr ihr Alter durchaus an, aber sie wirkte dennoch jugendlich, energisch und agil trotz der vollkommenen Reglosigkeit, in der sie dahockte. Aber, es war etwas in ihrem Gesicht, das ihm sagte, daß sie keine Tempeldirne war: etwas wie Stolz oder vielleicht eher Selbstbewußtsein - Stärke, korrigierte er sich in Gedanken - Stärke trotz des entspannten Ausdruckes auf ihren Zügen, wie man sie selten bei Menschen in diesem Teil der Welt und noch seltener bei einer Frau fand. Ihre Hände, die im Schoß gefaltet waren, wirkten sehnig und schlank, doch es war jene Art von Schlankheit, hinter der sich oft große Kraft verbirgt, und die Ausbuchtungen unter ihren Achseln verrieten Skar, daß sie zumindest mit Wurfdolchen bewaffnet war.

Sie sah auf, begegnete für die Dauer eines halben Lidschlages seinem Blick und wandte dann wieder den Kopf.

Auch Skar sah hastig weg. Es war nicht seine Art, Fremde anzustarren und sie dadurch in Verlegenheit zu bringen. Und er war nicht hier, um sich den Kopf über die Probleme Fremder zu zerbrechen. Probleme hatte er selbst mehr als genug.

Rache räusperte sich lautstark, schwang den gefüllten Krug wie eine Siegestrophäe und kam auf seinen kurzen Beinen herübergewatschelt. Er roch nach Fisch und Fett und eingetrocknetem Schweiß, und sein Gesicht glänzte ölig, aber das nahm Skar kaum mehr wahr. Der üble Geruch und die grobe Art sich zu geben, gehörten ebenso unverwechselbar zu Rache wie die dunklen Ringe unter den Augen und der zweischneidige Dolch in seinem Gürtel. Raches äußere Erscheinung täuschte, aber Skar wußte auch, daß er den dümmlichen Ausdruck auf seinem Gesicht und die tolpatschige Weise, sich zu bewegen, sorgsam pflegte. Er mochte ständig aussehen, als würde er im nächsten Moment im Gehen einschlafen, aber die schmalen trüben Augen registrierten jede Kleinigkeit, und wie schnell er mit dem Messer sein konnte, hatte schon mancher leichtsinnige Raufbold feststellen müssen.

Rache stellte den Krug vor ihm ab, legte einen halben Laib Brot daneben und grinste. »Wie immer, Skar?«

Skar nickte. »Wie immer, Rache.« Er machte eine einladende Handbewegung, griff nach dem Becher, kostete und verzog das Gesicht zu einer Miene, die sowohl Anerkennung als auch das genaue Gegenteil ausdrücken konnte. Rache würde sich – je nach Laune – das heraussuchen, was ihm gerade paßte.

Der Wirt seufzte, nahm neben ihm Platz und sah kopfschüttelnd zu, wie er Brot und Wein ohne sichtliche Begeisterung zu verzehren begann. »Wann«, murmelte er, »wirst du dir endlich angewöhnen, eine Scheibe Braten zum Wein zu nehmen? Du beleidigst meine Feinschmeckerseele.«

Skar grinste und biß in sein Brot. »Dann, wenn du dir angewöhnt hast, Fleisch vom Ochsen oder Schwein anzubieten statt gedünstete Ratten«, erwiderte er kauend. »Und wenn du deinen eigenen Geiz so weit überwindest, Tische und Stühle anzuschaffen. Du beleidigst meine Gesäßmuskeln«, fügte er, Raches Tonfall genau nachahmend, hinzu.

Der Wirt verzog das Gesicht, als hätte er unversehens auf einen Stein gebissen. »Ich weiß, daß du mich für einen einfältigen Gimpel hältst«, seufzte er, »aber *so* einfältig bin ich nun auch wieder nicht.« Er seufzte wieder, hob die Arme über den Kopf und verschränkte die Hände hinter dem Nacken. »Es gab eine Zeit«, fuhr er schwärmerisch fort, »da hatte ich eine noble Herberge mit erlesenen Gästen, den besten Weinen und Speisen, um die mich so mancher Edelmann beneidet hätte. Aber diese Barbaren zerschlagen mir die Einrichtung schneller, als ich sie ersetzen kann. Das Geschäft wirft gerade genug ab, um mich und meine Familie vor dem sicheren Hungertod zu bewahren, und ich kann es mir einfach nicht leisten, ständig mit Verlust zu arbeiten.«

»Verwässerst du deshalb deinen Wein?« fragte Skar ernsthaft.

Rache überging die Bemerkung, als hätte er sie nicht gehört. »Auf dem Boden zu sitzen, ist gesund«, fuhr er ungerührt fort. »Wo keine Möbel sind, kann man auch keine zerschlagen. Und ein Stuhl, der nicht da ist, kann auch schwerlich auf irgendeinem Kopf zertrümmert werden.« Er grinste, nahm die Arme herunter und wurde übergangslos ernst. »Du bist allein hier?«

»Wie du siehst.«

Rache drehte den Kopf nach rechts und links, als müsse er sich tatsächlich davon überzeugen, daß Skar die Wahrheit sprach. »Und Del?«

Skar hob andeutungsweise die Schultern, drehte den Becher in den Händen und nahm einen vorsichtigen Schluck, ehe er antwortete. »Ich hatte gehofft, ihn hier zu finden. Er ist gestern mittag weggegangen und die ganze Nacht nicht zurückgekommen.«

Rache wiegte den Schädel, nickte dann und fuhr sich mit den Fingern über das schmierige Lederwams, das er auf dem nackten Leib trug. »Und jetzt fängst du an, dir Sorgen um ihn zu machen und suchst ihn in der ganzen Stadt?« feixte er.

»Wahrscheinlich ist er bei irgendeinem Mädchen«, sagte Skar mit einem resignierenden Seufzer. »Ich werde ihn gründlich zusammenstauchen, wenn ich ihn gefunden habe.« Aber schon der Ton, in dem er die Worte sprach, zeigte deutlich, wie gut er wußte, daß es sinnlos sein würde, Del irgend etwas zu sagen.

»Denkst du nicht, daß er alt genug ist, um zu wissen, was er tut?« fragte Rache.

»Manchmal bezweifle ich es ernsthaft«, brummte Skar. »Von mir aus kann er sich mit allen Freudenmädchen Iknes amüsieren, nacheinander oder zugleich. Aber heute ist nicht irgendein Tag. Es wäre besser, er würde sich ausruhen.«

»Wahrscheinlich tut er genau das in diesem Moment«, vermutete Rache, »wenn auch in den Armen eines schönen Mädchens.« Er bleckte die Zähne, beugte sich vor und nahm einen Schluck aus Skars Becher, bevor er auch eine Kante von dessen Brot abbrach und es mit hörbarem Schmatzen verzehrte. »Reg dich nicht auf«, sagte er, als er Skars Stirnrunzeln bemerkte. »Du bist mein Gast. Die Runde geht auf meine Rechnung.«

»Hätte ich das gewußt, hätte ich vielleicht doch ein Stück Braten genommen.«

»Eben darum habe ich es dir nicht vorher gesagt.« Rache schenkte nach und reichte Skar mit spitzen Fingern den Becher.

Skar trank einen Schluck, brummte etwas und sah den Wirt gleichermaßen überrascht wie mißtrauisch an. »Woher kommt diese plötzliche Großzügigkeit?« fragte er lauernd. »Ich dachte bisher, du wärest der geizigste Mensch in diesem Teil der Welt.«

Rache brach ein weiteres Stück von Skars Brot ab. »Du tust mir unrecht«, sagte er vorwurfsvoll. »Aber daran habe ich mich mittlerweile gewöhnt. Außerdem betrachte ich es als Geldanlage – immerhin habe ich ein hübsches Sümmchen auf Del und dich gesetzt.«

Diesmal war Skars Überraschung sehr groß. »Du riskierst Geld beim Wetten?« fragte er verblüfft.

»Warum denn nicht? Wenn ich sicher bin zu gewinnen. Von dem bißchen, das diese Schänke abwirft, kann ich nicht leben.«

Skar überging den letzten Teil von Raches Antwort. »Sicher ist man nie, Rache.«

»In diesem Fall schon«, widersprach der Wirt. »Ich kenne euch beide gut genug. Es gibt keinen, der euch bezwingen könnte, schon gar nicht diese zwei Narren aus Kohon. Mein Geld ist sicher angelegt, glaube mir. Du solltest auf meinen Rat hören und auch ein paar Dim setzen. Auf dich.«

»Hast du dich deshalb nach Del erkundigt?«

Rache nickte. »Ich sehe gerne die Ware, in die ich investiere. Und ich sorge natürlich für ihr leibliches Wohl«, fügte er mit einer Kopfbewegung auf den Becher in Skars Händen hinzu und schob gleichzeitig ein weiteres Stück Brot in den Mund.

Skar hatte plötzlich das unangenehme Gefühl, beobachtet zu werden. Er sah auf. Die beiden Soldaten hatten in ihrem Würfelspiel innegehalten und starrten zu ihm hinüber. Der eine sah sofort wieder weg, während der andere Zuflucht zu einem dümmlichen Grinsen suchte. Er muß sich dabei nicht allzusehr verstellen, dachte Skar.

»Es wäre sicher das Klügste, wenn du zurückgehen und noch ein paar Stunden schlafen würdest«, fuhr Rache fort. »Dann ist wenigstens einer von euch ausgeruht, wenn der Kampf beginnt.«

Skar schüttelte den Kopf. »Ich habe es versucht. Aber dieses Kellerloch, in dem Cubic uns untergebracht hat, ist zu feucht dazu. Ich bin froh, wenn alles vorbei ist und wir hier wegkönnen.«

»*Wenn* ihr wegkönnt«, sagte einer der beiden Soldaten.

Skar sah auf, runzelte mißbilligend die Stirn und sah den Mann scharf an. Der Soldat war betrunken. Er schwankte vor und zurück und mußte sich mit der Faust auf dem Boden abstützen, um nicht vornüber zu fallen.

»Was meinst du damit, Soldat?« fragte Skar. Er bemühte sich, ruhig zu wirken, konnte aber einen leisen Unterton von Schärfe nicht aus seiner Stimme verbannen.

Der Mann wollte zu einer Antwort ansetzen, aber sein Kamerad unterbrach ihn, indem er ihn unsanft an der Schulter herumriß. »Halt den Mund, Bors«, zischte er. »Du wirst dir nur Ärger einhandeln.«

Bors lachte meckernd. Er hatte ein breites, von einer dünnen weißen Narbe verunziertes Gesicht mit flacher Nase, dunklen Augen und vorgestülpten Lippen, das durch den flachen Stirnschild des Helmes ein fast affenartiges Aussehen erhielt. Seine Augen wirkten wäßrig, aber das mochte vom Wein stammen. »Du weißt genau, was ich meine, Satai«, lallte er, ohne auf die beschwörenden Blicke seines Kameraden zu achten. »Es gibt eine Menge Leute in der Stadt, die sich Gedanken über den Kampf machen. Eine Menge. Nicht nur ich.« Er kicherte, beugte sich vor und griff nach seinem Becher, bemerkte aber dann, daß er leer war, und führte die Bewegung nicht zu Ende.

»Was für Gedanken?« fragte Skar.

Der zweite Soldat wandte sich um und warf ihm einen fast flehenden Blick zu. »Verzeiht ihm, Herr«, sagte er hastig. »Er hat zuviel getrunken und weiß nicht mehr, was er sagt. Hört nicht auf ihn. Er ist ein Dummkopf.«

»Ich bin kein Dummkopf«, widersprach Bors. »Ich weiß sehr gut, was ich sage. Und du weißt es auch. Jedermann weiß es. Man macht sich eben Gedanken über den Kampf. Viele Gedanken. Es heißt«, kicherte er, »daß der Scharfrichter bereits sein Beil geschliffen hat.«

»Was für Gedanken?« fragte Skar noch einmal. Irgend etwas mußte in seinem Gesicht gewesen sein, daß er nicht hatte hineinlegen wollen, denn das alberne Grinsen verschwand plötzlich aus der Miene des Soldaten und machte einem betroffenen, fast ängstlichen Ausdruck Platz. Aber nur für einen Moment. Dann erschlafften seine Züge wieder, und er begann erneut zu feixen, breiter als zuvor. »Gedanken eben«, sagte er undeutlich. Er versuchte noch einmal, seinen Becher aufzuheben, aber seine Bewegungen waren so unsicher, daß er danebengriff und den Becher umwarf. Er grunzte, betrachtete den Becher zornig und hob die Hand vor die Augen. Nacheinander streckte er die Finger aus, bewegte sie der Reihe nach und grinste dann wieder, als wäre der Anblick ungemein erheiternd. »Zwei Satai, die in einem Arenakampf gegen zwei Kinder antreten«, fuhr er mit schwerer Zunge fort, »da denkt man sich eben etwas. Ich habe jedenfalls mein Geld auf die beiden Kohoner gesetzt.«

»Du hättest es lieber vertrinken sollen«, mischte sich Rache ein. »Es wäre nutzbringender angelegt gewesen. So hast du es weggeworfen.«

Bors kicherte. Sein Kamerad ergriff ihn erneut bei der Schulter und sagte etwas in einem schnellen, unverständlichen Dialekt, aber wenn Bors die Worte überhaupt hörte, so ignorierte er sie. Er sah Skar an, grinste auf eine unangenehme, unverschämte Art und sah dann wieder zu dem umgestürzten Becher zwischen seinen verschränkten Beinen. Vielleicht, dachte Skar, ist er doch nicht ganz so betrunken, wie er tut.

»Gib ihm noch einen«, murmelte er. »Auf meine Rechnung.«

Rache grunzte mißbilligend, stand aber trotzdem gehorsam auf, um die Becher der Soldaten neu zu füllen.

»Ich habe mein Geld nicht rausgeworfen«, fuhr Bors mit einem leisen, siegessicheren Lächeln fort. »Ich habe auch . . . auf euch gesetzt. Auf beide. Auf euch und die Kohoner. Jeweils ein Dim. Ist ganz egal, wer gewinnt. Gewinnt ihr, gehe ich ohne Verlust aus und habe meinen Spaß gehabt; gewinnen die Kohoner, bin ich ein reicher Mann.« Er lachte wieder, stellte seinen Becher auf den Kopf und zog hörbar die Nase hoch. »Ich bin ein reicher Mann, Satai«, wiederholte er. »Und du ein toter.«

»Halt jetzt endlich den Mund«, zischte sein Kamerad. »Du redest uns um Kopf und Kragen.« Auch er war betrunken, aber lange nicht so betrunken wie Bors.

Bors machte eine wegwerfende Handbewegung. »Ach was«, lallte er. »Die ganze Stadt weiß es. Nur dieser Satai spielt den Unwissenden.«

»*Was* weiß die ganze Stadt?« fragte Skar ruhig.

»Daß der Kampf eine abgekartete Sache ist«, erwiderte Bors trotzig. »Diese beiden halben Kinder können gar nicht gewinnen. Nicht gegen euch. Ginge es mit rechten Dingen zu, würdet ihr sie nach den ersten drei Atemzügen niedermachen. Oder ihr macht sie nicht nieder, und euer Lastar verdient sich eine goldene Nase. Und du«, fügte er hämisch hinzu, »verlierst deinen Kopf.«

Skar blieb noch immer ruhig und scheinbar unbeeindruckt. Der Soldat hatte einen Grad der Betrunkenheit erreicht, an dem er mehr reden würde, wenn er, Skar, einfach schwieg, statt Fragen zu stellen. Skar winkte Rache, den Wein zu bringen, ging zu den beiden Soldaten hinüber und ließ sich neben ihnen nieder. Bors' Kamerad fuhr zusammen und wurde sichtlich bleich. An seinem Hals begann ein Nerv zu zucken. Seine Hand glitt zum Schwertgriff und fuhr so abrupt zurück, als hätte er glühendes Eisen berührt, als er Skars Lächeln begegnete. Er wich seinem Blick aus und sah sehnsüchtig zur Tür.

»Wir ... müssen gehen«, sagte er unsicher. »Unser Dienst beginnt gleich.«

Skar legte ihm die Hand auf den Unterarm und drückte ihn mit sanfter Gewalt auf den Boden zurück. »Bleibt noch ein wenig«, sagte er. »Der Wachwechsel ist erst in einer Stunde. Trinkt noch einen Becher Wein mit mir. Man trifft zu dieser Stunde wenige Menschen, mit denen man sich unterhalten kann.«

»Wirklich, Herr«, stammelte der Soldat. »Wir ...«

»Wollt ihr mich beleidigen?«

Der Mann verstummte, wurde noch ein wenig blasser und schluckte schwer.

Skar wartete, bis Rache den bestellten Krug Wein gebracht hatte. Er schenkte den beiden Soldaten ein, trank selbst einen winzigen Schluck und wandte sich dann wieder an Bors. »Was hast du damit gemeint, als du sagtest, ich würde meinen Kopf verlieren, wenn die Kohoner siegen? Es ist kein Kampf auf Leben und Tod, weißt du das nicht?«

Bors griff nach seinem Becher und verschüttete fast die Hälfte, ehe es ihm gelang, zu trinken. »Die Templer sehen es nicht gerne, wenn betrogen wird«, sagte er.

Skar spannte sich. »Betrogen?«

Bors drehte den Becher in den Händen und kniff ein Auge zu. »Du hast selbst gesagt, daß es kein Kampf auf Leben und Tod ist, nicht? Du vergibst dir nichts, wenn du verlierst. Und es steht eine Menge Geld auf dem Spiel.« Er schwieg einen Moment, trank wieder und sah Skar aus verschleierten Augen an. »Alle wissen, daß ihr in dem Ruf steht, unbesiegbar zu sein. Die beiden Super-Satai! Wißt ihr, wie man euch nennt? Die Kampfmaschinen, die Unbesiegbaren. Und fast alle haben auch auf euch gesetzt. Wenn die richtigen Männer auf die Kohoner setzen und gewinnen, machen sie ein Vermögen. So wie ich.«

»Und wieso«, fragte Skar mit einer Ruhe, die er längst nicht mehr spürte, »glaubst du, daß wir unterliegen könnten?«

Bors grinste. »Du hast gerade selbst zu diesem Fettwanst gesagt, alles wäre möglich. *Sicher«,* zitierte er, *»ist man nie.«*

Skar nickte. »Das stimmt. Aber du sagtest selbst, die beiden Kohoner wären keine Gegner für uns.«

»Wenn der Kampf ehrlich ist, nicht.«

Skar erstarrte. Für einen Moment flammte Wut in ihm auf, aber er beherrschte sich. »Du redest irr«, sagte er. »Ein Satai betrügt nicht.«

Bors grinste noch breiter. »Das glauben die anderen auch«, sagte er. »Die, die ihr Geld auf euch setzen. Ihr –«

»Bitte, Herr!« mischte sich sein Kamerad ein. »Hört nicht auf ihn. Der Wein hat seinen Verstand ertränkt. Er weiß nicht mehr, was er redet.«

Skar atmete hörbar ein, musterte den Mann kalt und nickte. »Ich will annehmen, daß es so ist«, sagte er eisig. »Aber es wäre besser für deinen Freund, wenn er lernen würde, seine Zunge im Zaum zu halten. Wäre er weniger betrunken, wäre er jetzt tot.«

»Natürlich, Herr«, sagte der Soldat nervös. »Wir ... wir gehen jetzt besser.« Er stand abrupt auf, warf eine Münze auf den Boden und zerrte Bors roh in die Höhe. Bors begann lautstark zu protestieren, aber sein Kamerad beachtete die Worte gar nicht, sondern zerrte ihn hinter sich her zur Tür.

Skar stand mit einem wütenden Blick auf. Bors' Worte hatten ihm ziemlich zugesetzt. Verärgert sah er sich um. Der Bettler schlief noch immer in seiner Ecke, aber die Frau hatte sich halb herumgedreht und das Gespräch offensichtlich mit großem Interesse verfolgt. Für einen Moment trafen sich ihre Blicke. Irgend etwas Seltsames war in ihren Augen. Skar fühlte sich auf unangenehme Weise beobachtet, im wahrsten Sinne des Wortes *durchschaut.* Die Fremde starrte ihn mit einer sonderbaren Vertrautheit an. Ihre Augen blitzten fast amüsiert.

Skar fuhr mit einer übertrieben heftigen Bewegung herum, stapfte zur Theke und ließ sich schwer gegen das mürbe Holz fallen. Die Einrichtung hinter der Theke war ebenso spartanisch wie auf der anderen Seite. Es gab ein hohes, aus braunen Lehmziegeln direkt in die Wand hineingemauertes Regal, auf dem sich Becher und Krüge und halbwegs sauberes Geschirr stapelten; es gab den hölzernen Bock, auf dem nebeneinander ein Wein- und ein Bierfaß ruhten – die einzigen Getränke, die Rache anbot – und es gab einen niedrigen, mit einem durchlöcherten Fetzen verhängten Durchgang, hinter dem sich das Loch verbarg, das der Wirt seine Küche nannte.

»Nimm es ihnen nicht übel, Skar«, sagte Rache begütigend. »Ich hätte ihnen nicht so viel ausschenken dürfen. Aber das Geschäft geht schlecht. Man muß leben.«

»Du tust mir auch schon richtig leid«, knurrte Skar böse. »Der Hunger steht dir schon ins Gesicht geschrieben.«

Rache schien für einen Moment über die Bemerkung nachzudenken. Schließlich zuckte er die Achseln und streckte die Hand nach dem Becher aus, den er bereits vor Skar auf die Theke gestellt hatte. »Noch einen Wein?«

Skar schüttelte hastig den Kopf. »Ich habe genug«, sagte er. »Immerhin muß ich einen klaren Kopf behalten, wenn ich ihn noch ein wenig länger auf den Schultern tragen will.«

Rache runzelte die Brauen und machte eine wegwerfende Handbewegung. »Weingerede«, sagte er. »Du nimmst das doch nicht etwa ernst?«

»Man sagt, Betrunkene und Kinder sprechen die Wahrheit.«

»Oder was sie dafür halten«, versetzte Rache ungerührt. »Die Leute machen sich eben Gedanken, was zwei ausgekochte Satai wie euch dazu bringen mag, für einen Halsabschneider wie Cubic zu arbeiten.«

Skar lächelte gegen seinen Willen. »Auch ein ausgekochter Satai muß essen«, antwortete er. »Die Zeiten sind schlecht für Söldner. Es hat lange keinen Krieg mehr gegeben. Und der nächste ist nicht in Sicht.«

»Den Göttern sei Dank«, nickte Rache. »Krieg ist schlecht fürs Geschäft. Die Leute trinken aus Furcht nicht halb soviel wie aus Langweile. Und alles, was Beine hat und ein Schwert führen kann, ist nach Norden gezogen, um sich mit diesem Quorrl-Pack herumzuschlagen. Ich wundere mich ohnehin, daß ihr nicht dabei seid.«

Skar schwieg einen Moment. »Wir haben es versucht, aber ...« Er brach ab, hob die Schultern und kramte eine Handvoll Kleingeld aus der Tasche. »Es ist eine lange Geschichte, Rache. Vielleicht erzähle ich sie dir irgendwann einmal. Aber nicht heute. Ich werde wohl deinen Rat beherzigen und versuchen, noch ein wenig zu schlafen.«

Rache blickte stirnrunzelnd auf die Kupfermünzen, mit denen Skar bezahlt hatte. »Steck dein Geld weg«, sagte er. »Du warst heute mein Gast.«

Skar zögerte einen Moment, nickte dann dankbar und strich das Geld wieder ein, bevor Rache seinen Entschluß bereuen und es sich anders überlegen konnte. Stolz ist eine gute Sache – solange man ihn sich leisten kann. »Danke.«

Rache grinste. »Nichts zu danken. Du bist eine Menge Geld für mich wert. Betrachte es als deinen Anteil.«

»Ich hoffe, du verlangst keinen Schadenersatz von mir, wenn ich den Kampf verlieren solltet«, sagte Skar mit einem halbherzigen Lächeln.

Rache seufzte. »Seit wann bist du so empfindlich?« fragte er in einem Tonfall, als bemühe er sich verzweifelt, einem störrischen Kind gegenüber nicht die Geduld zu verlieren. »Cubic streut seit Wochen

Raches Macht

das Gerücht aus, daß der Kampf manipuliert ist und ihr absichtlich verlieren werdet. Aber das macht er vor jedem großen Kampf, um die Wettquoten in die Höhe zu treiben. Und es gibt immer wieder genug Dummköpfe, die darauf hereinfallen.« Er zuckte ein paarmal hintereinander die Achseln, fuhr sich mit dem Daumen über die ungepflegten Bartstoppeln auf seinem Kinn und schenkte Skars Becher nun doch voll. »Spül deinen Ärger hinunter.«

Skar seufzte, nahm einen winzigen Schluck – kaum genug, um die Lippen zu benetzen – und stellte den Becher sorgsam auf den feuchten Fleck auf der Theke zurück. »Laß gut sein«, murmelte er. »Ich gehe jetzt besser. Vielleicht finde ich Del doch noch irgendwo.« Er verabschiedete sich mit einem knappen Kopfnicken und ging rasch hinaus.

Sein Umhang tropfte noch immer vor Nässe, und als er auf die Straße hinaustrat, raubte ihm der eisige Wind für einen Moment den Atem.

Er blieb unschlüssig unter der Tür stehen, drehte das Gesicht aus dem Wind und starrte die Straße hinab. Da und dort schimmerte bereits ein erster zaghafter Lichtstrahl unter einer Türritze oder einem geschlossenen Laden hervor, und die Sonne, die über den unsichtbaren Horizont gestiegen war, während er sich in der Schänke aufgehalten hatte, versah die kantigen Zinnen der Stadtmauer mit einem flackernden Kranz trübroten, feurigen Lichts.

Er sah flüchtig nach oben und verzog das Gesicht. Der Himmel war hinter einer tiefhängenden, brodelnden Wolkenmasse verborgen, die da und dort den orangeroten Schein des Sonnenaufganges reflektierte, und aus der Regenschleier wie unzählige dünne, peitschende Arme auf die Stadt herabgriffen. Es würde auch heute nicht richtig hell werden. Der Sturm hatte an Kraft verloren, aber es war wohl nur eine Atempause, nach der er mit größerer Wut wieder losbrechen würde.

Skar überlegte einen Moment, ob er den Umweg in Kauf nehmen und noch ein paar Freudenhäuser aufsuchen sollte, um zu sehen, ob er Del irgendwo traf, verwarf den Gedanken aber sofort wieder. Er würde nur einen Streit provozieren, wenn er Del in einer Umgebung aufstöberte, in der er sein Gesicht wahren mußte. Nein – was es zwischen ihnen zu bereden gab, gehörte nicht an die Öffentlichkeit. Er würde es unter vier Augen klären.

Genaugenommen konnte er Del sein Verhalten nicht einmal verübeln. Der Satai war jung, und Ikne war keine Stadt, in der ein junger Mann auf seine Kosten kam. Sogar er selbst verspürte in letzter Zeit eine immer stärkere Unruhe, und er kam sich mehr und mehr wie ein Gefangener vor, und die mächtigen grauen Mauern schienen ihm eher Fessel als Schutz zu sein. Es gab keinen sichereren Ort zum Überwintern als die reiche Händlerstadt an den Ufern des Besh mit ihren uneinnehmbaren Mauern, ihrer Wärme und Sicherheit, aber ihre Einwohner zahlten für diesen Luxus mit Unfreiheit und der Tyrannei der Priesterkönige und ihrer Garden. Sechs Monate waren vergangen, seit sie nach ihrem fehlgeschlagenen Versuch, die Nonakesh-Wüste zu überwinden und an den Küsten des Nebelmeeres nach Norden zu ziehen, zurückgekehrt waren, sechs Monate, in denen sie in dieser Stadt wie in einem goldenen Käfig festsaßen.

Skar atmete innerlich auf, als er daran dachte, daß sie in wenigen Stunden schon fortgehen konnten. Cubic hatte ihre verzweifelte Lage sofort erkannt und ihnen für den Kampf weit weniger geboten, als ihnen zustand. Aber es würde immer noch reichen, um nach dem Abzug ihrer Schulden Pferde und Sättel für sich und Del zu erstehen und wegzureiten. Vielleicht würden sie den Besh hinab nach Endor ziehen, um dort den Winter abzuwarten. Es war zu spät, sich jetzt noch dem Zug gegen die Quorrl anzuschließen. Dafür war im nächsten Frühjahr noch immer Zeit genug – falls die Gefahr dann noch existierte.

Ein leises Knarren drang in seine Gedanken, das Geräusch der rostigen Angeln, als die Tür rasch geöffnet und dann gegen die Kraft des Windes mit einem Ruck wieder geschlossen wurde.

Er drehte sich um und legte den Kopf schief, um durch die peitschenden Regenschleier erkennen zu können, wer ihm da gefolgt war.

Es war die Frau, die ihm schon drinnen in der Taverne aufgefallen war. Sie trug jetzt einen bodenlangen, braunen Umhang, unter dessen Kapuze nur ein schmaler Streifen ihres Gesichts zu erkennen war, und der lange, in Tücher eingehüllte Gegenstand in ihren Händen war eindeutig ein Schwert. Sie blieb einen Moment unter dem Türsturz stehen, überzeugte sich mit einem raschen Blick davon, daß sie wirklich allein mit Skar auf der Straße war, und trat dann auf ihn zu.

»Mein Name ist Gowenna«, sagte sie. Sie sprach leise, aber ihre Stimme hatte einen festen, selbstsicheren Klang. Es war die Stimme eines Menschen, der es gewohnt war, Befehle zu erteilen. »Du bist Skar, der Satai.« Für einen winzigen Moment schienen die flackernden Schatten von der grauen Mauer auf sie überzuspringen und ihr Gesicht hinter einem düsteren Schleier zu verbergen. »Ich habe mit dir zu reden.«

Skar starrte sie drei, vier Sekunden lang durchdringend an, aber Gowenna hielt seinem Blick gelassen stand. Es gab nicht viele Menschen, die das konnten.

»Ein seltsamer Ort für ein Gespräch«, sagte Skar.

»Was ich dir zu sagen habe, ist nicht für jedermanns Ohren bestimmt. Erst recht nicht für die eines schwatzhaften Wirts. Ich habe einen Auftrag für dich und deinen Freund.«

»Du?« fragte Skar zweifelnd.

Gowenna machte eine ungeduldige Bewegung mit dem verhüllten Schwert. »Ich oder jemand, für den ich spreche, das bleibt sich gleich. Bist du interessiert?«

Skar schluckte die scharfe Antwort, die ihm auf der Zunge lag, herunter und rang sich ein nichtssagendes Lächeln ab. »Das kommt ganz darauf an, was du von mir willst. Und was du bietest«, fügte er nach einer winzigen Pause hinzu.

Auf Gowennas Gesicht schien sich für einen winzigen Moment fast so etwas wie Verachtung zu spiegeln. »Um Geld brauchst du dir keine Sorgen zu machen«, sagte sie abfällig. »Wenn das alles ist, was dich interessiert. Folge mir.« Sie wandte sich um und wollte vor Skar die Straße hinabgehen, aber er vertrat ihr rasch den Weg. »Nicht so eilig«, sagte er. »Ich habe nicht gesagt, daß ich dich begleiten werde. Ich weiß weder, wer du bist, noch –«

»Du wirst es rechtzeitig erfahren«, unterbrach ihn Gowenna. »Komm jetzt – mein . . . Auftraggeber erwartet dich.« Sie schob ihn mit einer überraschend kräftigen Bewegung zur Seite, zog die Kapuze zum Schutz gegen den Regen tiefer in die Stirn und eilte die Straße hinab, ohne sich noch einmal umzusehen. Sie schien vollkommen sicher zu sein, daß Skar ihr folgen würde.

Skar zögerte aber merklich, das zu tun. Es war nicht so, daß er Angst hatte – hätte diese seltsame Frau ihn in eine Falle locken wollen, hätte sie es sicher geschickter anstellen können. Außerdem wußte er sich seiner Haut durchaus zu wehren.

Aber etwas war in ihm, das ihn warnte, eine unhörbare, drängende Stimme, die ihm zuflüsterte, auf der Stelle kehrtzumachen und so schnell wie möglich zur Arena zurückzugehen.

Doch er tat es nicht.

Gowenna hatte gesagt, daß es nicht weit sei, aber sie durchquerte das Händlerviertel zur Gänze, ehe sie das erste Mal stehenblieb. Die Straßen waren noch immer menschenleer, und fast, als wolle die Natur den Umstand, daß es hell und wärmer geworden war, ausgleichen, hatte es stärker zu regnen begonnen. Der Wind trieb die grauen Schleier jetzt beinahe waagerecht vor sich her, und Skar mußte vornübergebeugt und mit gesenktem Kopf gehen, um überhaupt noch atmen zu können. Er begann sich mit jedem Schritt unwohler zu fühlen, aber er schrieb diesen Umstand der Kälte und seiner Erschöpfung zu, obwohl er wußte, daß es in Wirklichkeit nicht so war. Irgend etwas an dieser Frau, an ihrem Auftreten und der Art, in der er ihr begegnet war, beunruhigte, irritierte ihn. Das Zusammentreffen mit ihr war kein Zufall gewesen. Sie hatte in der Taverne auf ihn gewartet, als hätte sie genau gewußt, daß er käme. Es war nicht das erste Mal, daß Skar auf eine Frau traf, die eine Waffe führte und sie offensichtlich auch zu benutzen wußte, aber er war selten jemandem – gleich, ob Mann oder Frau – begegnet, den eine so unerschütterliche Aura von Stärke und Selbstsicherheit umgab. Und er konnte sich beim besten Willen nicht vorstellen, wozu jemand wie sie die Hilfe eines Satai benötigte, welche Aufgabe diese Frau für ihn und sein Schwert hatte, die sie nicht selbst zu lösen imstande gewesen wäre. Satai waren Söldner, Männer, die ihre Waffenarme verkauften, trotz aller Ideologie Krieger, Krieger für Geld. Diese Frau brauchte keinen Krieger.

Skar zweifelte nicht einen Augenblick daran, daß Gowenna mit dem Schwert kaum weniger gut umzugehen wußte wie er selbst oder Del.

Er ertappte sich dabei, wie seine Hand unter dem Umhang nach dem Griff des *Tschekal* tastete. Das Metall fühlte sich kalt und feucht an; die kurze Zeit, die er in RACHES WACHT gewesen war, hatte nicht genügt, die Kühle daraus zu vertreiben. Trotzdem fühlte es sich gut an. Etwas von der Stärke eines Satai steckte in seiner Waffe. Wenn es wirklich eine Falle war, in die er lief . . .

Skar vertrieb den Gedanken mit einem ärgerlichen Kopfschütteln und zog die Hand rasch von der Waffe zurück. Ikne war eine Stadt des Friedens, trotz ihrer titanischen Mauern und der waffenstarrenden Wehrtürme, die das flache Land überragten. Der Gedanke an einen Überfall war in Ikne ungefähr so absurd wie die Vorstellung eines Hagelsturmes mitten in der Wüste. Aber vielleicht war es gerade diese Ruhe, die Sicherheit, die das Wort Ikne in diesem Teil der Welt repräsentierte, welche ihn unsicher werden ließ. Je länger er hier war, desto öfter wandten sich seine Gedanken Kampf und Tod zu; jede Stunde, die er in Frieden und Muße genoß, schien etwas in seinem Inneren zu wecken, etwas, das ihm gleichermaßen bekannt wie furchterregend vorkam, eine unbestimmbare Sehnsucht nach Kampf und Schlachtenlärm und Krieg.

Er ging schneller, um Gowenna einzuholen. Sie hatte bisher nicht ein einziges Mal zurückgeschaut. Selbst, als sie vorhin stehengeblieben war, hatte sie es nur getan, um einen raschen Blick in eine Seitenstraße zu werfen, als wolle sie sich davon überzeugen, daß sich ihnen auch wirklich niemand an die Fersen geheftet hatte. Trotz ihrer Stärke wirkte sie auf seltsame Weise gleichzeitig furchtsam, wie jemand, der sich seiner Kraft bewußt war, gleichzeitig aber auch wußte, daß er diese Stärke nicht einsetzen konnte.

Skar holte sie mit ein paar raschen Schritten ein, ergriff ihre Schulter und zwang sie stehenzubleiben. »Wohin gehen wir?« fragte er unwirsch.

Gowenna wandte den Kopf und sah ihn mit einem undefinierbaren Blick an, drehte sich jedoch nicht herum, obwohl er fest zupackte und sein Griff sie schmerzen mußte. Das fahle Licht überzog ihr Gesicht mit grauen Schatten, ließ sie gleichsam zu einem Geschöpf der Dämmerung werden. Überhaupt schien alles an ihr grau zu sein – ein Grau, das mit jedem Schritt, den sie sich weiter in den Morgen hineinbewegte, an Kraft gewann. Ihr Gewand, die Sandalen, der Schleier, mit dem sie wohl normalerweise ihr Antlitz verhüllte und der nun in der Art eines Halstuches unter ihrem Kinn zusammengeknotet war, selbst das schwarze Haar schien von grauen Schatten durchwoben zu sein. Der Gedanke weckte eine Erinnerung in Skar, aber sie entschlüpfte ihm wieder, bevor er sie fassen konnte.

»Es ist nicht mehr weit«, antwortete sie mit deutlicher Ungeduld. »Dieses Haus dort drüben.«

Sie machte eine vage Geste zur anderen Straßenseite, streifte seine Hand mit einer plötzlichen, abrupten Bewegung ab, die von einem unwilligen Stirnrunzeln begleitet wurde, als bemerkte sie die Berührung erst jetzt, und ging weiter.

Skar starrte ihr einen Moment wütend nach und folgte ihr dann.

Sie waren jetzt in den Randbezirken der Stadt. Die Wehrmauer ragte kaum eine Pfeilschußweite vor ihnen empor, bildete eine schwarze, messerscharf gezogene Linie, die den Himmel teilte und einen wuchtigen Schatten warf. Die Häuser waren hier kleiner und schäbiger als in den Vierteln, in denen Skar sich normalerweise aufhielt, und die Straßen waren brüchig und alt, ohne Abflüsse oder Kanäle, so daß er knöcheltief im Wasser stand, als er vom Gehsteig heruntertrat. Gowenna führte ihn zu einem schmalen, zweigeschossigen Haus, das ein Stück zurück und im Schatten der benachbarten Gebäude lag. Es war schäbig selbst für diese Gegend, klein und geduckt; hineingekauert in die Dunkelheit, als wolle es sich verbergen.

Ein schmaler, fensterloser Gang nahm sie auf. Gowenna trat beiseite, um ihn vorbeizulassen, nickte auf eine fast freundliche, aufmunternde Art, die nicht zu ihrem bisherigen Verhalten paßte, und drückte die Tür hinter ihm sorgfältig zu. Es gab keinen Riegel, aber die Tür hielt trotzdem. Es wurde dunkel. Gowennas Schatten blieb noch einen Moment vor den Ritzen und Spalten des morschen Türblattes sichtbar und glitt dann an ihm vorbei, um mit der Schwärze weiter hinten im Gang zu verschmelzen. Skar fragte sich unwillkürlich, wie sie bei der absoluten Dunkelheit hier drinnen ihren Weg finden konnte. Aber ihre Schritte klangen rasch und so sicher vor ihm, als wäre das Haus taghell erleuchtet.

»Gib acht jetzt. Eine Treppe.«

Der Klang ihrer Schritte veränderte sich, als unter ihren Füßen nicht mehr Lehm, sondern das knarrende Holz einer Treppe war. Skar folgte ihr langsamer, blieb dort, wo er die Treppe wähnte, stehen und tastete vorsichtig nach der ersten Stufe, ehe er weiterging. Über ihm - höher, als er nach der Anzahl ihrer Schritte geglaubt hatte - öffnete sich eine Tür. Sie mußte immer zwei oder mehr Stufen auf einmal genommen haben.

Ein winziger gelber Funke glomm auf, dann erfüllte der flakkernde Schein einer Öllampe den Gang.

»Tritt ein.«

Skar nahm die letzten Stufen rascher und senkte den Kopf, um nicht gegen den niedrigen Türbalken zu stoßen. Das Zimmer war winzig - ein Rechteck, das gerade Platz für ein strohgedecktes Lager, einen Tisch und einen dreibeinigen Hocker bot. Es gab ein schmales, mit einem Laden und zusätzlichen Gitterstäben gesichertes Fenster an der Südwand und gegenüber ein paar flache Nischen, die zur Aufbewahrung der verschiedensten Dinge dienten; für einen Schrank wäre kein Platz gewesen.

Gowenna wartete geduldig, bis Skar seine Musterung beendet hatte. »Du siehst, es lauern keine Mordbuben unter dem Bett«, sagte sie spöttisch. »Und im Boden ist auch keine Falltür. Du kannst also getrost eintreten.« Sie deutete mit einer Kopfbewegung auf den Hocker und wich gleichzeitig zur Tür zurück. »Warte hier«, sagte sie. »Meine Herrin wird in wenigen Augenblicken da sein. Du wirst dann alles Notwendige erfahren.«

Skar wollte etwas sagen, aber Gowenna fuhr mit einer raschen Bewegung herum und war verschwunden, ehe er Gelegenheit zu weiteren Fragen hatte. Ihre Schritte verklangen auf der Treppe, dann fiel die Tür unter ihm zu.

Skar blieb einen Moment unschlüssig stehen, ehe er sich auf die Bettkante setzte und sich in einer Mischung aus Ärger und widerwilliger Neugier umsah. Das Zimmer gab auch bei der zweiten Betrachtung nicht mehr her, es war schäbig, selbst für eine drittklassige Herberge im übelsten Viertel der Stadt, ein Loch, gerade gut genug zum Schlafen und vielleicht nicht einmal das. Er konnte sich nicht vorstellen, daß Gowenna oder die, für die sie arbeitete, hier lebten. Vermutlich hatte sie das Haus einzig und allein wegen seiner abgeschiedenen Lage gewählt.

Seine Geduld wurde auf keine harte Probe gestellt. Schon nach kurzem hörte er wieder das Geräusch der Tür, danach eilige Schritte. Leichtere Schritte als die Gowennas. Skar erhob sich, schlug seinen Umhang zurück und legte die Hand neben dem Schwertgriff auf den Gürtel.

Es war eine Frau. Sie war jünger als Gowenna, schlanker und kleiner. Und sie war, wie Gowenna, von Kopf bis Fuß in mattes, fließendes Grau gekleidet.

Skar wußte plötzlich wieder, woran ihn die Farbe erinnert hatte.

Sein Erstaunen mußte sich deutlich auf seinen Zügen widerspiegeln, denn die Fremde lächelte plötzlich. Sie zog die Tür hinter sich ins Schloß, schlug mit einer graziösen Bewegung ihre Kapuze zurück und bedachte ihn mit einem zweiten spöttischen Lächeln.

»Was Ihr denkt, ist richtig, Satai«, sagte sie. »Ich *bin* eine *Errish*. Und Ihr müßt Skar sein.« Als hätte sie damit alles gesagt, was an Erklärung notwendig war, streifte sie ihren Umhang ab, warf ihn nachlässig zu Boden und bückte sich unter das Bett, um ein sauberes Tuch aufzuheben, mit dem sie sich Gesicht und Hände abzutrocknen begann. Ihre Kleider waren bis auf einen schmalen, dunklen Streifen um die Füße, der das Kleid wie ein unregelmäßiger Saum abschloß, vollkommen trocken. Das graue Cape mußte wasserdicht sein.

Skar musterte sie offen und mit einer Mischung aus Ehrfurcht und unverhohlener Neugier. Sie war noch jünger, als er im ersten Moment geglaubt hatte – vielleicht fünfundzwanzig, kaum älter, obwohl, wie er rasch in Gedanken hinzufügte, Jugend – äußerlich sichtbare Jugend – bei einer *Errish* nicht viel bedeuten mußte. Sie hatte ein hübsches, ehrlich wirkendes, rundes Gesicht. Um ihren Mund lag ein energischer Zug, und ihre Augen, dunkle Augen, blickten mit einer seltsamen Mischung aus Lebenslust und Ernst in die Welt. Ihr Haar war, wie bei den *Errish* üblich, im Nacken zusammengeknotet und von einer goldenen Spange gehalten; das einzige, was nicht grau war an ihr. Dunkles Haar, das sehr lang und sehr schön sein muß, wenn es offen herabfällt, dachte Skar. Aber was er sah, war nichts, denn ihr Äußeres war nur eine Maske, perfekt bis ins Letzte, doch nicht mehr als Schein. Niemand hatte je das wirkliche Gesicht einer *Errish* gesehen.

Sie trocknete sich sorgfältig und ohne sichtliche Hast ab, warf das Tuch ebenso achtlos zu Boden wie vorher den Umhang und nahm einen Krug und zwei Becher aus einer der Nischen. »Trinken wir einen Wein«, sagte sie. »Nach der kalten Nacht und dem Regen wird er uns guttun. Ich bin durchnäßt von den wenigen Schritten, die ich laufen mußte. Ihr müßt völlig erschöpft sein.«

Skar lehnte sich gegen die Wand, schüttelte den Kopf und versuchte, gleichmütiger dreinzuschauen, als er war. »Ich bin nicht zum Trinken hergekommen.«

Die *Errish* schenkte die beiden Becher voll und stellte den Krug zurück, als hätte sie seine Worte gar nicht gehört. »Trinkt«, sagte sie. »Das ist ein besserer Tropfen als der, den der alte Geizkragen ausschenkt.«

Skar griff seufzend nach dem Becher, drehte ihn einen Moment unschlüssig in der Hand und tat dann so, als ob er tränke. »Ihr versteht zu leben«, sagte er. »Der Wein ist wirklich besser als der von Rache.«

Auf dem Gesicht der jungen Frau erschien ein Anflug von Unmut. »Ihr solltet nicht versuchen, mich zu belügen, Skar«, sagte sie ruhig. »Ihr könnt schwerlich den Wein kosten, ohne Eure Lippen zu benetzen.«

Skar hielt ihrem Blick einen Moment stand, zuckte dann mit den Achseln und trank wirklich. Der Wein war süß und schwer, zu schwer für seinen Geschmack. Aber er tat ihr den Gefallen und leerte den Becher zur Hälfte, ehe er ihn zurückstellte.

»Und nun«, sagte er, »haben wir hoffentlich dem Zeremoniell genüge getan und können zur Sache kommen. Wer seid Ihr und was wollt Ihr von mir?«

»Eure Fragen sind leicht zu beantworten«, sagte die *Errish.* »Mein Name ist Vela. Und was ich von Euch will? Was will man schon von einem Satai, Skar? Eure Hilfe. Hat Euch Gowenna nicht gesagt, daß ich einen Auftrag für Euch und Euren Kameraden habe?«

Skar schürzte unwillig die Lippen. Als er antwortete, war sein Ton schärfer, als es einer *Errish* gegenüber angemessen war. »Doch. Aber sie hat leider vergessen zu sagen, welcher Art dieser Auftrag ist. Ich hoffe, Ihr vergeßt es nicht auch. Ich habe nichts gegen einen guten Schluck Wein und eine Unterhaltung, doch meine Zeit ist knapp, und ich habe heute noch etwas vor ...«

»Ach ja, Euer Kampf ...«

Vela lächelte. Sie wirkte jetzt mehr denn je wie ein unschuldiges kleines Mädchen. Und doch war irgend etwas in ihrem Blick, das Skar mißfiel, obwohl er nicht zu sagen vermochte, was.

Aber vielleicht war er auch nur überreizt, mißtrauischer als nötig. Sie war nicht irgendwer, sondern eine *Errish,* eine Ehrwürdige Frau. Wenn es auf dieser Welt noch einen Begriff gab, der für Vertrauen und Ehrlichkeit stand, dann dieser. Er nahm einen weiteren, vorsichtigen Schluck, sah sich unschlüssig um und ließ sich schließlich auf das Lager sinken, weniger aus Müdigkeit, sondern eher, weil es ihm plötzlich unangenehm war, ruhig dazustehen und ihren forschenden Blick auf sich zu spüren. Skar war sich des Umstandes, nervös zu sein und dies auch zu zeigen, völlig bewußt, und er kannte auch den Grund. Vela. Nicht das, was sie gesagt hatte oder noch sagen würde, auch nicht die seltsamen Umstände ihres Zusammentreffens, sondern nur sie. Ihre bloße Anwesenheit.

Er sah auf, begegnete ihrem Blick und begann unruhig auf der Kante des Lagers hin und her zu rücken. Es war hart und zu niedrig, um bequem zu sein. Er zog die Beine an, ließ sich zurücksinken und lehnte den Kopf gegen die nackte Lehmwand. Sie war feucht und kalt wie alles in diesem Haus, und er setzte sich abrupt wieder auf.

»Ich vergesse nicht, es Euch zu erklären«, sagte Vela nach einigem Zögern. »Aber es ist nicht leicht.« Sie setzte sich auf den Hokker und legte die Hände nebeneinander auf den Tisch. Skar fiel auf, wie braun ihre Haut war. Dunkler, als man es normalerweise bei einer Ehrwürdigen Frau erwartete.

»Laßt Euch Zeit«, murmelte er. »Wir sollten nur bis Sonnenuntergang fertig sein. Dann beginnt mein Kampf.«

»Ah ja, der Kampf«, sagte Vela noch einmal, als erinnere er sie an etwas, das sie längst vergessen hatte. »Del und Ihr müßt in großer

Bedrängnis sein, wenn Ihr ein solches Angebot angenommen habt. Kämpft Ihr oft für Geld?«

Skar nickte. »Dann und wann. Habt Ihr mich rufen lassen, um mit mir über meine Art zu leben zu reden?« Er spürte selbst, daß er über das Maß des Notwendigen hinausschoß, aber es war ihm gleich, und Vela schien ihm seinen angriffslustigen Ton nicht übelzunehmen.

»Nein«, antwortete sie. »Ich frage aus einem anderen Grund. Ihr . . . habt den Kontrakt unterzeichnet, um mit dem Handgeld Eure Schulden bei Cubic bezahlen zu können, nicht?«

Skar wollte auffahren, besann sich aber dann anders und beließ es bei einem finsteren Blick.

»Und wenn?«

Vela zuckte gleichmütig die Achseln. »Ich informiere mich gerne über einen Mann, bevor ich mit ihm rede, Skar. Aber Ihr braucht Euch nicht zu genieren. Cubic ist für seine üblen Tricks bekannt. Ihr seid nicht die ersten, die er so sehr in Schulden verstrickt, daß sie hinterher für ihn kämpfen müssen, wenn sie nicht im Kerker landen wollen. Man kann von einem Mann, dessen Handwerk der Krieg ist, nicht verlangen, daß er die Schliche eines Halsabschneiders wie Cubic durchschaut. Wieviel schuldet Ihr ihm?«

»Warum fragt Ihr?«

»Weil ich Euch auslösen werde, wenn Ihr für mich arbeitet«, antwortete Vela. »Zusätzlich zu Eurem Lohn. Bedingung ist nur, daß Ihr sofort annehmt.«

Skar antwortete nicht. Es gab tausend Fragen, die ihm auf der Zunge langen, aber er zog es vor, Vela reden zu lassen. Aus irgendeinem Grund schien sie sich zu scheuen, direkt auf ihr Anliegen zuzusteuern. Nach dem, was sie bisher gesagt hatte, mußte sie sich wirklich über Del und ihn informiert haben. Wenn sie dennoch zögerte, dann aus einem bestimmten Grund. Skar spürte, daß ihre Worte alles andere als belanglose Konversation waren, trotz ihres freundlichen Tones. *Sie ist eine Errish,* dachte er. Nichts, was eine *Errish* sagte oder tat, war belanglos. *Nichts.* Aber es war schwer, dieses sonnengebräunte Kindergesicht anzusehen und zu glauben, einem gleichwertigen Gegner gegenüberzustehen.

»Nun?«

»Euer Angebot klingt verlockend. Was sollen wir tun?«

»Etwas, das gefährlich ist, aber einen Mann wie Euch sicher reizt. Etwas, das noch keiner vor Euch gewagt hat.«

Skar schluckte die bissige Antwort, die ihm auf der Zunge lag, im letzten Moment hinunter. »Ihr liebt es, in Rätseln zu sprechen, wie?«

Vela nickte. »Von Zeit zu Zeit«, gestand sie. »Aber wenn Ihr mir länger zuhört, werdet Ihr mich verstehen. Ihr seid ein gefährlicher Mann, Skar. Man muß sich seine Worte gut überlegen, wenn man mit Euch redet. Zumal wenn man etwas von Euch will.«

Skar seufzte, zog es aber vor, den Mund zu halten und sich in Geduld zu fassen, so schwer es ihm auch fiel. Es war Velas Spiel, und im Moment bestimmte sie die Regeln. Er würde es mitspielen müssen.

»Ihr seid interessiert?«

»Wenn Ihr mir verratet, worum es geht ... vielleicht. Obgleich ich mir nicht vorstellen kann, wozu eine Ehrwürdige Frau die Hilfe eines Satai benötigt. Gibt es wirklich etwas, daß Ihr nicht meistern könntet?«

Für einen Moment schien ein Schatten über Velas Gesicht zu huschen, aber sie hatte sich sofort wieder in der Gewalt. »Es gibt etwas«, sagte sie. Ihre Stimme klang anders als bisher. Es war ein Unterton von Ernst und Entschlossenheit darin, der neu war. Neu und irgendwie beunruhigend. Skar spürte plötzlich, daß ihr Gleichmut nur gespielt und sie in Wirklichkeit ebenso wie er aufs äußerste gespannt war. Vielleicht noch mehr.

»Ich möchte, daß Ihr etwas für mich stehlt«, sagte sie schließlich.

Skar schwieg einen Moment, griff nach seinem Becher und trank, nicht aus Durst, sondern um Zeit zu gewinnen. Die Antwort war anders, als er erwartet hatte. Sie hatte das Rätsel eher vergrößert.

»Ich ... bin kein Dieb«, sagte er vorsichtig.

»Wäre das, was ich brauche, von einem gewöhnlichen Dieb zu beschaffen, so bräuchte ich kaum Eure Hilfe«, erwiderte Vela unerwartet scharf. Für einen Moment klang ihre Stimme so, wie man es von einer *Errish* erwartete: hart, befehlend und – obwohl leise – in einer Art, die jeden Widerspruch, ja selbst den bloßen Gedanken daran, von vornherein ausschloß. »Ihr werdet etwas für mich *holen,* wenn Euch der Ausdruck lieber ist«, fuhr sie fort. »Es ist schwer, aber Ihr könnt es schaffen. Ich gebe Euch alles, was dazu notwendig ist. Geld, Pferde, Männer und Waffen.«

Skar starrte sie für die Dauer eines Herzschlages durchdringend an. »Und was soll ich tun?« fragte er sarkastisch. »Die Königsjuwelen von Ikne stehlen? Oder reicht der Schatz der Tempelpriester?«

»Weder das eine noch das andere«, erwiderte Vela ruhig. »Ich möchte, daß Ihr nach Combat geht und den Stein der Macht holt.«

Es dauerte lange, bis Skar seine Überraschung soweit überwand, daß er wieder einen halbwegs klaren Gedanken zu fassen imstande war. Zwei, vielleicht drei Minuten lang starrte er Vela fassungslos an und versuchte vergeblich das zu glauben, was er gehört hatte.

Combat . . . allein der Klang dieses Wortes schien etwas Unheilvolles in sich zu bergen. Es war ein Wort aus einer Sprache, die so tot war wie die, die sie gesprochen hatten, ein Wort, das Gedanken an Tod und Verwüstung und Verderben mit sich führte, das auszusprechen allein schon Frevel war. *Combat. Die Brennende Stadt.* Legende, Fluch und Hoffnung in einem . . .

»Ihr . . . seid verrückt«, keuchte er schließlich.

»Nein, Skar.« Vela schüttelte ruhig den Kopf und lächelte wieder, wenn auch auf eine ganz, ganz andere Art als bisher. Ernst, vielleicht sogar ein wenig traurig. Sie stand auf, strich sich mit einer unbewußten Geste über das Kleid und ging dann mit schnellen Schritten zum Fenster hinüber. Ihre Finger fuhren über das verquollene Holz des Rahmens und zeichneten die Risse und Sprünge darin nach. Obwohl sie vollkommen ruhig dastand und das Gesicht von ihm wegwandte, den Blick starr auf die geschlossenen Läden gerichtet, als könne sie dort etwas sehen, das ihm verborgen blieb, begann Skar zu spüren, wie nervös sie in Wirklichkeit war. »Ihr habt gerade gesagt«, fuhr sie fort, »daß Ihr nur zwei Satai-Söldner seid, Del und Ihr. Aber das stimmt nicht.« Sie fuhr mit einer abrupten Bewegung herum, stützte sich mit den Handflächen auf die Fensterbrüstung und lehnte sich zurück, so daß ihr Kopf gegen die rostigen Gitterstäbe stieß. Ihre ganze Art, zu reden und sich zu geben, kam Skar mit einem Mal unnatürlich vor, steif und einstudiert, als hätte sie sich jedes Wort, jede Geste vorher genauestens überlegt. »Ich habe gesagt, daß ich mich über Euch informiert habe, Skar, und ich habe es gründlich getan, glaubt mir. Ihr seid die Besten. Es gibt keinen, der diese Aufgabe besser lösen könnte als Ihr.«

Skar schüttelte langsam den Kopf. Er fühlte sich immer noch wie betäubt. »Ich danke Euch für das Lob«, antwortete er schleppend. »Aber was Ihr verlangt, ist schlichtweg unmöglich.«

»Das ist es nicht«, widersprach Vela. »Es ist schwer. Es ist schwer und gefährlich, aber nicht unmöglich. Andere haben es vor Euch versucht, und keinem ist es gelungen, das ist wahr. Aber Ihr könntet es schaffen. Ihr seid keine Abenteurer wie die, die vor Euch nach dem Stein der Macht gesucht haben und dabei umkamen. Ich gebe Euch die besten Männer mit, die Ihr für diese Aufgabe finden könnt. Und ich besitze etwas, das die anderen nicht hatten, Skar. Wissen. Ich weiß alles, was es über Combat zu wissen gibt, über die Stadt und den Weg, zu ihr zu gelangen. All diese Narren, die vor Euch versucht haben, Combats Geheimnis zu lüften, wußten nicht einmal, womit sie es zu tun hatten. Ich kenne Combat. Ich kenne es so gut, als wäre ich dort gewesen. Und ich gebe Euch all mein Wissen mit, Skar. Ich habe Karten, Karten, auf denen die genaue Position des Steines der Macht zu finden ist, und der Weg, zu ihm zu gelangen. Nach Combat hinein und wieder hinaus.«

Skar lachte rauh auf. »Ihr seid wahnsinnig!« behauptete er. Es war ihm jetzt völlig gleichgültig, daß sie eine *Errish* war und nicht nur die Worte, sondern allein der Ton, in dem er sie aussprach, genügt hätten, ihn den Kopf zu kosten. »Wenn es so ist, wie Ihr sagt, warum geht Ihr dann nicht selbst und holt den Stein? Und wenn ich ginge und ihn fände – woher nehmt Ihr die Überzeugung, daß ich ihn nicht für mich behalte?«

Vela wollte etwas sagen, aber Skar sprach rasch und laut weiter. »Wohlgemerkt – ich glaube nicht, daß es diesen Stein der Macht überhaupt gibt. Aber ich werde Euer Spielchen ein wenig mitspielen, wenn es Euch Freude macht. Nehmen wir also an, es gäbe diesen Stein, und nehmen wir weiter an, ich fände ihn – glaubt Ihr wirklich, es gäbe einen einzigen Menschen auf der Welt, der dieser Versuchung widerstehen könnte? Wenn es ihn gäbe, bedeutete er Macht, unendliche Macht. Sein Besitzer wäre ein Gott!«

»So wie die Herren Combats?« erwiderte Vela ruhig. »Ihr seid nicht der Mann, so etwas zu tun, Skar. Ihr mögt ein harter Mann sein, aber Ihr seid kein Dieb und Betrüger. Würde es Euch nach Macht gelüsten, hättet Ihr sie schon hundertmal haben können. Ich sagte bereits mehrmals, daß ich mich über Euch informiert habe, aber Ihr scheint mir nicht zu glauben. Ich kenne Euch, Skar, besser vielleicht, als Ihr selbst Euch kennt. Ihr hattet öfter als nur einmal die Gelegenheit, Euch einen Thron zu erobern. Die Versuchung, von der Ihr sprecht, existiert für Euch nicht. Ihr habt nie Macht gewollt. Ihr könnt nichts damit beginnen, weil sie Euch nichts bedeutet. Und Ihr wißt das sehr genau.

Dies zum einen.

Zum anderen werdet Ihr mich kaum für so dumm halten, mich nicht auch auf diese Möglichkeit vorbereitet zu haben. Für einen Mann wie Euch ist der Stein wertlos. Nur wer ihn zu handhaben weiß, kann seine Macht auch anwenden. Für den, der sein Geheimnis nicht kennt, würde er zum Fluch.«

Sie brach ab, starrte einen Moment zu Boden und sprach dann leiser und ruhiger weiter. »Ich verlange jetzt keine Entscheidung von Euch, Skar. Geht, besprecht Euch mit Del und denkt in Ruhe darüber nach. Gowenna wird kurz vor Sonnenuntergang zu Euch kommen und Eure Entscheidung hören.«

Skar schüttelte den Kopf. »Erspart ihr den Weg«, sagte er. »Die Antwort ist nein.« Er sprach schnell, fast hastig, als hätte er Angst, gegen seine Überzeugung etwas anderes sagen zu können.

»Ihr entscheidet eine Angelegenheit von solchem Gewicht recht vorschnell, nicht?«

»Es gibt nichts zu entscheiden«, sagte Skar. »Sucht Euch einen anderen. Es gibt genug Satai. Und es gibt genug Männer, die mindestens so gut mit dem Schwert umgehen wie ich. Vielleicht findet Ihr jemanden, der leichtsinnig und verzweifelt genug ist, auf diese Weise Selbstmord zu begehen. Ich tue es jedenfalls nicht.«

»Ich werde Eure Antwort nicht akzeptieren«, sagte Vela ruhig. »Nicht jetzt. Überlegt Euch die Sache. Ich biete Euch viel, Skar.

Mehr als Geld und Reichtum. Ich werde Vertraute brauchen, Helfer. Wer wäre dazu besser geeignet als der Mann, der mir den Stein gebracht hat?«

»Macht interessiert mich nicht«, gab Skar ruhig zurück. »Sagtet Ihr es nicht selbst?«

Vela machte eine unwillige Bewegung mit der Hand. »Ich spreche nicht von solcher Macht, Skar. Ich spreche von dem, wofür ihr Satai kämpft. Von Frieden. Gerechtigkeit. All den Dingen, die ihr auf eure Fahne geschrieben habt. Ihr wißt, welche Gefahr sich über Enwor zusammenballt.«

»Ihr meint die Quorrl?«

»Auch sie. Mit dem Stein der Macht können wir sie in Schach halten. Aber das ist es nicht allein. Ich brauche Euch nicht zu erzählen, wie es in der Welt aussieht. Not und Barbarei greifen um sich. Durch wie viele Dörfer seid Ihr gekommen, in denen die Menschen hungerten und starben? Wie viele Sommer habt Ihr erlebt, die ein kleines bißchen heißer waren als die vorausgegangenen? Wie viele Flüsse habt Ihr gesehen, deren Wasserspiegel gesunken war? Enwor stirbt, Skar. Langsam, aber unaufhaltsam. Ich hätte Euch nicht um Hilfe bei diesem verzweifelten Unternehmen gebeten, wenn es nicht so wäre. Und ich brauche es Euch nicht einmal zu erzählen. Ihr wißt es so gut wie ich.«

Skar lächelte, aber es war ein unechtes Lächeln, und er hatte ein bitteres, verlogenes Gefühl dabei. »Und Ihr glaubt, all dies mit dem Stein der Macht ändern zu können? Ihr glaubt, das Schicksal besiegen zu können, den Willen der Götter zu brechen? Wäre diese Welt, wie sie ist, wenn es ein Instrument wie den Stein der Macht überhaupt gäbe?«

Vela zögerte sekundenlang, ehe sie antwortete. »Vielleicht.« Ihre Stimme war ein kaum hörbares Flüstern, und ihr Blick schien geradewegs durch Skar hindurchzugehen, als spräche sie weniger mit ihm als mit sich selbst. »Niemand weiß, ob es den Stein der Macht wirklich gibt«, gestand sie. »Vielleicht ist er nichts als ein wertloses Schmuckstück, vielleicht ist er aber auch wirklich der Schlüssel zu göttlicher Macht. Ich weiß es nicht, Skar. Aber ich weiß auch nicht, daß es ihn *nicht* gibt. Es ist eine Chance. Eine winzige Chance nur, aber eine Chance. Unsere Welt braucht diese Chance. Sie hat nicht mehr sehr viele.«

Skar lächelte geringschätzig. »Große Worte, *Errish*«, sagte er. Plötzlich hatte er Lust, sie zu verletzen, und er legte alles an Hohn und Spott, was er aufbringen konnte, in seine Stimme. »Sehr große Worte. Aber Ihr erwartet doch nicht, daß ich darauf hereinfalle, oder?« Er stand auf, trat auf Vela zu und musterte sie herablassend. »Ihr habt versucht, mich zu kaufen«, stellte er fest. »Zuerst mit Schmeicheleien, dann mit Geld. Jetzt appelliert Ihr an mein Gewissen. Was kommt als nächstes? Werdet Ihr versuchen, mir zu drohen?«

»Ich könnte es«, erwiderte Vela ungerührt. »Aber ich verzichte darauf, Skar. Ich könnte Euch zwingen, mir zu Diensten zu sein, aber ich hätte Euch lieber als freiwilligen Verbündeten. Es widerstrebt mir, einen Mann zu etwas zu zwingen, zu dem er nicht aus freien Stücken bereit ist. Doch ich könnte es.«

Skar setzte zu einer wütenden Antwort an, aber irgend etwas in Velas Blick ließ ihn verstummen. Er wußte, daß ihre Worte keine leeren Drohungen waren. Sie *konnte* ihn zwingen. Und sie würde es tun, wenn er ihr keine andere Wahl ließ.

Sein Blick wanderte über die schlanke, in fließendes Grau gekleidete Frau. Sie wirkte zart, beinahe zerbrechlich, aber gleichzeitig auch fast übermenschlich stark und kraftvoll. Sie stand keinen halben Schritt vor ihm, und doch war in ihrem Gesicht nicht das geringste Anzeichen von Furcht oder Respekt zu lesen. Skar war es gewohnt, die Leute bei seinem Auftreten zusammenfahren oder zurückweichen zu sehen, nicht nur, weil er ein Satai war, sondern schlicht wegen seiner imponierenden Gestalt. Er überragte Vela um anderthalb Haupteslängen, und er kannte sich selbst gut genug, um zu wissen, wie furchteinflößend sein zernarbtes Gesicht auf jemanden wirken konnte, der ihn nicht kannte. Nichts von alledem war bei Vela zu bemerken. Im Gegenteil – je länger er ihrem Blick ausgesetzt war, desto schwächer und unsicherer begann er sich zu fühlen. Es war kein Duell mehr zwischen Skar und Vela, sondern zwischen dem, was sie verkörperten – einem *Satai* und einer *Errish,* einer Frau, deren Wort Befehl war, und einem Mann, der geschworen hatte, sich keinem Befehl zu beugen, der gegen sein Gewissen ging. Es war ein Kampf zwischen zwei Weltanschauungen, und die eine wie die andere war nie in Frage gestellt worden.

Und er wußte plötzlich, daß er diesen Kampf verlieren würde.

Es war nicht das erste Mal, daß er einer der Grauen Hüterinnen gegenüberstand. Aber es war das erste Mal, daß er begriff – oder zu begreifen begann –, was sie wirklich waren.

»Es ist . . . unmöglich«, sagte er nach einer Ewigkeit. Seltsamerweise schien ihm das Sprechen mit einem Mal Mühe zu bereiten. Die Worte kamen schleppend, langsam, als gäbe es da etwas in seinem Inneren, das ihn gegen alle Vernunft hindern wollte, sie auszusprechen. »Ich . . . kann es nicht. Sucht Euch einen anderen.«

Velas Blick wurde hart. »Überlegt Euch Eure Antwort gut, Satai«, sagte sie spröde.

Skar raffte alle Kraft zusammen, die er noch aufbringen konnte. Er spürte, daß er nicht mehr lange standhalten würde. Er hatte sich einen Kampf aufzwingen lassen, dem er nicht gewachsen war, ein Duell, das mit ihren Waffen und nach ihren Regeln geführt wurde und das er vom ersten Augenblick an verloren gehabt hatte. Er mußte weg. Sofort.

»Die Antwort ist nein«, sagte er noch einmal. »Ich gebe Euch mein Wort als Satai, daß nichts von dem, was ich hier erfahren habe, jemals über meine Lippen kommen wird, aber das ist auch schon alles. Es tut mir leid.«

Vela nickte, als hätte sie nichts anderes erwartet. »Ich ahnte, daß Ihr so entscheiden würdet«, sagte sie bitter. »Ich glaube, ich wäre fast enttäuscht gewesen, wenn es anders gekommen wäre.«

»Warum habt Ihr mich dann rufen lassen?«

»Ich wollte Euch eine Chance geben, Skar«, antwortete Vela ruhig. »Ich wollte fair sein. Vielleicht ein Fehler, aber ich war es mir schuldig. Mir und Euch.« Sie brach ab, schwieg einen Moment und bückte sich dann mit einer raschen Bewegung nach ihrem Umhang.

»Geht jetzt«, sagte sie. »Geht und denkt über meine Worte nach. Ich werde Gowenna vor dem Kampf zu Euch senden.« Sie streifte das Cape über, ging an ihm vorbei zur Tür und drehte sich noch einmal um, ehe sie das Zimmer verließ.

»Aber bedenkt eines, Skar«, sagte sie sehr langsam, sehr leise und sehr ernst. »Dieses Mal komme ich noch als Bittstellerin. Das nächste Mal fordere ich.«

Sie brauchten den Rest des Tages, um den Fuß des Gebirges zu erreichen. Es wurde wieder kälter, und als sie mit Einbruch der Dämmerung den Pfad verließen und sich ostwärts in Richtung Combat wandten, befanden sie sich unversehens wieder in einer Landschaft aus Schnee, Kälte und bizarren Eisgebilden. Der Sog des Feuersturmes über Combat trug die heiße Luft weit in die Höhe, ehe sie sich zu verteilen begann und mit ihrer Wärme Eis und Schnee der Schattenberge abschmolz. Hier unten war es kalt, noch kälter als oben in den Bergen.

Skar ließ die Gruppe trotz der vorgerückten Stunde weiterreiten. Bisher hatten sie stets Rast gemacht, sobald die Sonne unterging, um am nächsten Morgen mit dem ersten Schimmer des Tageslichts weiterzuziehen, aber er sah sich jetzt gezwungen, von diesem Schema abzuweichen. Ihr Vorrat an Brennmaterial war aufgebraucht, und nicht einmal Tantor konnte ohne Holz Feuer und Wärme herbeizaubern. Eine weitere Nacht bei Eis und Schnee würden sie nicht überstehen. Zudem hätte ohnehin keiner von ihnen jetzt schlafen können. Nervosität und Furcht hatten sich nicht gelegt, sondern waren im Gegenteil stärker geworden; Combat war kein Schrecken, an den man sich gewöhnen konnte, nichts, das sein Grauen verlor, wenn man nur lange genug hinsah – im Gegenteil. Morgen, spätestens übermorgen würden sie dort drüben sein, inmitten dieses weißglühenden Infernos. Skar hatte eine Zeitlang vergeblich versucht, nicht nach Osten zu sehen, aber die feurige Lohe über dem Horizont hatte ihn bereits in ihren Bann geschlagen.

Der Wind wurde stärker, je weiter sie sich vom Gebirge entfernten. Hatten ihre Pferde zuerst noch eine Spur aus tiefen, aufgeworfenen Löchern im Schnee hinterlassen, so ritten sie jetzt inmitten einer Wolke aus wirbelndem, trockenem Weiß, Schnee, der wie feinkörniger Sand unter ihre Kleidung und in ihr Haar kroch, ihre Atemzüge in kleine Dampfwölkchen verwandelte und die Luft in ihren Lungen brennen ließ. Skar hatte sich wieder in seinen Mantel gehüllt, aber das Fell schien nicht mehr zu wärmen, als hätte sein Körper, einmal aus der Kälte heraus, jegliche Widerstandskraft verloren.

Die Nacht kam schnell und ohne Warnung. Die Sonne versank, verschmolz für einen kurzen Moment mit den brennenden Unterseiten der Wolken und erlosch wie eine Kerzenflamme, deren Docht abgeschnitten wurde. Aber es wurde nicht dunkel. Wie um das Fehlen der Sonne auszugleichen, schien sich die Glut Combats zu verstärken, heller und schmerzhafter zu lodern und den Himmel mit Licht und Feuer und brennendem Rot zu überziehen. Der Schnee reflektierte das Rot der Flammen und verwandelte sich in Blut, erstarrtes, halbgeronnenes Blut, das an den Beinen der Pferde zerrte und sie festzuhalten versuchte.

Jemand berührte ihn an der Schulter. Es war Arsan. Der Kohoner hatte sein Pferd neben das von Skar gelenkt und deutete nun mit ausgestrecktem Arm nach Osten.

»Der Schnee endet dort vorn!« schrie er, das Heulen des Sturmes übertönend. »Wir sollten bald rasten!«

Skar nickte. Er fühlte sich zwar nicht müde, aber das besagte nichts. Sie würden ihre Kräfte am kommenden Tag brauchen. Er warf Arsan ein aufmunterndes Lächeln zu, sah sich flüchtig nach den anderen um und ritt schneller. Der Schnee hörte wirklich auf, verwandelte sich auf einer Strecke von nicht einmal fünfzig Schritten zuerst in klebrigen, braunen Morast, dann in Wasser, das in winzigen gurgelnden Bächen abfloß und im Boden versickerte. Gleichzeitig wurde es merklich wärmer, als überschritten sie eine unsichtbare Grenze. Der Wind wehte immer noch eisig und schneidend vom Gebirge herab, aber Skar spürte jetzt den warmen, schon fast unangenehmen Hauch des Feuers auf Gesicht und Händen.

Von hier unten, vom Tal aus, konnten sie die Stadt deutlicher erkennen. Noch waren sie Meilen von ihrer äußeren Begrenzung entfernt. Die Flammen wuchsen, wie auch die Stadt, zum Zentrum hin an, verwandelten sich von einem glosenden, flackernden Teppich am Rande zu einer brüllenden Feuersäule über dem Zentrum der Stadt, bildeten einen gigantischen, Meilen hohen Turm aus Glut und waberndem Licht, der gierig nach den Unterseiten der Wolken zu lecken schien. Es sah aus, als brodele vor ihnen ein ungeheurer Pilz aus Flammen.

Skar ließ anhalten, als sie endgültig aus dem Schnee heraus waren. Der Boden war zerfetzt, mit großen, gezackten Kratern und Löchern, bodenlosen Schlünden und bizarren Felstrümmern übersät, eine Alptraumlandschaft, die durch das flackernde Licht und das Brüllen des Feuersturmes noch unheimlicher wirkte. Skar gefiel der Gedanke, sie bei Nacht zu durchwandern, überhaupt nicht. Er konnte sich zwar nicht vorstellen, daß irgend etwas Lebendes freiwillig in dieses Labyrinth vordrang, aber das Gelände selbst war Gefahr genug. Es gab unzählige Risse, jäh aufklaffende Spalten und Fallgruben, und das unablässig wechselnde Licht machte es fast unmöglich, weiter als zwei oder drei Schritte zu sehen.

Er zwang sein Pferd herum, ritt zu Gowenna, die wie immer zusammen mit den Sumpfmännern das Ende der Kolonne bildete, zurück und deutete mit einer Kopfbewegung auf die Stadt.

»Wie weit ist es noch bis zu diesem Gang?« fragte er.

Gowenna sah sich einen Augenblick unschlüssig um, als fiele es ihr schwer, sich auf Einzelheiten zu besinnen. »Nicht ... mehr weit«, sagte sie schließlich. »Zwei Meilen. Vielleicht drei. Aber der Weg ist schwierig.«

»Eben«, sagte Skar. »Es wäre besser, wenn wir hier rasten und erst bei Tagesanbruch weiterreiten würden. Es sei denn, man kann in diesem Gang übernachten.«

»Unmöglich«, antwortete Gowenna bestimmt. Sie hatte ihre Unsicherheit jetzt überwunden und wirkte kühl und abweisend wie immer. »Die Hitze ist zu groß. Außerdem wird Tantor den Rest der Nacht brauchen, um seine ... Vorbereitungen zu treffen.«

»Was für Vorbereitungen?«

Auf Gowennas Zügen erschien ein dünnes, flüchtiges Lächeln. »Was glaubst du, warum er uns begleitet?« fragte sie. »Nur, um uns Feuer zu machen? Sicher nicht! Ohne ihn kämen wir der Stadt nicht einmal nahe.« Sie stockte, sah an Skar vorbei und starrte einen Moment ins Leere. »Aber du hast recht«, fuhr sie, abrupt das Thema wechselnd, fort. »Wir sollten hier rasten. Es gibt eine Menge zu besprechen, und es wird später nicht mehr möglich sein, das zu tun.«

»Warum?«

»Der Lärm wird zu groß sein. Hör doch.« Sie brach ab, und fast, als hätte der Geist der Stadt ihre Worte aufgefangen und reagierte darauf, drehte sich der Wind für einen Moment und trug das Brüllen der Flammen lauter zu ihnen herüber.

Skar nickte. »Du weißt eine Menge über die Stadt«, sagte er.

»Deshalb bin ich hier.«

»Nicht zum ersten Mal, nicht?«

Das Erschrecken auf Gowennas Gesicht war deutlich zu sehen, obwohl sie sich alle Mühe gab, es zu verbergen. »Woher ... wie kommst du darauf?« fragte sie.

»Es war nicht schwer zu erraten, Gowenna. Du selbst hast es gesagt, heute mittag. Aber ich werde es den anderen nicht verraten, wenn du es nicht willst.«

In Gowennas Augen blitzte es ärgerlich auf. »Es ist kein Geheimnis«, sagte sie. »Ich hätte es euch sowieso gesagt.«

Skar spürte, daß es besser gewesen wäre, jetzt zu schweigen, aber irgend etwas trieb ihn dazu, den Dolch noch ein wenig tiefer in die Wunde zu stoßen.

»Warum hast du es dann die ganze Zeit über verschwiegen?« fragte er.

Zu seiner eigenen Überraschung blieb Gowenna ruhig. »Ich habe es nicht *verschwiegen«*, sagte sie betont. »Ich habe nur nicht darüber geredet, Satai. Es war nicht notwendig, bisher.« Sie zog scharf an den Zügeln und wollte weiterreiten, aber Skar hielt sie mit einem raschen Griff zurück.

»Nicht so eilig, Gowenna«, sagte er. »Wir sollten darüber reden.«

»Nicht jetzt.« Sie versuchte, seine Hand abzustreifen, aber Skar hielt sie mit eisernem Griff fest. Gowenna war überraschend stark, und er mußte so fest zugreifen, daß sein Griff sicher schmerzte. Trotzdem blieb ihr Gesicht unbewegt. Nur in ihren Augen blitzte es abermals zornig auf.

»Warum nicht jetzt, Gowenna?« fragte er. »Ich wüßte keinen besseren Moment. Wovor fürchtest du dich dort drinnen?«

»Ich fürchte mich nicht, Satai«, zischte Gowenna. »Ich ...«

Skar verstärkte den Druck seiner Hand und schnitt ihr so das Wort ab. »Wovor hast du Angst?« fragte er noch einmal. »Du warst schon einmal hier, und es ist dir nicht gelungen, den Stein zu finden. Warum nicht? Was gibt es dort drüben, das du nicht meistern konntest?«

Eine Bewegung hinter ihm ließ Skar herumfahren. Die drei Sumpfmänner waren näher gekommen und hatten einen engen Halbkreis um ihn und Gowenna gebildet. Ihre Gesichter waren starr und ausdruckslos wie immer, aber Skar konnte die Drohung, die plötzlich von den drei stummen Gestalten ausging, direkt spüren. Er ließ Gowennas Arm los, richtete sich gerade auf und legte die Rechte auf den Schwertgriff.

»Shar' en!« sagte Gowenna scharf. Die Sumpfleute verhielten, starrten Skar noch einen Herzschlag lang finster an und zogen sich dann zwei, drei Meter zurück. Die Gleichförmigkeit ihrer Bewegungen hatte etwas Bedrohliches, Unheimliches. Skar hatte die Nähe der Wesen bisher immer gemieden, und ihm fiel erneut auf, wie ähnlich sie sich waren, nicht nur im Aussehen, sondern auch in ihrer Art, zu handeln und vermutlich auch zu denken. Mehr denn je erschienen sie ihm wie ein einziges, gleichförmiges Wesen, das nur durch Zufall in drei verschiedenen Körpern wohnte.

»Greif mich nie wieder an, wenn sie in der Nähe sind, Satai«, sagte Gowenna leise.

Skar fuhr mit einem Ruck herum. Seine Hand lag noch immer auf dem Schwertgriff, und es war kein Zufall. »Soll ich mich jetzt bei dir bedanken, daß du deine Wachhunde zurückgepfiffen hast?« fragte er wütend.

Gowenna lächelte überheblich. »Wir sind nicht hier, um uns gegenseitig umzubringen, Skar«, sagte sie sanft. »Wir haben einen Auftrag, und alles andere zählt nicht.«

»Dann gib mir endlich die Informationen, die ich brauche, um ihn auszuführen!« fauchte er. Seine Worte waren weder besonders klug noch wirkungsvoll gewählt, sondern bloßer Ausdruck seiner Wut. Er wußte es, und es machte ihn noch wütender.

Gowenna lächelte. »Selbstverständlich, *Kommandant.«*

Die Art, in der sie das letzte Wort aussprach, reizte Skar noch mehr.

»Ich bin nicht sonderlich scharf auf das Kommando, wenn es das ist, was dich ärgert«, sagte er wütend. »Ich trete es gerne an dich ab.«

Gowenna zog es vor, nicht zu antworten. Sie wandte den Kopf, ließ ihren Blick eine Zeitlang über die Ebene gleiten, als hielte sie nach etwas ganz Bestimmtem Ausschau, und deutete schließlich auf einen hohen, nahezu rechteckigen Felsen, der wenig höher als dreißig Meter vor ihnen in den Himmel ragte.

»Reiten wir dort hinüber«, sagte sie. »Der Platz scheint mir geeignet für ein Nachtlager.« Sie ritt los, ohne auf Skars Antwort zu warten. Die drei Sumpfmänner folgten ihr wie dunkle, gesichtslose Schatten.

Skar rammte seinem Pferd wütend die Fersen in die Flanken und sprengte hinter ihnen her. Der Zwischenfall war nicht unbemerkt geblieben, aber das war ihm mittlerweile egal. Es war kein Geheimnis, wie Gowenna und er zueinander standen, und Arsan hatte am vergangenen Abend eigentlich nur das ausgesprochen, was alle bereits wußten. Wahrscheinlich war der Augenblick für eine Konfrontation denkbar ungünstig gewählt, aber wenn Gowenna ihren Kampf haben wollte, würde sie ihn bekommen. Zu *seinen* Bedingungen.

Er sprang aus dem Sattel, riß mit einer wütenden Bewegung den Umhang von den Schultern und stapfte zu den anderen hinüber. Gowenna blickte ihm mit steinernem Gesicht entgegen. Der Widerschein Combats tauchte ihr Haar in Flammen.

»Also«, begann er übergangslos. »Ich denke, es ist an der Zeit, die Karten offen auf den Tisch zu legen. Einer von uns kennt diese Stadt besser, als er bisher zugegeben hat. Und ich will jetzt wissen, was uns erwartet.«

Er beobachtete gespannt die Reaktion auf den Gesichtern der anderen.

Beral sog überrascht die Luft ein und fuhr sichtlich zusammen. In Nols Augen blitzte es bloß spöttisch auf, als hätte er als einziger längst gewußt, wie die Dinge lagen, und amüsiere er sich nun im stillen über Skars Ärger, während Arsan und Gerrion überhaupt keine Reaktion zeigten.

Gowenna lächelte, trat einen Schritt zurück und klatschte in die Hände. »Bravo, Satai. Ein durchaus eindrucksvoller Auftritt. Ich wußte noch gar nicht, daß du einen so ausgeprägten Sinn für das Dramatische hast.« Sie lachte leise und wurde übergangslos ernst, ehe Skar zu einer Erwiderung ansetzen konnte. »Aber du hast recht, Satai. Ich war schon einmal hier, und nicht nur hier, sondern weiter. Ich war in der Stadt.«

»Dann . . . ist es möglich?« keuchte Beral überrascht. »Es gibt einen Weg, Combat zu betreten?«

»Wäre es nicht so, wäre ich jetzt nicht hier, oder?« antwortete

Gowenna spöttisch. »Außerdem fällt es dir reichlich spät ein, diese Frage zu stellen, Beral.«

»Komm zur Sache«, knurrte Skar. »Was erwartet uns dort drinnen?«

»Der Tod«, antwortete Gowenna, und die Art, in der sie es sagte, überzeugte Skar davon, daß sie diese beiden Worte genauso meinte, wie sie sie aussprach. »Feuer, Hitze und Tod«, fuhr sie fort. »Wir werden uns jeden Schritt, den wir tun, dreimal überlegen müssen, und auch dann noch kann es der falsche sein. Jeder Fußbreit Boden kann das Verderben in sich bergen. Die Flammen, die ihr seht, sind nicht die einzige Gefahr.«

»Ich möchte keine Rätsel hören«, zischte Skar. »Wenn du dort warst, warum hast du den Stein nicht geholt? Ist er bewacht?«

Gowenna schüttelte den Kopf. »Nicht mehr als die ganze Stadt, Skar. Ich habe es versucht, aber es ist mir nicht gelungen. Ich habe ihn nicht gefunden.«

Skar brauchte einige Sekunden, um wirklich zu begreifen, was Gowennas Worte bedeuteten. »Soll das heißen, du ... weißt nicht einmal, wo er ist?« keuchte er.

»Ja«, antwortete Gowenna. »Das soll es heißen, Skar.«

Beral schnappte hörbar nach Luft. »Aber wie ...«, begann er, brach aber sofort wieder ab, als Gowenna eine ungeduldige Handbewegung machte.

»Wir werden ihn finden«, sagte sie überzeugt. »Wenn überhaupt jemand eine Chance hat, ihn zu finden, dann wir. Ich habe es damals nicht geschafft, weil ich Dinge, die ich heute weiß, noch nicht wußte. Ich weiß nicht, *wo* der Stein exakt ist, aber ich weiß, *wie* wir ihn finden können.«

»Woher?« fiel ihr Skar ins Wort. »Woher weißt du das alles? Woher weißt du, daß es diesen Stein überhaupt gibt, wenn du nicht einmal weißt, wo er zu finden ist?«

»Ich weiß es, und das muß genügen«, antwortete Gowenna scharf.

Skar schüttelte wütend den Kopf. »Das muß es nicht, Gowenna! Du glaubst, daß wir unser Leben aufs Spiel setzen, um –«

»Du wählst schon wieder die falschen Worte, Satai«, sagte Gowenna ruhig. »Ich glaube es nicht. Ich weiß es. Keiner von euch hat eine andere Wahl. Und du scheinst zu vergessen, daß ich euch begleite. Ich habe zwei Jahre gebraucht, um mich von meinem ersten Versuch zu erholen. Ich würde nicht ohne die Überzeugung, den Stein zu finden, noch einmal dort hinübergehen. Wir –«

Irgendwo aus der Dunkelheit hinter ihnen erscholl ein gellender, spitzer Schrei.

Skar fuhr wie von einer Tarantel gestochen herum. Der Schrei wiederholte sich nicht, aber der Laut gellte noch deutlich in seinen Ohren; der Schrei eines Menschen, der Todesängste ausstand. Er riß sein Schwert aus der Scheide, gab den anderen ein Zeichen zurückzubleiben und bewegte sich vorsichtig in die Dunkelheit hinein. Seine Sinne waren zum Zerreißen angespannt. Er spürte eine dumpfe, kribbelnde Erregung, ein Gefühl, das tief in seinem Körper begann und sich wie ein vibrierender Strom bis in seinen rechten Arm fortsetzte. Irgendwo vor ihm waren Geräusche – die wispernden Stimmen des Windes, der sich an Rissen und Vorsprüngen brach, Sand, der über Stein und glasierten Fels rieselte, sich legte und wieder hochgewirbelt wurde, ein polternder Stein, Schritte und ein Rascheln wie von grobem Stoff. Ein Schatten bewegte sich durch die Dunkelheit.

»Hierher!« schrie eine Stimme. »Kommt hierher! Rasch!«

»Tantor!« keuchte Skar. Er rannte los, stolperte über einen Stein, fing sich wieder und lief langsamer weiter.

»Kommt hierher! Schnell!« schrie Tantor. »Schnell!«

Skar rannte, dicht gefolgt von den anderen, weiter in die Dunkelheit hinein. Tantors Geschrei wies ihnen den Weg. Der Zwerg brüllte ununterbrochen, immer wieder die Worte »Hierher!« und »Schnell!«, aber auch abgehackte Silben in einer fremdartig klingenden Sprache. Seine Stimme vibrierte vor Panik.

Skar entdeckte ihn schließlich auf einem mannshohen, zertrümmerten Felsen, der sich nur als schwarzer Schatten gegen den mächtigen Umriß des Gebirges abhob. Er hüpfte unablässig von einem Bein auf das andere und deutete aufgeregt nach Westen.

»Hierher, Satai!« kreischte er, als er Skar erkannte. »Komm hier herauf, schnell!«

Skar rammte sein Schwert in den Gürtel zurück, griff nach oben und zog sich, Tantors hilfreich ausgestreckte Hand ignorierend, auf den Felsen hinauf.

»Was ist passiert?«

»Ich habe ... Kräuter gesucht«, stieß Tantor atemlos hervor. »Für die Salbe, die ihr braucht. Und –«

Skar umklammerte seinen Arm plötzlich so fest, daß der Zwerg mit einem keuchenden Schmerzenslaut abbrach und sich unter seinem Griff wand. Skar spürte es nicht einmal. Sein Blick saugte sich an dem gigantischen, weißen Etwas fest, das auf der anderen Seite des Felsens lag: riesig, zerfetzt und blutend, selbst im Tod noch bedrohlich und furchteinflößend, eine ungeheure weiße Scheußlichkeit, die aus gebrochenen, starren Kristallaugen zu ihnen heraufstarrte.

»Ihr Götter!« keuchte er. »Was ist das?!«

Tantor riß seinen Arm mit einem Ruck los und trat hastig einen Schritt zurück, als hätte er Angst, Skar könnte erneut zugreifen. »Die Schneespinne«, sagte er. »Sie muß uns gefolgt sein, nachdem wir ihre Höhle verlassen hatten.«

Skar hörte die Worte kaum. Er war unfähig, sich zu rühren, den Blick von diesem ungeheuren, weißen ... *Ding* zu nehmen, irgend etwas zu denken oder etwas anderes zu empfinden als Ekel und Abscheu. Der Körper des Ungeheuers war gut doppelt so lang wie ein ausgewachsener Mann, ein aufgedunsener, pelziger weißer Balg, mit Warzen, Geschwüren und Narben übersät. Aus dem dreieckigen Maul wuchsen zwei glitzernde, armlange Beißzangen, schimmernd wie geschliffene Säbel und stark genug, einen Menschen mit einem Biß zu zerteilen. Die beiden Hauptaugen, die Skar selbst im Tod noch gierig zu mustern schienen, waren groß wie Kinderköpfe. Sie war in der für ihre Art typischen Weise verendet – auf dem Rükken liegend, die Beine in einer letzten, zupackenden Bewegung verkrampft, so daß sie wie eine gigantische verkrümmte Riesenhand wirkte. Lebend mußte das Ungeheuer eine Spannweite von gut zwanzig Metern haben.

Aber es lebte nicht mehr. Irgend etwas hatte es umgebracht, so rasch und lautlos, daß sie nicht das leiseste Anzeichen des Kampfes mitbekommen hatten, obwohl er praktisch unter ihren Augen stattgefunden hatte. Der Boden rings um den Kadaver war zerwühlt, dunkel von halbgeronnenem Blut und noch etwas anderem, das

Skar in der unsicheren Beleuchtung nicht richtig erkennen konnte. Die beiden hinteren Beinpaare der Bestie schienen mehrfach gebrochen zu sein; das Chitin unter dem glitzernden Pelz war zermalmt, gesplittert wie unter einem ungeheuren Druck. Ein schwacher, rauchiger Geruch hing in der Luft.

Skar erwachte erst aus seiner Erstarrung, als die anderen hinter ihm der Reihe nach auf den Felsen gestiegen waren und, je nach Temperament und Veranlagung, stumm auf das tote Ungeheuer hinunterstarrten oder erschrockene Rufe ausstießen.

»Bei den Sümpfen von Cosh!« stieß Beral hervor. »Was ist hier geschehen?«

Skar wandte sich hastig um. Sein Blick begegnete für eine halbe Sekunde dem Gowennas, und er sah das gleiche Erschrecken und die gleiche bange Furcht, die auch er verspürte, in ihren Augen. Ihre Hand zuckte instinktiv zum Schwertgriff, die Lippen waren zu einem dünnen, blutleeren Strich zusammengepreßt. Ihr Blick wanderte an ihm vorbei und bohrte sich in die undurchdringliche Dunkelheit vor ihnen.

»Sie ist tot«, sagte er hastig. »Es besteht keine Gefahr mehr. Tantor ist nur erschrocken. Aber das kann man ihm wohl kaum verübeln«, fügte er mit einem absichtlich übertriebenen Lächeln hinzu.

Beral wirkte totenbleich. Seine Lippen zitterten. »Aber wieso . . .«

»Ich dachte, sie verlassen ihre Höhlen niemals«, murmelte Nol verwirrt.

Skar zuckte gleichmütig mit den Schultern. »Diese hier schon«, sagte er. »Und vielleicht ist ihr gerade das zum Verhängnis geworden.« Er grinste, trat näher an den Rand des Felsens heran und stellte sich so, daß er wie durch Zufall den direkten Blick auf das tote Untier versperrte.

»Ihr seht«, sagte er mit erhobener Stimme, »es gibt keinen Grund zur Unruhe oder gar Furcht. Wahrscheinlich liegt sie schon seit Tagen hier. Wenigstens wird der Rückweg ungefährlicher.«

Beral versuchte sich an ihm vorbeizuschieben, aber Skar blieb unverrückbar stehen und tat so, als würde er es gar nicht bemerken. »Geht zurück zum Lager«, sagte er. »Es gibt hier nichts zu sehen. Und wir werden unsere Kräfte morgen brauchen.«

»Ich verstehe nicht, warum sie herausgekommen ist«, murmelte

Beral kopfschüttelnd. »Sie leben nur in ihren Höhlen und . . .«

»Sie *ist* aber herausgekommen«, antwortete Skar ungeduldig. »Und jetzt ist sie tot. Seid froh, daß wir ihr nicht früher begegnet sind. Und nun geht zurück und bereitet das Lager vor. Jemand«, fügte er spöttisch hinzu, »sollte Tantor begleiten, damit er keinen Herzschlag bekommt, wenn er einen Schatten sieht.«

»Wir . . . sollten Wachen aufstellen«, sagte Arsan zögernd.

»Wozu?« Skar deutete mit einer Kopfbewegung auf das tote Ungeheuer. »Schneespinnen leben allein, und es gibt nie mehr als eine auf einem Gebiet von zehn Meilen im Quadrat.«

»Sie kann Junge haben.«

»Sicher. Aber die werden sich oben in den Bergen herumtreiben. Es gibt hier unten keine Beute für sie. Dieses Tier ist vielleicht hergekommen, um zu sterben. Vielleicht war es krank. Oder einfach alt.«

»Trotzdem –«

»Du kannst ja bis morgen früh wachen, wenn dir danach ist«, fiel ihm Skar scharf ins Wort. Arsan zuckte sichtlich zusammen, und Skar spürte, daß ihn seine Worte und ihr ungewohnt scharfer Tonfall verletzten. Doch er hatte keine Wahl. »Aber du wirst es im Lager tun, wie die anderen. Geht jetzt!«

Arsan schien noch etwas sagen zu wollen, doch Skar wandte sich mit einem Ruck ab. Sein Blick suchte wieder den Gowennas. Sie nickte, unmerklich und sehr rasch. Sie hatte verstanden.

»Geht jetzt«, sagte er noch einmal. »Ich werde noch einen Moment hierbleiben und nach Spuren Ausschau halten. Ich komme gleich nach.«

Zwei, drei Sekunden rührte sich keiner der Männer, dann wandten sie sich der Reihe nach um und verschwanden in der Dunkelheit. Skar atmete innerlich auf.

Er wartete, bis ihre Schritte auf dem harten Boden verklungen waren, ging in die Hocke und fuhr mit den Fingerspitzen über den dunklen Fleck, den er die ganze Zeit mit dem Fuß verborgen hatte. Es war Blut. Kein menschliches Blut, sondern das Blut der Spinne, das aus dem aufgeplatzten Leib bis hier oben gespritzt war. Und es war noch warm.

Sein Blick fiel wieder auf den Kadaver der Spinne, glitt weiter

und bohrte sich in die Dunkelheit hinter ihr. Das Winseln des Sturmes schien lauter geworden zu sein, schriller, und seine überreizten Nerven gaukelten ihm Bewegungen vor, schwarze, monströse Schatten, die zu bizarrem Leben erwacht waren und sich irgendwo dort draußen, dicht hinter der Grenze des Sichtbaren, bewegten.

Nach einer Weile hörte er gedämpfte Schritte hinter sich. Er sah auf und blickte in ein helles, von glattem schwarzem Haar eingerahmtes Gesicht. Gowenna. Hinter ihr bewegten sich drei dunkle Umrisse.

»Schick sie weg«, verlangte Skar mit einem Blick auf die Sumpfmänner.

Gowenna starrte ihn einen Herzschlag lang durchdringend an, ehe sie sich umwandte und ein paar Worte in einer schnellen, unverständlichen Sprache ausstieß. Die drei Schatten verschmolzen mit der Dunkelheit, aber Skar zweifelte nicht daran, daß sie in der Nähe warten würden.

»Glaubst du, daß deine Vorstellung sehr überzeugend war?« begann Gowenna übergangslos.

»Sicher nicht. Aber das spielt keine Rolle. Es ist mir gleich, was sie denken – solange sie der Wahrheit nicht zu nahe kommen. Das Biest ist noch keine halbe Stunde tot.«

Gowenna nickte ungerührt. »Ich weiß«, sagte sie. »Tantor muß dem Wesen, das sie umgebracht hat, fast über den Weg gelaufen sein. Es war richtig, daß du geschwiegen hast.« Sie ließ sich neben Skar auf die Knie nieder und betrachtete neugierig den dunklen Blutfleck auf dem Stein.

»Du weißt, was es war?« fragte sie nach einer Weile.

»Was?«

»Was sie umgebracht hat.«

Skar schüttelte den Kopf. Er konnte sich beim besten Willen kein Wesen vorstellen, das ein Monster wie die Schneespinne so schnell und lautlos umzubringen imstande war, wie es sich hier zugetragen hatte. »Nein«, sagte er.

Gowenna wandte sich ohne ein weiteres Wort um, stützte sich mit der Linken auf dem Felsen ab und sprang zu der toten Spinne hinunter. Sie wich rasch ein paar Schritte von dem reglosen Kadaver zurück, sah zu Skar hinauf und winkte.

»Komm. Ich möchte dir etwas zeigen.«

Skar verspürte ein Gefühl beinahe unüberwindlichen Ekels, aber irgend etwas sagte ihm, daß Gowenna ihn nicht nur zu sich herabrief, um ihm ihre Überlegenheit zu demonstrieren. Auch ihr bereitete es sichtliches Unbehagen, sich der Spinne zu nähern.

Er stand auf, schlug seinen Umhang zurück und sprang mit weit ausgebreiteten Armen zu Gowenna hinab. Der Boden war uneben und mit Geröll und Steinsplittern übersät, so daß er um ein Haar das Gleichgewicht verloren hätte. Er stolperte einen halben Schritt auf den Kadaver zu, fing sich im letzten Moment und wich angeekelt zurück. Gowenna runzelte die Stirn, sagte aber nichts. Auch sie schien zu spüren, daß dies nicht der Moment war, ihre persönlichen Streitigkeiten fortzuführen.

Sie bewegte sich ein Stück von der Spinne weg in die Dunkelheit hinein und blieb stehen. »Hier«, sagte sie. »Sieh selbst.«

Skar blickte stirnrunzelnd auf die Stelle zwischen den Felsen, auf die sie deutete. Es dauerte einen Moment, bis er sah, was Gowenna ihm zeigen wollte.

Der Boden bestand hier nicht aus Fels und verbranntem Gestein, sondern aus Erdreich, das der Wind vom Gebirge heruntergetragen und in einer geschützten Senke abgeladen hatte. Es war ein Fleck von vielleicht zwanzig Fuß Durchmesser und dunkelbrauner, schwärzlicher Farbe. Und genau am Rande dieses Flecks befand sich der Abdruck einer ungeheuren, vierzehigen Klaue.

Skars Herz machte einen schmerzhaften Sprung. Der Abdruck war groß genug, daß er sich bequem hätte hinsetzen können, und fast zwei Handbreit tief. Drei der mächtigen Zehen waren kurz und verkrüppelt und, nach den tiefen, dreieckigen Löchern am Ende der Spur zu schließen, mit fürchterlichen Krallen bewehrt; die vierte stand etwas auswärts und war in der Art eines Daumens gekrümmt.

»Beral hatte vollkommen recht«, sagte Gowenna halblaut. »Sie kommen niemals aus ihren Höhlen heraus, auch nicht, um Beute zu machen. Es sei denn, irgend etwas würde sie *herausjagen.«* Sie trat einen Schritt zurück, nahm etwas vom Boden auf und hielt Skar die ausgestreckte Hand entgegen. Auf ihrer Handfläche glitzerte ein graues, körniges Pulver.

»Spürst du den Geruch?«

Skar nickte. Es war das gleiche rauchige, nicht einmal unangenehme Aroma, das er von Anfang an wahrgenommen hatte. Nur stärker jetzt, viel, viel stärker.

»Es gibt nur ein Wesen, das solche Spuren hinterläßt«, murmelte Gowenna. Sie warf das Pulver zu Boden, klatschte ein paarmal in die Hände und wischte sich die Handflächen an einem Zipfel ihres Umhangs sauber. »Ein Staubdrachen.«

»Aber das ist ... völlig unmöglich!« keuchte Skar. Seine Worte klangen lahm und hilflos, und genauso fühlte er sich. Er wußte, daß Gowenna recht hatte, auch ohne das graue Pulver, ohne die Spur und den Geruch, aber er wollte es einfach nicht glauben.

»Du weißt nicht, was du da sagst«, murmelte er verwirrt. »Du mußt dich täuschen. Du ...«

»Ich täusche mich nicht, Skar, und du weißt es. Es gibt auf ganz Enwor nur ein Wesen, das fähig ist, so etwas anzurichten. Und es ist hier. Ganz in unserer Nähe.«

»Aber das bedeutet –«

»Ich weiß, was es bedeutet«, unterbrach ihn Gowenna ruhig. »Er hat unsere Witterung aufgenommen, und er wird nicht wieder von unserer Spur weichen, bis er uns hat. Wahrscheinlich hätte er uns schon heute angegriffen, wäre die Spinne nicht gewesen. Sie hat seinen Blutdurst für eine Nacht gestillt, aber er wird wiederkommen.«

»Du sagst das so ruhig, als ginge es dich überhaupt nichts an«, murmelte Skar.

Gowenna lachte leise, und zum ersten Mal, seit Skar sie kennengelernt hatte, hörte es sich echt an. »Ich verschließe nur nicht die Augen vor den Tatsachen, Satai«, sagte sie nach einer Weile. »Das, was hier geschehen ist, ändert nichts an unserem Plan. Wir werden morgen bei Sonnenaufgang in die Stadt eindringen. Ich zerbreche mir den Kopf über den Drachen, wenn wir zurück sind. *Falls* wir zurückkommen. Außerdem – es ist dein Problem, nicht?«

»So?«

»Es scheint, als wären die Karten in diesem Spiel mehr zu deinen Ungunsten verteilt, als du glaubst, Skar«, antwortete Gowenna ruhig. »Erinnerst du dich, daß du vorhin zu mir gesagt hast, ich könnte das Kommando haben, wenn ich es wolle?«

Skar nickte. »Es war mir ernst damit, Gowenna. Es gilt noch immer. Jetzt ist nicht die richtige Zeit für Feindschaft oder Neid. Alles, was ich will, ist, nach Ikne zurückzukehren und Del wiederzufinden. Du haßt mich, obwohl ich nicht weiß, warum, aber mir liegt nichts daran, dieses Gefühl zu erwidern. Wir haben zu viele Feinde, um uns auch noch gegenseitig zu bekämpfen.«

Gowenna sah ihn eine Weile ernst und schweigend an. Auch diesmal blieb ihr Gesicht starr; sie lächelte, aber es war nur Maske, kein echtes Gefühl, so, wie er noch nie eine echte Regung in ihren Zügen wahrgenommen hatte. Gowenna schien auch die winzigste Regung steuern, beherrschen zu können. Sie war ein Mensch, der niemals sein wahres Gesicht zeigte und vielleicht so lange auf diese Weise gelebt hatte, daß er gar nicht mehr fähig war, wirkliche Gefühle zu empfinden.

»Ich glaube beinahe, es ist dir Ernst damit«, sagte sie. »Du denkst, ich wäre dein Feind, und du hast recht damit. Aber meine Gefühle zählen nicht, Skar, ebensowenig wie deine oder die von irgendeinem der anderen. Wir sind hier, um den Stein zu holen, und ich werde an nichts anderes denken, bis wir entweder in Ikne oder alle tot sind.«

Skar wollte eine Frage stellen, aber Gowenna sprach schnell und mit erhobener Stimme weiter: »Was zwischen uns ist, spielt keine Rolle, Satai. Es spielt keine Rolle, was ich will. Du kannst mir vertrauen, bis wir unsere Aufgabe erledigt haben. Nicht länger, aber auch keine Sekunde kürzer.«

Skar starrte Gowenna einen Herzschlag lang finster an, wandte sich dann mit einer abrupten Bewegung um und blickte starr in die lodernden Flammen am Horizont.

»Wir sollten gehen«, sagte Gowenna nach einer Weile.

»Noch nicht.« Skar suchte einen Moment vergeblich nach Worten, drehte sich dann wieder um und legte Gowenna die Hand auf die Schulter, bevor sie es verhindern konnte. Er spürte, wie sie unter seiner Berührung zusammenzuckte, als hätte sie sich verbrannt. Aber sie widerstand dem Impuls, seine Hand abzustreifen.

»Vielleicht ist es der falsche Moment«, sagte er sanft, »aber wir werden wahrscheinlich nicht mehr allein miteinander reden können, ehe wir dort hinübergehen, und ich will endlich wissen, woran ich mit dir bin. Du hast mich vom ersten Tage an gehaßt, schon an jenem Abend, als du mich vor der Taverne angesprochen hast. Warum? Was habe ich dir angetan?«

»Nichts«, sagte Gowenna hastig. Sie versuchte jetzt doch, seine Hand abzustreifen, aber Skar hielt sie fest. Sie war stark, sehr stark für eine Frau, aber gegen ihn hatte sie keine Chance. Er spürte, wie sie zu zittern begann, und er konnte ihre plötzliche Unsicherheit beinahe fühlen. Unsicherheit und – ja, und Angst. Keine Furcht, daß er ihr etwas antun könnte – in dieser Beziehung glichen sie sich wie Geschwister. Sie waren beide mit dem Schwert in der Hand aufgewachsen, und der Tod war ihnen so vertraut wie ein Bruder. Aber er hatte ihren Schutzpanzer durchstoßen, hatte durch seine Berührung die Mauer, die sie zwischen sich und der Welt errichtet hatte, unterlaufen, hatte sie aus dem Konzept gebracht wie ein Tier, dessen Fluchtdistanz unversehens unterschritten wird und das in Panik gerät. Für einen winzigen Moment stand er der wahren Gowenna gegenüber, einer Frau, die sich völlig von der unterschied, die er bisher gekannt hatte.

Dann hatte sie sich wieder in der Gewalt. Sie schlug seine Hand mit einem wuchtigen Fausthieb zur Seite, sprang zwei Schritte zurück und zog ihr Schwert halb aus der Scheide.

»Tu das nie wieder, Skar«, sagte sie leise. »Wenn du mich noch einmal berührst, töte ich dich. Es ist mein Ernst.«

»Und warum?« fragte Skar unbeeindruckt. »Widerstrebt es dir, von einem Mann berührt zu werden? Haßt du mich nur, weil ich ein Mann bin, weil ich all das darstelle, was eine Frau in dieser Welt niemals sein kann?« Ihm fiel plötzlich auf, daß er beinahe wörtlich das wiederholte, was Arsan am Vortag gesagt hatte. Er unterdrückte ein Lächeln.

»Ein Mann?« Gowenna warf den Kopf in den Nacken und lachte, laut, schrill und unnatürlich. »Was ist das schon, Skar? Du glaubst, ich wäre lieber ein Mann? Du bist verrückt, Satai, völlig verrückt. Ich hasse euch, das stimmt, euch alle, aber aus anderen Gründen, als du glaubst. Es gibt nichts an euch, auf das ich neidisch sein könnte, absolut nichts. Im Gegenteil – ich bin stolz darauf, eine Frau zu sein.«

»Warum benimmst du dich dann nicht so?« fragte Skar.

Gowenna wurde von einer Sekunde auf die andere wieder ruhig.

»Und wie, glaubst du, sollte sich eine Frau benehmen?« fragte sie höhnisch. Sie zog ihr Schwert vollends aus der Scheide und schleuderte es Skar vor die Füße. Die Klinge fuhr eine halbe Handspanne vor Skars Zehen in den Boden und blieb zitternd stecken. »Ist es das?« fragte sie. »Nimmst du mir übel, daß ich gelernt habe, mit dem Schwert umzugehen? Bist du wütend, weil du mir gegenüber nicht den Beschützer spielen kannst, den unbesiegbaren, superklugen, weisen Satai? Oder bist du einer von denen, die meinen, eine Frau gehöre tagsüber hinter den Herd und abends gewaschen und frisch parfümiert ins Bett?«

»Sicher nicht«, antwortete Skar. »Aber ich bin einer von denen, die glauben, daß eine Frau nicht auf das Schlachtfeld gehört.«

»Und warum nicht?« Sie trat vor, riß mit einer zornigen Bewegung das Schwert aus dem Boden und hielt Skar die Waffe dicht vor das Gesicht. »Weil das hier eine Sache der Männer ist, wie? Weil ihr den Gedanken nicht ertragen könnt, daß eine Frau damit ebensogut umzugehen weiß wie ihr?«

Skar schüttelte seufzend den Kopf, drückte die Waffe nach unten und trat einen Schritt auf Gowenna zu.

Sie wich hastig zurück. Ihre Haltung verriet plötzlich Anspannung.

Skar blieb stehen. Er spürte, daß sie ihn angreifen würde, wenn er auch nur einen einzigen Zentimeter näher kam. »Aber das stimmt doch gar nicht«, sagte er sanft.

In Gowennas Augen blitzte es zornig auf. »Das mußt gerade du sagen«, zischte sie. »Seid es nicht ihr, die Satai, die nur für das Schwert leben? Ihr habt eine Religion daraus gemacht, einen Gott, den ihr anbetet und für den ihr sterbt. Sag mir, Skar, wie viele Mythen habt ihr um Helden gewoben, die mit dem Schwert in der Faust gelebt haben? Wie viele Lieder gibt es, in denen ihr eure Heldentaten besingt. Ihr habt das Schwert zu einem Symbol der Männlichkeit erhoben, und ihr verachtet jeden, der an diesem Mythos zu kratzen wagt. Du glaubst, ich wolle ein Mann sein, nur weil ich ein Schwert führe und mich eurem Überlegenheitsdenken nicht beuge? Wie viele Männer hast du getötet, Skar? Ich bin sicher, es sind sehr viele. Und du wirfst mir vor, ich wäre anders, als ich sein sollte?«

»Ich laufe jedenfalls nicht herum und lege mich mit jedem an, der mir auch nur einen schrägen Blick zuwirft«, antwortete Skar absichtlich in gemäßigtem Tonfall. Er spürte, daß er zu weit gegangen war, daß er einen Punkt in Gowennas Seele berührt hatte, den er besser unangetastet gelassen hätte.

»Ich tue nichts anderes als du«, sagte Gowenna. »Ich wehre mich, wenn man mich angreift.«

»Nein«, meinte Skar. »Das tust du nicht. Du wehrst dich, bevor man dich angreift, Gowenna, und das ist der Unterschied zwischen dir und mir. Wenn du all dies tust, nur um als das anerkannt zu werden, was du bist, wirst du dein Ziel niemals erreichen. Es gibt einen Unterschied zwischen Respekt und Angst, und solange du ihn nicht erkannt hast, wirst du immer ein Außenseiter bleiben.«

»Ich –«

»Du stehst zwischen den Fronten«, fuhr er ruhig fort, obwohl er wußte, daß es besser gewesen wäre, zu schweigen. »Du willst anerkannt werden, nicht als Frau oder Mann, sondern nur als Mensch, als das, was du bist. Ich verstehe diesen Wunsch, aber du lebst in der falschen Welt, Gowenna. Du bist keine Frau mehr, weil dir die Rolle der Frauen in unserer Welt nicht gefällt, und du wirst nie von den Männern akzeptiert werden, weil du sie haßt. Ich sage nicht, daß mir dieses System gefällt, aber ich kann es nicht ändern, ebensowenig, wie ich diese ganze verdammte Welt ändern kann. Auch sie gefällt mir nicht, aber ich habe keine Wahl. Wir haben nur dieses eine Leben, und es gibt nur eine bestimmte Anzahl von Rollen, die wir in ihm spielen können.«

»Und damit gibst du dich zufrieden? Eine Rolle zu spielen?«

Skar nickte. »Ja. Du willst stark sein, Gowenna, aber Stärke bedeutet auch, die eigenen Grenzen zu erkennen.« Er schwieg einen Moment und deutete dann mit einer Kopfbewegung auf die verendete Spinne. »Sieh sie dir an, Gowenna. Sie war stark, ungeheuer stark, sicher das stärkste Wesen, das es in diesem Teil der Welt gegeben hat.«

»Unsinn«, sagte Gowenna. »Sie . . .«

»Sie war so lange stark, wie sie ihre Rolle spielte«, schnitt ihr Skar das Wort ab. »Solange sie in ihrer Höhle saß, war sie unbesiegbar. Als sie herauskam, wurde sie getötet. Sie hat ihre Grenzen nicht gekannt, Gowenna, und ihre ganze Stärke hat ihr nichts mehr genutzt.

Du . . . du versuchst dasselbe, Gowenna. Du lehnst dich gegen das Schicksal auf und forderst die Götter heraus, wie es auch die Bewohner Combats getan haben. Gib acht, daß es dir nicht ebenso ergeht wie ihnen. Ein Menschenleben ist rascher zerstört als eine Stadt.«

Gowenna funkelte ihn wütend an. Sie schien etwas sagen zu wollen, beließ es aber dann bei einem ärgerlichen Schnauben und ging wortlos an ihm vorbei, um in der Dunkelheit zu verschwinden.

Skar sah ihr kopfschüttelnd nach. Seine Worte waren überflüssig, das wußte er. Gowenna war intelligent genug, um das, was er ihr gesagt hatte, auch so zu wissen.

Skar ballte wütend die Fäuste. Es war nicht genug, daß er sich auf ein Spiel eingelassen hatte, das er vermutlich verlieren würde; nicht genug, daß jetzt vermutlich die schlimmste Bestie Enwors auf ihrer Spur war, ein Ungeheuer, vor dem sich selbst die Zuchtmeister der *Errish* gefürchtet hätten; nicht genug, daß er sich in Gesellschaft eines Verrückten, eines Abenteurers, eines gewissenlosen Mörders und dreier ebenso undurchschaubarer wie unberechenbarer Sumpfmänner befand; nicht genug, daß er den Tod bereits im Körper trug und irgendwo in den Bergen hinter ihnen jemand war: Verfolger, über deren Ziele er allenfalls Vermutungen anstellen konnte. Nein, er mußte auch noch den schwelenden Zwist zwischen sich und Gowenna schüren, mußte eine Konfrontation suchen, die vielleicht unausweichlich war, aber noch Zeit hatte.

Mehr als je zuvor spürte er, während er sich umwandte und langsam hinter Gowenna her zu den anderen zurückging, wie hilflos er in Wahrheit war. Für die anderen – und auch für Gowenna, obwohl sie es nie zugeben würde – war er der Satai, der unbesiegbare Krieger, ein Symbol für Stärke und wohl auch für so etwas wie Weisheit, aber er wußte, daß das nicht stimmte. Mit Del war ihm mehr als ein Freund und Kampfgefährte genommen worden. Auch wenn es für einen Außenstehenden manchmal schwer zu erkennen war, ging ihre Beziehung doch weit über Freundschaft, über das normale Verhältnis zwischen Meister und Schüler hinaus. Del war im Laufe der Jahre zu einem Teil seiner selbst geworden, und umgekehrt.

Aber es war lange her, daß er Del das letzte Mal gesehen hatte. Zu lange . . .

Das weite Oval der Arena war vom flackernden Schein unzähliger Fackeln erhellt. Die steinernen Sitzbänke, die sich wie Reihen übereinanderliegender, schmaler Terrassen bis in eine Höhe von mehr als zwanzig Manneslängen um den Kampfplatz gruppierten, waren noch leer, aber es würde jetzt nicht mehr lange dauern, bis die ersten Schaulustigen eintrafen, um sich einen guten Platz zu sichern, ungeachtet des noch immer strömenden Regens und der Tatsache, daß die Veranstaltung erst nach dem Abendgebet begann. Die Arena konnte an die zwanzigtausend Menschen aufnehmen, selbst für die Verhältnisse in Ikne eine ungeheure Zahl, und Skar hätte auf Anhieb keine Antwort gewußt, wenn man ihn nach einem größeren Gebäude gefragt hätte. Trotzdem verging kaum ein Tag, an dem die Tribünen nicht bis auf den letzten Platz besetzt waren, und so mancher, der an den Kassen anstand und seinen Dim bereithielt, mußte wieder umkehren. Ikne war nicht reich an Möglichkeiten der Zerstreuung.

Skar hatte versucht, Raches Rat zu folgen und noch ein paar Stunden zu schlafen, aber er hatte keine Ruhe gefunden. Velas Worte gingen ihm nicht aus dem Sinn, auch nicht der Blick, den sie ihm zum Abschied zugeworfen hatte, die kaum verhüllte Drohung in ihrer Stimme. Es war nicht so, daß er Angst hatte – nicht jene Art von Angst, wie er sie bisher gekannt hatte –, aber ihre Worte hatten eine tiefe Beunruhigung in ihm ausgelöst.

Er wußte einfach, daß die *Errish* nicht der Mensch war, der leere Drohungen ausstieß.

Schließlich war er aufgestanden und hier heraufgekommen, ganz gegen seine sonstigen Gewohnheiten. Skar war nicht abergläubig, aber er vermied es normalerweise, in die Arena zu gehen, wenn er dort am gleichen Tag noch zu kämpfen hatte.

Es war noch immer kalt, obwohl die graue Decke über der Stadt hier und da aufgerissen war, aber im Osten türmten sich bereits neue, dunkle Wolkenburgen auf.

Skar besah sich die Arena mit gemischten Gefühlen.

Der Kampfplatz war über einer gewaltigen Platte aus porösem Stein errichtet worden; Fels, durch dessen unzählige Risse und Sprünge das Wasser ablaufen und sich in mächtigen, unterirdischen Kavernen, von denen aus es in den Fluß abgeleitet wurde, sammeln konnte, so daß der Sand, den man knietief darübergestreut hatte, normalerweise auch bei schlechter Witterung trocken blieb. Aber der tagelange, ununterbrochene Regen hatte das Fassungsvermögen der Anlage längst überfordert, und aus den Kavernen und dem Fluß stieg jetzt eher Wasser nach oben, als daß es abfloß, und die Arena hatte sich in einen klebrigen Sumpf verwandelt: Matsch und flockiger Morast, in den sie bei jedem Schritt knöcheltief einsinken würden. Skar empfand diesen Umstand zwar nicht als direkten Nachteil - schließlich würden auch ihre Gegner darunter zu leiden haben -, aber er hätte sich wohler gefühlt, auf festem Boden zu kämpfen.

Der Wind drehte sich für einen Augenblick und trug ein leises, vibrierendes Grollen zu ihm herüber, ein Geräusch, das, obwohl gedämpft, einen winzigen Funken von Furcht in ihm aufglühen ließ. Die Bantas waren unruhig. Wahrscheinlich hatte man sie wochenlang nur mit Blut gefüttert, um sie für den Kampf wild zu machen. Skar war froh, als der Wind abermals drehte und das Geräusch verschluckte. Er hielt nichts davon, wilde Tiere gegeneinander antreten zu lassen. Obwohl er - wie jeder - die Bantas fürchtete, achtete er sie gleichzeitig auch als stolze und furchtlose Kämpfer, als Wesen, die ungleich besser als der Mensch dazu ausgerüstet waren, in einer wilden und unbarmherzigen Welt wie dieser zu überleben. Und trotzdem würden in wenigen Stunden die Gitter vor den beiden Käfigen zurückgezogen werden, und die beiden geschuppten Gegner würden übereinander herfallen und sich gegenseitig zerfleischen, unfähig, auch nur zu begreifen, daß ihr Tod keinem anderen Zweck diente als dem, die Schaulust der Menge zu befriedigen und die Geldbeutel der Lastaren zu füllen.

Aber vielleicht war das, was Del und er taten, auch nichts anderes. Vielleicht war es sogar noch schlimmer. *Sie* wußten, was sie taten.

Skar verscheuchte den Gedanken und beschäftigte sich eine Weile damit, den Männern zuzusehen, die über das weite Oval eilten und versuchten, den aufgeweichten Boden zu glätten; ein ebenso lächerliches wie sinnloses Unterfangen. Selbst wenn es ihnen gelänge, aus diesem Matschloch so etwas wie eine Arena zu machen, würden die tobenden Bantas den Boden in wenigen Augenblicken wieder in das verwandeln, was er vorher gewesen war.

Das Geräusch leiser, regelmäßiger Hammerschläge ließ ihn aufblicken. Er entdeckte eine Anzahl Arbeiter, die damit beschäftigt waren, auf halber Höhe der Zuschauerränge und direkt gegenüber vom Tor ein großes, hölzernes Podest zu errichten. Skar runzelte verwundert die Stirn, als er die Farben der Tempelkönige auf dem erst halb aufgespannten Baldachin erkannte. Es kam selten vor, daß die Herren Iknes den Verbotenen Bezirk verließen und sich in der Öffentlichkeit zeigten.

Skar hatte sie in den sechs Monaten, die er jetzt in der Stadt war, nicht einmal zu Gesicht bekommen. Und irgendwie erschien ihm die Vorstellung, sie bei einer so ordinären Volksbelustigung wie einem Arenakampf zu sehen, absurd. Aber die rotgelben Karos dort oben *waren* die Farben der Tempelkönige. Wieder fühlte er für einen Moment diese bohrende Unruhe, aber wieder verging das Gefühl, ehe er es richtig erfassen konnte.

Er spürte plötzlich, daß er nicht mehr allein war, und drehte sich rasch um. In dem wuchtigen, eisenbeschlagenen Tor hinter seinem Rücken hatte sich eine kleinere Tür geöffnet. Ein kurzbeiniger kleiner alter Mann mit grauem Haar und ständig blinzelnden Augen war in die Arena hinausgetreten.

»Hier bist du also«, sagte Cubic anstelle einer Begrüßung. Er machte einen Schritt auf ihn zu, blieb abrupt stehen, als ihn die ersten Regentropfen ins Gesicht trafen, und zog sich dann hastig in den Windschatten des Tores zurück. »Ich habe dich in deinem Quartier gesucht.«

Skar schnitt eine Grimasse. »Ich habe mir erlaubt, es für kurze Zeit zu verlassen«, sagte er bissig. »Verzeiht, wenn ich vergaß, Euch um Erlaubnis zu fragen, gütiger Herr. Es wird nicht wieder vorkommen.«

Cubic blinzelte verwirrt. »So . . . habe ich es nicht gemeint«, sagte er hastig.

Skar zog die Augenbrauen zusammen. »Aber ich«, meinte er. »Das Moderloch, in dem du uns einquartiert hast, lädt wirklich nicht zum Verweilen ein.«

Cubic überging die Bemerkung. »Ich habe dich gesucht«, sagte er noch einmal.

»Du hast mich gefunden.«

Cubic seufzte, schüttelte den Kopf und versuchte mit einer verlegenen Geste die Hände in Kitteltaschen zu stecken, die er nicht hatte. »Ich sorge mich um Del«, sagte er nach kurzem Zögern. »Er war die ganze Nacht nicht in seinem Quartier. Du weißt nicht zufällig, wo er ist?«

Skar schüttelte verärgert den Kopf. »Wir sind nicht miteinander verheiratet«, erwiderte er. »Und soviel ich weiß, bezahlst du uns für den Kampf, nicht für das, was wir in der Zeit davor oder danach tun.«

»Aber es wäre besser, wenn Del sich schonen würde«, antwortete Cubic. Er sprach wie immer mit einer unnachahmlichen Mischung aus Unterwürfigkeit und Unverschämtheit, die Skar allmählich in Rage brachte. Cubic war nichts als ein schmieriger alter Mann, aber sie brauchten ihn, trotz allem.

»Ich denke, Del kennt seine Kräfte gut genug, um zu wissen, was er tut«, antwortete Skar gezwungen ruhig. »Solltest du Angst um dein Geld haben, so kann ich dich beruhigen. Zur Not nehme ich es noch allein mit diesen beiden Supermännern auf, die du uns ausgesucht hast.«

Cubic starrte ihn eine Sekunde lang konsterniert an und sah dann an ihm vorbei zur Tribüne hinauf. »Das ist der Grund, aus dem ich dich sprechen muß«, murmelte er. »Es steht eine Menge auf dem Spiel, weißt du.«

Skar deutete mit einer Kopfbewegung auf den halbfertigen Aufbau. »Ist es das, was dir Sorgen bereitet?«

Der Lastar starrte eine Weile wortlos zur Tribüne hinauf. Der Aufbau ging rasch vonstatten. Das Holzgerüst schien bereits fertig, und über der trapezförmigen Konstruktion flatterte schon der Wimpel Iknes im Wind. Ein anderer Trupp war damit beschäftigt, Stühle und Bänke – noch mit weißem Tuch gegen den Regen geschützt – herbeizuschaffen. Cubic lächelte auf eine seltsame, wehleidige Art, schüttelte den Kopf, nickte, schüttelte noch einmal den Kopf und nickte erneut. »Ja«, sagte er. »Warum soll ich dir etwas vormachen? Ich habe eine Menge Geld in den Kampf investiert, Skar. Ich kann es mir nicht leisten, ihn zu verlieren.«

»Das ist wohl auch der Grund, aus dem du dich in letzter Sekunde entschlossen hast, nicht selbst anzutreten, sondern uns zu engagieren«, antwortete Skar sarkastisch.

»Du tust mir unrecht, Satai.«

»So?« sagte Skar, noch ein wenig spöttischer.

Cubic nickte ernst. »Ich weiß, was du denkst«, meinte er. »Aber ich habe diese beiden Männer nicht ausgewählt, um rasches Geld zu verdienen oder Euch gar zu demütigen.«

»Sondern?«

»Es gibt keine Besseren mehr«, antwortete Cubic. »Die Zeiten haben sich gewandelt, Skar. Die Arenen sind voll, doch es gibt keine guten Männer mehr. Nur noch zweite Wahl, so wie diese Grünschnäbel aus Kohon. Du hast sie gesehen. Sie sind gut, in ihrer Klasse, doch sie sind keine Spitzenleute. Wäret ihr vor einem Jahr gekommen, hätte ich euch Gegner aussuchen können, die eurer würdig waren. So aber ...« Er seufzte, schüttelte den Kopf und starrte aus zusammengekniffenen Augen in den Himmel hinauf. »Du mußt nicht glauben, daß es mir Spaß macht, Skar. Es hätte wohl keinen Sinn, dir erzählen zu wollen, daß ich nicht daran interessiert bin, Geld zu verdienen. Doch Geld ist nicht alles. Nicht einmal für mich. Ich ... habe einen Ruf zu verlieren, Skar.«

»Wenn es so ist«, antwortete Skar mit einem fragenden Blick auf die Tribüne, »wie kommst du dann zu solchen Zuschauern?«

Cubic antwortete nicht gleich, aber er sah mit einem Mal sehr besorgt aus. »Ich wollte, ich wüßte es. Vielleicht«, fügte er ohne rechte Überzeugung hinzu, »kommen sie euretwegen.«

»Um zu sehen, wie wir zwei Kinder niedermachen?« Skar schüttelte den Kopf. »Wohl kaum.«

Cubic verschränkte die Hände hinter dem Rücken und lehnte sich an das Tor; eine Haltung, die nicht zu seiner Gestalt und seinem Gebaren paßte, aber mehr als alle Worte seine Verwirrung zeigte. »Sei es, wie es will«, seufzte er. »Ich bitte dich nur um eines – mach es nicht zu schnell.«

»Wie meinst du das?«

Cubic sah ärgerlich auf. »Wir sind allein, Skar«, sagte er unwillig. »Du weißt, wie ich es meine. Es ist nicht notwendig, daß du dich verstellst. Biete den Leuten etwas für ihr Geld. Sie kommen nicht wegen irgendeines Kampfes, Skar, sondern um euch zu sehen, Del und dich, zwei Satai. Sie wollen nicht sehen, wie ihr in die Arena geht und die beiden mit einem Hieb niederstreckt. Sie wollen einen Kampf, einen guten Kampf, nach all der Stümperei, die ich ihnen monatelang bieten mußte. Zeige ihnen etwas. Spiel ein bißchen mit den beiden.«

Skar grinste. »Ich hoffe, der Lastar der Kohoner ist damit einverstanden«, sagte er.

Cubic machte eine zornige Handbewegung. »Ich dachte, du wärst vernünftig genug, daß ich offen mit dir reden kann«, sagte er wütend. »Ich habe das Beste ausgesucht, was ich finden konnte. Geh durch die Stadt und frage wen du willst – diese beiden sind seit Monaten die erfolgreichsten Kämpfer, die ich verpflichten konnte. Es tut mir leid, wenn ich euch nichts Besseres bieten kann, es tut mir leid für euch und für mich. Ich bin mir darüber im klaren, daß es keine Ehre für zwei Satai wie euch bedeutet, einen solchen Kampf zu führen. Aber es ist auch keine Ehre für mich, einen solchen Kampf zu veranstalten. Ich kann euch nichts Besseres bieten, es sei denn, ihr hättet Lust, gegen die Bantas anzutreten.«

Skar setzte zu einer weiteren spöttischen Antwort an, ließ es dann aber bleiben. Irgend etwas sagte ihm, daß Cubics Worte ehrlich waren. Der Lastar kannte ihn lange genug, um wissen zu müssen, daß es nicht ratsam war, ihn zu belügen.

Nach einer Weile nickte er. »Gut«, sagte er. »Ich werde mit Del darüber reden.«

Cubic nickte erleichtert. »Ruh dich noch ein wenig aus, Skar«, murmelte er. »Die Menge erwartet einen guten Kampf für ihr Geld.«

Skar grinste. »Und wir gutes Geld für den Kampf«, gab er zurück.

»Es wird bereitliegen, wenn der Kampf vorüber ist«, antwortete Cubic. »Auch die beiden Pferde, die ihr gefordert habt. Ich habe zwei Tiere aus meinem eigenen Stall herausgesucht. Ihr werdet zufrieden sein.«

»Deine Großzügigkeit beschämt mich wirklich«, sagte Skar. »Ich werde mir Mühe geben, deine Erwartungen zu erfüllen.«

Cubic wandte sich achselzuckend ab und ging. Skar starrte ihm lange und finster nach. Bei dem Geschäft, das sie abgeschlossen hatten, war der Lastar eindeutig der, der mehr verdiente. Er würde Skars Worte vergessen, wenn er nach dem Kampf sein Geld zählte.

Skar ging zurück in die Vorhalle, blieb einen Moment unschlüssig stehen und wandte sich dann nach rechts. Ihr Quartier lag tief unter der Halle, eine winzige, fensterlose Kammer am Ende eines niedrigen Ganges, der schon außerhalb der Arena und tief unter den Straßen der Stadt lag. Die Luft war schlecht hier unten, verbraucht und kalt, und Skar hatte ständig das Gefühl, sich in einer gewaltigen, seit langem leerstehenden Gruft aufzuhalten. Aber schließlich hatten Del und er froh sein müssen, daß Cubic ihnen diese Kammer zur Verfügung gestellt hatte, als sie vor sechs Monaten, am Ende ihrer Kräfte und ohne Geld, nach Ikne zurückgekehrt waren. Vielleicht, überlegte er, war sein Zorn auf den Lastaren nicht so berechtigt, wie er bisher geglaubt hatte. Sie waren dankbar gewesen, damals, aber die sechs Monate Beinahe-Gefangenschaft in der Stadt hatten sie ungeduldig werden lassen. Immerhin lebten sie seit einem halben Jahr auf Cubics Kosten, nicht gut, aber auch nicht so schlecht, daß sie hungern mußten.

Er betrat die Kammer, riß sich den Umhang von der Schulter und knüllte ihn ärgerlich zusammen. Die Gestalt auf dem Bett bemerkte er erst, als er sich herumdrehte.

»Du bist schon zurück?« fragte er beißend. »Welche Überraschung! Ich hatte kaum gehofft, dich vor dem nächsten Frühjahr noch einmal zu sehen.«

Del grunzte irgend etwas, das Skar nicht verstand, stemmte sich ächzend auf beide Ellbogen hoch und blinzelte Skar aus verquollenen Augen an. »Isseschonsoweit?« nuschelte er.

Skar mußte an sich halten, um nicht loszuschreien. »Wenn du den Kampf meinst«, sagte er mit mühsam beherrschter Stimme, »nein. Du hast noch genug Zeit, deinen Rausch auszuschlafen. Wenn du aber meinst, ob meine Geduld mit dir zu Ende ist, dann lautet die Antwort ja.«

Del grinste, schwang die Beine vom Lager und hielt sich im letzten Moment an der Tischkante fest, um nicht nach vorn zu kippen. Er schwankte, verbarg das Gesicht in den Händen und rieb sich mit beiden Zeigefingern über die Augen. »Oh, ihr Götter«, murmelte er zwischen den Fingern hervor, »war das eine Nacht! Und ich dachte bisher, Ikne wäre eine langweilige Stadt.« Er kicherte. »So kann man sich täuschen, Skar.«

Skar atmete hörbar ein. Del sah wirklich mitgenommen aus. Sein schwarzes Haar hing ihm wirr und zerzaust in die Stirn, und seine Augen wirkten glasig. Das Gesicht wirkte unnatürlich blaß und wächsern, und die Wein- und Fettflecken auf seinem Hemd sprachen ihre eigene Sprache.

»Bist du nüchtern genug, um mir zuzuhören, oder soll ich warten, bis du ausgeschlafen hast?« fragte Skar. Seine Stimme bebte.

Del sah auf, blickte ihn einen Herzschlag lang fast erschrocken an und grinste dann wieder. »Rede ruhig«, sagte er. »Ich kann mir vorstellen, was du zu sagen hast. Aber wenn du fertig bist, muß ich dir von dem Mädchen erzählen, das ich kennengelernt habe. Eine Figur wie eine Göttin, sage ich dir. Und Augen –«

»Es reicht«, unterbrach ihn Skar. »Deine Weibergeschichten interessieren mich im Augenblick wirklich nicht.«

Del schüttelte mißbilligend den Kopf, versuchte sich an der Tischkante hochzuziehen, sank aber wieder zurück. »Das würdest du nicht sagen, wenn du sie kennen würdest«, behauptete er. »Ein Traumweib, sage ich dir. Ein –«

Skar brachte ihn mit einem wütenden Blick zum Verstummen.

Das Lächeln auf Dels Gesicht gefror. »In Ordnung«, seufzte er. »Fang schon an. Ich weiß ohnehin, was kommt, aber wenn es dir Spaß macht . . .«

»Nein«, sagte Skar. »Es macht mir keinen Spaß. Und du weißt auch nicht, was kommt.« Er brach ab, atmete tief, sehr tief und gezwungen ruhig ein und versuchte sich zu beherrschen. Es ging nicht. Das Chaos in seinem Inneren legte sich nicht, im Gegenteil. Es war, als wäre in ihm plötzlich ein geheimnisvoller Mechanismus in Gang gesetzt worden, etwas, das seine Seele in Aufruhr versetzte und Gefühle in ihm weckte, die ihn selbst erschreckten. *Bei allen Göttern!* dachte er. *Was geschieht mit mir?* Aber der Gedanke nutzte nichts. Die Worte sprudelten einfach aus ihm heraus.

»Es wäre wohl sinnlos, dir ins Gewissen reden zu wollen«, sagte er.

Del grinste. »Dann laß es.«

»Du bist kein Kind mehr, Del«, fuhr Skar, noch wütender durch

Dels unerschütterliches Feixen, fort. »Und ich bin es endgültig leid, ständig wie eine Amme auf dich achtgeben zu müssen. Ich will dir nicht ins Gewissen reden, ich will dir nur etwas sagen. Und ich rate dir zuzuhören, denn ich werde es nicht wiederholen, Del.«

Das Lächeln auf Dels Gesicht wirkte nicht mehr ganz so echt wie noch vor wenigen Augenblicken.

»Ich gebe dir Zeit bis nach dem Kampf«, fuhr Skar fort. »Du kannst dich entscheiden, Del. Entweder du machst weiter wie bisher, oder du änderst dich. Ich habe weder etwas gegen Frauen noch gegen Wein, aber alles zu seiner Zeit. Ich zwinge dich zu nichts, Del. Es ist deine Entscheidung, ganz allein. Aber bedenke, daß Ikne zwei Tore hat. Es liegt allein an dir, ob du die Stadt durch das gleiche Tor wie ich verläßt.«

Zehn, fünfzehn endlose Sekunden kreuzten sich ihre Blicke, und was Skar in den Augen des jungen Satai las, war mehr als Schrekken. Dels Blick flackerte. Für einen Moment spiegelten sich alle nur denkbaren Empfindungen darin wider: Trotz, Ärger – doch auch beinahe so etwas wie Einsicht und Reue.

Aber natürlich sagte er nichts.

Er wäre nicht Del gewesen, wenn er es getan hätte. Und auch Skar schwieg. Jetzt, erst jetzt, nachdem Skar die Worte ausgesprochen hatte, begriff er wirklich, was er gesagt hatte. Und sie taten ihm fast im gleichen Moment schon wieder leid. Er war verärgert, zu Recht verärgert, aber seine Worte hatten das Maß des Angemessenen bei weitem überschritten. Doch so wie Del wider besseres Wissen schwieg – aus Stolz oder Trotz oder vielleicht nur aus Verstocktheit –, so schwieg auch Skar, obwohl alles in ihm danach schrie, sich zu entschuldigen. Es wäre leicht gewesen. Ein Wort, ein Lächeln nur, doch wie so oft war auch hier der winzigste Schritt der schwerste.

Schließlich wandte sich Skar mit einem Ruck um und stapfte aus dem Zimmer. Del blieb allein zurück.

Das Toben der Menge war selbst durch die mannsdicken Mauern und die geschlossenen Tore deutlich zu hören. Der steinerne Boden unter ihren Füßen schien im Rhythmus der Stimmen zu beben, und die Luft vibrierte unter dem anfeuernden Brüllen aus Hunderten und Aberhunderten von Kehlen. Der Auftritt der Bantas war vorüber, aber der Kampf der beiden geschuppten Giganten hatte den Blutdurst der Menge nicht gestillt, sondern im Gegenteil erst richtig geweckt.

Skar kontrollierte zum letzten Mal seine Ausrüstung. Er hatte es schon zweimal getan, seit sie aus ihrem Quartier hier heraufgekommen waren, aber seine Bewegungen waren jetzt kaum weniger sorgfältig.

Eine perfekt sitzende Kleidung war wichtig, vielleicht lebenswichtig. Eine lose Schnalle, ein schlecht sitzender Riemen oder ein loser Verschluß hatten schon so manchen Kampf vorzeitig beendet.

»Fertig?« fragte Cubic.

Skar sah auf, schenkte dem Lastaren ein nichtssagendes Lächeln und blickte an ihm vorbei zum Tor. Der gußeiserne Riegel war bereits zurückgezogen, und beiderseits des bogenförmigen Durchgangs standen Männer in den dunkelroten Roben der Arenadiener bereit, die tonnenschweren Torflügel auf einen Wink Cubics nach innen zu ziehen.

Aber noch war es nicht soweit. Sie hatten noch ein bißchen Zeit bis zum Kampf.

Skar fuhr fort, die Schnallen und Verschlüsse seiner Ausrüstung zu kontrollieren. Er zog das Schwert ein paarmal rasch hintereinander halb aus der Scheide, stieß es zurück und tastete prüfend über die fünfzackigen Wurfsterne, die an seinem Gürtel aufgereiht waren. Sie hatten sich im letzten Augenblick dazu entschlossen, ihre schweren Kampfpanzer gegen leichte Lederharnische und Umhänge einzutauschen. Das Wetter hatte sich im Laufe des Nachmittages weiter verschlechtert; aus dem nieselnden Regen waren Sturzbäche von grauem, eiskaltem Wasser geworden, und der Wind hatte aufgefrischt und war fast zum Sturm geworden. Es würde kein elegantes Fechten geben. Nicht bei diesem Wetter und dem Boden. Die Kohoner würden sich einzig auf ihre Wurfmesser und ihre Kraft verlassen; beides Dinge, die Skar nicht abschätzen konnte.

Aber eine schwere Rüstung würde nur hinderlich sein. In ihren leichten Harnischen konnten sie einem geschleuderten Messer vielleicht ausweichen, und die Umhänge dienten nur zum Schein der Verschönerung – in den Händen eines Mannes, der damit umzugehen verstand, war eine fünf Fuß lange Stoffbahn eine gefährliche Waffe.

Sein Blick begegnete dem Dels. Sie hatten, seit der häßlichen Szene am Vormittag, kein Wort mehr miteinander gewechselt. Dels Augen hatten schwere, dunkle Ringe, und seine Haut schimmerte im Licht der Fackeln wächsern. Skar sah, daß Dels Hände unmerklich zitterten. Aber das war nichts, was ihn beunruhigen mußte. Del mochte bei weitem nicht im Vollbesitz seiner Kräfte sein, aber schließlich kannte ein Satai mehr als einen Weg, eine momentane Schwäche zu überwinden. Nein – darum machte sich Skar keine Sorgen. Wenn Del durch das Tor trat, würde er der schnelle und verläßliche Partner sein, als den er ihn kannte. Aber der Streit zwischen ihnen war keineswegs beigelegt. Es mochte wie Zufall erscheinen, daß Del sich so postiert hatte, daß Cubic zwischen ihm und Skar stand, aber es war keiner. Natürlich würde sich Skar auf ihn verlassen können, draußen in der Arena – im Kampf waren sie wenig mehr als ein einzelner Mann mit zwei Körpern und vier Armen und Beinen –, aber seine Sorge galt dem Danach. Er hatte wohl an die zwanzigmal an diesem Tag beschlossen, zu Del zu gehen und sich für seine Worte zu entschuldigen, aber irgend etwas hatte ihn regelmäßig davon abgehalten. Und der Ausdruck in Dels Blick sagte ihm, daß es dem jungen Riesen ebenso erging.

Eigentlich, dachte er in einer sonderbaren Mischung aus Ironie und Resignation, benahmen sie sich wie zwei Kinder, die ihren Willen nicht bekamen und sich trotzig in zwei Ecken zurückgezogen hatten. Jeder wußte, daß der andere genauso im Recht oder Unrecht war wie er selbst, aber sie waren beide zu stolz, den ersten Schritt zu tun.

Ein schmetternder, mehrfach gebrochener Posaunenstoß riß ihn aus seinen Gedanken. Er sah auf, starrte eine halbe Sekunde zum Tor hinüber und wandte sich dann mit einem Stirnrunzeln an Cubic.

»Unsere Ehrengäste«, beantwortete der Lastar Skars unausgesprochene Frage. Ein unglückliches Lächeln erschien auf seinen Zügen, wurde aber gleich darauf von einem Ausdruck ängstlicher Nervosität abgelöst. Seine Hände fuhren wie kleine lebende Wesen über seinen Gürtel, und Skar konnte trotz der schlechten Beleuchtung erkennen, daß er schwitzte.

Skar fuhr mit einem Ruck herum, legte die rechte Hand auf den Schwertgriff und starrte schweigend und mit unbewegtem Gesicht zum Tor hinüber. Das Kreischen der Menge war leiser geworden und wurde vom monotonen Prasseln des Regens fast übertönt.

»Hat es Sinn, wenn ich euch . . . Glück wünsche?« fragte Cubic.

Skar mußte gegen seinen Willen lächeln. »Vielleicht nicht«, sagte er. »Aber es schadet auch nicht, und ich –«

Er brach ab, als sich dicht neben dem Tor eine schmale Holztür auftat und eine grauverhüllte Frauengestalt in die Halle hinaustrat. Seine Haltung straffte sich. Cubic blinzelte verwirrt, folgte seinem Blick und zauberte ein paar mißbilligende Falten auf die Stirn.

»Das Betreten der Halle ist –«, begann er, brach aber sofort ab, als Skar ihm einen Wink gab.

»Laß gut sein, Cubic«, sagte Skar. »Ich kenne die Frau.«

»Aber sie hat hier nichts verloren«, protestierte Cubic. »Der Kampf beginnt in wenigen Augenblicken und . . .«

Skar ging wortlos an ihm vorbei und blieb zwei Schritte vor Gowenna stehen.

»Ihr seid also gekommen«, stellte er fest.

Auf Gowennas Gesicht erschien so etwas wie ein Lächeln. »Habt Ihr daran gezweifelt?«

Skar schüttelte den Kopf. »Nein«, sagte er bedauernd. »Aber ich hatte gehofft, daß Ihr nicht kommt.«

Gowenna machte eine wegwerfende Handbewegung und sah an Skar vorbei zuerst zu Del, dann zu Cubic hinüber. Es fiel ihr schwer, ihre Verachtung zu verbergen, als sie den Lastaren ansah. »Ich sehe, daß Ihr Euch bereits entschieden habt«, sagte sie, ohne Skar anzublicken. »Aber ich muß Euch trotzdem fragen – werdet Ihr kommen?«

Skar schwieg eine ganze Weile. Er hatte Del nichts von seiner Begegnung mit der *Errish* erzählt, und er hatte – wider besseres Wissen – bis zum letzten Moment gehofft, es auch nicht tun zu müssen.

»Nein«, sagte er schließlich. »Und das ist endgültig. Ihr könnt Eurer Herrin ausrichten, daß wir Ikne noch heute abend verlassen werden. Aber auf unserem Weg.«

Zu seiner Überraschung lächelte Gowenna. »Wir haben Eure Antwort vorausgeahnt«, sagte sie ruhig. »Wenn ich trotzdem gekommen bin, dann nur, um Euch eine letzte Chance zu geben. Ist Euer Kamerad mit Eurer Entscheidung einverstanden?«

Skar zögerte einen winzigen Augenblick, aber er zweifelte nicht daran, daß Gowenna es registrierte und wahrscheinlich auch richtig deutete. »Ja«, sagte er.

»Gut. Es ist Eure Entscheidung. Aber von jetzt an ist auch alles, was geschieht, Eure Schuld. Sucht bei Euch selbst, wenn Ihr jemandem die Verantwortung geben wollt.« Sie schenkte ihm einen letzten, beinahe verächtlichen Blick, fuhr mit einem zornigen Ruck herum und verschwand auf dem gleichen Weg, auf dem sie gekommen war.

Skar wartete, bis die Tür hinter ihr ins Schloß gefallen war, ehe er sich herumdrehte und zu Del und Cubic zurückkehrte.

»Wer war das?« fragte Del.

»Jemand, den du nicht kennst«, antwortete Skar barsch. »Wie du siehst, bist du nicht der einzige, der Ärger mit Frauen hat.«

Del starrte ihn kurz an und wandte sich dann beleidigt ab.

»Ich erkläre es dir, wenn der Kampf vorbei ist«, fügte Skar etwas leiser hinzu. »Es ist . . . nicht einfach.«

Del wandte den Kopf und runzelte die Stirn. Dann lächelte er. Skar atmete innerlich auf. Der Bann war gebrochen.

»Macht euch bereit«, sagte Cubic.

Skar nickte und schloß für die Dauer von vier, fünf Herzschlägen die Augen. Es dauerte nicht lange, bis er jenen Zustand völliger Entspannung erreicht hatte, in dem er normalerweise in den Kampf ging. Sein Herz schlug ruhiger, und er spürte den kalten Wind und die Feuchtigkeit, die von draußen hereindrangen, intensiver.

Das Tor schwang mit leisem Knarren nach innen. Die Fackeln flackerten und zauberten für einen Moment tanzende Schatten an die Wände.

Cubic zog sich mit ein paar raschen Schritten zurück, und auch die Diener, die beiderseits des Tores gestanden waren, verschwanden rasch aus dem Sichtbereich der Menge.

Langsam, mit gemessenen Schritten, traten sie in die Arena hinaus.

Skar kam sich mit einem Mal unsagbar lächerlich vor. Er bewegte sich so, wie es die Menge erwartete, wie sie glaubte, daß sich ein Held bewegen mußte, spielte ein Spiel, das nicht seines war und ihn im Grunde anwiderte, trat neben Del vier, fünf Schritte in den aufgeweichten Sand hinaus und blieb stehen. Hinter ihnen schwang das Tor zu und rastete mit einem dumpfen Schlag ein.

Ihm fiel auf, wie still es geworden war. Die Ränge waren – wie erwartet – bis auf den letzten Platz gefüllt, aber wenn die Menge noch vor Augenblicken wie ein außer Rand und Band geratener Mob getobt hatte, so war sie jetzt wie auf ein geheimes Zeichen hin verstummt. Er begann langsam zu begreifen, was Cubic gemeint hatte.

Sein Blick glitt über die Bankreihen und blieb an der Loge der Tempelkönige haften. Das Bauwerk war größer geworden, als es am Vormittag den Anschein gehabt hatte. Ein dreifach gestaffelter Kordon von Wachen umgab das mannshohe, mit eilig herbeigeschafften Ranken und Wimpeln geschmückte Podest, und trotz der qualvollen Enge auf der hoffnungslos überfüllten Tribüne waren die Menschen in weitem Umkreis angstvoll von den Soldaten abgerückt. Die Tempelkönige selbst waren unsichtbar, wenig mehr als zwei schlanke, verschwommene Schatten hinter einem Vorhang aus dünnen Schleiern, der sie gleichermaßen vor dem Regen wie vor dem Erkanntwerden schützte. Niemand hatte die Tempelkönige Iknes je zu Gesicht bekommen, außer in Form mehrerer verhüllter Gestalten, die sich hinter einer Mauer aus Schweigen und Geheimnissen verbargen. Ein Umstand, der natürlich den besten nur denkbaren Nährboden für Gerüchte und Vermutungen abgab – die Versionen reichten von einem Paar Unsterblicher bis hin zu Dämonen, die von den Sternen herabgestiegen waren, um über die Menschen zu herrschen. Skar sah die Sache wesentlich nüchterner. Der Schleier von Geheimnissen und Vermutungen, hinter denen sich die Könige verbargen, stellte einen besseren Schutz dar, als ihn selbst die höchsten Mauern hätten bilden können. Auch der tapferste Wächter konnte besiegt oder überlistet werden, aber niemand konnte einen Gegner angreifen, den er nicht kannte.

Um so mehr erstaunte es ihn, daß die Tempelkönige hier anwesend waren.

Eine der schattenhaft erkennbaren Gestalten hob die Hand, und ein zweiter hallender Posaunenstoß unterbrach die Stille. Skar deutete eine Verbeugung in Richtung der Königsloge an und wandte sich dann wieder der Arena zu.

Am gegenüberliegenden Rand des Kampfplatzes hatte sich ein zweites Tor geöffnet, das genaue Gegenstück zu dem, aus dem sie hervorgekommen waren. Die Gestalten der beiden Kohoner wirkten seltsam klein und verloren vor dem Hintergrund der mächtigen grauen Mauer. Skar konnte sehen, wie ihnen der Wind ins Gesicht fuhr und mit ihrem Haar spielte. Die beiden Männer glichen sich wie Zwillinge; sie waren groß, sehr schlank und langgliedrig. Nicht der Typ des muskulösen Athleten, dachte er, sondern Männer, die mehr auf Schnelligkeit und Geschicklichkeit setzten als auf die Kraft ihrer Arme. Ihre Kleidung war einfach und zweckmäßig – knielange Hosen, die von einem breiten, metallbeschlagenen Gürtel zusammengehalten wurden, darüber ein langärmeliges Hemd, unter dem sich zweifellos ein Lederharnisch oder ein Kettenhemd verbarg. Sie trugen keine Helme, und ihr einziger Schutz bestand aus runden, kaum tellergroßen Schilden, die nicht so aussahen, als würden sie einem ernstgemeinten Hieb standhalten können.

Skar tauschte einen Blick mit Del und runzelte flüchtig die Stirn. Ihre beiden Gegner trugen das Haar lang bis auf die Schultern und offen; kein Stirnband. Ein beinahe unentschuldbarer Leichtsinn.

Ein dritter Posaunenstoß erklang. Der Kampf begann.

»Nimm du den Linken«, sagte Del. »Und gib acht auf ihre Hände. Sie haben Messer.«

Skar nickte knapp. Es hätte Dels Warnung nicht bedurft. In den Metallgürteln der Kohoner steckte fast ein Dutzend schlanker, gefährlicher Wurfdolche. Skar bedauerte für einen Moment, keinen Schild mitgenommen zu haben. Aber dafür war es nun zu spät. Wenn es ein Fehler war, so würden sie es merken.

Ein erwartungsvolles Raunen ging durch die Menge, als sie sich ihren Gegnern näherten. Skar machte einen Schritt in die Arena hinaus und sank fast sofort bis an die Knöchel ein. Er hatte erwartet, daß der Boden schlecht war, aber es war trotzdem noch schlimmer, als er befürchtet hatte. Der Sand war aufgeweicht und sumpfig, seine Schritte wurden von leisen, schmatzenden Geräuschen begleitet und hinterließen eine Spur kleiner Löcher, die sich rasch mit Wasser füllten. Er sah kurz zu Del hinüber und bemerkte, daß der junge Satai mit ähnlichen Schwierigkeiten zu kämpfen hatte. Und weiter im Zentrum der Arena würde es noch schlimmer werden. Der Boden war abschüssig und glich einem sehr flachen Krater. Vielleicht würden sie dort bis an die Waden einsinken.

»Bleib zurück«, sagte er so leise, daß die Worte nur von Del verstanden werden konnten. »Ich habe keine Lust, bis an die Hüften in diesem Dreck zu versinken. Laß sie kommen.«

Del nickte unmerklich, verlangsamte seine Schritte und begann nach rechts auszuweichen. Gleichzeitg bewegte sich Skar nach links. Ihm war nicht sehr wohl bei dem Gedanken, daß sie sich trennten. Aber ihre Gegner schienen den gleichen Einfall gehabt zu haben. Auch sie bewegten sich auseinander, statt direkt auf sie zu.

Das Raunen auf den Bänken wurde lauter, und die ersten anfeuernden Rufe erklangen, verstummten aber ganz rasch wieder. Skar hob den Kopf, blickte in die Mauer gebannt gaffender Gesichter über sich und dann zur Königsloge. Eine der verschwommenen Gestalten hatte sich leicht vorgebeugt und sah offenbar mit großem Interesse zu ihnen herab.

Irgend etwas an der Szene störte Skar. Doch er wußte nicht, was.

Aber vielleicht war er auch nur übernervös. Vela hätte sich keinen besseren Zeitpunkt aussuchen können, die Amazone zu ihm zu schicken.

Er wandte sich wieder seinem Gegner zu und versuchte, alle anderen Gedanken aus seinem Kopf zu verbannen. Für einen Augenblick gab es nur noch ihn und die Arena, alles andere wurde unwichtig, verschwand. Für die Dauer eines Herzschlages bestand die Welt nur noch aus ihm und dem schwarzhaarigen Mann aus Kohon.

Aber nur für einen Augenblick. Dann drang das erregte Murmeln der Menge wieder deutlicher an sein Ohr, und er spürte abermals die Kälte und den eisigen, schneidenden Wind.

Skar erschrak.

Eine der Erklärungen für die legendäre Unbesiegbarkeit der Satai bestand in ihrer Fähigkeit, sich mit jeder Faser ihres Seins auf den Kampf zu konzentrieren, jeden anderen Gedanken, jede Empfindung auszuschalten: Es war eine Trance oder jedenfalls etwas, das diesem Zustand so nahe kam, daß nicht einmal die Satai selbst den Unterschied zu definieren vermochten. Sie hatten ihn jahrelang und mit beinahe übermenschlicher Geduld geübt, bis es nur noch eines flüchtigen Gedankens bedurfte, ihn hervorzurufen.

Aber diesmal ging es nicht.

Irgend etwas war da, eine seltsame, körperlose Kraft, die es vor Augenblicken noch nicht gegeben hatte und die ihn daran hinderte, sich auf die gewohnte Art zu konzentrieren.

Er wandte rasch den Kopf und sah, daß es Del ebenso erging. Obwohl sie sich nach verschiedenen Seiten der Arena bewegt hatten und nun mehr als dreißig Schritte auseinanderstanden, konnte er das Erschrecken auf dem Gesicht des jungen Satai deutlich erkennen.

Skar blieb stehen, zog das Schwert aus der Scheide und wechselte die Waffe in die Linke, um mit der rechten Hand einen Wurfstern vom Gürtel zu lösen. Der Kohoner beobachtete seine Vorbereitungen ohne sichtliche Regung. Sein Gesicht - Skar war jetzt dicht genug heran, um zu erkennen, daß er jünger war, als er bisher angenommen hatte - blieb starr, aber Skar zweifelte nicht daran, daß den dunklen Augen auch nicht die winzigste seiner Bewegungen verborgen blieb.

Skar hatte niemals den Fehler begangen, einen Gegner zu unterschätzen, und er tat es - trotz allem, was er vorher gesagt und gedacht hatte - auch diesmal nicht. Cubic und die anderen mochten recht haben, wenn sie sagten, daß die beiden Kohoner nur zur zweiten Garde gehörten, aber sie hatten es immerhin geschafft, sich in ihrer Klasse bis zur Spitze hinaufzukämpfen; weit genug, um in der Arena von Ikne antreten zu dürfen.

Die Bewegung war fast zu schnell, als daß er sie noch erkennen konnte. Die Hand des Kohoners zuckte zum Gürtel, kam mit unglaublicher Schnelligkeit wieder hoch und beschrieb einen kurzen, abgehackten Viertelkreis. Ein silberner Schemen wirbelte durch die Luft, zischte in einer unmöglichen Kreisbewegung weit an ihm vorbei und jagte wie ein winziger silbriger Bumerang auf Del zu.

Skar begriff im letzten Augenblick. Er duckte sich, machte einen halben Schritt nach rechts und ließ sich verzweifelt in den Morast fallen. Irgend etwas sauste mit einem häßlichen Geräusch an seiner Schläfe vorbei, schrammte über seine Schulter und prallte gegen die Wand. Die beiden Kohoner mußten die Art ihres Angriffs genau abgesprochen haben. Während Skars Gegner seinen Dolch auf Del geworfen hatte, hatte der andere seine eigene Waffe auf Skar geschleudert.

Skar wälzte sich auf den Rücken, sah eine zweite, mit unglaublicher Zielsicherheit geworfene Waffe auf sich zufliegen und riß instinktiv sein Schwert hoch. Die Waffe war aber zu schwer und zu unausgewogen, um wirklich gut zu sein. Hätte er sein *Tschekal* gehabt, wäre es ihm ein leichtes gewesen, den heranwirbelnden Dolch beiseite zu schlagen. So aber gelang es ihm gerade, die Waffe ein wenig abzulenken. Sie verfehlte sein Gesicht, auf das sie gezielt gewesen war, prallte jedoch mit unbarmherziger Wucht gegen seinen Brustharnisch und schleuderte ihn abermals in den Morast zurück.

Skars Herz tat einen schmerzhaften Schlag, als er sah, wie das Wurfmesser von seinem Panzer abprallte und in der Mitte entzweibrach. Er hatte von diesen Waffen gehört, ohne jemals eine zu Gesicht bekommen zu haben – ein *Chaloc,* ein Dolch, dessen Klinge so angefeilt war, daß sie in den Körper des Gegners eindrang und dort abbrach. Selbst ein Treffer in Arm oder Bein würde ihn kampfunfähig machen. Nicht einmal ein Satai kämpft mit fünf Zentimeter beißendem Stahl im Leib weiter.

Aber sein Gegner ließ ihm nicht viel Zeit zum Nachdenken. Ein weiteres Messer zischte heran, verfehlte ihn um wenige Zentimeter und grub sich dicht neben seinem Gesicht in den Boden.

Skar sprang mit einem wütenden Knurren auf die Füße, schleuderte dem Kohoner seinen Wurfstern entgegen und riß gleichzeitig den Umhang von der Schulter. Der *Shuriken* fetzte dem Kohoner den nächsten Dolch aus den Fingern, schrammte über seinen Handrücken und riß seinen Arm von der Handwurzel bis fast zum Ellbogen auf. Der Mann schrie überrascht auf, taumelte zurück und umklammerte sein blutendes Gelenk. Zum ersten Mal las Skar in seinen Augen nicht mehr Sicherheit, sondern Erschrecken und Schmerz.

Die Menge schrie grölend auf. Skars Gegenangriff war vollkommen überraschend gekommen, und zum erstenmal, seit der Kampf begonnen hatte, war Blut geflossen. Skar mußte plötzlich an Cubics Worte denken. Die Menge würde ihr Schauspiel bekommen.

Er wechselte Umhang und Schwert gegeneinander aus und bewegte sich leicht vorgebeugt auf den anderen zu. Der Kohoner zog die Hand, die schon wieder nach einem neuen Dolch hatte greifen wollen, zurück und zog ebenfalls sein Schwert. Er mußte erkannt haben, daß Skar jeden weiteren Wurf leicht mit dem Umhang abwehren konnte.

Skar sah rasch zur anderen Seite des Platzes hinüber. Auch Del war noch auf den Beinen, aber er kam nicht an seinen Gegner heran, sondern duckte sich verzweifelt unter den heranzischenden Wurfdolchen weg. Sein Umhang war zerrissen, und über dem rechten Arm rötete sich der Stoff von Blut. Aber er stand noch. Und irgendwann würden dem Kohoner die Messer ausgehen.

Skar fühlte sich nicht wohl bei dem Gedanken an die schmerzhafte Verletzung, die Del davongetragen hatte. Er kannte den jungen Satai zu gut, um nicht zu wissen, wie jähzornig er war. Im Kampf Mann gegen Mann hatte der Kohoner nicht die Spur einer Chance. Das Duell ging nicht bis zum Tod, aber Del war stark genug, einem Mann auch ohne Absicht das Genick zu brechen.

Der Mob schrie begeistert auf, als Skars Gegner mit hoch erhobenem Schwert vorstürzte. Skar wartete den Angriff ruhig ab, parierte den Schlag und sprang dann mit einem blitzschnellen Satz zur Seite.

Wenigstens versuchte er es.

Seine Füße fanden aber auf dem morastigen Boden keinen Halt. Er sank bis weit über die Knöchel ein, kam mit einem zornigen Ruck frei und verlor das Gleichgewicht, als sein rechter Fuß in dem klebrigen Matsch steckenblieb. Verzweifelt drehte er sich noch im Fallen um seine Achse, parierte einen abwärts geführten Stich und landete zum zweitenmal innerhalb kurzer Zeit auf dem Rücken. Der Kohoner stieß einen triumphierenden Schrei aus, packte das Schwert mit beiden Händen und schlug mit aller Gewalt zu. Ihre Klingen trafen funkensprühend aufeinander. Skar schrie vor Schmerz auf. Die Wucht des Schlages schien ihm die Arme aus den

Gelenken zu prellen. Er wälzte sich herum, hieb ungeschickt nach den Beinen des Angreifers und brachte sich mit einem verzweifelten Satz in Sicherheit, als sich die Schwertklinge des anderen dort in den Boden fraß, wo soeben noch sein Kopf gewesen war. Er krümmte sich, zog die Beine an den Leib und trat mit aller Gewalt zu. Seine Füße trafen den Kohoner an der Brust und ließen ihn meterweit zurücktaumeln.

Aber nicht weit genug.

Erneut hatte Skar das blitzartige Gefühl, daß irgend etwas nicht so war, wie es sein sollte. Er hatte mit aller Kraft zugetreten. Der Tritt hätte dem Kohoner – Brustpanzer oder nicht – den Brustkorb zerschmettern müssen. Aber der Mann war nur ein paar Schritte zurückgetaumelt und stand nun, zwar mit schmerzverzerrtem Gesicht und wankend, immer noch aufrecht.

Skar stemmte sich mühsam hoch, wich zwei, drei Schritte zurück und hob abwehrbereit die Waffe. Sein Atem ging schnell und hektisch. Der Matsch, in den Skar gestürzt war, hatte seine Augen verklebt und seine Kleider schwer werden lassen. In seinen Handgelenken pochte ein wütender Schmerz, und so sehr er sich auch bemühte, er fand auf dem glitschigen Boden keinen festen Stand.

Ihm fiel auf, wie still es plötzlich geworden war. Vor Augenblikken hatte die Arena noch unter den begeisterten Schreien der Menge gebebt, aber plötzlich war es so leise, daß er die keuchenden Atemzüge seines Gegners hören konnte. Er sah auf. Die Menge auf den Zuschauerrängen schien in ungläubigem Schweigen erstarrt zu sein. Viele hatten sich von ihren Sitzen erhoben und gafften, starr vor Schrecken und Überraschung, zu ihnen herab.

Er konzentrierte seine Aufmerksamkeit wieder auf den Kohoner. Der Mann hatte die winzige Kampfpause genützt, um sich zu erholen, und kam nun mit kleinen, tänzelnden Schritten näher.

Er bewegt sich zu leicht, dachte Skar. *Zu elegant. Er dürfte sich nicht so leicht bewegen. Nicht auf diesem Boden!* Sein Blick wanderte an der Gestalt des anderen herab und blieb eine halbe Sekunde an seinen Füßen hängen.

Er trug keine Schuhe.

Er bewegte sich auf diesem sumpfigen Boden so sicher, als stünde er auf Fels, und er trug keine Schuhe.

Und seine Füße waren nicht die Füße eines Menschen. Sie waren verdreckt und von großen Klumpen des braungrauen Morastes verklebt, aber Skar konnte trotzdem die weit auseinandergespreizten Zehen und die dünnen Schwimmhäute dazwischen erkennen.

Und jetzt, endlich, begriff Skar. Die gelassene Ruhe, mit der der angebliche Kohoner in die Arena getreten war, der *Chaloc,* der Gleichmut, mit dem er den *Shuriken* und seinen Tritt hingenommen hatte . . . Dieser Mann war kein Bewohner Kohons. Er war nicht einmal ein Mensch.

In den Augen des anderen blitzte es auf, als er erkannte, daß Skar seinem Geheimnis auf die Spur gekommen war. Er stieß einen wütenden, an einen schrillen Vogelruf erinnernden Schrei aus, schwang das Schwert hoch über den Kopf und stürmte mit weit ausgreifenden Schritten auf Skar zu. Seine Füße schienen den Boden nicht einmal zu berühren. Skar fing den Schwerthieb auf, taumelte ungeschickt zurück und parierte zwei, drei weitere, mit unmenschlicher Kraft geführte Schläge. Die Klinge schien in seiner Faust zu vibrieren. Sein Gegner war langsam, aber die Hiebe kamen mit der Kraft von Muskeln, die denen eines Bantas nicht viel nachstanden, und wo Skar gegen einen menschlichen Angreifer Zeit gefunden hätte, zwischen zwei Hieben zu kontern, mußte er jetzt alle Willenskraft aufbieten, um nicht vor Schmerz aufzuschreien und seine Waffe fallen zu lassen. Sein Körper bebte unter den unbarmherzig auf ihn niederprasselnden Schlägen, und er spürte mit jeder Parade, jedem Treffer, den seine Klinge und seine verkrampften Schultermuskeln auffingen, wie seine Kräfte mehr erlahmten.

Auf den Rängen über ihm klang jetzt ein unwilliges, vielstimmiges Murren auf. Aber Skar blieb keine Zeit, auf die Menge zu achten. Ein furchtbarer Hieb traf seine Waffe, ließ seinen rechten Arm gelähmt heruntersinken. Er keuchte, brach in die Knie und ließ sich zur Seite fallen. Das Schwert des anderen zischte über seinem Kopf ins Leere. Er fiel auf beide Hände, trat nach dem Knie des vermeintlichen Kohoners und spürte, wie dessen Knochen brach. Der Mann schrie auf, taumelte mit wild rudernden Armen zurück und fiel auf die Knie. Ein gellender, tausendfacher Aufschrei aus den Rängen verschluckte seinen Schmerzenslaut.

Skar bückte sich blitzschnell nach seinem Schwert, sprang auf

und watete durch den Morast auf seinen hilflosen Gegner zu.

Aber der Mann war noch keineswegs geschlagen. Er duckte sich unter Skars Hieb weg, packte Skars Waffe mit beiden Händen und warf sich nach hinten. Skar wurde nach vorne und in die Luft gerissen, flog mit einem ungeschickten Salto über den Kopf des anderen hinweg und fiel zu Boden. Der klebrige Sumpf dämpfte seinen Sturz ein wenig, aber der Aufprall war trotzdem fürchterlich. Ein grausamer Schmerz zuckte durch Skars Rückgrat, dann, für eine halbe, schreckliche Sekunde, hüllten ihn Dunkelheit und Schweigen ein.

Skar kämpfte die aufkommende Bewußtlosigkeit mit aller Kraft nieder, wälzte sich herum und kam schwankend auf die Beine. Die Arena begann vor seinen Augen zu verschwimmen. Wie durch einen dichten, treibenden Vorhang aus Nebel und Dunkelheit sah er, wie auch sein Gegner wieder hochkam, auf *beiden* Beinen stand, als wäre das Knie nie gebrochen gewesen, und langsam, waffenlos und mit leicht geöffneten Händen, auf ihn zukam.

Er schüttelte den Kopf, versuchte den Schmerz wegzublinzeln und erreichte dadurch nur, daß ihm schwindelig wurde. Etwas geschah mit ihm, etwas, das er sich nicht erklären konnte und das ihn zutiefst ängstigte. Die Quelle unerschöpflicher Kraft, aus der ein Satai schöpfen konnte, schien in seinem Inneren versiegt zu sein. Es war, als hätte er nie gelernt, die Barrieren in seinem Inneren niederzureißen und jene Energien freizusetzen, die Männer zu Berserkern machen konnten und ihnen jene Taten ermöglichten, denen die Satai ihren Ruf zu verdanken hatten. Er spürte nichts als Leere und Schmerzen und eine unsichtbare Mauer dort, wo sonst die Stimme gewesen war, die ihn selbst in ausweglosen Situationen immer wieder zum Weitermachen angetrieben hatte.

Er stöhnte, rieb sich mit einer fahrigen Geste den schlimmsten Schmutz aus dem Gesicht und versuchte vor seinem Gegner zurückzuweichen. Seine Füße sanken immer wieder im Morast ein; er stolperte mehr, als er ging.

Und er *floh!* Die Menge über ihm tobte, aber es waren keine Schreie der Begeisterung mehr, die die Arena erschütterten. Was sie sahen, mußte ihnen ungeheuerlich, unglaublich vorkommen. Keiner von denen, die hergekommen waren, um den Kampf zu sehen, hatte wirklich an seinem Ausgang gezweifelt. Und nun mußten sie mitansehen, wie er – der unbesiegbare Satai – von seinem Gegner vor sich hergetrieben wurde.

Der Angriff kam zu schnell, als daß er noch reagieren konnte. Der Kohoner federte in den Knien ein, stieß sich mit ungeheurer Kraft ab und sprang fast waagerecht auf Skar zu. Ein großer, schwimmhäutiger Fuß durchbrach Skars Deckung und traf, der scheinbaren Weichheit seiner Knorpel und Hautlappen Hohn sprechend, Skars Gesicht mit der Wucht eines Hammerschlages. Skar stürzte hintenüber, sank fast vollständig in den zähen Morast ein und kämpfte sich, halb am Rande der Bewußtlosigkeit, hoch. Seine Arme knickten weg, als er versuchte, sich auf Hände und Knie zu erheben. Er konnte nichts mehr sehen. Sein Schädel dröhnte. Noch einmal versuchte er sich hochzustemmen, sank erneut zurück und stieß einen wimmernden Laut aus, als ihn unmenschlich starke Hände wie ein Spielzeug vom Boden hochrissen.

Eine verschwommene, leere Fläche tauchte in den kochenden Schleiern vor seinen Augen auf. Eine Hand, breit und knorpelig und von mörderischer Kraft, legte sich um seine Kehle und drückte zu.

Aber er wehrte sich noch immer. Seine Gedanken waren längst ein einziges Chaos aus Schmerzen und Angst und dumpfer Verzweiflung, aber sein Körper kämpfte weiter, denn er war eine perfekte, ein Leben lang trainierte Maschine, geschaffen zum Töten und Kämpfen. Er riß die Arme hoch, versuchte den mörderischen Würgegriff zu sprengen und hämmerte die Fäuste wieder und wieder in das verschwommene Gesicht über sich. Sein Knie kam hoch, krachte mit gnadenloser Gewalt zwischen die Beine des anderen. Er spürte, wie der Kohoner unter dem Hieb erbebte. Aber der tödliche Würgegriff seiner Hände lockerte sich nicht. Im Gegenteil.

Skars Kräfte begannen zu erlahmen. Sein Herz schlug wild und unregelmäßig, und wo seine Lungen gewesen waren, brannten jetzt zwei gnadenlose, quälende Feuer. Er wollte schreien, aber es ging nicht. Noch einmal schlug er mit aller Kraft zu, hämmerte die verschränkten Fäuste mit einer Wucht, die einem Stier das Genick gebrochen hätte, unter das Kinn des Kohoners und spürte, wie er freikam.

Er wankte zurück, rang keuchend nach Luft und brach, kraftlos und ausgepumpt, in die Knie. Ein dumpfes, dröhnendes Rauschen erfüllte seinen Schädel: das Geräusch seines eigenen Blutes, vielleicht auch das Schreien der enttäuschten Menge; er wußte es nicht.

Als die Faust des Kohoners niedersauste und sein Bewußtsein endgültig auslöschte, war er fast dankbar.

Die Temperaturen waren mit jedem Meter, den sie weiter nach Osten kamen, gestiegen. Es war heiß, so heiß, daß sie die Gesichter von der unbarmherzigen Glut abwenden mußten, und das Brüllen des Feuersturmes hatte weiter an Kraft zugenommen, so daß sie sich nur noch schreiend verständigen konnten und sich, wo immer möglich, auf Zeichen und Gestikulieren beschränkten. Die Sonne war aufgegangen, nachdem sie ihr letztes Nachtlager verlassen hatten und in Richtung Combat aufgebrochen waren, aber ihr Glanz schien in der Feuerflut am Himmel zu ertrinken. Der Wind, der sie die ganze Zeit über begleitet hatte, war zum Sturm, schließlich zum Orkan geworden, der an ihnen vorbeifauchte und dem kochenden Glutofen am Horizont immer neue Nahrung zuführte. Trotzdem wären sie wahrscheinlich längst vor Hitze umgekommen, wäre der Sturm nicht gewesen.

Skar ritt mit gesenktem Kopf und weit vorgebeugtem Oberkörper. Sein Gesicht brannte. Der Geruch nach verkohlter Erde und brennendem Stein wurde allmählich unerträglich, und jeder Atemzug schien mühsamer als der vorherige. Er hatte trotz der ungeheuren Hitze seinen Mantel wieder hervorgeholt und um die Schultern gelegt, um seine nackte Haut vor der heranflutenden Hitze zu schützen, und die anderen hatten es ihm nach kurzem Zögern gleichgetan. Sein Pferd stolperte mehr, als es ging, und es kostete Skar immer größere Mühe, es zum Weiterlaufen zu bewegen. Der Atem des Tieres ging rasselnd und schnell, und es stieß immer wieder kleine, schmerzhafte Laute aus. Die Sattelgurte hatten seine Haut wundgescheuert; es blinzelte und lahmte auf dem rechten Vorderhuf. Die Hitze mußte ihm ungeheure Qualen bereiten.

Skar hob den Kopf, beschattete die Augen mit der Hand und blinzelte nach Osten. Die Welt schien vor ihnen hinter einer Mauer aus kochenden Flammen und unerträglich grellem Licht zu verschwinden. Seine Augen begannen sofort zu tränen, und die Flammen schienen kleine, schmerzhafte Löcher auf seinen Netzhäuten zu hinterlassen. Sie waren noch vier oder fünf Meilen von der äußeren Begrenzung der Stadt entfernt, aber die Hitze machte einen Aufenthalt auf Dauer bereits jetzt unmöglich. Sie würden umkehren müssen, wenn sie den Stollen nicht bald fanden.

Er senkte den Blick, fuhr sich mit der Hand über die Augen, um die Tränen fortzuwischen, und tastete nach dem Lederbeutel unter seinem Wams. Seine Hand war feucht und verschwitzt; das Leder fühlte sich klebrig an, und für einen Moment stieg die fürchterliche Vision eines Dutzends kleiner brauner Kugeln in Skar auf, die unter der mörderischen Hitze wie Wachs zerschmolzen und in dünnen, klebrigen Rinnsalen in seiner Kleidung versickerten.

Aber natürlich waren sie noch da. Vela hätte diese Möglichkeit nicht außer acht gelassen, hätte es sie gegeben.

Er brachte sein Pferd zum Stehen, drehte sich im Sattel um und gab den anderen einen Wink, an ihm vorbeizureiten. Sie bewegten sich im Gänsemarsch, dicht hintereinander, jeder in einer genauen, geraden Linie hinter seinem Vordermann, um auf diese Weise vielleicht dessen Körper als Schutzschild zu benutzen und dadurch der Hitze zu entgehen, und sei es nur für wenige Augenblicke.

Skar wartete, bis Gowenna neben ihm angelangt war, ließ das Pferd weitertraben und deutete nach Osten. »Wie weit ist es noch?« schrie er.

Gowenna sah ihn fragend an und machte eine Handbewegung zu ihrem Ohr, um anzudeuten, daß sie ihn nicht verstanden hatte. Der Sturm riß Skar die Worte von den Lippen und trug sie fort, und das Tosen und Grollen des Feuerorkans übertönte ihn zusätzlich. Er drängte sein Tier dichter an das Gowennas heran, beugte sich im Sattel zur Seite und rief noch einmal: »Wie weit noch?«

Diesmal verstand sie.

»Nich . . .eit«, verstand Skar. »Viel . . . ei . . . lbe Mei . . . nicht me . . .«

Skar verstand nur Wortfetzen. Er nickte, ließ sein Pferd ein, zwei

Schritte zur Seite ausweichen und ritt auf gleicher Höhe mit Gowenna weiter. Sie sagte noch etwas. Er sah, wie sich ihre Lippen bewegten, aber die Worte kamen nicht bei ihm an. Er hob die Schultern, ahmte Gowennas Geste des Nichtverstehens nach und kam wieder näher. Gowenna beugte sich vor, ergriff seine Hand und deutete damit nach Osten. Ihre Haut fühlte sich heiß und rissig wie trockenes Leder an, und als Skar genauer hinsah, konnte er auf ihrem Gesicht eine Anzahl hellrot schimmernder Brandblasen erkennen. Ihre Brauen und Wimpern waren angesengt.

Skar blickte widerstrebend in die Richtung, in die Gowenna gedeutet hatte. Seine Augen begannen sofort wieder zu tränen, aber er erkannte trotzdem, was Gowenna meinte. Vor ihnen, allerhöchstens noch eine halbe Meile entfernt, erhob sich ein massiger schwarzer Schatten gegen den brennenden Himmel. Seine Umrisse waren verschwommen und schienen unablässig zu flackern.

»Ist es das?«

Gowenna konnte seine Worte unmöglich verstanden haben. Aber sie hatte seine Mundbewegung gesehen und ihren Sinn richtig erraten. Sie nickte.

»Wir sollten schneller reiten!« schrie er.

Gowenna runzelte die Stirn und zeigte einen fragenden Gesichtsausdruck. Skar hüpfte ein paarmal im Sattel auf und ab und vollführte eine Pantomime, als gebe er seinem Pferd die Sporen. Gowenna schüttelte hastig den Kopf und deutete auf den Boden. Skar verstand. Das Gelände war zu uneben. Schon jetzt kamen die Pferde kaum noch voran. Der Boden war von unzähligen Spalten und Rissen durchzogen, und es gab kaum einen Fußbreit, der nicht mit Trümmern und scharfkantigen Steinen übersät war. Ein Sturz in dieses steinerne Haifischmaul konnte das Todesurteil bedeuten. Außerdem bezweifelte er beinahe, daß die Tiere noch die Kraft besaßen, die Strecke im Galopp zurückzulegen.

Er atmete mühsam die heiße, stickige Luft ein, zog den Kopf zwischen die Schultern und wandte das Gesicht von der Glut ab. Er mußte wieder an die Brandblasen auf Gowennas Gesicht und Händen denken; absurderweise wurde das Bild von einem Gefühl der Schuld begleitet.

Der Weg schien kein Ende zu nehmen. Das Gelände wurde immer unwegsamer, als hätte sich das Schicksal gegen sie verschworen und ihnen im wahrsten Sinne des Wortes noch auf den letzten Metern Steine in den Weg gelegt. Sie mußten immer öfter parallel zu ihrem eigentlichen Kurs oder sogar zurückreiten, um jäh aufklaffenden Spalten oder bizarren Barrieren aus scharfgratigem Gestein auszuweichen. Skars Pferd strauchelte, als der Boden unter seinen Hufen plötzlich wie eine dünne Eierschale einbrach und darunter lockerer, glühendheißer Sand zum Vorschein kam. Er riß das Tier im letzten Moment zurück und umritt die gefährliche Stelle in weitem Bogen.

Als sie näher kamen, konnte er erkennen, daß es sich bei dem vermeintlichen Felsen, auf den Gowenna gedeutet hatte, um ein Gebäude handelte, zumindest um die Reste eines Gebäudes; ein monolithischer Block aus schwarzem, verkohltem Granit, früher vielleicht einmal rechteckig, aber von Jahrtausenden des Sturmes und der Hitze rundgeschliffen, zernagt. Es gab keine Fenster, aber auf der Seite, auf die sie sich zubewegten, befand sich ein wuchtiges, halbrundes Tor aus glänzendem, blind gewordenem Metall.

Gowenna setzte sich an die Spitze der Gruppe und ritt auf den schwarzen Granitklotz zu, so rasch es das Gelände zuließ. Die drei Sumpfmänner folgten ihr dichtauf wie immer, stumme, huschende Schatten, die die Bewegungen ihrer Herrin mit der Präzision von Maschinen nachvollzogen. Aber sie bewegten sich nicht mehr so elegant und mühelos wie zuvor. Skar war sicher, daß ihre Bewegungen langsamer geworden waren, kraftloser. Die Hitze und mehr noch die Trockenheit mußten für sie schlimmer sein als für Skar und die anderen. Sie waren Sumpfleute, Männer, die die feuchtwarme, schwüle Witterung der großen Küstensümpfe im Osten gewohnt waren. Sie gingen buchstäblich durch die Hölle. Aber sie taten es ohne den geringsten Laut der Klage.

Die Männer drängten sich im Schatten des Gebäudes zusammen. Die Hitze war hier nicht geringer als draußen auf der Ebene, aber es war allein schon eine Erleichterung, der gnadenlosen Helligkeit und dem Flammenschein zu entgehen. Skar drängte sein Tier dicht an die Wand, streckte zögernd die Hand aus und zog sie mit einem Schmerzenslaut wieder zurück. Der Stein war glühend heiß. Im Inneren des Gebäudes mußten Temperaturen wie in einem

Backofen herrschen.

Besorgt sah er sich nach den anderen um. Gowenna und ihre drei Schatten waren aus den Sätteln gestiegen und machten sich am Tor zu schaffen. Skar bemerkte, daß einer der Sumpfmänner schwankte. Sein Chamäleonmantel flackerte, wechselte unablässig die Farbe von Schwarz zu Grau und Braun, flammendem Rot und Weiß und wieder Schwarz. Das Gesicht hinter der spitzen Kapuze wirkte eingefallen und grau; erloschen. Beral hing schlaff über dem Hals seines Pferdes. Sein Gesicht glänzte vor Schweiß, und an seinem Hals pochte eine Ader, schnell, hektisch und arhythmisch. Seine Hände zuckten unablässig. Er war bei Bewußtsein, wie seine weit offenstehenden Augen verrieten, aber er schien kaum mehr zu bemerken, was um ihn herum vorging. Arsan, Nol und Gerrion hockten, zusammengesunken und eng in ihre Umhänge gewickelt, in den Sätteln. Der einzige, dem die Hitze nichts auszumachen schien, war Tantor.

Gowenna stieß einen erleichterten Schrei aus und trat hastig drei, vier Schritte zurück. Das Tor zitterte, schwang, wie von Geisterhand bewegt, nach außen auf und kam mit einem hörbaren Ächzen zum Stillstand. Skar sah, daß die Flügel aus massivem Metall bestanden. Trotzdem hatten sie sich in der Hitze verzogen, so daß wahrscheinlich nicht einmal die Kraft eines Drachen ausgereicht hätte, sie weiter zu öffnen. Aber der entstandene Spalt reichte, ein Pferd hindurchzulassen.

Gowenna taumelte mit einem erlösenden Aufschrei durch die Öffnung. Ihr Gesicht verzerrte sich vor Schmerz, als sie das heiße Metall mit der Schulter berührte. Sie wankte, stolperte weiter und war im nächsten Augenblick im Inneren des Gebäudes verschwunden. Hinter ihr drängten die drei Sumpfmänner hinein.

Skar wartete geduldig, bis alle außer ihm und dem Zwerg im Schutz des Gebäudes waren. Er drängte sein Tier neben das des Zwerges, riß brutal an den Zügeln und schüttelte den Kopf, als Tantor an ihm vorbeireiten wollte.

»Dir scheint das alles ja am wenigsten auszumachen!« schrie er über das Brüllen des Sturmes hinweg. »Also kümmere dich um die Packpferde! Treib sie zusammen und schick sie rein!«

Tantor begann mit seiner hohen Fistelstimme zu protestieren, aber Skar beachtete ihn nicht weiter. Er haßte den Zwerg, haßte ihn mit jedem Tag, an dem er mit ihm zusammen sein mußte, mehr, und er machte kein Hehl daraus. Irgendwo, in einer boshaften Ecke seines Bewußtseins, schlummerte die Hoffnung, den Zwerg eines Tages zu einem Angriff reizen zu können. Es würde ihm ein Vergnügen sein, ihm den Hals umzudrehen.

Er sprang aus dem Sattel, streifte seinen Umhang ab und führte sein Pferd am Zügel durch das Tor.

Im ersten Moment sah er nichts. Es gab Licht im Inneren des Hauses, graues, fahles Licht, das aus keiner bestimmbaren Quelle kam und wie körperloser Nebel überall war. Seine Augen waren aber an die unerträgliche Helligkeit draußen gewöhnt und brauchten eine Weile, um sich umzustellen, so daß er die Gestalten der anderen im ersten Moment nur als vage Schatten erkennen konnte.

Und es war kühl, viel kühler, als er erwartet hatte.

Er wankte bis in die Mitte des Raumes, ließ sich mit einem erleichterten Seufzer in die Knie sinken und atmete fünfzehn-, zwanzigmal hintereinander tief ein und aus. Sein Herz begann plötzlich zu rasen. Übelkeit stieg in ihm auf, und mit einem Mal, unvermittelt, fror er. Sein Körper revoltierte endgültig gegen die Belastung. Er krümmte sich zusammen, verkrampfte die Hände über dem Magen und kämpfte vergeblich gegen den immer stärker werdenden Brechreiz an.

Die Übelkeit wurde schlimmer. In seiner Brust saß plötzlich ein böser, bohrender Schmerz, eine schneidende Wunde, aus der dünne, brennende Schmerzlinien durch seinen Körper schossen.

Er erkannte die Symptome beinahe zu spät. Er fiel vornüber, krümmte sich noch mehr zusammen und versuchte verzweifelt, an seinen Brustbeutel zu gelangen. Seine Hände verkrampften sich, wurden zu nutzlosen, hornigen Strünken und verkrümmten Krallen, die nicht mehr fähig waren, den Knoten zu lösen.

Nein, dachte er. *Nicht jetzt! Nicht vor den anderen! Nicht so früh!*

Aber es wurde noch schlimmer. Der Krampf breitete sich in seinem ganzen Körper aus. Skar wälzte sich auf den Rücken, schrie, griff mit starren, bewegungsunfähigen Händen an seinen Hals, zerrte den Beutel unter dem Wams hervor und versuchte vergeblich, ihn zu zerreißen, zwischen die Zähne zu bekommen, um das Leder zu zerfetzen, eine der kostbaren Kugeln schlucken zu können ...

Eine unmenschliche starke Hand packte ihn an der Schulter und riß ihn herum, preßte ihn mit unwiderstehlicher Kraft gegen den Boden. Der Beutel wurde ihm entrissen. Dürre, knochige Finger zwängten seine Zähne auseinander, schoben etwas Kleines, Glattes in seinen Mund und drückten auf seine Kehle, bohrten sich mit schmerzhaftem Druck unter seine Zunge, damit er schluckte.

Er wußte nicht, wie lange es dauerte. Er blieb bei Bewußtsein, aber die Welt um ihn herum wurde unwirklich, transparent, die anderen waren nicht mehr als halbdurchsichtige Schatten, die mit hohlen, grausig verzerrten Stimmen redeten. Sein Zeitgefühl erlosch, dann verschwand der Schmerz, und irgendwann wurde die Welt wieder normal. Farben und Formen nahmen ihr gewohntes Aussehen an, und die Stimmen der anderen waren wieder Stimmen, kein grausames Hohngelächter mehr.

Er richtete sich auf die Ellenbogen auf, schüttelte den Kopf, um die Benommenheit hinter seiner Stirn zu vertreiben, stöhnte. Seine eigene Stimme klang fremd in seinen Ohren.

Er sah auf, als er Schritte hörte.

»Geht es dir besser?« fragte Gowenna.

Skar nickte und versuchte zu lächeln. Es mißlang. Irrsinnigerweise spürte er aber ein Gefühl ungeheurer Kraft in sich aufsteigen, als wäre tief in seinem Inneren ein Tor aufgestoßen worden, durch das nun frische Energie wie eine Flutwelle in seinen Körper strömte.

»Ich ... ich fühle mich gut«, antwortete er. »Aber es war so früh. Ich ...«

»Die Anstrengung«, sagte Gowenna. »Dein Körper hat mehr als doppelt soviel gebraucht wie normal. Doppelt soviel Kraft, doppelt soviel Wasser ... und wohl auch doppelt soviel *von dem da.«* Sie wies mit einer Kopfbewegung auf den Lederbeutel, der jetzt offen und für alle sichtbar auf Skars Brust lag. Skar fuhr erschrocken hoch und legte die Hand darüber. Er hatte plötzlich das Gefühl, von allen angestarrt zu werden.

»Wer hat mir ... geholfen?« fragte er.

»El-tra«, antwortete Gowenna. »Er war der einzige, der die Kraft hatte, deine Kiefer auseinanderzubringen. Du solltest noch eine Ration nehmen, ehe wir in die Stadt vordringen. Wenn dir das gleiche noch einmal passiert, und es ist keiner von ihnen in deiner Nähe, bist du verloren.«

Skar erschrak. Seine Finger glitten in einer unbewußten Bewegung über den Beutel, und für einen Moment kam es ihm vor, als wäre er bereits merklich dünner geworden.

»Wie viele ... hat er mir gegeben?« fragte er stockend.

»Zwei.«

Zwei! Das bedeutete vier Tage. Vier Tage weniger leben, vier Tage weniger Zeit, um zurückzukommen. Und Gowenna hatte recht – er würde eine zusätzliche Ration nehmen müssen, ehe sie Combat betraten. Er wußte nicht, was sie erwartete, und sie mochten in Situationen geraten, in denen ihm auch die Sumpfmänner nicht mehr helfen konnten. Also sechs Tage. Selbst wenn von diesem Moment an alles glatt verlief, hatte er kaum mehr eine Chance.

Für einen winzigen Moment verspürte er Haß, Haß, geboren aus dem Gefühl der Verzweiflung und Hilflosigkeit, Haß auf den Menschen, der schuld an seiner Lage war. Aber nur für einen Moment. Wie zuvor fühlte er sich unfähig, Vela wirklich zu hassen. Er versuchte es, aber es ging nicht.

Er schüttelte den Gedanken mit sichtlicher Anstrengung ab, verbarg den Beutel wieder unter seinem Wams und stand umständlich auf. Erneut durchströmte ihn ein Gefühl unbezwingbarer Kraft, aber jetzt wußte er, woher es kam. Und er wußte auch, welchen Preis er dafür zu zahlen hatte.

Gemeinsam mit Gowenna ging er zu den anderen hinüber. Auch Beral schien sich mittlerweile erholt zu haben. Er hockte noch immer zusammengesunken und mit grauem Gesicht auf dem Boden, aber sein Blick war wieder klar, und als er Skar sah, rang er sich sogar ein flüchtiges Lächeln ab.

»Nun«, sagte Tantor, »jetzt, wo wir alle ausgeschlafen haben, können wir vielleicht beginnen.«

Skar schenkte dem Zwerg einen wütenden Blick und hockte sich zwischen die anderen. Sie hatten einen weiten, an einer Seite offenen Kreis gebildet, in dessen Zentrum ein Feuer, genährt von zerrissenen Decken und Abfällen, brannte; eine dünne, flackernde gelbe Flamme, über der ein gußeiserner Topf auf einem Dreibein hing.

»Die Salbe ist fertig«, erklärte Tantor mit einer Geste auf den Kessel. »Ihr müßt sie heiß auftragen, wenn sie gut auf der Haut haften soll.«

»Was für eine Salbe?« fragte Skar scharf.

Tantor lächelte schief. »Zum einen kühlt sie eure Verbrennungen, Satai«, sagte er. »Und zum anderen schützt sie euch gegen die Hitze, wenn ihr in der Stadt seid. Aber nur für eine Weile. Zehn Stunden vielleicht, kaum länger. Danach müßt ihr sie abwaschen, sonst erstickt ihr.«

Skar starrte zuerst den Kessel, dann Tantor böse an. »Deshalb hat dir die Hitze bisher so wenig ausgemacht?«

Tantor grinste.

»Vielleicht sollte ich dich hinauswerfen und zusehen, wie du langsam verschmorst«, fuhr Skar wütend fort. »Warum hast du sie nicht schon am Morgen verteilt?«

»Weil ich nicht genug davon hatte«, antwortete Tantor ungerührt. »Und du kannst sie nur einmal nehmen. Wäschst du sie ab, benötigt dein Körper Tage, um sich ganz zu reinigen. Sie ein zweitesmal in kurzer Zeit anzuwenden, wäre zu gefährlich.«

»Und du?«

»Ich brauche sie nicht«, sagte Tantor. »Ich werde euch nicht nach Combat begleiten.«

»Was heißt das?«

»Das heißt, daß ich hier auf euch warte«, erwiderte Tantor geduldig. »Jemand muß bei den Pferden bleiben, und ich wäre euch bei dem, was ihr vorhabt, ohnehin nur lästig. Außerdem kann es sein, daß ihr jemanden braucht, der eure Wunden versorgt, wenn ihr zurückkommt.« Er stand auf, ging zum Feuer hinüber und nahm den Kessel ächzend vom Dreibein herunter. »Zieht euch aus«, sagte er. »Ganz. Wenn auch nur ein Zentimeter eures Körpers ungeschützt bleibt, holt ihr euch Verbrennungen.«

Skar stand mit einer wütenden Bewegung auf. Um ihn herum begannen sich die anderen zu entkleiden. Er löste die kupferne Spange, die seinen Umhang zusammenhielt, streifte Hemd und Hose ab, schlüpfte aus seinen Stiefeln und ging zu seinem Pferd hinüber. Die Tiere standen dicht zusammengedrängt in einer Ecke des Raumes. Skar sah mit plötzlichem Erschrecken, in welch schlechtem Zustand sich die Tiere befanden. Sie waren erschöpft, erschöpfter noch als ihre Reiter. Die meisten hatten zahlreiche Wunden und Brandblasen. Eines der Packpferde zitterte ununterbrochen. Sein Atem ging rasselnd und mühsam, und es schien sich nur noch mit äußerster Kraft auf den Beinen halten zu können.

Er löste den Harnisch von seinem Sattel, wog ihn einen Moment unschlüssig in der Hand und ging dann zu den anderen zurück.

Gowenna sah den ledernen Brustpanzer stirnrunzelnd an.

»Das Ding wird dich nur behindern«, sagte sie.

Skar zuckte mit den Achseln. »Solange es auch Pfeile und Schwertspitzen behindert, die auf mich gezielt sind, nehme ich es in Kauf«, sagte er. »Außerdem fühle ich mich einfach wohler damit.«

Gowenna schürzte in offenkundiger Mißbilligung die Lippen, sagte aber nichts mehr. Sie drehte sich herum, streifte mit einer entschlossenen Bewegung ihr Kleid ab, schlüpfte aus Unterzeug und Sandalen und trat nackt neben das Feuer.

Skar betrachtete ihren Körper mit unverhohlener Neugier. Sie wirkte fraulicher, als er angenommen hatte, war schlank, aber von der Schlankheit eines Raubtieres, mit glatter, geschmeidiger Haut, unter der sich stahlharte Muskeln verbargen. Ihre Hüften waren für seinen Geschmack ein wenig zu breit, um noch wirklich perfekt proportioniert zu sein. Brust und Leib hätten die einer Götterstatue sein können, wären nicht die Muskeln und Sehnen gewesen, die sich bei jedem Schritt unter der Haut bewegten.

Sie trat dicht an den Kessel heran, schöpfte eine Handvoll der farblosen, zähen Flüssigkeit heraus und begann sie sorgfältig auf der Haut zu verreiben. Skar betrachtete sie für einen Moment mit neuen Augen. Gowenna hatte mehr als Rüstung und Schwert abgelegt. Für wenige Augenblicke hatte sie sich mehr entblößt, als sie selbst ahnte. Sie war von dem Neutrum, als das sie sich ausgab, wieder zu einer Frau geworden, obwohl und vielleicht gerade weil sie es nicht wollte. Die Selbstverständlichkeit, mit der sie sich vor den Augen der Männer entkleidet hatte, gehörte ebenso zu der Rolle, die sie spielte, wie alles andere. Es diente keinem anderen Zweck, als zu demonstrieren, wie egal ihr selbst ihr Geschlecht war. Ihre Schamlosigkeit war von einer Art, die nichts Unmoralisches oder Verwerfliches an sich hatte, sondern einfach die Schamlosigkeit eines Menschen war, der sich seines Körpers bewußt war und wußte, wie dumm und überflüssig Gefühle wie Scham und Prüderie im Grunde waren. Aber sie erreichte damit eher das Gegenteil.

Einer der drei Sumpfmänner half ihr, die Salbe gleichmäßig am ganzen Körper zu verreiben. Sie war gründlich, ließ keinen Quadratzentimeter aus und fettete selbst das Haar Strähne für Strähne mit der öligen Substanz ein. Als sie fertig war, zog sie sich ohne sonderliche Hast wieder an, ließ aber den metallenen Brustpanzer liegen und streifte statt dessen ein dünnes Hemd aus geschmeidigem Leder über.

Skar betrachtete sie noch eine Weile, auch, als sie wieder angezogen und zwischen die anderen zurückgetreten war. Ihre Schönheit hatte ihn mehr überrascht und verwirrt als erregt, aber er empfand auch noch etwas anderes, ein Gefühl, über dessen Ursachen er sich selbst nicht im klaren war, etwas, das er beobachtet hatte, das ihm aufgefallen war, ohne daß er den Gedanken fassen konnte. Irgend etwas war am Anblick Gowennas nicht so gewesen, wie es hätte sein müssen. Aber er vermochte nicht zu sagen, was.

Gowenna schien seinen Blick zu spüren. Sie trat nervös von einem Fuß auf den anderen, sah auf, runzelte die Stirn und wandte sich mit einem wütenden Ruck um.

Skar war als nächster an der Reihe. Er warf seinen Lendenschurz ab, bückte sich nach dem Kessel und rieb sich rasch mit der Salbe ein. Sie war angenehm kühl auf der Haut, und er spürte erst jetzt, als die Schmerzen nach und nach erloschen, wie zerschunden sein Körper war.

Tantor half ihm, die Stelle zwischen seinen Schulterblättern zu versiegeln, verrieb etwas von dem öligen Sirup unter seinen Fußsohlen und zwischen seinen Zehen und überzeugte sich pedantisch davon, daß seine Haut bis auf den letzten Millimeter von der Salbe bedeckt war.

Skar trat zurück, scheuchte den Zwerg mit einer ärgerlichen Geste zur Seite und bewegte prüfend Arme und Hände. Die Salbe fühlte sich klebrig und kühl an, und er spürte, wie sie rasch zu einem dünnen, elastischen Panzer trocknete, als wäre sein Körper plötzlich von einer zweiten, unsichtbaren Haut umgeben. Vielleicht hätte er jetzt Dankbarkeit empfinden sollen, aber er spürte noch immer nichts anderes als Abneigung und Haß gegen den Zwerg.

Er wartete, bis die Salbe vollständig getrocknet war, zog sich wieder an und ging zu seinem Pferd zurück, um die Waffen, die er mitnehmen würde, auszuwählen. Keiner von ihnen - mit Ausnahme Gowennas vielleicht - wußte, was sie erwartete. Vielleicht gab es in Combat keine anderen Feinde als Hitze und Feuer, vielleicht würden sie gegen Feinde kämpfen müssen, die nicht aus Fleisch und Blut waren, aber wenn es etwas gab, auf das er sich vorbereiten konnte, so würde er es tun. Er nahm Schwert, Schild und Wurfmesser aus seinem Gepäck, legte aber den metallenen Schild, Gowennas Beispiel folgend, nach kurzem Überlegen wieder zur Seite. Schon das Eisen der Waffen konnte ihre Haut verbrennen, und Schild und Harnisch würden zu glühenden Todesfallen werden, die vielleicht nicht schnell genug abgestreift werden konnten. Er schob zusätzlich ein halbes Dutzend der kleinen, nadelspitz geschliffenen *Shuriken* in den Gürtel und band sich ein dünnes Seil aus *Kijon*-Hanf um die Taille, eine mehrfach in sich verdrehte Schnur, wenig dicker als ein Kinderfinger, doch nahezu unzerreißbar. Nach kurzem Zögern löste er seinen Umhang, verstaute ihn sorgfältig in der Satteltasche und nahm statt dessen Handschuhe und Helm hervor. Sein Haar war zwar dick mit Tantors Hexengebräu eingeschmiert und starr wie eine Kappe geworden, aber er stülpte den Helm trotzdem darüber. Sicher war es besser, zuviel zu tun, als plötzlich mit brennendem Haar dazustehen.

Mit Ausnahme Arsans waren alle bereits fertig und wieder angekleidet, als er zum Feuer zurückkam. Gerrion hatte den Kaftan, den er bisher getragen hatte, gegen einen schwarzen, hauteng anliegenden Anzug aus geschmeidigem Leder getauscht, der ihn um Jahre jünger erscheinen ließ. Die drei Sumpfmänner wirkten jetzt grau und irgendwie durchscheinend, als bestünden sie nicht mehr aus Fleisch und Blut, sondern aus Nebel, der durch einen bizarren Zauber in einer menschenähnlichen Form gehalten wurde. Die Salbe mußte auf ihrer Chamäleonhaut einen besonderen Effekt hervorrufen. Skar empfand ein flüchtiges Gefühl des Bedauerns. Für einen kurzen Moment hätte er vielleicht die Chance gehabt, sie so zu sehen, wie sie wirklich waren. Aber vielleicht wäre das gar nicht gut gewesen. Der Anblick dreier Wesen, die sich glichen wie drei Abdrücke aus ein und derselben Gießform, die nicht nur auf den gleichen Namen hörten, sondern sich auch wie ein Mann bewegten und vermutlich auch die gleichen Gedanken dachten, war unheimlich genug.

Sie warteten geduldig, bis auch Arsan fertig eingesalbt und wieder angezogen war. Arsan verzichtete darauf, sich wie die anderen zu rüsten, sondern schlüpfte in die gleichen Kleider, die er die ganze Zeit getragen hatte: Hemd, Hose und wadenlange, eng anliegende Stiefel. Als einziges zusätzliches Stück nahm er ein schmuckloses Tuch aus seinem Gepäck, das er sich in der Art eines Turbans um Gesicht und Kopf wickelte, bis nur noch ein schmaler Streifen über Augen und Nasenwurzel frei blieb. Seine Pupillen wirkten größer als normale, und Skar war nicht sicher, ob die glitzernden Perlen auf Arsans Stirn Schweiß oder Tropfen der Salbe waren. Er versuchte, ihm aufmunternd zuzulächeln, aber Arsans Blick schien geradewegs durch ihn hindurchzugehen.

»Gehen wir«, sagte Gowenna. »Der Weg ist noch weit.«

Skar wandte sich an den Zwerg, als hätte er Gowennas Worte gar nicht gehört. »Ich kann nur hoffen, daß deine Salbe so gut ist, wie du versprochen hast«, sagte er drohend. »Wenn nicht, schichte ich höchstpersönlich einen Scheiterhaufen für dich auf.«

»Dazu hättest du schwerlich Gelegenheit, wenn mein Zauber nicht wirken würde«, antwortete Tantor grinsend. Er trippelte zum Feuer, streifte den Ärmel hoch und hielt die Linke in die knisternden Flammen. Zwei, drei Sekunden lang stand er reglos da, sah Skar spöttisch an und zog dann die Hand ohne sichtliche Eile wieder zurück. Sein Umhang schwelte, wo ihn das Feuer gestreift hatte, aber seine Haut war unversehrt und rosig wie die eines neugeborenen Kindes.

»Reicht dir das als Beweis?« fragte er. »Allerdings würde ich dir trotzdem raten, nicht direkt durch die Flammen zu marschieren. Die Salbe verliert ihre Wirkung, wenn sie trocknet, und sie trocknet rascher, je größer die Hitze ist, der du sie aussetzt. Sieh dich also vor.«

Skar setzte zu einer wütenden Entgegnung an, aber Gowenna fuhr mit einer ärgerlichen Handbewegung dazwischen.

»Hört auf!« sagte sie scharf. »Combat ist noch weit, und wir müssen bis ins Zentrum der Stadt.«

»Wie weit genau?«

Gowenna überlegte einen Moment. »Vier, vielleicht fünf Meilen.«

»Zu Fuß?« ächzte Beral.

»Natürlich zu Fuß. Der Stollen ist für Pferde nicht passierbar. Außerdem wäre die Hitze zu groß.«

»Du meinst«, wiederholte Beral ungläubig, »dieser Stollen führt fünf Meilen unter der Erde bis in die Stadt hinein?«

Gowenna verzog ungeduldig die Lippen. »Wir *sind* längst in Combat«, sagte sie. »Schon seit gestern abend. Dies alles hier hat einmal zur Stadt gehört, das ganze Gebiet vom Fuß der Berge bis zur anderen Seite weit in die Ebenen von Tuan hinein. Es gibt unzählige Stollen und Katakomben unter der Stadt. Ein ganzes Labyrinth. Wir benutzen es, um unter der Stadtmauer hindurchzukommen. Einen anderen Weg gibt es nicht.«

Skar war von Gowennas Eröffnung nicht überrascht. Er hatte etwas Ähnliches erwartet. Die zerborstenen Felsen, die Trümmer und Krater, die bizarren Gebilde aus geschmolzenem und zu Glas erstarrtem Gestein, an denen sie vorbeigezogen waren, waren nicht natürlich gewachsen, sondern Überreste der Stadt, Ruinen, die geblieben waren, wo der Atem der Götter das ungeschützte Land gestreift hatte, stumme Zeugen, die von der unvorstellbaren Gewalt kündeten, mit der Combat vom Antlitz der Erde getilgt worden war. Er versuchte sich vorzustellen, *wie* groß Combat vor der Vernichtung gewesen sein mußte, wie viele Menschen hier gelebt hatten und wie mächtig sie gewesen sein mußten, um so etwas zu erschaffen, aber seine Phantasie reichte nicht aus. Und er empfand nicht einmal mehr Erstaunen oder jene Ehrfurcht, die beim ersten Anblick der Stadt von ihm Besitz ergriffen hatte. Sein Vorrat an Staunen schien aufgebraucht, es gab nichts mehr, was ihn noch erschüttern konnte. Die Dinge hatten die Dimensionen, die zu erfassen er noch imstande war, längst überschritten, und er konnte nichts anderes mehr tun, als alles, was jetzt noch kam, einfach hinzunehmen, ohne wirklich darüber nachzudenken.

»Wo beginnt dieser Stollen?« fragte er. »Hier?«

Gowenna erwiderte: »Dicht hinter dem Gebäude. Nicht weit.

Aber der Eingang ist verborgen.«

»Dann übernimmst du die Führung«, bestimmte Skar. »Bis wir am Ziel sind, hast du das Kommando.«

»Eine andere Möglichkeit gibt es ja auch kaum«, antwortete Gowenna lakonisch. »Und nun laßt uns gehen.«

»Du hast es verdammt eilig, getötet zu werden«, murmelte Beral.

Gowenna ging an ihm vorüber, ohne ihn auch nur eines Blickes zu würdigen, stemmte das Tor auf und trat mit gesenktem Kopf in den heulenden, glühend heißen Wind hinaus.

Er konnte nicht lange bewußtlos gewesen sein. Als er erwachte, hing er mit ausgestreckten Armen und Beinen zwischen zwei Arenadienern, die ihn die ausgetretenen Stufen zu seinem Quartier hinuntertrugen. Sein Schädel dröhnte, und seine Schultergelenke schmerzten entsetzlich. Er bewegte den Kopf, gab einen halblauten, unartikulierten Laut von sich und lehnte sich einen Moment erschöpft gegen die Wand, als die Männer ihn absetzten. Der Gang begann sich vor seinen Augen zu drehen, und in seinem Mund war plötzlich der bittere Geschmack von Erbrochenem und Niederlage. Er stemmte sich hoch, wankte und schüttelte den Kopf, als einer der Männer ihn stützen wollte.

»Es ist . . . gut«, sagte er mit schwerer Zunge. »Ich kann . . . allein gehen.«

Der Mann trat hastig zurück. In seinem Gesicht stand Unsicherheit geschrieben, vielleicht sogar so etwas wie Furcht. Er wechselte einen verstohlenen, schnellen Blick mit seinem Kameraden und zog sich zwei, drei Schritte in Richtung der Treppe zurück.

»Wenn Ihr . . . sonst keine Wünsche habt, Herr, dann . . .«

»Geht ruhig«, murmelte Skar. Der Schmerz in seinen Armen wurde schlimmer. »Ich schaffe die paar Schritte schon allein. Wo ist Del?«

»Euer Kamerad befindet sich schon in seinem Quartier, Herr«, antwortete der Mann rasch. Skar fiel auf, daß er seinem Blick auswich und nervöser war, als es seiner Situation angemessen schien.

Skar nickte dankbar, drehte sich um und ging schwankend den abschüssigen Gang hinunter. Die Luft schien durchdringender nach Moder und Fäulnis zu riechen als vorher, und der Boden war unter dem unablässig nachsickerndem Wasser aufgeweicht und klebrig geworden.

Skar lehnte sich erschöpft gegen die Wand, nahm einige tiefe Atemzüge und versuchte, den Schmerz in seinen Schultern zu verdrängen. Diesmal ging es. Seine Arme waren noch immer taub, und in seinen Muskeln lauerte ein böses, wühlendes Ding, bereit, bei der kleinsten Unachtsamkeit über ihn herzufallen, aber er konnte sich wenigstens bewegen, ohne ständig vor Schmerz die Zähne zusammenbeißen zu müssen.

Er stieß sich von der Wand ab und ging gebückt durch den niedrigen Eingang seiner Kammer.

Del lag ausgestreckt auf dem Bett, war aber wach. Ein breiter, blutiger Verband zierte seine Stirn, und der rechte Arm hing in einer Schlinge.

Er rang sich ein halbherziges Lächeln ab, stemmte sich auf den linken, unverletzten Arm hoch und maß Skar mit einem langen Blick. »Gut siehst du aus«, sagte er. Seine Stimme klang rauh. »Hast du eine Liebschaft mit einem Banta?«

Skar grinste, ging um den Tisch herum und griff nach dem halbgefüllten Weinkrug auf dem Wandregal. Aber auch der süße Wein vermochte den bitteren Geschmack nicht von seinem Gaumen zu vertreiben.

»Du hast auch schon besser ausgesehen«, gab er zurück. Er leerte den Becher, füllte ihn erneut und wurde dann übergangslos ernst. »Bist du ernsthaft verwundet?«

Del schüttelte den Kopf. »Ein paar Kratzer, mehr nicht. Aber ich fühle mich, als hätte eine Feuerechse ihren Hochzeitstanz auf mir gehalten.« Seine Miene verfinsterte sich. »Warte, bis ich Cubic in die Finger bekomme. Ich werde ihm den Unterschied zwischen Sumpfleuten und Kohonern so nachdrücklich erklären, daß er ihn nie wieder vergißt.«

Skar runzelte die Stirn, nippte an seinem Wein und ließ sich mit einem Seufzer auf den dreibeinigen Hocker vor dem Bett sinken. »Ich glaube nicht, daß er es gewußt hat«, sagte er plötzlich.

Zwischen Dels Brauen entstand eine steile Falte. »Wie meinst du das?«

Skar schwieg einen Moment. »So, wie ich es sage«, erwiderte er dann. »Ich bin mir nicht sicher, daß Cubic gewußt hat, gegen wen wir wirklich antreten.«

Del ächzte. »Du machst Witze, wie? Selbst ein Blinder . . .«

»Wir haben es auch nicht gemerkt, nicht?« unterbrach ihn Skar. »Nicht, bevor es zu spät war. Die Tarnung der beiden war perfekt.«

Del wischte seine Worte mit einer unwilligen Geste zur Seite. »Für den Augenblick, sicher«, knurrte er. »Wir haben sie ein- oder zweimal gesehen, und auch da nur von weitem. Aber sie haben sich wochenlang in Ikne aufgehalten. Cubic hat mehr als einmal mit ihnen und ihrem Lastaren verhandelt. Er muß es doch gemerkt haben!«

Skar schüttelte stur den Kopf. »Das glaube ich nicht«, sagte er. »Ich kenne Cubic. Er hätte es uns gesagt.«

»Gesagt?« Del lachte schrill und vollkommen humorlos auf. »Wenn man dir zuhört, könnte man glauben, Cubic wäre einer der Drei Heiligen Könige. Dieses Schlitzohr hatte doch nur seinen Kampf im Sinn, vom ersten Tag an. Den Kampf und seine Geldbörse.«

»Eben«, nickte Skar. »Glaubst du wirklich, er hätte sich einen Kampf wie diesen entgehen lassen, wenn er es gewußt hätte? Welcher Lastar kann schon so etwas bieten – Satai gegen Sumpfleute?«

Del schüttelte trotzig den Kopf und starrte einen Moment an Skar vorbei ins Leere. »Wir hätten den Kampf nicht angenommen«, erklärte er. »Und Cubic wußte das.«

»Bist du sicher?« fragte Skar. »Du weißt genau, daß wir sogar gegen einen tollwütigen Banta gekämpft hätten. Wir hatten gar keine andere Wahl. Und wenn du ehrlich bist, wirst du zugeben, daß dich der Kampf sogar gereizt hätte. Und wir hätten vielleicht eine Chance gehabt, mit der entsprechenden Bewaffnung und nach ausreichendem Training. Nein –« Er schüttelte noch einmal den Kopf, stand auf und ging zum Regal, um seinen Becher neu zu füllen und für Del ebenfalls einen Wein einzuschenken. »Ich bin sicher, daß er ebenso überrascht war wie du und ich.«

Del schwieg einen Moment. Er machte keine Anstalten, nach

dem Becher in Skars Händen zu greifen, setzte sich aber auf. Der Blutfleck auf seinem bandagierten Arm schimmerte feucht.

»Ist die Klinge abgebrochen?« fragte Skar mit einer entsprechenden Kopfbewegung.

Del folgte seinem Blick, runzelte einen Moment die Stirn, als entdecke er die Wunde erst jetzt, und schürzte abfällig die Lippen. »Nein«, sagte er. »Aber lenk nicht ab. Wie hast du das gemeint, daß Cubic genauso überrascht war wie wir? Wenn *er* nicht davon profitiert, wer dann? Die beiden Sumpfleute bestimmt nicht – sie können von Glück sagen, wenn die Tempelkönige ihnen nicht die Hälse abschneiden lassen.«

Skar mußte plötzlich wieder an das denken, was der Söldner gesagt hatte. Aber er verwarf den Gedanken sofort wieder. Die Wetten würden nicht ausbezahlt werden. Der Kampf hatte unter falschen Voraussetzungen stattgefunden, sein Ausgang war, obgleich eindeutig, nichts wert, für keine Seite.

»Diese Frau«, sagte Del mit einem Mal. »Hat sie etwas damit zu tun?«

»Welche Frau?«

»Frag nicht so blöd! Die Amazone, die dich kurz vor dem Kampf aufgesucht hat! Wer war sie?«

Skar antwortete nicht gleich. Dels Worte hatten einen phantastischen Verdacht in ihm geweckt, der ebenso naheliegend wie aberwitzig war. Aber dann schüttelte er den Kopf und wandte sich mit einem Ruck ab, ohne zu antworten. Die Macht einer *Errish* reichte sicherlich weit genug, auch so etwas zu inszenieren. Aber es hätte Vela keinen Vorteil gebracht. Die Stadtgarde würde jetzt bereits im Quartier der angeblichen Kohoner sein, um sie und ihren Lastaren dingfest zu machen, falls sie sie nicht gleich aus der Arena heraus verhaftet hatte. Nein – selbst wenn die beiden Sumpfmänner in Velas Diensten standen, hätten sie sich mit ihrem Täuschungsmanöver allenfalls selbst geschadet.

Er schüttelte noch einmal – diesmal überzeugter – den Kopf und setzte zu einer Antwort an, brach aber ab, als er Schritte auf dem Gang draußen hörte.

Es war Cubic. Der Lastar wirkte aufgelöst und nervös. Sein Gesicht war bleich vor Schrecken, und seine Hände zitterten merklich, obwohl er sie hinter dem Gürtel verhakt hatte. Er trat gebückt in den Raum, blieb am Fußende des Bettes stehen und sah erst Skar, dann Del mit einem vorwurfsvollen Blick an.

»Warum?« fragte er leise.

»Warum was?« murmelte Del.

»Warum habt ihr verloren?« Cubics Stimme zitterte. Aber es war kein Gefühl darin – weder Angst noch Vorwurf, sondern gar nichts. Die Stimme eines Mannes, der zutiefst getroffen war und einfach nicht verstand, was geschehen war. »Warum?«

Skar tauschte einen raschen Blick mit Del. Der junge Satai schien von Cubics Worten ebenso überrascht zu sein wie er.

»Wie ... meinst du das?« fragte er vorsichtig. »Du hast den Kampf doch gesehen, oder?«

Cubic nickte. »Eben darum frage ich, Skar. Die Wache wird gleich hier sein, um euch abzuholen. Die Treppe ist bereits gesperrt. Wir haben also nur noch wenig Zeit. Aber bitte beantworte mir eine Frage – und du kannst ehrlich sein, denn mein Schicksal wird sich nicht wesentlich von dem euren unterscheiden. Warum? Geld? Haben sie euch Geld geboten? Oder was war es?«

»Ich verstehe dich nicht, Cubic«, antwortete Skar absichtlich langsam. »Wenn du den Kampf mitangesehen hast, dann ...«

»Ich *habe* ihn gesehen, Skar, in allen Einzelheiten«, fiel ihm Cubic ins Wort. »Und deshalb frage ich. Warum habt ihr euch besiegen lassen? Habt ihr wirklich geglaubt, daß auch nur ein Mensch in Ikne darauf hereinfallen würde?«

»Worauf?« fragte Del.

Cubic fuhr mit einer blitzartigen Bewegung herum. Seine Hände zuckten, als kämpfe er mit aller Macht gegen den Impuls, sich auf den jungen Satai zu stürzen. Seine Ruhe war schlagartig vorbei. *»Auf die miserable Vorstellung, die ihr geliefert habt!!«* brüllte er. »Darauf, daß ihr uns allen Ernstes vormachen wollt, daß zwei kampferprobte Satai wie ihr von diesen Kindern aus Kohon geschlagen werden! Begreift ihr eigentlich immer noch nicht, was ihr getan habt? Ihr habt euch umgebracht, euch und mich!! Sie werden uns alle drei hinrichten lassen!!«

Skar atmete hörbar ein, sah den Lastaren verständnislos an und lehnte sich mit vor der Brust verschränkten Armen gegen die Wand.

»Ich fürchte, ich verstehe dich nicht so ganz, Cubic«, sagte er. »Du weißt so gut wie wir, daß die beiden weder Kinder noch Kohoner waren. Hättest du uns vorher gesagt, gegen wen wir wirklich kämpfen, dann ...«

»Hör auf«, unterbrach ihn Cubic, nun wieder ruhig. »Ich bitte dich, hör auf, Skar. Ich will deine Geschichten nicht hören. Erzähl sie den Richtern oder den Tempelkönigen oder wem du willst. Ich möchte die Wahrheit wissen.«

»Einer von uns ist verrückt«, sagte Del ruhig. »Du oder wir. Was redest du da für einen Unsinn von Hinrichten? Wir –«

»Del!« unterbrach ihn Cubic. »Bitte! Wir haben keine Zeit für Spielchen. Die Garde wird in wenigen Augenblicken hier sein, und ich möchte wenigstens wissen, *warum* ich geköpft werde. War es Geld? Ich weiß, daß ich euch schlecht bezahlt habe, aber ...« Er brach ab, schluckte und fuhr sich mit der Linken über den Mund. »Warum?« sagte er noch einmal, und diesmal klang es fast flehend.

»Wenn ich dich richtig verstanden habe«, sagte Skar, »dann ist die Garde zu uns unterwegs, um uns festzunehmen.«

Cubic fuhr auf. »Sie werden euch kaum einen Orden verleihen, weil ihr versucht habt, die ganze Stadt zum Narren zu halten.«

»Haben wir das?« fragte Skar. Er wußte selbst nicht, woher er die Ruhe nahm, so zu reden. Langsam, ganz langsam, begann er zu begreifen. Aber sein Verstand weigerte sich noch, den Gedanken zu akzeptieren. »Du willst sagen«, fuhr er fort, »daß keiner von all denen, die dort draußen auf den Rängen gesessen sind, gemerkt hat, wer unsere Gegner wirklich waren?«

Cubic starrte ihn fassungslos an, aber Skar sprach bereits weiter. »Du willst allen Ernstes behaupten, daß nicht einmal du, der angeblich alle Schliche und Tricks kennt, gemerkt hat, daß wir in Wahrheit gegen zwei Sumpfleute angetreten sind?«

»Sumpf ...« Cubic schluckte, rang für einen Moment sichtlich um seine Fassung und gab einen Laut von sich, der sowohl ein Krächzen als auch ein völlig verunglücktes Lachen sein konnte. »Sumpfleute?« keuchte er. »Die beiden und Sumpfleute? Du mußt den Verstand verloren haben, Skar, wenn du glaubst, damit durchzukommen. Die beiden waren ebensowenig Sumpfleute wie du oder ich. Wenn es diese Geschichte ist, die du zu deiner Verteidigung vortragen willst, dann stürz dich lieber gleich in dein Schwert.«

»Ich sehe nicht ein, weswegen wir uns verteidigen sollten«, sagte Del. »Wir –«

Auf dem Gang wurden die stampfenden Schritte von einem halben Dutzend Männer laut. Del brach ab, sah verwundert zur Tür und griff automatisch nach seinem *Tschekal,* dessen Griff aus dem Bündel mit den wenigen Habseligkeiten, die ihnen geblieben waren, herausragte. Skar warf ihm einen warnenden Blick zu, den Del ignorierte. Del packte das Schwert an Griff und Spitze und wich mit einer raschen Bewegung zur Wand zurück.

Die Schritte machten dicht vor der Tür halt. Metall klirrte, dann betrat ein hochgewachsener, dunkelhaariger Mann in der Uniform eines Hauptmannes der Stadtgarde die Kammer.

Er drängte sich an Cubic vorbei, bedachte Del und die Waffe in dessen Händen mit einem mißbilligenden Blick und wandte sich an Skar.

»Es wäre besser, wenn Ihr Eurem jungen Freund sagen würdet, daß Widerstand sinnlos ist«, sagte er. »Auf dem Gang steht ein Dutzend meiner besten Soldaten, und selbst wenn Ihr sie überwindet, erwarten Euch meine Bogenschützen an der Treppe.«

»Ich wüßte nicht, warum wir sie oder Euch überwinden sollten«, gab Skar mit erzwungener Ruhe zurück. »Ebensowenig, wie ich weiß, was Euer Auftritt zu bedeuten hat, Hauptmann. Ist es neuerdings in Ikne Brauch, Gäste mit der Waffe in der Hand zu empfangen?«

Der Hauptmann wirkte für einen Moment ernsthaft verwirrt. Skar konnte auf seinem Gesicht deutlich erkennen, daß dies wohl die Reaktion war, auf die er am wenigsten gefaßt gewesen war. Eher hatte er wohl mit Widerstand, vielleicht auch Kampf gerechnet. In einer anderen Situation hätte Skar seinen Mut, trotzdem allein und unbewaffnet hier hereinzukommen, bewundert.

»Ich – bin nicht gekommen, um mit Euch zu diskutieren«, sagte er schließlich. »Ihr werdet mir widerstandslos folgen?« Die Worte klangen wie eine Frage, aber Skar zweifelte nicht daran, daß sie als Befehl gemeint waren.

Er nickte. »Sicher. Vielleicht ist das der einzige Weg, endlich herauszubekommen, was hier eigentlich gespielt wird.«

Er wandte sich um, zog gleich Del sein *Tschekal* aus dem Kleiderbündel und rammte es mit einer übertrieben heftigen Bewegung in die leere Schwertscheide an seinem Gürtel. Hinter seinem Rükken sog der Hauptmann scharf die Luft ein. Aber der erwartete Protest blieb aus.

Betont langsam drehte er sich wieder um, warf dem Hauptmann ein aufmunterndes Lächeln zu und deutete auf die Tür. »Gehen wir.«

Der Gardist atmete auf. Er trat beiseite und wartete, bis erst Cubic, dann Del und schließlich Skar an ihm vorbeigegangen waren. Aber er folgte ihnen nicht. Skar warf im Hinausgehen einen Blick über die Schulter zurück und bemerkte, wie er sich aufmerksam in der Kammer umzusehen begann: wie ein Mann, der etwas Bestimmtes suchte.

»Was zum Teufel geht hier vor?« murmelte Del verstört. »Sind denn jetzt alle verrückt geworden?«

Skar zuckte die Achseln und verzichtete auf die Antwort, die ihm auf der Zunge lag. Allmählich begann sich alles zu einem logischen Bild zusammenzufügen. Im Grunde war er nicht einmal erstaunt.

Auf dem Gang erwartete sie ein Dutzend finster dreinblickender Soldaten. Der Hauptmann hatte nicht übertrieben, als er gesagt hatte, seine besten Männer mitgenommen zu haben – kaum einer der zwölf war wesentlich kleiner als Del, und Skar erkannte auf den ersten Blick, daß sie es hier mit harten, kampferprobten Männern zu tun hatten. Hätten Del und er es in der Enge des Ganges auf einen Kampf mit diesen Männern ankommen lassen, hätten sie verloren.

Einer der Soldaten trat ihnen entgegen und sagte mit einer Mischung aus Herausforderung und vorsichtigem Respekt: »Ihr folgt uns freiwillig?«

Skar zuckte mit den Achseln. »Ich sehe keinen Grund, es nicht zu tun. Wo bringt Ihr uns hin?«

»Zum Kommandanten. Er erwartet Euch in der Halle. Ich ... muß Euch um Eure Waffe bitten.« Der Mann streckte die Hand aus, trat einen halben Schritt vor und verhielt abrupt, als er Skars Blick begegnete. Ein nervöses Zucken lief über sein Gesicht. Die Hand, noch immer in halber Höhe und scheinbar mitten in der Bewegung erstarrt, begann zu zittern und senkte sich.

Zwei, drei Herzschläge lang kreuzten sich ihre Blicke, dann senkte der Gardist betreten den Kopf und wich rasch in die Reihe seiner Kameraden zurück.

»Gut«, sagte er unsicher. »Ich denke, es wird nicht unbedingt notwendig sein, Euch zu entwaffnen.«

»Nein«, sagte Skar ruhig. »Das wird nicht unbedingt notwendig sein. Vielleicht ist es notwendiger, jetzt zu gehen. Wir wollen Euren Kommandanten nicht warten lassen.«

Der Soldat wandte sich um und ging rasch den Gang hinauf. Skar, Del und Cubic folgten ihm, flankiert von einem Dutzend nervöser Soldaten. *Sie haben selbst jetzt noch Angst vor uns,* dachte Skar. Aber irgendwie erfüllte ihn der Gedanke nicht mit Stolz und Zufriedenheit.

Sie gingen rasch die Treppe hinauf. Der Hauptmann hatte nicht übertrieben – auf jedem Absatz standen Bogenschützen, und ihre Pfeile waren mit fingerlangen, dreifach geschmiedeten Stahlspitzen versehen, die auf kurze Entfernung selbst den steinharten Lederharnisch eines Satai zu durchschlagen vermochten. Skars Beunruhigung wuchs.

Die Soldaten geleiteten sie rasch eine weitere Treppe hinauf in den breiten, von Fackeln und Kohlebecken erhellten Rundgang, der die Arena umgab. Auch hier waren überall Soldaten, Hunderte, wie es schien, die in kleinen Gruppen oder einzeln vor Türen und Treppenaufgängen standen und ihnen neugierig nachstarrten. Ein Ruf wie der unsere, dachte Skar sarkastisch, hat auch gewisse Nachteile. Wer als unbesiegbar gilt, erhält erst gar keine Gelegenheit, diese Tatsache unter Beweis zu stellen.

»Meine Geduld ist bald erschöpft«, murrte Del neben ihm. »Wenn mich nicht gleich jemand aufklärt, schnappe ich mir einen von diesen Spielzeugsoldaten und prügle die Wahrheit aus ihm heraus.«

Skar bedachte ihn mit einem spöttischen Seitenblick. Ihre Eskorte blieb stehen, und einer der Soldaten deutete stumm in die Halle, in der sie erst vor kurzem darauf gewartet hatten, in die Arena hinauszugehen. Skar und Del traten gehorsam durch die niedrige Tür.

Die großen Tore waren jetzt geschlossen. Der Raum war von unzähligen Fackeln taghell erleuchtet, und ein Geruch nach Feuchtigkeit und brennendem Teer hing in der Luft. Längs der Wände waren an die hundert Soldaten postiert, und ein zweiter, kaum weniger starker Trupp hatte hinter dem Mann Aufstellung genommen, der ihnen finster entgegenblickte. Skar näherte sich ihm bis auf vier, fünf Schritte, blieb stehen und legte herausfordernd die Hand auf den Schwertgriff; eine Geste, die angesichts der hoffnungslosen Übermacht, der sie gegenüberstanden, allenfalls symbolische Bedeutung hatte. Trotzdem schien sie die beabsichtigte Wirkung nicht zu verfehlen.

»Es freut mich, daß Ihr vernünftig wart und meinen Soldaten keinen Widerstand entgegengesetzt habt«, sagte der Kommandant. Er war ein kleiner, zerknittert wirkender alter Mann mit strähnigem Haar und entzündeten Augen. Seine Gestalt schien in der wallenden roten Toga, in die er sich gehüllt hatte, schier zu ertrinken, und der barbarische Helm auf seinem Haupt wirkte schlichtweg lächerlich. Aber seine Stimme war fest, und irgend etwas an seiner Art sagte Skar, daß er sich den Rang des Stadtkommandanten erkämpft und nicht erschlichen hatte. Ein Mann, vor dem er auf der Hut sein mußte.

»Wir konnten der freundlichen Einladung nicht widerstehen«, sagte Skar spöttisch. »Um so mehr, als wir immer noch nicht wissen, welchem Umstand wir diese Ehre zu verdanken haben.«

Zwischen den Brauen des Kommandanten entstand eine steile Falte. »Es ist Euer gutes Recht, Euch zu verteidigen, Satai«, sagte er scharf, »aber versucht nicht, mich für dümmer zu halten, als ich bin.«

Del wollte auffahren, aber Skar brachte ihn mit einem zwingenden Blick zum Schweigen.

»Verzeiht«, sagte er betont freundlich, »wenn dieser Eindruck entstand. Wir wollten Euch nicht beleidigen. Aber wir wären Euch dankbar für eine Erklärung.« Er deutete mit einer Kopfbewegung auf die Soldaten, die hinter und neben ihnen Aufstellung genommen hatten. »Ich nehme an, daß wir uns als festgenommen betrachten können.«

»Das könnt Ihr, Satai.«

»Und warum?« fragte Skar. »Ich meine – welches Verbrechen werft Ihr uns vor?«

Der Kommandant antwortete nicht gleich. Die letzte Spur von Freundlichkeit wich aus seinem Gesicht, und seine Stimme klang schärfer als vorher, als er antwortete. »Wenn es Euch beliebt, den Narren zu spielen – bitte«, sagte er. »Wir werfen Euch vor, das Volk von Ikne betrogen zu haben.«

Skar lächelte sanft. »Mehr nicht?«

»Euer Plan war nicht einmal sonderlich intelligent«, fuhr der Kommandant fort. »Aber es ist nicht meine Aufgabe, über Eure Motive nachzudenken. Ich stelle nur die Tatsachen fest und übergebe Euch den Gerichten. Obgleich es mir, offengestanden, ein Rätsel ist, daß zwei Männer wie Ihr sich auf ein so dummes Unterfangen eingelassen haben.«

Skar seufzte. »Ich weiß zwar immer noch nicht, wovon Ihr redet, aber –«

»Stellt Euch nicht dumm!« zischte der Kommandant. Für einen Moment huschte ein Schatten von Wut über seine Züge, aber er hatte sich sofort wieder in der Gewalt. »Ihr hättet diesen Kampf gewinnen müssen, Satai. Selbst mit verbundenen Augen und nur einem Arm. Sogar mein zehnjähriger Enkel hätte gegen diese Kohoner eine bessere Figur abgegeben als Ihr und Euer Kamerad!«

»Wenn es Kohoner gewesen wären!« fiel ihm Del hitzig ins Wort. »Ihr wißt so gut wie wir, daß wir getäuscht wurden!«

Ein dünnes, beinahe nachsichtiges Lächeln huschte über das Gesicht des Kommandanten. »Es tut mir leid, wenn ich Euch nicht folgen kann, Satai«, sagte er ruhig. »Das einzige, was ich mit Sicherheit weiß, ist, daß *wir* getäuscht wurden – das Volk von Ikne und seine Könige. Ihr werdet Euch dafür zu verantworten haben.«

»Aber das ist Wahnsinn!« schrie Del.

Skar warf ihm einen warnenden Blick zu, doch Dels Vorrat an Geduld schien endgültig erschöpft zu sein. Er trat mit einem wütenden Schritt auf den Kommandanten zu und blieb erst stehen, als die Soldaten vor ihm drohend nach ihren Waffen griffen.

»Ich verstehe nicht, was für ein Spiel Ihr spielt«, sagte er mit mühsam beherrschter Stimme. »Und ich will es auch gar nicht verstehen. Aber diese angeblichen Anfänger aus Kohon waren nicht das, was zu sein sie vorgaben. Holt sie her, wenn Ihr es wirklich nicht wißt. Bringt sie her, und ich werde Euch zeigen, was sie wirklich sind.«

»Laß es, Del«, murmelte Skar. Aber der junge Satai schien seine Worte gar nicht zu hören.

Der Kommandant seufzte. »Ich dachte mir, daß Ihr etwas in dieser Art verlangen würdet«, sagte er kopfschüttelnd. »Schade. Ich habe gehofft, auf diese unwürdige Komödie verzichten zu können. Aber wie Ihr wollt.« Er trat einen halben Schritt zurück, klatschte in die Hände und wandte sich halb um. In der Seitenwand der Halle wurde eine schmale Schlupftür geöffnet, und eine Abteilung Soldaten führte die beiden Kohoner und ihren Lastaren in die Halle.

Erneut fiel Skar auf, wie sehr sich die beiden Männer ähnelten; und nicht nur sie – auch ihr Lastar unterschied sich nur geringfügig von seinen beiden Kämpfern. Die gleiche Größe und Statur, dasselbe schmale, scharfgeschnittene Gesicht, die gleichen Hände, eher sehnig und geschickt als stark ... aber es waren *menschliche* Gesichter, *menschliche* Hände. Skar hörte, wie Del neben ihm scharf die Luft einsog, und legte ihm beruhigend die Hand auf den Arm. »Nicht«, flüsterte er. »Reiß dich zusammen.«

Del knurrte irgend etwas, das er nicht verstand, streifte seine Hand ab und trat mit einem raschen Schritt auf die drei Männer zu. »Ich weiß nicht, wie Ihr es gemacht habt«, sagte er wütend, »aber ich beglückwünsche Euch dazu. Das ist die beste Maske, die ich je gesehen habe.«

Skar sah rasch zum Kommandanten hinüber. Auf dem Gesicht des kleinwüchsigen Mannes war ein fragender Ausdruck erschienen, aber er zog es vor zu schweigen und den Dingen ihren Lauf zu lassen.

»Trotzdem nutzt es Euch nichts«, fuhr Del etwas lauter und mit einem triumphierenden Seitenblick auf den Stadtkommandanten fort. »Nehmt Ihr die Masken selbst ab, oder muß ich es tun?« Er trat vor und streckte die Hand aus, als wolle er dem Mann vor sich an den Haaren reißen. Der Kohoner drehte rasch den Kopf zur Seite und wich zurück.

»Seid Ihr verrückt, oder könnt Ihr nicht verlieren?« fragte er. Es war das erste Mal, daß Skar ihn oder seinen Kameraden überhaupt reden hörte. Seine Stimme paßte nicht zu ihm, fand er.

»Ich werde dir zeigen, wie verrückt ich bin!« schrie Del. Bevor es einer der umstehenden Soldaten verhindern konnte, stürzte er sich auf den Kohoner, rang ihn zu Boden und krallte die Finger in sein Gesicht. Der Mann schrie vor Schmerz und Überraschung auf, strampelte mit den Beinen und versuchte, Dels Hand zur Seite zu schlagen. Genausogut hätte er versuchen können, die Arena mit bloßen Händen niederzureißen. Del preßte ihn mit spielerischer Leichtigkeit zu Boden, drückte mit der Linken seine Handgelenke zusammen und riß und zerrte mit aller Gewalt an seiner Wange.

Die Haut riß. Blut lief in dünnen roten Rinnsalen über sein Gesicht und Dels Finger, und seine Schreie wurden plötzlich schriller.

»Del! Hör auf!« Skar fegte zwei Soldaten, die vergeblich versuchten, Del von seinem Opfer herunterzuzerren, mit einer wütenden Bewegung zur Seite, riß den jungen Satai herum und schlug ihm drei-, viermal hintereinander mit der flachen Hand ins Gesicht.

Dels Griff erschlaffte. Fassungslos starrte er auf das blutende Gesicht des Kohoners hinunter, erhob sich langsam auf die Füße und warf Skar einen ratlosen Blick zu. Der Kohoner kroch rasch rückwärts davon, stemmte sich auf Händen und Knien hoch und preßte dann die Hand gegen die Wange. Zwischen seinen Fingern sickerte Blut hervor.

»Aber . . .«, keuchte Del, »was . . . das ist . . .«

»Das ist genug«, sagte der Kommandant scharf. »Ihr seid keine dahergelaufenen Söldner, sondern Satai, und deshalb habe ich Euch Eure Chance gegeben. Aber diese lächerlichen Mätzchen sind weder eines Satai noch eines Mannes in meiner Position würdig. Ich weiß nicht, was Ihr damit bezweckt habt, aber wenn Ihr glaubt, daß ich darüber lache, so muß ich Euch enttäuschen. Ihr werdet jetzt in die Zwingfeste gebracht. Vielleicht fällt Euch im Kerker eine bessere Ausrede ein.«

»Aber das sind nicht die Männer, gegen die wir gekämpft haben!« protestierte Del. »Die zwei, die uns in der Arena gegenüberstanden, waren Sumpfleute!«

Dem Gesicht des Kommandanten war nicht die geringste Regung abzulesen. »Ihr enttäuscht mich immer mehr, Satai«, sagte er ruhig. »Eure beiden Komplicen wurden festgenommen, bevor sie die Arena verlassen konnten.«

»Aber sie sind nicht das, was sie zu sein scheinen!« keuchte Del verzweifelt. »Zieht ihnen die Kleider aus! Seht . . . seht Euch ihre Füße an! Ihr werdet sehen, daß ich die Wahrheit spreche!« Er fuhr herum, wandte sich hilfesuchend an Skar und packte ihn grob an der Schulter. »Sag etwas, Skar«, flehte er. »Du . . . du hast es doch auch gesehen.«

Statt einer direkten Antwort deutete Skar auf die gezackte Rißwunde am Arm des Kohoners, gegen den er gekämpft hatte. Die typische unterbrochene Schnittlinie seines *Shuriken* war unverkennbar.

»Euer Kamerad scheint etwas vernünftiger zu sein als Ihr, Satai Del«, sagte der Kommandant spöttisch. »Zumindest weiß er, wann er verloren hat. Aber ich werde Euch den Gefallen tun, wenn Ihr darauf besteht. Und danach werden wir diese unwürdige Komödie endgültig beenden. Der Kerkermeister wartet schon auf Euch. Er hat nicht oft so prominente Gäste.« Das Lächeln auf seinem Gesicht erlosch schlagartig. »Zieht Euch aus!« befahl er grob, an die Kohoner gewandt. »Hemden und Stiefel werden genügen. Und beeilt Euch. Meine Geduld ist fast erschöpft.«

Die beiden Kohoner begannen gehorsam, sich ihrer Hemden und Schuhe zu entledigen. Skar sah nicht einmal hin. Er wußte auch so, was sie sehen würden.

»Aber das ist doch unmöglich!« keuchte Del. »Ich bin doch nicht verrückt! Ich weiß doch, was ich gesehen habe! Das . . . das sind nicht die Männer, gegen die wir gekämpft haben! Man muß sie ausgetauscht haben! Das ist eine Intrige, wir . . .« Er brach ab, sog hörbar die Luft ein und schüttelte ein paarmal hintereinander hilflos den Kopf.

»Seid Ihr zufrieden?« fragte der Kommandant kalt.

»Aber ich . . .«

»Genug, Satai. Ihr habt Euren Spaß gehabt, und ich habe mehr Geduld mit Euch bewiesen, als es Euch zukommt. Ihr werdet in den Kerker überstellt und morgen bei Sonnenaufgang dem Richter vorgeführt. Und«, fügte er nach einer winzigen Pause hinzu, »begeht keinen Fluchtversuch. Selbst wenn es Euch gelänge, Eure Bewacher zu überwinden, würdet Ihr nicht aus Ikne herauskommen.« Er gab den Wachen hinter Skar und Del einen Wink und deutete mit einer

Kopfbewegung auf ihre Waffen. »Eure Schwerter, Satai!«

Del wich einen halben Schritt zurück und legte trotzig die Hand auf den Griff des *Tschekal.* »Nehmt es Euch«, sagte er herausfordernd. »Wenn Ihr den Mut dazu habt.«

Der Kommandant lächelte geringschätzig. Die Reihe der Bewacher hinter ihm teilte sich, und ein Dutzend Bogenschützen trat mit gespannten Waffen hervor.

Für einen Moment sah es fast so aus, als wolle sich Del trotzdem der erdrückenden Übermacht nicht beugen. Dann stieß er einen halblauten, abgehackten Fluch aus, riß seine Waffe aus dem Gürtel und warf sie dem Kommandanten vor die Füße. Skar lächelte, zog sein *Tschekal* und legte es behutsam neben Dels Waffe.

»Gebt gut darauf acht, Kommandant«, sagte er halblaut. »Ich werde es eines Tages von Euch zurückfordern. Sollte es beschädigt sein, werde ich nicht mehr so ruhig mit Euch reden wie jetzt.«

Für die Dauer eines Lidzuckens huschte ein Ausdruck von Schrecken über die faltigen Züge des Kommandanten. Dann hatte er sich wieder in der Gewalt. »Ein toter Mann braucht keine Waffe, Satai«, sagte er abfällig. »Aber ich werde sie Euch mit ins Grab legen, wenn Ihr es wünscht.« Er bückte sich, hob die beiden Schwerter auf und fuhr mit einer wütenden Bewegung herum. »Bringt sie weg!«

Der Kreis der Soldaten schloß sich enger um Skar und Del. Sie wurden von Cubic und den Kohonern getrennt und durch einen Seitenausgang aus der Halle geführt.

Es wurde kälter, als sie sich dem Nordausgang näherten. Skar hatte unbewußt damit gerechnet, auf dem kürzesten Weg zur Feste geführt zu werden; durch den Nordausgang der Arena die breite gepflasterte Hauptstraße direkt zum Verbotenen Bezirk hinauf, in dessen Zentrum sich der schwarze Riesenfinger der Zwingfeste erhob. Aber offensichtlich hatte ihre Eskorte andere Befehle. Sie verließen die Arena durch eine niedrige, halb von wucherndem Efeu und Unkraut überwachsene Seitentür, die in eine schmale Gasse zwischen zwei Hausreihen hinausführte.

»Man scheint keinen Wert darauf zu legen, daß unsere Verhaftung bekannt wird«, knurrte Del, als sie – umringt von jeweils einem Dutzend schwerbewaffneter Soldaten – durch die schmale Schlucht aus feuchten Ziegelsteinmauern in nördliche Richtung gingen. »Selbst den Tempelkönigen von Ikne dürfte es schwerfallen, einen logischen Grund für die Verhaftung zweier Satai zu finden.«

Skar runzelte die Stirn. Del schien den Ernst der Lage immer noch nicht begriffen zu haben.

»Vielleicht geschieht es auch nur zu unserem Schutz«, sagte er halblaut.

»Schutz?« echote Del.

Skar nickte. »Ich glaube nicht, daß die Bürger dieser Stadt im Augenblick sonderlich gut auf uns zu sprechen sind«, sagte er. »Dem Kommandanten ist nicht damit gedient, wenn sie uns lynchen.«

Del schwieg verwirrt.

»Jeder, der auch nur einen Dim auf uns gewettet hat, fühlt sich von uns getäuscht und betrogen«, fuhr Skar fort. »Und es gibt eine Menge Leute, die nicht viele Fragen stellen, wenn sie sich übers Ohr gehauen fühlen. Auch in Ikne.«

»Aber das ...« Del brach erneut ab, schüttelte den Kopf und richtete den Blick starr auf den Rücken des vor ihnen gehenden Gardisten. »Ich verstehe das nicht«, murmelte er. »Sie müssen doch gesehen haben, was passiert ist. All diese Leute. Man kann doch nicht all diese Leute täuschen.«

»Offensichtlich doch«, antwortete Skar. »Sie – oder uns.«

Del wandte mit einem Ruck den Kopf und blieb stehen, stolperte aber sofort weiter, als ihm einer der Soldaten einen unsanften Stoß versetzte.

»Wie meinst du das?« fragte er.

Skar hob kaum merklich die Schultern. »Es gibt zwei Möglichkeiten«, sagte er nachdenklich. »Die eine ist, daß es wirklich Sumpfleute waren und dreißigtausend Augenpaare es nicht gemerkt haben. Die andere«, setzte er nach einer winzigen Pause hinzu, »ist, daß *wir* uns geirrt haben.«

Del gab einen Laut der Überraschung von sich. »Ich spüre jetzt noch jeden einzelnen Knochen im Leibe«, sagte er. »Der Kerl hatte mehr Kraft als ein Dutzend Stiere. Und du willst mir erzählen, es wäre ein ganz normaler Gladiator gewesen?«

»Ich will überhaupt nichts erzählen«, sagte Skar ruhig. »Ich denke nur laut. Oder weißt du eine andere Erklärung?«

Del schwieg einen Moment und schüttelte dann widerwillig den Kopf. Sie hatten die Gasse mittlerweile verlassen und gingen über eine schmale, steinerne Brücke, die über einen der unzähligen Kanäle der Stadt hinwegführte. Der Wasserspiegel war in den letzten Tagen so hoch gestiegen, daß die brackigen grauen Fluten bereits ihre Füße umspülten. Hinter der Brücke wartete eine zweite, womöglich noch engere Gasse auf sie. Sie näherten sich jetzt dem Stadtzentrum. Die Rückseiten der Häuser, zwischen denen sie hindurchgingen, waren hier ebenso schmutzig und ungepflegt wie die in den ärmeren Vierteln, aber die Gebäude waren höher, und es gab von Zeit zu Zeit sogar schmale, vergitterte Fenster, wohl dazu bestimmt, Abfälle oder die Inhalte von Nachtschüsseln auf die Straße zu werfen.

»Magie«, murmelte Del schließlich. »Es muß Zauberei im Spiel gewesen sein.«

Skar lächelte. »Ich glaube nicht an Zauberei.«

»Ich kannte einmal ein Reh«, antwortete Del, der sich offenbar für seine eigene Idee zu begeistern begann, »das glaubte nicht an Pfeil und Bogen. Es hat hervorragend geschmeckt.«

Skar antwortete nicht. Vielleicht hatte Del mit seiner Vermutung nicht einmal unrecht. Wenn auch in anderer Art, als er annehmen mochte.

Der Regen wurde stärker. Skar bedauerte schon, nur den dünnen Kampfharnisch und den Lederrock angelegt zu haben. Vorhin, in der Arena, war diese Kleidung Schutz genug gewesen, aber hier draußen in der Kälte begann er schmerzhaft zu spüren, wie wenig Widerstand der Harnisch dem Wind und der Feuchtigkeit entgegenbrachte. Sein Blick wanderte an der glitzernden Steinmauer zu seiner Linken empor. Die Wände waren so hoch, daß sie sich über ihnen gegeneinander zu neigen schienen und nur ein schmaler, grau marmorierter Streifen des Himmels sichtbar blieb, und obwohl dort oben noch Dämmerung herrschte, bewegten sie sich hier, am Grund dieser künstlichen Klamm, schon durch wattige Finsternis, in der die Silhouetten ihrer Bewacher zu tiefenlosen schwarzen Schatten zu werden schienen. Irgendwo weit, weit entfernt grollte Donner.

»Wonach suchst du?« drang Dels Stimme in seine Gedanken. »Nach einem Engel, der vom Himmel herabsteigt und uns rettet?«

Skar lächelte dünn. »Vielleicht«, sagte er. »Aber vielleicht auch nach einem Dämon.«

Del zog die Brauen zusammen und schien einen Moment über den Sinn der Bemerkung nachzudenken. »Du machst dir doch nicht etwa wirklich Sorgen wegen dieses Angebers von Kommandanten, oder?« fragte er nach einer Weile. Er lächelte, aber es wirkte ein wenig gekünstelt, so, als gelte es eher seiner eigenen Beruhigung. »Nicht einmal die Priesterkönige von Ikne würden es wagen, Hand an zwei Satai zu legen.«

»Der Berg der Götter ist weit«, antwortete Skar.

Del schwieg. Diesmal schien seine Ruhe sichtlich erschüttert.

Skar sah wieder nach rechts und links. Die Häuser standen hier dichter als zuvor, und von Zeit zu Zeit passierten sie schmale Seitenwege, die auf die Hauptstraße hinausführen mochten. Doch er verwarf den Gedanken an Flucht wieder. Sie hatten keine Waffen, aber selbst, wenn es anders gewesen wäre, hätten sie einen Kampf in der schmalen Gasse nicht gewinnen können. Außerdem hatte er die Worte des Kommandanten nicht vergessen – Ikne war trotz allem eine Festung, und so unmöglich, wie es gegen den Willen ihrer Herren war, hineinzugelangen, so unmöglich war es auch, herauszukommen. Es gab nur zwei Tore, und es hätte einer kleinen Armee bedurft, die Wachen zu überwältigen.

Eine Hand berührte ihn an der Schulter. Skar drehte sich im Gehen herum und sah in das bärtige Gesicht eines Soldaten. »Ihr solltet nicht versuchen, zu fliehen, Herr«, sagte er.

Skar runzelte die Stirn, sah den Mann einen Herzschlag lang durchdringend an und lächelte. »Liest du meine Gedanken?«

Der Mann erwiderte das Lächeln, wenn es auch entschieden unsicher und verlegen wirkte. »Das war . . . nicht schwer, Herr«, sagte er. »Aber es wäre ein Fehler. Vielleicht könntet Ihr uns entkommen, aber Ihr wärt in Ikne nicht sicher. Eure Verhaftung geschah auch zu Eurem Schutz. Das Volk fordert Euren Kopf, und es ist ihm gleich, ob Ihr Satai seid oder nicht.«

Obwohl Skar sich dagegen zu wehren versuchte, glaubte er dem Mann. Irgend etwas in seiner Art zu reden, überzeugte ihn davon, daß er die Wahrheit sprach.

»Ihr erwartet von uns, daß wir uns widerstandslos zum Scheiterhaufen führen lassen?« mischte sich Del ein. »Würdest *du* das tun, Soldat?«

Der Gardist kam nicht mehr dazu zu antworten. Ein häßliches Zischen überlagerte das plätschernde Geräusch des Regens, und dann war da, wo ein Lidzucken zuvor noch der Kopf des Soldaten gewesen war, nur noch ein blutendes Etwas, aus dem der zitternde Griff einer Wurfaxt ragte.

Skar reagierte, ohne zu denken. Er ließ sich nach hinten fallen, umklammerte die Beine eines Gardisten und riß den Mann mit sich zu Boden. Neben ihm wich Del mit einem verzweifelten Satz einer zweiten Axt aus und schlug gleichzeitig zwei seiner Bewacher nieder.

Die schmale Gasse verwandelte sich in einen Hexenkessel. Wieder zischte eine Axt durch die Luft, tötete einen Soldaten und blieb zitternd in der Schulter eines zweiten stecken.

»Zurück!« schrie Skar. Er sprang auf, schlug eine heranwirbelnde Axt mit dem Unterarm beiseite und wich, einen vor Schreck starren Soldaten mit sich zerrend, zurück. Er stieß den Mann derb in einen schmalen Seitenweg, sprang geduckt in die Gasse zurück und zerrte einen zweiten Soldaten in Sicherheit. Wieder zischte eine Axt heran, flog, sich drehend und einem wirbelnden Silberrad gleich, auf ihn zu und bog im letzten Augenblick wie von einer geheimnisvollen Kraft gelenkt zur Seite, um einen Soldaten zu fällen. Skar sah sich gehetzt um. Sieben oder acht ihrer Bewacher lagen bereits tot oder verwundet am Boden, und der Rest versuchte sich in heller Panik vor einem Feind in Sicherheit zu bringen, den sie nicht sehen konnten, weil er aus dem Dunkel heraus zuschlug.

Sie hatten keine Chance. Die Äxte zischten, mit perfekter Präzision gezielt, weiter aus der Dunkelheit heran und fanden unbarmherzig ihre Opfer. In den Chor aus Angst- und Schreckensschreien mischte sich immer wieder das dumpfe Klatschen der tödlichen Beile, ein Geräusch, das jeder Krieger kannte und fürchtete. Skar zerrte zwei weitere Soldaten in die Sicherheit des Seitenweges, bückte sich, um einem der Toten das Schwert aus dem Gürtel zu ziehen, und rannte hakenschlagend in seine Deckung zurück. Del hatte, wie Skar mit einem blitzschnellen Blick festgestellt hatte, in einer Nische zwischen zwei Häusern Zuflucht gefunden.

Skar lehnte sich keuchend gegen die Wand und rang einen Moment nach Luft. Sein Herz hämmerte, und er fühlte sich erschöpfter, als es hätte sein dürfen.

»Wir müssen ... weg«, sagte er atemlos. »Hier sitzen wir in der Falle.« Hinter ihm erklang wieder das dumpfe Krachen einer aufprallenden Axt, gefolgt von einem schrillen Aufschrei. Dann war Ruhe.

Skar stieß sich von der Wand ab und half einem Soldaten, der auf die Knie gefallen war, beim Aufstehen. Das Gesicht des Mannes war bleich vor Schrecken. Er stand auf, hielt sich einen Moment an Skars Arm fest und griff dann mit zitternden Fingern nach seinem Schwert. »Warum ... helft Ihr uns, Herr?« fragte er verwirrt.

Skar deutete mit einem humorlosen Grinsen über die Schulter. »Weil die Männer dort hinten ebensowenig meine Freunde sind wie eure«, antwortete er. »Und jetzt kommt. Wir müssen aus diesem Rattenloch heraus, ehe sie auftauchen.«

»Und Euer Kamerad?«

»Del kann selbst auf sich aufpassen«, sagte Skar kurz. Er riß den Mann am Arm herum, versetzte ihm einen Stoß in den Rücken und stürmte los.

Die Gasse schien kein Ende zu nehmen. Sie war so eng, daß er sich an dem rauhen Stein rechts und links die Schultern aufriß, und es schien mit jedem Schritt noch dunkler zu werden. Sein Blut rauschte ihm in den Ohren, und die kahlen Wände warfen das Trampeln seiner Schritte und das der vier Soldaten vielfach gebrochen zurück. Skar sah sich ein paarmal im Laufen um, jederzeit darauf gefaßt, eine dunkle Gestalt am Ende der Gasse auftauchen zu sehen oder das helle Zischen einer heranwirbelnden Axt zu hören.

Aber sie wurden nicht mehr angegriffen. Der Weg endete auf einem rechteckigen, vielleicht dreißig Schritte messenden Innenhof, der an allen vier Seiten von grauen, fensterlosen Wänden eingeschlossen war. Skar blieb mitten im Schritt stehen, sah sich gehetzt um und deutete mit einer Kopfbewegung auf eine verschlossene Tür in der gegenüberliegenden Wand. »Die Tür dort! Schlagt sie ein!« Zwei der Soldaten machten sich sofort daran, Skars Befehl Folge zu leisten. Aber das massive Türblatt hielt selbst ihren vereinten Kräften stand.

»Sinnlos«, sagte der Krieger neben Skar. »Wir kommen hier nicht mehr raus.« Seine Stimme zitterte, wenn auch vor Erschöpfung und nicht mehr vor Furcht.

»Dann werden wir kämpfen«, sagte Skar bestimmt. Er packte das Schwert fester, wandte sich mit einem entschlossenen Ruck um und deutete auf die Gasse. »Zwei Mann rechts und links, die beiden anderen zu mir! Und beeilt euch!«

Die Soldaten gehorchten widerspruchslos. Es schien für sie das Selbstverständlichste der Welt zu sein, daß der Mann, der noch vor Augenblicken ihr Gefangener gewesen war, jetzt das Kommando übernahm. Zwei der Soldaten postierten sich beiderseits der Gasse, die zwei anderen wichen zusammen mit Skar weiter in den Hof zurück, wobei sie sich bemühten, einen Winkel einzuhalten, in dem ihre Verfolger ihre Wurfbeile nicht zum Einsatz bringen konnten.

»Vielleicht kommen sie auch gar nicht«, murmelte einer der Soldaten neben Skar. Er wirkte nervös. Sein Gesicht glänzte vor Schweiß, trotz der Kälte und des eisigen Windes, der auch hier, im Schutz des Innenhofes, noch schmerzhaft zu spüren war. »Vielleicht hat Euer Freund . . .« Er brach ab, als ihn Skars Blick traf. Der Mann hatte den Gedanken laut ausgesprochen, gegen den sich Skar bisher mit aller Macht gewehrt hatte. Denn *wenn* ihre Verfolger – wer immer sie waren – hier auftauchten, konnte das kaum etwas anderes bedeuten, als daß sie Del überwunden und höchstwahrscheinlich getötet hatten. »Verzeiht«, murmelte er.

Skar machte eine wegwerfende Handbewegung. »Schon gut. Aber still jetzt! Vielleicht wissen sie nicht, daß wir auf sie warten.« Er spürte selbst, wie wenig überzeugend seine Worte klangen. Wer immer diesen Hinterhalt gelegt hatte, würde sich die Gegend vorher gründlich angesehen haben. Vielleicht, dachte er dumpf, hat man sogar gewollt, daß wir hierher flohen.

Trotzdem schien der Soldat erleichtert, und Skar spürte erneut, wie sehr sich ihr Verhältnis in wenigen Augenblicken gewandelt hatte. Sie waren nicht mehr Bewacher und er ihr Gefangener, sondern nur mehr Soldaten, die wie Rudeltiere sich ihm unterordneten. Und er wußte, daß sie gut waren. Vorhin, in der Gasse, waren sie überrascht und hilflos gewesen; nicht einmal eine Abteilung Satai hätte sich gegen die unsichtbaren Angreifer verteidigen können.

Wenn sich ihr Gegner aber hier hereinwagte und sich zum offenen Kampf stellte, würde die Sache anders ausgehen.

Doch irgend etwas sagte Skar, daß es nicht soweit kommen würde. Ihr Feind hatte gezeigt, daß er es nicht nötig hatte, offen zu kämpfen.

»Jemand kommt«, sagte einer der Soldaten. Skar sah sich nach einer Deckung um und dirigierte die Gardisten mit einer wortlosen Geste in eine flache Nische an der Wand hinter sich. Mehr konnte er im Moment nicht tun. Eine so enge Gasse wie die, durch die sie hierhergekommen waren, wäre normalerweise selbst gegen eine dutzendfache Übermacht zu verteidigen gewesen. Aber sie hatten keinerlei Schußwaffen, weder Bögen noch Armbrüste, während ihre Gegner jeden, der leichtsinnig genug war, sich zu zeigen, mit ihren Beilen erledigen konnten.

Skar ging lautlos über den Hof, bedeutete einem der Soldaten wortlos, den Platz mit ihm zu tauschen, und preßte sich dicht neben der Hausecke an die Wand, das Schwert halb zum Schlag erhoben.

Er hörte Schritte. Die Schritte zahlreicher schwerer, metallbeschlagener Stiefel, aber auch die Schritte kleinerer, leichter Füße, wie die von Kindern – oder Frauen. Es mußte ein gutes Dutzend sein. Vielleicht mehr.

Er tauschte einen raschen Blick mit dem Mann auf der gegenüberliegenden Seite, überzeugte sich rasch davon, daß sein Schatten nicht etwa so auf den Boden fiel, daß er ihn verriet und packte sein Schwert fester.

Die Schritte stockten. Metall klirrte leise, dann hörte man ein schabendes Kratzen, als dränge sich ein schwerer Körper an der Wand entlang. Der erste Angreifer konnte jetzt höchstens noch zwei, drei Schritte von ihnen entfernt sein.

»Gut«, sagte Skar laut. »Ihr wißt, daß wir hier sind, und wir wissen, daß ihr dort draußen seid. Was schlagt ihr vor?«

Seine Worte schienen nicht nur die vier Soldaten zu überraschen. Sekundenlang herrschte draußen im Gang verwirrtes Schweigen, dann antwortete eine Stimme: »Satai?«

Skar unterdrückte ein Lächeln. »Spielt das eine Rolle?« gab er zurück.

»Es spielt eine Rolle. Wenn du nicht der Satai bist, dann ruf ihn.

Wir haben mit ihm zu reden.«

»Und warum?«

»Weil wir nicht an den anderen interessiert sind. Wir wollen nur den Satai.«

»Dann holt mich.«

Wieder kehrte für einige Augenblicke Stille ein. Skar konnte leise, flüsternde Stimmen hören, ohne jedoch die Worte zu verstehen. Offensichtlich berieten sich die Männer.

Skar warf dem ihm gegenüberstehenden Soldaten einen aufmunternden Blick zu. Sie waren noch lange nicht außer Gefahr, aber ihre Lage schien nicht mehr so ausweglos wie noch vor wenigen Augenblicken zu sein. Ein zu allem entschlossener Gegner hätte den Hof gestürmt, ohne sich auf Reden einzulassen.

»Sei vernünftig, Satai«, war die Stimme nach einer Weile wieder zu vernehmen. »Ihr sitzt in der Falle. Wir können euch auch mit Gewalt herausholen.«

»Das mag sein«, antwortete Skar, wobei er sich Mühe gab, soviel Überheblichkeit wie nur möglich in seine Stimme zu legen. »Aber im Moment sieht es eher nach einem Unentschieden aus. Wir haben Zeit, wißt ihr. Es wird nicht lange dauern, bis unser Verschwinden auffällt. Man wird uns suchen.«

»Bis dahin seid ihr längst tot. Wir geben euch zwei Minuten Zeit, euch zu ergeben. Danach stürmen wir den Hof.«

»Nur zu«, sagte Skar herausfordernd. »Ich freue mich schon auf den ersten, der herauskommt. Und mein Schwert auch.«

Wieder verging Zeit, in der sich die Angreifer zu beraten schienen. In wenig mehr als einer Viertelstunde würde die Nacht vollends hereingebrochen sein. Aber so lange, das spürte Skar, würden sich die Männer dort draußen nicht mehr hinhalten lassen.

»Wir schicken einen Mann zu euch hinein«, drang die schon bekannte Stimme aus der Gasse hervor. »Wir wollen kein unnötiges Blutvergießen, Satai. Wenn du ohne Widerstand mitkommst, lassen wir die Soldaten ziehen.«

Skar sah, wie ein hoffnungsvoller Ausdruck über das Gesicht des Soldaten neben ihm huschte. Aber der Mann wurde sofort wieder ernst, als er seinem Blick begegnete. Das brutale Vorgehen der Angreifer hatte gezeigt, daß sie keinen Wert darauf legten, Zeugen zu hinterlassen.

»Das ist eine Falle, Herr«, zischte eine Stimme an Skars Ohr. »Sie können es sich nicht leisten, auch nur einen von uns am Leben zu lassen.«

Skar nickte. »Ich weiß«, gab er ebenso leise zurück. »Aber wir müssen es wenigstens versuchen. Tretet zurück.« Er räusperte sich, senkte seine Waffe um eine Winzigkeit und trat einen Schritt auf den Hof hinaus. »In Ordnung«, sagte er laut. »Schickt euren Mann herein. Aber nur einen. Und ohne Waffen. Wenn ihr irgendwelche Tricks versucht, stirbt er als erster.«

Eine dunkle Gestalt löste sich aus den Schatten und trat auf den Hof hinaus.

Skar sog überrascht die Luft zwischen den Zähnen ein, als er den Unterhändler sah.

Der Mann war ein Zwerg. Seine Größe mochte kaum mehr als einen Meter betragen, und Skar konnte trotz des lose fallenden Umhangs, der bis auf die Knöchel hinabfiel und seine Gestalt verbarg, erkennen, daß er spindeldürr sein mußte. Das Gesicht lag unter einer dreieckigen Kapuze, die so tief in die Stirn gezogen war, daß nur das Kinn und ein Teil des Mundes unter dem messerscharf gezogenen Schatten sichtbar blieben. Er ging mit raschen, trippelnden Schritten bis in die Mitte des Hofes, drehte sich einmal um seine Achse und wandte sich dann an Skar. Seine Bewegungen wirkten übertrieben schnell und kraftvoll, wie man es oft bei Menschen sah, die körperliche Kleinheit durch entschlossenes Auftreten zu kompensieren suchten und dabei weit genug über das Maß des Nötigen hinausschossen und dadurch das Gegenteil erreichten.

»Ihr seid dieser Satai?« fragte er.

Skar schluckte die bissige Antwort, die ihm auf der Zunge lag, hinunter und beließ es bei einem stummen Kopfnicken.

»Ich habe Euch mir größer vorgestellt«, fuhr der Zwerg fort. »Ihr seht gar nicht aus wie ein mächtiger Krieger.«

»Was willst du?« erwiderte Skar unwillig. »Bist du zum Verhandeln gekommen, oder möchtest du mich nur beleidigen?«

Der Zwerg lachte leise. Seine Stimme klang im Verhältnis zu seiner Größe ungewöhnlich voll und tief. »Es gibt nichts zu verhandeln«, sagte er bestimmt. »Es bleibt nur die Frage, ob du uns freiwillig folgst oder nicht.«

»Und wohin soll ich dir folgen?«

»Es gibt jemanden, der dich zu sprechen wünscht«, antwortete der Zwerg. »Du kennst ihn.«

Skar nickte. »Vela.«

»Du kannst dich wehren«, fuhr der Zwerg fort, »und wir bringen dich mit Gewalt weg. Aber du kannst auch freiwillig mitkommen. Das Ergebnis bleibt sich in jedem Fall gleich.«

»Für dich nicht«, sagte Skar ruhig.

»Du würdest Hand an einen Zwerg legen?« ächzte der kleinwüchsige Mann.

Skar vermochte nicht zu sagen, ob seine Worte spöttisch oder ernst gemeint waren.

»Ich vergreife mich mit Vorliebe an Zwergen«, antwortete er im gleichen Tonfall. »Deinen Begleitern scheint es ja auch nichts auszumachen, wehrlose Männer abzuschlachten. Warum also sollte ich Rücksicht auf dich nehmen? Nur weil du kleiner bist als ich?«

Der Zwerg machte eine wegwerfende Handbewegung. »Soldaten«, sagte er abfällig. »Wozu sind sie gut, wenn nicht zum Sterben? Du kommst mit?«

Skar überlegte fieberhaft. Das Leben der vier Männer lag allein in seiner Hand, aber er hatte praktisch keine Chance mehr, sie zu retten. Der Zwerg hatte seine Lage genau richtig beschrieben. Er konnte sich wehren und ein paar von ihnen umbringen, aber das Ergebnis blieb sich gleich.

»Gib mir dein Wort, daß du die Männer am Leben läßt, und ich komme mit«, sagte er.

Wieder lachte der Zwerg, und diesmal war sich Skar sicher, daß er sich den boshaften Unterton in seiner Stimme nicht nur einbildete. »Du kannst mein Wort so oft haben, wie du willst«, sagte er. »Allerdings hast du keine Garantie, daß ich es auch halte.«

Skar nickte betrübt. »Das stimmt«, meinte er. Dann ließ er sein Schwert fallen, war mit einem Satz bei dem Zwerg und riß ihn wie ein Spielzeug vom Boden hoch. Sein Arm schlang sich um den dürren Hals des Gnoms, verdrehte ihn, daß er die Knochen knacken hörte, und lockerte den Griff um eine Winzigkeit, gerade weit genug, ihn atmen zu lassen und den Schmerz dicht an der Grenze des

Erträglichen zu halten.

»Du bist zu vertrauensselig, Winzling«, sagte er freundlich. »Ich werde dich begleiten. Aber erst, wenn diese vier Männer in Sicherheit sind.«

Der Zwerg strampelte hilflos mit den Beinen und versuchte, Skar mit seinen dürren Krallenfingern die Augen auszukratzen. Skar verstärkte den Druck auf sein Genick. Der Zwerg keuchte, und der dürre Körper erschlaffte.

»Das wirst du noch bereuen«, würgte er.

Skar zuckte gleichmütig die Achseln. »Mag sein. Aber darüber unterhalten wir uns, wenn diese Männer weg sind, einverstanden? Du wirst deinen Leuten sagen, daß sie die Gasse räumen. Und keine Tricks! So schnell, daß ich dir nicht noch den Hals umdrehen könnte, können sie mich gar nicht umbringen.«

Der Zwerg schwieg eine Weile. »Gut«, sagte er dann. »Im Moment bist du in der besseren Position, Satai.« Er hob, langsam und äußerst vorsichtig, um Skar nicht zu reizen, die Linke und gab den Männern in der Gasse einen Wink.

»Laßt sie laufen!« befahl er mit erhobener Stimme. »Der Satai wird uns folgen. Die Soldaten sind unwichtig. Zieht euch zurück.«

Skar konnte nicht erkennen, was geschah, aber aus der Dunkelheit vor ihnen drangen scharrende Geräusche und Schritte, die sich – langsamer, als sie gekommen waren – entfernten.

»Zufrieden?«

Skar schüttelte den Kopf. »Wir werden zuerst gehen«, sagte er. »Die Soldaten folgen uns. Wenn deine Leute irgendwo auf uns lauern, stirbst du.«

»Jaja«, knurrte der Zwerg. »Ist ja schon gut. Ich hab's begriffen.«

Skar wartete, bis sich die Männer vollends aus der Gasse zurückgezogen hatten, ehe er langsam, den Körper des Zwerges wie einen lebenden Schutzschild vor sich haltend, losging. Die vier Soldaten folgten ihm unmittelbar. Keiner der Männer sprach, aber ihre abgehackten Bewegungen und die nervösen Blicke, mit denen sie sich umsahen, sprachen ihre eigene Sprache.

»Du wirst es noch bereuen, Satai«, grollte der Zwerg. »Niemand behandelt Tantor ungestraft so wie du.«

»Tantor? Ist das dein Name?«

Der Zwerg versuchte zu nicken. »Das ist er.«

Skar grinste. »Macht sich bestimmt gut auf einer Grabplatte«, sagte er. »Du solltest zu allen Göttern beten, die du kennst, daß sich deine Kameraden an unsere Abmachung halten.«

Tantor murmelte etwas, das Skar nicht verstand, zerrte einen Moment vergeblich an seinem Arm und strampelte wieder mit den Beinen.

Die Bewegung war zu schnell, als daß Skar noch etwas dagegen hätte tun können. Tantors Hand fuhr unter den Halsausschnitt seines Mantels und kam mit einem feuchtglitzernden weißen Pulver wieder zum Vorschein.

Skar schloß schmerzgepeinigt die Augen, als das weiße Pulver seine Haut berührte. Ein Licht blitzte auf, schien zu flackern, erlosch und wurde von einem kalten, bläulichen Leuchten abgelöst. Hinter ihm schrien die vier Soldaten gequält auf, aber ihre Stimmen wurden von einem dumpfen, brausenden Geräusch verschluckt, das wie eine unsichtbare Sturmböe über die schmale Gasse hereinbrach. Skar taumelte zurück, ließ den Zwerg fallen und brüllte vor Schmerz, als sein nackter Rücken die Wand berührte. Im ersten Moment hatte er das Gefühl, sich verbrüht zu haben. Die Wand schien zu glühen. Aber dann sah er das kalte, blaue Licht, die Schicht glitzernder Eiskristalle, die sich über Boden und Wände ausbreiteten, die Körper der vier Soldaten mit einem schimmernden Panzer überzogen, sie in groteske, mitten in der Bewegung erstarrende Skulpturen verwandelten, und er begriff, daß es Kälte war, die wie mit tausend winzigen glühenden Messern in seinen Rücken biß, Kälte, die gegen jede Logik und mit grausamer Gewalt plötzlich da war und Licht und Wärme und jedes andere Gefühl auslöschte. Er wollte schreien, aber es ging nicht. Seine Kehle war erstarrt. Sein Körper gefror. Er sah, wie sich das Gesicht des Soldaten neben ihm in eine glitzernde Grimasse verwandelte, als hätte er ein bizarres Visier über seine Züge geschoben, wie seine Augen gelierten, wie die Haut unter dem Druck des gefrierenden Blutes platzte, wie der Körper, erstarrt zu einem schimmernden Eisblock, nach vorne und zur Seite sank, einen Moment in einer unmöglichen Schräglage verharrte und dann mit einem hellen, splitternden Laut auf dem erstarrten Boden aufschlug, zerbrach. *Zerbrach* wie eine riesige gläserne Skulptur und –

Skar dachte den Gedanken nicht mehr zu Ende. Sein Körper erstarrte zu Eis und Stein und Schmerz.

Schon der Abstieg war eine Qual gewesen. Skar hatte erwartet, daß es unter der Erde kühler sein würde, aber das stimmte nicht. Der Schacht, der senkrecht und wie ein gigantisches, von einer Götterfaust geschlagenes Loch tief, tief in die Erde hineingeführt hatte, hatte sie mit einer Welle stickiger, kochender Luft empfangen. Es war eine Hitze, die sich wie ein erstickender, schmieriger Film über ihre Gesichter, über ihre Münder und Nasen und Lungen gelegt, jeden Atemzug in breiige Hitze und jeden Schritt in ein mühsames Vorwärtskämpfen verwandelt hatte.

Er wußte nicht mehr, wie lange es her war. Stunden, sicher. Sie waren gelaufen, gerannt trotz der übermenschlichen Anstrengung, die jeder einzelne Schritt bedeutet hatte, durch Gänge, Stollen, über Rampen und Treppen, durch hohe, von brütender Hitze erfüllte Hallen. Sie waren über zerborstene Steine geklettert, hatten sich durch Tunnel gezwängt, deren Decken und Wände von ungeheuren Gewalten eingedrückt worden waren, hatten sich die Haut an glühendem, knisterndem Stein verbrannt und waren vor brennenden Sturmböen geflohen, blind, ohne zu wissen, wohin sie liefen oder woher sie kamen. Es war ein Reich der Vernichtung, durch das sie sich bewegten, Katakomben, in denen ein chthonischer Gott des Chaos herrschte, zertrümmerte Gänge und geborstene Treppenschächte, Säulenhallen, höher als die höchsten Türme Iknes, von Urgewalten zermalmt, Flure, von den Krämpfen der Erde, die sich unter den Hammerschlägen der Götter in Agonie gewunden hatte, verdreht, Hallen, an deren Wänden schreckliche, verbrannte Dinge hingen, ein steinerner Himmel, von dem selbst jetzt noch Tod und Hitze regneten, Brücken, die sich in aberwitzigen Bögen über bodenlosen Abgründen oder brennenden Feuerseen spannten, eine Welt tief unter der Erde, in die noch nie ein Sonnenstrahl gedrungen war und die doch von flackerndem, tödlichem Licht erfüllt war.

Skar hatte schon nach wenigen Augenblicken die Orientierung verloren, aber er war einfach weiter gerannt, den Blick starr auf den Rücken Gowennas und ihrer drei Begleiter gerichtet, die ihren Weg mit traumwandlerischer Sicherheit zu finden schienen. Es war heißer geworden, je weiter sie sich der Stadt näherten, und für eine Weile liefen sie unter einer Decke entlang, deren Stein wie ein flammender Himmel dunkelrot glühte. Irgendwann hatte die Hitze nachgelassen, aber Skar hatte es kaum mehr bemerkt. Und irgendwann war die Zahl der Stufen, die sie emporstiegen, größer geworden als die Anzahl derjenigen, die sie hinuntergingen. Der Boden unter ihren Füßen vibrierte, und das Zischen und Prasseln der Flammen wurde allmählich von einem mächtigen dumpfen Grollen überlagert. Es wurde heller und heller, als liefen sie geradewegs in die Sonne hinein.

Und irgendwann, Jahrhunderte, nachdem sie in diesen unterirdischen Kosmos aus Hitze und Schmerzen eingedrungen waren, blieb Gowenna stehen und deutete nach oben.

»Wir sind da.«

Ihre Stimme war über dem Brüllen des Höllenfeuers über ihren Köpfen kaum zu vernehmen, und Skar erriet die Worte mehr an ihren Lippenbewegungen, als er sie verstand. Er blieb schweratmend stehen, beugte sich vor und stützte sich mit den Händen auf den Oberschenkeln auf. Sein Herz hämmerte, und vor seinen Augen tobten noch immer Flammen. Er hatte Durst, mörderischen, quälenden Durst, aber der Wasserschlauch an seiner Seite war längst leer, ausgetrunken auf den ersten, qualvollen Metern ihres Weges, der Rest verdunstet.

»Diese Treppe dort vorne führt direkt hinauf«, fuhr Gowenna mit erhobener Stimme fort.

Skar richtete sich mühsam auf, schwankte und widerstand im letzten Moment der Versuchung, sich erschöpft gegen die Wand sinken zu lassen. Der Stein glühte. Skar hob den Kopf, blickte in die Richtung, in die Gowenna deutete und schloß gepeinigt die Augen. Die Treppe führte steil in die Höhe, es waren hundert oder mehr Stufen aus weißem, millionenfach gesprungenem Marmor, und an ihrem Ende glühte ein unbarmherziges, strahlend weißes Licht, greller als die Sonne.

»Wenn wir oben sind, wird jeder auf sich selbst angewiesen sein«, sagte Gowenna. »Es ist möglich, daß wir getrennt werden, deshalb prägt euch genau ein, was ich euch jetzt sage.«

Skar schüttelte den Kopf, fuhr sich mit der behandschuhten Rechten über das Gesicht und zuckte zusammen, als die Brandblasen auf seiner Haut unter der Berührung aufplatzten. Die Narbe auf seiner linken Wange begann zu pulsieren.

»Der Stein befindet sich im Altarraum des Tempels«, sagte Gowenna. »Wenn wir es bis dahin schaffen, sind wir in Sicherheit, wenigstens, was das Feuer angeht. Aber wir werden durch die Stadt müssen. Ganz egal, was ihr seht – lauft einfach weiter, bis ihr den Tempel erreicht habt. Und schaut nicht nach oben. Das Licht würde euch blenden.«

Nol sank mit einem wimmernden Geräusch in die Knie, blieb einen Moment reglos hocken und stemmte sich wieder hoch. Er schwankte.

Seine Kleider und sein Haupthaar waren angesengt, und sein Gesicht war so von Brandblasen entstellt, daß es kaum mehr menschlich zu nennen war.

»Ich ... kann nicht mehr«, keuchte er. »Laßt mich ... zurück. Ich wäre nur eine Last für euch.«

Gowenna schüttelte entschieden den Kopf. »Wenn du zurückbleibst, stirbst du, Nol«, sagte sie überraschend sanft. »Wir haben das Schlimmste hinter uns. Diese Treppe hinauf und bis zum Tempel. Dort kannst du ausruhen.«

Nol nickte, aber Skar bezweifelte, daß er die Worte überhaupt verstanden hatte.

»Was ist, wenn wir uns ... verlieren?« fragte Skar. Es bereitete ihm Mühe, die Worte zu formulieren. Seine Kehle bestrafte jeden Laut mit stechenden, krampfartigen Schmerzen.

»Ihr könnt den Tempel von jedem Punkt der Stadt aus sehen«, antwortete Gowenna. »Das große Gebäude im Zentrum. Sein Dach sieht wie ein Edelstein aus.« Sie atmete hörbar ein, sah sich mit einem nervösen Blick um und deutete auf die Treppe. »Kommt jetzt. Wir sind schon viel zu lange hier unten geblieben.«

Skar war zu erschöpft, um sich Gedanken über den Sinn dieser Bemerkung zu machen. Für einen kurzen Moment blitzte der Zipfel einer Erinnerung in ihm auf, aber er verschwand wieder, bevor er ihn fassen konnte. Hinter Gowenna und den Sumpfmännern taumelte er die Treppe hinauf.

Der Stein war heiß, und er wurde mit jeder Stufe, die sie höher kamen, noch heißer. Skars Stiefelsohlen schienen zu glühen, und er spürte, wie der Marmor unter dem Gewicht seiner Schritte zu zerbröckeln begann; Staub, ausgeglüht von Jahrtausenden unbarmherziger Hitze, in der er gebadet worden war. Skar strauchelte, spürte, wie sich unter seinem Gewicht ein ganzes Stück der Stufe löste, und brachte sich mit einem verzweifelten Satz in Sicherheit. Hinter ihm erscholl ein gellender, spitzer Schrei. Er fuhr herum, griff haltsuchend nach dem Arm El-tras und fiel gegen die Wand, als sich der Sumpfmann mit einem wütenden Ruck freimachte. Der Schrei wiederholte sich.

Skar sah, wie ein keilförmiges Stück der Treppe ins Rutschen kam, sich mit einem dumpfen, knirschenden Geräusch löste, unter Berals Füßen zu Staub und scharfkantigen Brocken zerfiel und wie eine Lawine den Treppenschacht hinunterpolterte, den Malabesen erbarmungslos mit sich reißend. Berals Schrei verstummte abrupt.

»Weiter!« befahl Gowenna.

Skar drehte sich wie in Trance herum, stieß sich von der Wand ab und lief weiter. Er spürte nichts – weder Trauer noch Schrecken oder Wut oder sonst irgendein Gefühl, das über Erschöpfung und allenfalls noch Resignation hinausging. Das erste Mitglied ihrer Gruppe war tot, gestorben, ehe sie ihr Ziel erreicht hatten, aber es berührte ihn nicht. Es war, als hätte Combats feuriger Atem nicht nur seine Haut, sondern auch seine Seele verbrannt, ihn zu einem ausgeglühten Etwas gemacht, zu einer leeren Hülle, die zu nichts anderem mehr fähig war, als einfach stur weiterzulaufen, bis in den Tod. Vielleicht, dachte er, ist dies der einzige Grund, warum ich hier bin, weil ich Satai bin, ein Mann, der auch dann noch weiterkämpft, wenn alle anderen aufgaben, der sich nicht geschlagen geben *kann,* auch wenn ich es wollte.

Die Treppe endete in einem niedrigen, runden Raum, der von nichts als Licht erfüllt war. Eine kompakte Mauer aus Hitze schlug ihnen entgegen, aber Gowenna und ihre drei Begleiter stürmten ohne innezuhalten weiter, rannten auf den Ausgang zu. Skar überwand die drei letzten Stufen mit einem Satz, strauchelte, fand im letzten Moment sein Gleichgewicht wieder und rannte weiter.

Die Hitze traf ihn wie ein Hammerschlag, als er das Gebäude verließ. Er schrie auf, stürzte zu Boden und schrie wieder, als seine Haut in Fetzen an den glühenden Marmorplatten hängenblieb. Unten, auf der Treppe, hatte er geglaubt, das Maß des Erträglichen voll ausgeschöpft zu haben, aber er spürte erst jetzt, wie falsch dieser Gedanke gewesen war.

Er war eingehüllt von Flammen, sengender, tödlicher Hitze, Schmerzen, Schmerzen, Schmerzen. Er schrie, brüllte vor Qual und schlug die Hände vor die Augen, verbarg das Gesicht zwischen den Armen, aber es nutzte nichts. Das Licht fraß sich durch seine Hände, ließ seine Augäpfel aufflammen und verwandelte seine Sehnerven in gleißende Bahnen aus Schmerz und Feuer. Seine Kleider begannen zu schwelen, einer seiner Stiefel flammte auf, brannte eine halbe Sekunde mit heller, flackernder Flamme und erlosch wieder. Sein Blut kochte. Blind, wahnsinnig vor Schmerzen kam er auf die Füße, drehte sich ziellos im Kreis und taumelte los, ganz egal wohin, nur fort, fort aus dieser Hölle, weg von diesem erbarmungslosen, qualvollen Licht. Er spürte, wie das Schwert an seiner Seite zu glühen begann, sein Bein verbrannte und die lederne Schwertscheide zu brüchiger Asche werden ließ.

Er rannte weiter, taumelte über einen Boden aus Magma, hinein in den Leib eines glühenden Feuerdämons, stürzte wieder und sprang noch einmal auf, stützte sich mit Händen, die blutige Abdrücke auf dem Boden hinterließen, ab. Er wollte schreien, aber die Hitze verwandelte die Laute in Flammen, die seine Kehle versengten. Er hätte längst tot sein müssen, aber er lief weiter, floh vor einem Himmel, aus dem unerträgliche weiße Glut auf ihn herabsengte, taumelte, stieß gegen ein Hindernis und wankte weiter. Trotz seiner geschlossenen Augen konnte er sehen, dunkle, brennende Umrisse in einem Meer gleißender Helligkeit. Er nahm die Hände herunter, wandte sich in Richtung der Schatten und stolperte weiter, nur weiter, immer weiter. Irgendwann ließ die Hitze nach, verbrannte nur mehr seinen Rücken. Er wankte weiter, mobilisierte Kraftreserven, von denen er selbst nicht gewußt hatte, daß er sie besaß, und ließ sich mit einem krächzenden Schrei in den rettenden Schatten fallen.

Minutenlang lag er reglos da, die Hände über den Augen zu Fäusten verkrampft, die heiße Luft durch verbrannte, aufgesprungene, blutende Lippen gierig einsaugend, nicht mehr länger Mensch, sondern nur noch ein Bündel zuckenden Schmerzes, ein verbranntes Etwas, in dem wie durch ein Wunder noch Leben war. Es dauerte lange, bis er wieder fähig war, zu denken, etwas anderes zu fühlen als Qual und Schmerzen. Der Wind, der über sein Gesicht strich, war noch immer heiß, brütend heiß, aber er kam ihm trotzdem wie ein köstlicher kühler Hauch vor. Langsam nahm er die Hände herunter, öffnete zögernd, beinahe ängstlich, die Augen und sah sich um. Obwohl er im Schatten lag, schien die Welt um ihn herum nur aus blendendem Weiß zu bestehen.

Er rang mühsam nach Atem, stemmte sich in eine halb sitzende, halb liegende Position hoch und sah an sich hinab. Seine Kleider waren versengt und schwarz, die Haut dort, wo sie nicht von Stoff oder Leder geschützt gewesen war, verbrannt, an manchen Stellen blutig und aufgeplatzt, so daß das rohe Fleisch zutage trat. Er versuchte vorsichtig, sich zu bewegen. Es schmerzte, wenn auch längst nicht so schlimm, wie er befürchtet hatte.

Er stand auf, blinzelte aus tränenden Augen in die gleißende Helligkeit hinter sich und hielt nach den anderen Ausschau. Das Gebäude, aus dem sie herausgekommen waren, lag am gegenüberliegenden Rand eines weiten, halbmondförmigen Platzes, war verborgen hinter einem brodelnden Wasserfall aus Licht, der geradewegs aus dem Boden zu wachsen schien und irgendwo über ihm mit der grellweißen Glut des Himmels verschmolz. Die weißen Marmorplatten des Platzes waren vielerorts gesprungen, und da und dort entdeckte Skar einen Fleck rotglühender Hitze, als wandere die Feuerwolke.

Überhaupt brannte längst nicht die ganze Stadt. Die Flammen, die an unzähligen Stellen emporschlugen – hier nur kleine, mühsam flackernde Brände, dort gewaltige, brüllende Feuersäulen –, vereinigten sich über den Dächern Combats zu einem ungeheuren wabernden Pilz aus Glut und mochten von außen den Eindruck erzeugen, als wäre die ganze Stadt ein einziger kochender Krater. Wäre es aber wirklich so gewesen, hätte keiner von ihnen auch nur die erste Minute überlebt. Das Gebäude, in dessen Schatten Skar lag, schien fast unversehrt, zumindest die unteren drei Etagen. Der Marmor war glatt und weiß, als wäre der Bau erst vor wenigen Tagen errichtet worden, und an den Brüstungen der Fenster konnte Skar sogar noch Reste der Stuckarbeiten erkennen, mit denen es verziert gewesen war. Weiter oben aber wirkte der Stein zerfressen, pockennarbig, als beginne er unter einer gewaltigen inneren Spannung zu zerbröckeln. Dunkle, gerissene Adern durchzogen den weißen Stein, wuchsen zu einem Spinnennetz haarfeiner Verästelungen und Risse zusammen, bildeten große, schwärzliche Nester, aus deren Zentren Rauch und dünne, gelbe Flammenlinien wuchsen. Es war der Stein selbst, der brannte, ein Feuer, das von einem unbegreiflichen Zauber entfacht worden war und ihn langsam, in einem Prozeß, der Jahrhunderte, vielleicht Jahrtausende andauern mochte, verzehrte. Skar glaubte für einen winzigen Moment zu ahnen, welche Gewalten hier aufeinandertrafen, welche ungeheure Macht die Herren Combats gegen den Zorn der Götter aufgeboten hatten.

Und er war hier, um den Schlüssel zu dieser Macht zu holen . . .

Er riß sich gewaltsam von dem Anblick los, beschattete die Augen mit der Hand und sah sich weiter um. Es war, wie Gowenna gesagt hatte – der Tempel war auch von hier aus deutlich sichtbar, eine gewaltige Kuppel, die die Dächer der Häuser weit überragte und irgendwo hoch über ihm in den brennenden Himmel eintauchte. Das Licht brach sich in den unzähligen Facetten des Kristallgebildes, bildete tanzende Feuerlinien und grelle, unablässig wechselnde Formen und Umrisse, Kaskaden und lautlose Wirbelstürme aus Helligkeit, in denen die Stadt zu ertrinken schien.

Skar zuckte zusammen, als ein kochender Luftstrom seine Beine streifte. Er fuhr herum und erkannte mit plötzlichem Schrecken, daß die Feuerwand, der er mit Mühe entkommen war, nun auf ihn zuwanderte, als wolle sie sich das entgangene Opfer noch im nachhinein holen. Er wich zwei, drei Schritte zurück, stieß mit dem Rükken gegen die Wand und wandte sich eilig zur Flucht. Er war keineswegs in Sicherheit. Die Stärke, die er zu spüren glaubte, trog. Sein Körper hatte einen Grad der Erschöpfung erreicht, mit dem er eine zweite Tortur wie die gerade überstandene nicht mehr verkraften konnte.

Die Straße vor ihm war von Flammen übersät; kleine, wie geschäftige Insekten hin und her eilende Feuernester, dünne Linien greller Weißglut, wie das Netz einer Feuerspinne quer über den zerborstenen Marmor gespannt, aber auch gewaltige, brüllende Säulen unerträglicher Lohe, die wie feurige Geysire aus dem Boden brachen. Er lief im Zickzack, sprang, den Kopf schützend zwischen den Armen verborgen, durch dünne Feuervorhänge und duckte sich unter den Glutstrahlen, die aus den geschwärzten Fensteröffnungen eines brennenden Hauses auf die Straße fauchten. Der Boden unter seinen Füßen zitterte, und mehr als einmal konnte Skar im letzten Moment zurückspringen, wenn ihm dort, wo ein scheinbar sicherer Weg war, siedendheiße Luft entgegenschlug.

Er sah sich immer wieder im Laufen um. Die Feuerwand hatte den Platz überquert und den Anfang der Straße erreicht, in die er sich geflüchtet hatte, war jedoch dort zur Ruhe gekommen. Aber so, als hätte der glühende Geist dieser Stadt alles in seiner Macht Stehende aufgeboten, um ihn zu verfolgen, tanzten nun kleine, flammende Wirbel über die Straße, flinke Wesen aus Hitze und Licht, wie winzge Windhosen in beständiger Bewegung, hierhin und dorthin eilend und nur manchmal und fast widerwillig den Boden berührend. Obwohl ihm der Gedanke selbst absurd erschien, konnte er sich des Eindrucks nicht erwehren, daß diese Flammenwesen wirklich lebten, keine Launen des Sturmes und der Hitze waren, sondern denkende, bewußt handelnde Wesen, feurige Wächter, die aufgestanden waren, ihr Reich zu beschützen.

Er lief schneller, überquerte einen weiteren, von Feuer und Glut übersäten Platz und bog in eine breite, von Marmorsäulen gesäumte Allee ein. An ihrem Ende, unerträglich schön und unerträglich schrecklich zugleich, lag der Tempel.

Eine brüllende Feuerwolke explodierte aus einem der Häuser heraus und hüllte ihn ein, fauchte weiter, zu schnell, um ihn wirklich zu verbrennen, aber wütend genug, um ihn von den Füßen zu reißen und mit grausamer Wucht zu Boden zu schleudern. Er fiel, rollte meterweit mit hilflos rudernden Armen über den Stein und schnappte verzweifelt nach Luft. Zwischen den Säulen zu seiner Linken tauchte ein Feuerwirbel auf, klein, flackernd und leichtfüßig, hüpfte auf die Straße hinaus und sprang mit einem erschrockenen Satz wieder zurück, kehrte um. Ein zweiter gesellte sich dazu, dann ein dritter, vierter. Skar stemmte sich hoch, griff mit einer ebenso sinnlosen wie verzweifelten Bewegung nach seinem Schwert und rannte weiter auf den Tempel zu. Die Luft vor ihm begann zu flimmern. Der Tempel schien plötzlich hinter einer senkrechten Wasserwand zu liegen, verzerrte, verbog sich auf gräßliche Weise, schleuderte Licht und Hitze auf ihn herab. Ein hoher, singender Ton mischte sich in das Brüllen der Flammen, ein Geräusch, als wisperten Tausende heller böser Kinderstimmen durcheinander. Er rannte schneller, versuchte den Eingang des Tempels zu entdecken und schloß gepeinigt die Augen. Es war unmöglich, den Tempel direkt anzusehen; die gewaltige Kristallkuppel reflektierte das Licht, verstärkte es zu dünnen, brennenden Pfeilen, die sich wie mit glühenden Spitzen in seine Augen gruben. Darunter war nur ein schmaler schwarzer Streifen aus behauenem Granit, nicht mehr als ein fadendünner Schatten unter der lohenden Kuppel. Er taumelte blind weiter, übersprang eine der Steinsäulen, die wie ein bizarrer, geborstener Marmorbaum quer über der Straße lag, tauchte unter Flammenbögen und zwischen Feuergeysiren hindurch und wankte die breite Treppe zum Eingang des Tempels hinauf. Erst jetzt, als er dem Gebäude ganz nahe war, erkannte er, wie gewaltig die Kuppel wirklich war. Ihr Durchmesser mochte mehr als eine halbe Meile betragen, und ihre schimmernden Flanken schwangen sich weit in den Himmel. Er quälte sich die Stufen hinauf, Stufen, die zu hoch und zu breit für menschliche Füße zu sein schienen, wankte auf den mächtigen schwarzen Bogen des Eingangs zu, strauchelte, raffte noch einmal alle Kräfte zusammen und taumelte weiter, blind, halb am Rande der Besinnungslosigkeit und ohne überhaupt noch zu wissen, weshalb er lief, nur noch beseelt von dem Gedanken, weiterzugehen, einen Fuß vor den anderen zu setzen. Eine Gestalt tauchte in den brodelnden Schatten vor seinen Augen auf, grau und seltsam verzerrt und mit flackerndem Gesicht, streckte ihm die Hände entgegen. Er taumelte an ihr vorüber, brach in die Knie und rang verzweifelt nach Atem. Die Luft im Inneren des Tempels war kalt, so kalt, daß sie in seiner verbrannten Kehle schmerzte, aber er sog sie gierig und in tiefen, hektischen Zügen ein, preßte sein geschundenes Gesicht gegen den Boden und genoß die kühle Glätte des Steines.

»Schön, daß du auch noch kommst«, sagte eine Stimme in seiner Nähe. Er vermochte nicht genau zu sagen, woher sie kam. Die Welt begann sich um ihn herum zu drehen, einen irrsinnigen, wilden Tanz aufzuführen, so daß er für einen Moment nicht mehr wußte, wo oben, unten, rechts und links war.

»Wir hatten die Hoffnung schon beinahe aufgegeben.«

Skar hob mühsam den Kopf und blickte zu Gowenna auf. Ihr Gesicht war verbrannt wie das seine, aber in ihrer Stimme schwang nichts als böser Spott, allenfalls noch eine Spur unverhohlener Befriedigung, daß sie ihn hier verletzt und am Ende seiner Kräfte am Boden liegen sah.

Einer der Sumpfmänner ging neben ihm in die Hocke, stützte seinen Kopf mit der Hand und hielt eine Schale mit eiskaltem Wasser an seine Lippen. Skar trank mit schnellen, gierigen Schlucken, hustete, brach einen Teil des Wassers wieder aus und trank weiter, bis die Schale geleert war.

»Danke«, murmelte er.

»Ich hatte dir gesagt, du sollst hinter mir bleiben«, fuhr Gowenna vorwurfsvoll fort.

»Das habe ich . . .«

»Nicht getan«, fiel sie ihm ins Wort. »Du bist geradewegs in die Flammenwand hineingelaufen, nach links, statt nach rechts, wie es richtig gewesen wäre. Es ist ein Wunder, daß du noch lebst. Willst du noch mehr Wasser?«

Skar nickte, überrascht von dieser plötzlichen Fürsorge. Er setzte sich auf, fuhr sich mit dem Handrücken über die Augen, um die Tränen fortzuwischen, und sah sich blinzelnd um. Er befand sich in einem hohen, rechteckigen Raum, dessen Wände aus dem gleichen schwarzen Stein wie das Fundament der Kuppel bestanden. Die Mauern waren schmucklos und kahl, und es gab zahlreiche Türen, die tiefer in das Gebäude hineinführten. Die Luft war trotz des weit offenstehenden Eingangs kühl, als gäbe es die Hitze draußen nicht.

El-tra brachte ihm eine zweite Schale mit Wasser. Er leerte sie langsamer und bedächtiger als die erste, drehte das Gefäß einen Moment unschlüssig in den Händen und reichte es mit einem dankbaren Lächeln an den Sumpfmann zurück.

»Woher kommt das?«

»Das Wasser?« Gowenna deutete mit einer Kopfbewegung auf eine der Türen. »Es gibt einen Brunnen, dort im Nebenraum, und er funktioniert noch. Wir werden unsere Wasserschläuche dort auffüllen, ehe wir uns auf den Rückweg machen. Fühlst du dich kräftig genug, weiterzugehen?«

»Jetzt?« Skar machte instinktiv eine Bewegung, als wolle er aufstehen, führte sie aber nicht zu Ende. »Warten wir nicht auf die anderen?«

»Du warst der letzte, Skar. El-tras Brüder, Gerrion und Arsan sind bereits auf dem Wege zum Treppenschacht. Wir sind zurückgeblieben, um auf dich zu warten.«

»Und ... Nol?« fragte Skar stockend, obwohl er die Antwort bereits kannte.

Gowenna schüttelte fast unmerklich den Kopf. »Er verbrannte vor unseren Augen. Wir ... konnten nichts für ihn tun.« Sie atmete hörbar ein, und für einen winzigen Moment glaubte Skar beinahe so etwas wie Trauer in ihren Augen zu sehen.

»Komm jetzt«, fuhr sie fort. »Wir haben keine Zeit zum Ausruhen.«

Skar wollte noch mehr Fragen stellen, aber sie wandte sich rasch um und ging mit schnellen Schritten auf eine der Türen zu, so daß er sich beeilen mußte, sie einzuholen.

Seine Haut begann zu brennen, als er sich bewegte. Der Luftzug, der ihnen aus dem Inneren des Tempels entgegenschlug, schien mit einem Male nicht mehr kühl und wohltuend, sondern eisig zu sein, und als er an sich herabsah, bemerkte er, daß sich von seiner Haut große Fetzen zu lösen begannen. Die Salbe. Plötzlich erinnerte er sich wieder Tantors Worte: ›Sie verliert ihre Wirkung um so schneller, je größerer Hitze du sie aussetzt.‹ Und er hatte in Flammen gebadet. Auf dem Rückweg würde ihn Tantors Zauber nicht mehr schützen.

Sie betraten einen niedrigen, von sanfter grauer Helligkeit erfüllten Gang. Das Licht war von der gleichen Art wie das, welches das Gebäude draußen in den verwüsteten Bezirken Combats erhellt hatte; unwirklich, mild und doch hell genug, jede noch so winzige

Kleinigkeit zu erkennen.

Er beschleunigte seine Schritte, um neben Gowenna zu kommen, und deutete fragend nach vorne. »Wohin führt dieser Gang?«

»Dorthin, wo alle Gänge in diesem Tempel enden«, antwortete Gowenna unwillig. »Es gibt eine Treppe in seiner Mitte. Sie führt nach oben.«

»Und dort befindet sich der Stein?«

Gowennas Gesicht zuckte. Skar konnte nicht erkennen, ob es ein Ausdruck des Unmuts oder einfach Schmerz war. Ihre Haut war versengt und verbrannt wie seine eigene. Große, pockennarbige Brandblasen verunzierten ihre Wangen. Die Lippen waren aufgesprungen und bedeckt von verkrustetem Blut, und ihr Haar war von verbrannten Strähnen durchzogen.

»Ich weiß es nicht«, antwortete sie schließlich. »Ich kenne den Plan dieses Gebäudes nicht, aber der Legende nach soll die Altarkammer am oberen Ende der Treppe liegen, direkt unter dem Zenit der Kuppel.«

»Und wenn es nicht so ist?«

»Suchen wir weiter«, antwortete Gowenna so schnell, als hätte sie auf die Frage gewartet. »Wir haben noch Zeit. Die Hitze kann uns hier drinnen nichts anhaben.«

Anstelle einer direkten Antwort hob Skar die Hand, griff nach ihrer Wange und riß ein winziges Stück der dünnen Salbenhaut herunter. Gowenna zuckte schmerzhaft zusammen. Ein einzelner Blutstropfen lief über ihr Gesicht. Skar verrieb den pergamenttrokkenen Fetzen zwischen Daumen und Zeigefinger. Es knisterte, als hätte er einen von der Sonne ausgedörrten Insektenflügel in Händen.

Gowennas Augen blitzten wütend auf. »Ich weiß, was du sagen willst«, zischte sie. »Spar es dir. Wir brauchen die Salbe nicht mehr, wenn wir den Stein finden. Er selbst wird uns schützen.«

»Du setzt großes Vertrauen in ein Ding, von dem du nicht einmal weißt, ob es existiert«, gab Skar ruhig zurück. »Und wo.«

»Ich weiß es«, behauptete Gowenna wütend, ohne sich um den offenkundigen Widerspruch in ihren Worten zu scheren. »Er *muß* hier sein, oder . . .«

»Oder?«

»Nichts«, sagte sie. »Er ist hier. Und wir werden ihn finden.«

»Oder wir kommen alle nicht mehr hier heraus«, vollendete Skar den Satz. »Das war es doch, was du sagen wolltest? Du wußtest von Anfang an, daß uns Tantors Zauber nur auf dem Weg hierher schützt. Du wußtest es die ganze Zeit. Wir werden entweder mit dem Stein zurückkehren, oder gar nicht.«

Gowenna blieb stehen. An ihrem Hals begann ein Nerv zu zukken. »Selbst wenn du recht hättest«, sagte sie mühsam, »was würde es ändern?«

»Nichts«, erwiderte Skar ruhig. »Ich weiß nur gerne, warum ich sterbe, das ist alles.« Seine Worte entsprangen der Wahrheit. Die Vorstellung, zu sterben, hatte nichts Erschreckendes mehr für ihn, im Gegenteil. Er hatte in den letzten Stunden einfach zuviel durchgemacht, um noch vor irgend etwas Angst zu haben.

Sie gingen weiter. Der Gang mündete in eine große, vollkommen leere Halle, von der aus weitere Türen in verschiedene Richtungen führten. Skar begann sich zu fragen, wie Gowenna ihren Weg fand. Er selbst hätte sich schon auf den ersten Metern hoffnungslos verirrt, und es gab an den glatten, schmucklosen schwarzen Wänden nichts, was als Wegzeichen hätte dienen können. Trotzdem bewegte sich Gowenna so sicher, als wäre sie in dieser Umgebung zu Hause.

Es folgte ein weiterer Gang; Treppen, die in neue Säle und Kammern mündeten und wieder Gänge - ein monotones Labyrinth voller Dunkelheit und Kälte. Skar begann mit jedem Schritt intensiver zu spüren, wie tot dieses gewaltige Gebäude war, eine Ruine trotz seiner äußerlichen Unversehrtheit, nichts als ein gewaltiges Grab, in dem die Träume eines ganzen Volkes beigesetzt worden waren. Sie hatten ein gewaltiges Ziel verfolgt, die Herren Combats, aber alles, was geblieben war, war Ödnis und Leere, ein ungeheures Monument gescheiterter Macht, so gewaltig, daß es sich in seiner Größe ad absurdum führte. Sie hatten nach Vollkommenheit gestrebt, Macht nicht nur über diese Welt, sondern vielleicht über die ganze Schöpfung zu gewinnen, und die Strafe, die sie getroffen hatte, entsprach der Größe ihres Vorhabens. Mit einem Mal war Skar sicher, daß es nicht der Magie ihrer Erbauer zu verdanken war, daß Combat dem Feuer der Götter all die Zeit widerstanden hatte, sondern daß es Absicht war, ein Sterben, das nicht in Augenblicken, sondern in Jahrtausenden ablief, eine stumme, flammende Mahnung an alle, die gleich diesem Volk die Macht der Schöpfung herausfordern wollten.

»Wir sind da.« Gowennas Stimme schien in dem niedrigen Gang ein seltsames, verzerrtes Echo hervorzurufen, ein Echo, als klängen im Hintergrund dünne, böse Kinderstimmen.

Der Gang endete in einem runden, hohen Raum. Die Wände waren vom gleichen matten Schwarz wie der Rest des Gebäudes, aber sie waren hier nicht mehr kahl, sondern mit verschlungenen, scheinbar sinnlosen Mustern und Zeichen übersät. Das Licht war anders hier, auch grau und flackernd, aber von raschen, dünnen Blitzen orangeroter und weißer Helligkeit durchzogen, als brenne irgendwo über ihren Köpfen ein Feuer. Aus dem Zentrum der Halle wuchs eine gewaltige runde Säule aus poliertem schwarzem Stein. Gowenna deutete mit einer Kopfbewegung darauf. »Die Treppe.«

Skar blieb stehen, sah sich rasch nach beiden Seiten um und legte den Kopf in den Nacken. Die Decke verlor sich in grauem Dunst, durch den ab und zu greller Feuerschein blitzte.

»Was ist dort oben?« fragte er.

Gowenna zögerte merklich mit der Antwort. »Ich . . . weiß es nicht.« gestand sie. »Ich bin niemals weiter als bis hierher gekommen. Aber der Altarraum muß dort sein. Es ist der einzige logische Ort.«

»Logisch?« Skar lachte ungläubig. »Was ist an dieser Stadt schon logisch, Gowenna?« Er schüttelte den Kopf, ging weiter und umrundete die Säule; langsam, angespannt, mit der Rechten auf dem Schwertgriff, jederzeit auf einen Angriff gefaßt. Dieser Raum war nicht so leer, wie er schien, das spürte er. Irgend etwas war hier oder vielmehr dort drinnen, im Inneren der Säule, etwas, das auf sie wartete, ein geduldiges, stummes Ding, lauernd und böse.

»Du hast recht«, murmelte er. »Er ist hier.«

Gowenna zuckte zusammen. Für einen Moment spiegelte ihr Gesicht Schrecken, Schrecken und noch etwas anderes wider, das er unter der Maske aus Blut und Ruß auf ihren Zügen nicht genau erkennen konnte. Haß?

Der Eingang befand sich auf der anderen Seite der Säule, ein niedriger, runder Spalt, kaum breit genug für einen erwachsenen Menschen.

»Wo sind die anderen?« fragte er.

»Dort drinnen.« Gowenna trat zögernd an ihm vorbei, legte die Hand auf den schwarzen Stein der Säule und verharrte einen Moment. Skar sah, daß ihre Finger zitterten. Ihre Augen waren angstvoll geweitet, als sähe sie in den wogenden Schatten dort drinnen etwas unbeschreiblich Schreckliches.

»Gehen wir.« Diesmal *war* ihre Stimme verzerrt, und es waren nicht die Echos, die sie von Angst durchwoben erscheinen ließen.

Aber Skar verzichtete auf die Frage, die ihm auf der Zunge lag. Hinter Gowenna betrat er den Treppenschacht. Gerrion, Arsan und die beiden anderen Sumpfmänner hockten auf den untersten Stufen der breiten, ausgetretenen Treppe und unterhielten sich leise. Sie wirkten frischer und kräftiger, als er erwartet hatte. Auch ihre Kleider und Gesichter waren versengt und geschwärzt von Ruß und Asche, aber sie schienen ohne ernsthaftere Verletzungen davongekommen zu sein.

Gowennas Verhalten änderte sich schlagartig, als sie den anderen gegenübertrat. Innerhalb von wenigen Sekunden verschwand auch das letzte Anzeichen von Schwäche oder Furcht, und sie war wieder die kühle, selbstbewußte Führerin, als die Skar sie kannte.

»Habt ihr irgend etwas bemerkt?«

Arsan hob den Kopf, starrte sie eine Sekunde schweigend an und machte eine verneinende Geste. »Nichts. Was geschieht jetzt?«

»Was schon?« erwiderte Gowenna achselzuckend. »Wir gehen hinauf. Dazu sind wir schließlich hier.«

Arsan blickte besorgt zum Ausgang. »Jemand sollte hierbleiben«, sagte er. »Als Wache.«

»Wozu?« sagte Gowenna. »Hast du Angst, jemand könnte die Tür zumauern, während du oben bist?« Sie lachte spöttisch, zog das Schwert aus dem Gürtel und schlug ein paarmal mit der flachen Klinge in ihre geöffnete Linke, eine Geste, die Stärke und Gelassenheit demonstrieren sollte, aber in dieser unwirklichen Umgebung deplaziert und falsch wirkte.

»Wir gehen alle gemeinsam«, fügte sie hinzu. »Ich –«

Ein dunkelroter, flackernder Blitz erhellte den Treppenschacht über ihren Köpfen und erlosch wieder. Gowenna brach erschrokken ab. Das Feuer spiegelte sich in ihren Augen und schien selbst dann noch nachzuglühen, als der Lichtschein über ihnen schon längst erloschen war.

»Was war das?« fragte Gerrion leise.

»Ich weiß es nicht«, murmelte Gowenna. »Sehen wir nach.« Sie schob Arsan mit einer ungeduldigen Bewegung zur Seite, setzte den Fuß auf die unterste Stufe und lief nach einem letzten, kaum merklichen Zögern los. Die drei Sumpfmänner folgten ihr, ebenso Arsan, Gerrion und als letzter Skar.

Die Treppe führte in endlosen Windungen in die Höhe. Skar gab es bald auf, die Stufen zu zählen, und konzentrierte sich darauf, weiterzugehen und nicht den Anschluß zu verlieren. Gowennas Tempo erschien ihm zu scharf. Sie liefen zu schnell und verbrauchten zuviel Kraft, bedachte man die Höhe des Treppenturmes, und seine Muskeln begannen schon nach wenigen Augenblicken zu schmerzen. Aber er protestierte nicht. Er spürte, daß es besser war, so rasch wie möglich aus dem Schacht herauszukommen, sich nicht länger als unbedingt notwendig im Inneren dieser gigantischen schwarzen Säule aufzuhalten. Er konnte Gowennas Furcht verstehen, mit jeder Sekunde, die er weiter emporkam, mehr. Es gab keine körperliche Bedrohung hier, keinen Feind, der hinter der nächsten Biegung auf sie lauerte. Der Schacht selbst war die Bedrohung. Die schwarzen Wände schienen Angst auszuatmen, Furcht, die sich wie ein dünner Nebel über ihre Körper legte, unaufhaltsam und schleichend in ihre Gedanken kroch und an ihren Kräften zehrte. Sein Herz begann zu hämmern, und plötzlich verspürte er eine irrsinnige Angst davor, sich umzudrehen. Irgend etwas schien hinter ihm zu sein, etwas Gewaltiges und Böses, und er kam sich mit einem Mal vor wie ein kleines Kind, das, gepackt von Grauen, lief, immer nur lief, das wußte, daß irgend etwas hinter ihm war, ihn verfolgte, immer ein wenig schneller lief als er selbst, etwas, das ihn im gleichen Augenblick packen würde, in dem er sich umsah.

Erneut durchbrach ein grelles, rotes Leuchten den grauen Dunst über ihren Köpfen und versah die Körper der Männer für einen Moment mit einer flammenden Glorie. Und wieder hatte Skar das Gefühl, das helle, böse Lachen von Kinderstimmen zu vernehmen.

Ein dumpfer Schlag erschütterte die Treppe. Skar strauchelte, fiel gegen die Wand und prallte schmerzhaft mit dem Knie gegen eine messerscharfe Kante. Er rutschte zwei, drei Stufen zurück und warf sich mit einer wütenden Drehung herum. Der Schacht unter ihnen glühte in grellweißem Feuer. Skars Schreckensschrei ging im Brüllen der Flammen unter, die sich mit der Geschwindigkeit einer Springflut die Treppe emporwälzten. Er sprang auf, fuhr herum und rannte, immer zwei, drei Stufen auf einmal nehmend, los.

»Lauft!« brüllte er. »Lauft um euer Leben!« Er packte Arsan, der sich ebenfalls umgedreht hatte und wie erstarrt stehengeblieben war, grob bei den Schultern, schleifte ihn ein paar Schritte weit mit und gab ihm einen Stoß, der ihn mit wild rudernden Armen die Treppe emportaumeln ließ. Ein hohes, gläsernes Kichern ließ den Schacht erbeben. Das graue Licht verblaßte unter dem grellen Schein der Flammen, die hinter ihnen herjagten, auf winzigen, behenden Füßen Stufe um Stufe hinaufsprangen, schneller, viel schneller, als ein Mensch laufen konnte, ihrer Natur gehorchend aufwärts strebten, nicht wie ein Mensch mühsam Stufe um Stufe hinaufwankten, sondern aufwärts gesogen wurden. Eine Welle intensiver Hitze eilte ihnen voraus, hämmerte wie eine unsichtbare Faust gegen Skars Rücken und ließ ihn vor Schmerz aufschreien.

»Zur Seite!«

Skar gehorchte, ohne zu denken. Eine hochgewachsene, graue, flackernde Gestalt eilte an ihm vorbei, rannte die Treppen herunter *auf die Flammen zu* und blieb zehn, fünfzehn Stufen unter ihm mit weit ausgebreiteten Armen stehen.

»El-tra!« keuchte Skar. »Was . . .«

Eine Hand packte ihn an der Schulter, riß ihn mit brutaler Kraft auf die Füße und stieß ihn weiter. Der Feuerschein unter ihm verstärkte sich, wechselte von brennendem Orange zu grellem, blindmachendem Weiß, zu Blau, zur Farbe reiner Hitze, in der nicht einmal mehr Raum für Flammen war. Er schrie, als ein weißglühender Hammer seinen Rücken traf und ihn in Flammen aufgehen ließ, taumelte, mehr von El-tras unmenschlicher Kraft vorwärts gerissen als aus eigener Kraft, weiter und versuchte einen Blick über die Schulter zurückzuwerfen.

Unter ihm tobte ein weißglühender Vulkan. Die Hitze versengte

seine Augenbrauen und Wimpern und ließ sie zu grauer Asche zerfallen, aber er spürte den Schmerz kaum.

Die Flammenwand war zum Stillstand gekommen. Wie ein brodelnder Feuersee erfüllte sie den Gang unterhalb des Sumpfmannes, leckte mit kleinen, gierigen Augen nach seiner Gestalt und zuckte immer wieder zurück. Skar glaubte Bewegung in der Glut zu erkennen, ein rasches, hektisches Hin- und Herspringen. Das Brüllen des Feuers klang plötzlich anders, immer noch böse und hell, aber jetzt auch ungeduldig, wütend. El-tras Gestalt wankte. Seine Kleider schwelten, dünne, gelbe Flammen züngelten am Saum seines Rockes, erloschen, brannten an anderer Stelle neu. Seine Kapuze flammte auf, zerfiel zu Asche, gestreift von einem dünnen, feurigen Arm, der aus dem kochenden Hitzemeer emporgriff, und gab den Blick auf einen flachen, grüngeschuppten Reptilschädel frei, auf dem das aufgesetzte menschliche Gesicht wie eine boshafte Karikatur wirkte.

El-tra schrie; ein Laut wie das Röcheln eines sterbenden Drachens. Er taumelte, wankte rückwärts zwei, drei Stufen empor und blieb wieder stehen. Das Feuermeer folgte ihm, schwappte wie eine zähe, brodelnde Flüssigkeit über den Stein und verhielt kurz vor seinen Füßen.

»Komm weiter«, keuchte Gowenna über Skar. »Er kann sie nicht mehr lange aufhalten.«

Skar bewegte sich widerwillig rückwärts die Treppe hinauf, aber er war unfähig, den Blick von der gleichermaßen grauenhaften wie phantastischen Szene unter sich zu wenden. El-tras Haut schwelte. Die hornigen, grünen Reptilienschuppen platzten auseinander, sprangen mit leisen, knackenden Geräuschen wie brechendes Chitin von der blutigen Haut. Der Sumpfmann wankte, hob die Arme und suchte in der leeren Luft nach Halt. Gelbes, knisterndes Feuer schlug nach seinem Umhang, setzte seine Beine in Brand und rannte mit kleinen finken Bewegungen an seinem Körper empor. Er verwandelte sich von einem Augenblick zum anderen in eine lebende, lodernde Fackel. Aber er stand noch, und seine Kräfte hielten die Flammen noch immer zurück, obwohl in seinem Leib längst kein Leben mehr sein konnte.

Dann, von einem Lidzucken zum anderen, war es vorbei. El-tras

Gestalt flammte ein letztes Mal grell auf, schleuderte weißes Feuer gegen Wände und Decke und zerfiel zu Asche. Der Sumpfmann, der Skar gepackt hielt, stürzte zu Boden, schrie, wand sich wie in Krämpfen und schlug mit Armen und Beinen um sich. Sein Gesicht zuckte, wurde grau, dann schwarz und fiel ein, zerfloß wie Wachs, das zu lange in der Sonne gelegen hatte. Ein hoher, dünner, gequälter Laut drang aus seiner Brust. Seine Hände verkrampften sich, wurden zu hornigen, sechsfingrigen Klauen, die mit scharrendem Geräusch über den Stein fuhren.

Skars Blick suchte den zweiten Sumpfmann. Auch er war zu Boden gestürzt und wand sich, geschüttelt von Krämpfen. Eine dunkle, zähe Flüssigkeit sickerte aus seinem Umhang.

»Schnell!« keuchte Gowenna. »Helft mir!« Sie bückte sich, packte den Sumpfmann unter den Achseln und begann ihn ächzend die steinernen Stufen emporzuzerren. Gerrion eilte mit einem raschen Schritt zu ihr und ergriff El-tras Beine.

Skar erwachte endlich aus seiner Erstarrung. Er winkte Arsan zu sich, und sie hoben den reglosen Sumpfmann hoch. El-tras Körper erschien ihnen verhältnismäßig leicht, weich und schwammig unter dem groben Gewand.

Sie rannten weiter die Treppe hinauf, so rasch es die leblose Last zwischen ihnen zuließ. Der Schacht unter ihnen war noch immer von weißer Glut erfüllt, aber die Flammen verfolgten sie nicht weiter, als würden sie sich mit diesem ersten Opfer begnügen. Trotzdem stieg die Hitze weiter an. Jeder Atemzug brannte in Skars Kehle, und die Luft schien sich in zähen, brennenden Sirup zu verwandeln, durch den er sich mühsam vorwärtsquälte.

»Beeilt euch!« drang Gowennas Stimme von oben herab. »Es ist nicht mehr weit, aber wir müssen aus dem Schacht heraus, ehe sie wiederkommen!«

Wie um ihre Worte zu unterstreichen, zuckte ein greller roter Blitz zu ihnen herauf, und das Kichern und Lachen der Flammen wurde lauter. Ein winziges, kaum eine Handspanne messendes Feuerbündel sprang die Treppenstufen herauf, lief, eine brennende Schmerzlinie hinterlassend, über Skars Fuß und zerbarst dicht vor Gerrion an der Wand. Der Stein glühte dort, wo er von der Flamme getroffen worden war, noch einen Herzschlag lang nach.

Skar sah sich gehetzt um. Ein zweites Flammenkind schoß zu ihnen empor, raste, von einem Schwall glühender Luft begleitet, vorbei und verschwand am oberen Ende der Treppe, dann ein drittes, viertes, bis die Treppe unter ihnen von einem gleißenden Meer winziger heller Flammen übersät zu sein schien. Nur die wenigsten schafften es zuerst, mehr als zwei oder drei Stufen zu überspringen, ehe sie an den Wänden oder einer Kante zerbarsten, aber dann wurden es mehr und mehr, erst Dutzende, dann Hunderte, Tausende. Der Schacht hallte wider vom glockenhellen Klang unzähliger heller kichernder Stimmen.

»Beeilt euch!« drängte Gowenna erneut. »Es sind nur noch ein paar Stufen!«

Skar sah nach oben. Die Treppe endete vor einer glatten, aus gehämmertem schwarzem Metall bestehenden Wand, in deren Mitte sich ein kreisförmiger Durchgang befand. Gowenna mußte sich bücken, um hindurchzukommen.

Skar mobilisierte noch einmal alle Kraftreserven, um die letzten Stufen zu überwinden. El-tras Körper schien mit einem Mal immer schwerer zu werden. Wieder zuckte ein rascher, knochenbrechender Krampf durch den Leib des Sumpfmannes. Skar verlor das Gleichgewicht, fiel mehr durch die Öffnung, als er ging, und zerrte El-tra und Arsan gleichermaßen hinter sich her. Das Licht unter ihnen wurde unerträglich, aber die Hitze folgte ihnen nicht, sondern blieb, wie von einer unsichtbaren Mauer aufgehalten, draußen im Schacht. Skar sah, wie die Stufen, über die sie vor wenigen Augenblicken gegangen waren, dunkelrot zu glühen begannen. Der Stein riß, sprang mit hohem, peitschenden Klang auseinander und verschwand unter einer Flutwelle winziger heller Feuerfüße.

Arsan brach mit einem wimmernden Laut in die Knie. Unter dem Tuch, das sein Gesicht bedeckte, sickerte Blut und helle Wundflüssigkeit hervor. Seine Augen tränten; winzige Tropfen, die vom grellen Widerschein des Feuers rot gefärbt wurden, so daß es aussah, als weine er Blut. Er fiel, versuchte ungeschickt den Sturz mit den Händen abzufangen und schlug schwer aufs Gesicht, als seine Arme unter dem Gewicht des Körpers wegknickten. Der Rückenteil seines Hemdes war verbrannt. Darunter kam nacktes, blutiges Fleisch zum Vorschein.

Er wälzte sich mühsam auf den Rücken. Der Raum war kahl wie alle Räume, durch die sie gekommen waren, schwarz, aber ganz aus gehämmertem, welligem Stahl gefertigt. Das graue Licht, das sie seit Betreten des Gebäudes begleitet hatte, war erloschen. Die einzige Helligkeit kam vom grellen Flackern des Feuers draußen im Schacht. Gowenna hockte zusammengekrümmt vor der Wand. Ihre Brust hob und senkte sich in schnellen, unregelmäßigen Stößen. Sie wollte etwas sagen, aber sie brachte nur ein mühsames, würgendes Geräusch hervor, einen Laut unerträglicher Erschöpfung, der mehr noch als die verbrannten Kleider und ihr zerstörtes Gesicht deutlich machte, daß sie das Ende ihrer Leistungsfähigkeit längst erreicht und überschritten hatte. Ihr Körper war ausgelaugt, leer. Was sie allein noch auf den Beinen hielt, war ihr Wille.

Sie hob den Kopf, sah erst Skar, dann Arsan an und kroch stöhnend auf den reglos daliegenden Sumpfmann zu. Ihre Hände tasteten kraftlos über den versengten Umhang, berührten das formlose Etwas, das einmal ein Gesicht gewesen war, verharrten. Sie wimmerte. Ihre Augen schlossen sich, als hätte sie nicht mehr die Kraft, sie offen zu halten, aber Skar sah, daß sich die Augäpfel weiter hektisch bewegten.

»Was ... hast du vor?« fragte er.

Gowenna schnitt ihm mit einer hastigen Bewegung das Wort ab. Ihr Körper begann zu zittern, bebte, als würde sie plötzlich von Fieberschauern geschüttelt.

»Hilf ... mir«, flehte sie.

Skar stemmte sich hoch und sah Gowenna fragend an. »Was soll ich tun?«

»Deine ... Hand«, stieß Gowenna hervor. »Bitte.«

Skar streckte gehorsam die Hand aus. Gowenna griff nach seinen Fingern, drückte sie zusammen, fest, so fest, daß es schmerzte. Unwillkürlich wollte er die Hand zurückziehen, aber Gowenna war stärker, als er erwartet hatte.

Irgend etwas geschah. Skar fühlte sich plötzlich gelähmt, starr, wie eine hilflose Fliege, die nicht einmal mehr die Kraft hat, im Netz der Spinne zu zappeln. Etwas Unsichtbares, Eisiges griff nach seiner Seele, tastete mit dünnen Kristallfingern bis in ihre tiefsten Abgründe, erforschte ihn. Dann hatte er das Gefühl, daß irgend etwas aus ihm herausfloß, ein unsichtbarer, lautloser Strom, der sich über Gowennas Hand in El-tras Körper ergoß, keine Kraft, sondern irgend etwas anderes, etwas, das er kannte und für das er doch keinen passenden Namen hatte.

»Was . . . tust du?« flüsterte er. Die drei Worte zu formen, kostete ihn ungeheure Anstrengung. Mit einem Mal hatte er Angst, unbeschreibliche Angst, daß Gowenna ihm auch noch das letzte bißchen Energie stehlen würde, ihn als leere, ausgebrannte Hülle zurücklassen würde. Aber er war nicht in der Lage, seine Hand zurückzuziehen, den Strom, der von ihm auf den Sumpfmann überfloß, zu unterbrechen.

»Keine Angst«, erwiderte Gowenna. »Dir geschieht nichts. Aber er stirbt, wenn er keine neue Matrix bekommt.«

Skar dachte vergeblich über den Sinn von Gowennas Worten nach. Er wußte nicht, was sie meinte oder was sie tat, aber was immer es war, es half. Der Sumpfmann begann sich zu bewegen, nicht mehr von Krämpfen und Schmerzen geschüttelt jetzt, sondern in der Art eines Menschen, der nach tiefer Bewußtlosigkeit erwacht. Er stöhnte wieder, aber es war kein Laut der Todesangst mehr.

Gowenna richtete sich mit einem erleichterten Seufzer auf und ließ Skars Hand los. Auf ihrer Stirn perlte Schweiß. El-tra bewegte sich weiter. Seine Hände, jetzt wieder normale, fünffingrige, menschliche Hände und nicht länger tödliche Drachenklauen, glitten haltsuchend über den Boden, stemmten den Körper in einer langsamen Bewegung hoch. Er setzte sich auf, hob die Hände und führte sie, zu Fäusten geballt, vor die Augen. Seine Kapuze verrutschte, und für die Dauer eines Lidzuckens konnte Skar sein Gesicht sehen.

Es war *sein* Gesicht. Die dunklen, von einem Netzwerk winziger Fältchen umgebenen Augen, der schmallippige Mund, die gezackte Narbe, wie ein vielfach verästelter, erstarrter Blitz vom linken Augenwinkel bis hinunter zum Kinn und wieder hinauf zum Mund führend, die schmalen Brauen, die nie so ganz zum übrigen Schnitt seines Gesichtes hatten passen wollen – alles war da, ein getreues Abbild von ihm selbst.

Aber nur für einen Moment. Dann verschwammen El-tras Züge, wurden wieder zu dem gewohnten, nicht faßbaren Etwas, einem grauen Nebel ständig wechselnder Eindrücke, in dem alles und nichts vorhanden war.

»Was . . .«, murmelte Skar erschrocken. »Was ist . . .«

»Nichts«, sagte Gowenna rasch. Etwas am Klang ihrer Stimme irritierte Skar. Er wandte den Kopf, begegnete ihrem Blick und dem unausgesprochenen, lautlosen Flehen darin und verstand.

Er nickte, stand langsam auf und entfernte sich ein paar Schritte von El-tra. Gowenna wechselte ein paar Worte in einer guttural klingenden Sprache mit dem Sumpfmann, ehe sie sich ebenfalls erhob und Skar nachkam.

»Frag jetzt nicht«, bat sie im Flüsterton. »Ich werde dir später alles erklären, aber du mußt mir jetzt einfach glauben, daß für dich keine Gefahr besteht. Ich hatte keine Wahl. Sie wären gestorben, als ihr Geistbruder aus der Einheit ausschied. Ich mußte ihnen eine neue Matrix geben.«

»Ihnen?« Skar hatte Mühe, Gowennas Worte zu verstehen. Sein Blick fiel an ihr vorbei auf den zweiten Sumpfmann. Auch er hatte sich erhoben und stand reglos und grau wie immer neben seinem Kameraden. »Soll das heißen«, fragte er stockend, »daß ich jetzt zwei Doppelgänger habe?«

Gowenna schüttelte rasch den Kopf. »Natürlich nicht«, sagte sie. »Aber sie können nicht leben, wenn ein Teil von ihnen vergeht und kein neues Muster zur Hand ist.«

»Und da bist du ausgerechnet auf mich gekommen?« fragte Skar in einer Mischung aus Spott und langsam erwachender Wut.

»Mich hätten sie nicht akzeptiert. Ich bin eine Frau. Und du warst von allen der Stärkste.«

Sie brach ab, starrte an Skar vorbei zu Boden und fuhr mit einer abgehackten Bewegung herum. »Und jetzt komm! Wir müssen weiter. Ich weiß nicht, ob wir hier sicher sind, und ich möchte es auch nicht ausprobieren.«

»Moment.« Skar wollte nach ihrer Schulter greifen, aber Gowenna entwand sich ihm mit einer raschen Bewegung.

»Ich erkläre dir alles«, sagte sie bestimmt. »Doch nicht jetzt. Ich verstehe deine Besorgnis, aber glaube mir, du hast eher etwas gewonnen als verloren.«

Skar starrte sie wütend an, verzichtete jedoch auf die scharfen

Worte, die ihm auf der Zunge lagen. »Muster«, knurrte er.

Gowenna deutete auf die Rückwand der Kammer. Auch dort befand sich, wie auf der gegenüberliegenden Seite, ein runder, vielleicht anderthalb Meter breiter Durchgang. Dahinter schimmerte Licht; der schwache, gelbliche Glanz von Kerzen, der erst bei genauem Hinsehen zu erkennen war.

»Wir können nicht mehr weit von unserem Ziel entfernt sein«, sagte sie. »Kommt jetzt.«

Arsan und Gerrion setzten sich gehorsam in Bewegung, aber die beiden El-tras blieben, anders als sonst, reglos stehen, als hätten sie Gowennas Worte überhaupt nicht vernommen.

»Sie bleiben zurück«, erklärte Gowenna auf Skars fragenden Blick. »Sie sind noch zu geschwächt, um uns zu begleiten.«

Skar folgte ihr ohne ein weiteres Wort. Er hatte immer den Wunsch verspürt, mehr über Sumpfmänner zu wissen, aber er war sich plötzlich gar nicht mehr so sicher, ob er nicht schon zuviel erfahren hatte. Es gab Geheimnisse, die an Schrecken gewannen, wenn man sie lüftete.

Hinter dem Durchgang wartete ein weiterer, finsterer Stollen auf sie. Der schwache Glanz an seinem Ende gewann aber allmählich an Leuchtkraft.

»Dort vorne ist es«, sagte Gowenna. Ihre Stimme zitterte hörbar.

Skar bemühte sich, Einzelheiten zu erkennen, aber er sah nichts außer formlosen Umrissen und gelbem, flackerndem Licht. Gowenna schien wesentlich schärfere Augen zu haben als er.

Sie gingen schneller. Der Gang endete vor einer kurzen, nur aus drei Stufen bestehenden Treppe, an deren oberen Ende eine weitere runde Tür lag. Gowenna zögerte einen Moment, atmete hörbar ein und trat mit einem entschlossenen Schritt hindurch.

Skar wartete, bis auch Arsan und Gerrion unter dem Türbogen verschwanden. Er drehte sich noch einmal um, starrte in die schattenerfüllte Schwärze hinter sich und zog mit einer bedächtigen Bewegung das Schwert aus der Scheide, ehe er ebenfalls die Treppe hinaufging. Nicht, daß er damit rechnete, ernsthaft kämpfen zu müssen; die Waffe diente nur dem Zweck, ihn selbst zu beruhigen, ihm ein – wenn auch trügerisches – Gefühl der Stärke zu geben. Er war nervös, als er in den Altarraum trat, nervöser, als er selbst zuzugeben bereit war.

Im ersten Moment war er beinahe enttäuscht. Er wußte nicht, was er erwartet hatte, aber es war auf jeden Fall irgend etwas Großartiges, Gewaltiges gewesen.

Als erstes fiel ihm auf, wie klein der Raum war, nicht mehr als zwölf, fünfzehn Schritte im Quadrat, die Decke kaum drei Meter hoch, so daß er sie mit der Schwertspitze hätte berühren können, wenn er den Arm ausgestreckt hätte. Es gab keine Fenster oder andere Öffnungen als die, durch die sie gekommen waren. An den Wänden brannten Fackeln mit ruhiger, rußloser Flamme. Und vor ihnen, kaum eine Armlänge von Gowenna entfernt, stand der Altar.

Skar ließ verblüfft die Waffe sinken, trat mit einem raschen Schritt neben Gowenna und blieb stehen, als sie hastig die Hand hob. Nach all der Größe und Gewaltigkeit, die sie auf ihrem Weg hier herauf gesehen hatten, wirkte der Altar bescheiden, nicht wie ein Monument der Macht wie die Stadt, die ihn umgab, sondern wie ein funkelndes Juwel, verborgen und in sich gekehrt ähnlich einer Orchidee, die inmitten eines Unkrautfeldes blüht. Er bestand aus einem schwarzen, kaum fußhohen Sockel, aus dessen Zentrum zwei übergroße, aus glitzerndem Kristall geschnitzte Arme emporwuchsen. Ihre Hände, die sich an den Ballen berührten, als müßten sie sich gegenseitig stützen, trugen eine flache, vielleicht einen Meter durchmessende Schale, die bis dicht unter den Rand mit Wasser gefüllt war. Dahinter hockte ein mächtiger, aus schwarzem Stein gemeißelter Wolf.

Skar starrte die Skulptur an. Er hatte nie zuvor eine so genau und liebevoll ausgeführte Arbeit gesehen. Das Tier war perfekt nachgebildet, bis hinab zum winzigsten Härchen, zur kleinsten Unregelmäßigkeit auf seinen hochgezogenen Lefzen und zu den fingerlangen entblößten Reißzähnen. Es kostete ihn Mühe, den Blick wieder der Schale zuzuwenden.

Der Stein lag auf dem Boden der Schale, bedeckt von einer kaum zwanzig Zentimeter hohen Schicht glasklaren, unbewegten Wassers. Er war klein, viel kleiner, als Skar erwartet hatte, aber von unbeschreiblicher Schönheit, ein winziger weißer Ball aus gefrorenem Licht, der in sanftem, blauem Feuer erstrahlte. Seine Oberfläche war zu Millionen unendlich feiner Facetten geschliffen; eine perfekte Kopie der Kuppel, die den Tempel überdachte.

Gowenna trat zögernd vor, streckte die Hand aus und berührte die Wasseroberfläche. Ihre Finger tauchten in die Flüssigkeit ein und verursachten eine Folge winziger runder Wellen, die das Licht brachen. Es sah aus, als zerspränge der Stein am Grunde des Bekkens zu unzähligen Bruchstücken.

Skar ergriff rasch ihr Handgelenk, riß sie herum und vertrat ihr den Weg. Gowenna wehrte sich und versuchte, ihre Hand zu befreien, aber diesmal war er auf ihre Stärke vorbereitet.

»Auf ein Wort noch, Gowenna«, sagte er ruhig.

Gowennas Gesicht verzerrte sich vor Anstrengung. Sie wehrte sich mit aller Kraft, aber Skar drückte erbarmungslos zu, preßte ihr Gelenk so fest zusammen, daß sie sich vor Schmerz krümmte und jeden Widerstand aufgab.

»Was . . . willst du?« keuchte sie.

»Antworten«, sagte Skar. »Ich will wissen, warum wir hier sind. Welche Macht hat dieser Stein? Warum ist er so wichtig für deine Herrin?«

»Wer ihn hat, beherrscht Combat«, stieß Gowenna hervor. »Er –«

Skar verstärkte den Druck seiner Hand noch mehr, so daß sie aufstöhnte und sich unter seinem Griff wand.

»Das ist nicht die Antwort, die ich will«, sagte er. »Drei Menschen sind gestorben, und noch mehr werden wahrscheinlich sterben, bis wir hier wieder heraus sind. Welches Geheimnis umgibt dieses Stück Glas? Was ist wichtiger als die Leben von drei Menschen?«

»Ich . . . weiß es nicht«, keuchte Gowenna. »Dieser Stein ist der Schlüssel zur Macht der Alten, aber nur wer sein Geheimnis kennt, kann ihn benutzen. Ich weiß nicht, welche Macht er seinem Besitzer verleiht, und ich weiß auch nicht, wie man sie anwendet. Nur Vela allein weiß es.«

»Und sie hat es dir nicht gesagt?« fragte Skar zweifelnd.

Gowenna schüttelte den Kopf. »Nein. Sie gab mir alles, was nötig war, hierher und wieder zurückzukommen, aber nicht mehr. Und nun laß meine Hand los. Du tust mir weh.«

Skar ließ ihr Handgelenk fahren, drehte sich nach der Schale um und wollte nach dem Stein greifen, aber Gerrion war um eine Winzigkeit schneller. Er beugte sich vor, tauchte beide Arme bis über die Ellbogen ins Wasser und nahm den Stein heraus. Reglos, die Hände zu einer Schale geformt, blieb er über dem Becken stehen und wartete, bis das Wasser zwischen seinen Fingern hindurchgetropft war.

»Gib ihn her!« zischte Gowenna. Sie trat an Skar vorbei und streckte herrisch die Hand aus, aber Gerrion wich mit einem erschrockenen Schritt zurück, schloß die Linke um den Stein zur Faust und zog mit der anderen Hand sein Schwert.

»Nein!« keuchte er. »Du bekommst ihn nicht!«

Gowenna verhielt mitten im Schritt. Ihre Haltung wirkte mit einem Mal sonderbar steif und unnatürlich, und auf ihrem Gesicht machte sich ein Ausdruck ungläubigen Staunens breit.

»Was soll das heißen?« fragte sie lauernd.

»Ich ... gebe ihn nicht her«, flüsterte Gerrion. Seine Stimme bebte. Seine Augen waren unnatürlich geweitet, und das Schwert in seiner Faust zitterte sichtlich. »Du bekommst ihn nicht! Keiner von euch bekommt ihn!« Er hob drohend das Schwert und fuchtelte wild damit in der Luft herum. »Keiner bekommt ihn!« wiederholte er. »Keiner!«

Gowennas Hand zuckte zum Gürtel, aber Skar hielt sie mit einer raschen Bewegung zurück.

»Du bist schlecht beraten, wenn du glaubst, den Stein mit Gewalt an dich bringen zu können«, sagte Skar ruhig zu Gerrion. »Wir sind drei, und du bist nur einer.«

»Zwei«, verbesserte Gerrion. »Arsan zählt nicht. Und ihr seid nichts als eine größenwahnsinnige Frau und ein halbtoter Satai.«

»Sei vernünftig, Gerrion«, sagte Skar. »Ich verstehe dich. Was du da in der Hand hast, bedeutet vielleicht mehr Macht, als jemals ein einzelner Mensch besessen hat, aber dir wird es den Tod bringen. Laß das Schwert fallen und gib mir den Stein, und wir vergessen, was geschehen ist. Ich gebe dir mein Wort.«

»Dein Wort!« lachte Gerrion. »Was ist das schon wert? Ich –«

Er brach ab. Sein Gesicht erstarrte, wurde zu einer verzerrten Grimasse. Das Schwert entglitt seiner Hand und fiel klappernd zu Boden.

Skar machte einen Schritt auf ihn zu und blieb entsetzt stehen, als er sah, was geschah. Zwischen den Fingern von Gerrions linker Hand träufelte nicht länger Wasser, sondern blaues, brennendes Licht hervor. Gerrion wankte zurück, schrie und bewegte den Arm, als wolle er den Stein fortwerfen. Er konnte es nicht mehr. Seine Faust ließ sich nicht mehr öffnen, zusammengebacken von der unbarmherzigen Glut, die der Stein ausstrahlte. Das Licht wurde heller, gleißender, ließ seine Hand durchscheinend wie Glas werden. Die Knochen darin, dünne, schwarze Linien, splitterten unter der unglaublichen Hitze. Gerrions Arm flammte auf. Weißes Feuer lief über seine Schulter, hüllte seinen Kopf ein und verwandelte ihn in eine brüllende, tanzende Fackel.

Skar hob schützend die Hand vors Gesicht und wich zwei, drei Schritte zurück. Gerrion stürzte zu Boden, wälzte sich schreiend herum und schlug mit der Rechten auf seinen Körper ein, um die Flammen zu ersticken. Er war jetzt vollkommen von Feuer eingehüllt, ein wabernder, weißglühender Mantel, dessen Gluthauch Skar und die anderen Schritt für Schritt zurückweichen ließ.

Aber er lebte noch immer. Und er schrie, hoch, ausdauernd und mit Tönen, wie Skar sie noch nie aus einer menschlichen Kehle vernommen hatte. Sein linker Arm ragte verkrümmt und schwarz aus dem Flammenmeer empor, aber er lebte.

»Skar!« schrie Arsan. »Töte ihn!«

Skars Hand fuhr zum Gürtel. Er wechselte das Schwert von der Rechten in die Linke, zog einen der kleinen *Shuriken* hervor und schleuderte ihn mit aller Macht. Der fünfzackige Metallstern verwandelte sich in ein wirbelndes Rad, zischte auf das brennende Bündel am anderen Ende der Kammer und bohrte sich mit dumpfem Geräusch in Gerrions Stirn. Gerrion bäumte sich ein letztes Mal auf, fiel zurück und blieb reglos liegen. Seine verbrannte Hand öffnete sich. Der Stein rollte heraus, kollerte über den Boden und kam zwei, drei Schritte neben der Leiche zum Stillstand. Der blaue Glanz war erloschen, als hätte er seine gesamte Energie in diesem einen, kurzen Augenblick verbraucht.

»Ihr Götter!« keuchte Arsan. »Was ... was war das?«

Weder Skar noch Gowenna antworteten. Das leise Knistern der Flammen, mit denen Gerrions verstümmelter Körper verbrannte, war für lange Zeit der einzige Laut in der Kammer.

Schließlich, nach Minuten, die ihm wie Ewigkeiten vorgekommen waren, löste sich Skar aus seiner Erstarrung und ging zögernd auf den Stein zu. Er ließ sich auf ein Knie herabsinken, berührte den Kristall mit der Schwertspitze und rollte ihn vor sich über den Boden.

Nichts geschah. Er wartete, legte das Schwert behutsam neben sich nieder und streckte die Hand aus. Seine Finger zitterten. Vorsichtig berührte er den Stein, zog die Hand sofort wieder zurück und sah auf. Sein Blick begegnete dem Gowennas. Ihr Gesicht wirkte grau und eingefallen, selbst unter der starren Maske aus Blut und Schmutz, die es bedeckte, und in ihren Augen spiegelte sich die ganze Palette menschlicher Gefühle - Furcht, Haß, Verzweiflung, aber auch Hoffnung und bange Erwartung.

Skar nahm all seinen Mut zusammen, ergriff den Stein mit den Fingerspitzen und ließ ihn auf seine Handfläche rollen, jederzeit bereit, ihn fortzuschleudern, sobald er auch nur die geringste Veränderung spürte.

Der Stein war nicht einmal warm. Seine geschliffene Oberfläche fühlte sich kühl und rein an, und Skar spürte, wie die Schmerzen in seiner Hand nach und nach erloschen, als ginge ein geheimnisvoller heilender Zauber von dem kleinen Stein aus.

Skar blieb zwei, drei, fünf endlose Minuten reglos hocken und wartete, daß irgend etwas geschah. Aber der Stein erwachte nicht noch einmal zum Leben. Gerrion war sein erstes und einziges Opfer gewesen, Opfer vielleicht einer letzten Sicherung, die die Herren Combats dem Stein mitgegeben hatten, um sich selbst zu schützen.

Er stand auf, schloß die Faust um den Stein und schob sein Schwert in die Scheide zurück.

»Gehen wir«, sagte er.

Gowenna reagierte nicht. Ihre Züge waren erstarrt, aber es war jetzt nicht mehr Furcht, die Skar in ihnen las. Es war Haß. Haß von einer Tiefe, die ihn erschauern ließ. Haß auf ihn, auf das, was er vor ihren Augen getan hatte. Skar mußte auf einmal wieder an Arsans Worte denken: *Sie ist nicht hier, um zu siegen, Skar. Sie will deine Niederlage sehen.* Und er begriff erst jetzt, wie recht der Kohoner mit seiner Behauptung gehabt hatte. Sie war vor ihm hier gewesen und war gescheitert, und jetzt war er gekommen, ein Mann, der all das symbolisierte, was sie verachtete und bekämpfte, und er hatte getan, wozu sie nicht fähig gewesen war.

Es kostete ihn Mühe, seinen Blick von dem Gowennas zu lösen. Er preßte die Faust mit dem Stein an sich, ging rasch an ihr vorbei und trat mit gesenktem Kopf durch den Ausgang.

Schweigend gingen sie durch den kurzen Stollen bis in den Vorraum, in dem El-tra auf sie warteten. Die beiden Sumpfmänner hockten nebeneinander auf dem Boden, und ihre Gesichter kamen Skar grauer als sonst vor, obgleich sie unter den tief in die Stirn gezogenen Kapuzen fast unsichtbar waren. Gowenna sagte ein paar Worte in ihrer schnellen, dumpfen Sprache zu ihnen, und eine der beiden Gestalten erhob sich und trat hinaus auf die Treppe.

»Wo hast du ihn hingeschickt?« fragte Skar.

»Er sieht nach, ob der Weg sicher ist«, antwortete Gowenna. »Normalerweise geben sie sich mit einem Opfer zufrieden, aber ich will sichergehen.«

Es dauerte eine Zeit, bis Skar den Sinn ihrer Worte begriff. »Du . . . du willst damit sagen, daß du *gewußt* hast, daß einer von uns auf dem Weg hier herauf sterben wird?« fragte er stockend.

Gowenna drehte sich halb herum und sah ihn an, sagte aber nichts.

»Aber es sollte nicht El-tra sein, nicht?« fuhr Skar fort. »Du hast uns nur mitgenommen, um . . .«

»Nicht *euch,* Satai«, unterbrach ihn Gowenna ruhig. »Dich brauche ich für den Rückweg.«

»Dann eben Beral, Gerrion oder Nol oder Arsan«, sagte Skar mit mühsam beherrschter Stimme. »Daß El-tra das Opfer war, war nicht beabsichtigt, wie? Das war ein dummer Unfall!«

Er hatte erwartet, daß Gowenna betroffen oder wenigstens verunsichert reagieren würde, aber ihr Gesicht blieb unbewegt wie immer. »Natürlich«, antwortete sie ruhig. »Ihr alle habt doch gewußt, wie gefährlich es ist? Oder hast du dir wirklich eingebildet, daß wir alle lebend zurückkommen?«

Skars Hand krampfte sich um den Schwertgriff, und für einen winzigen Moment kämpfte er ernsthaft gegen den Impuls, die Waffe zu ziehen und sich auf Gowenna zu stürzen. Es waren nicht

Gowennas Worte, die ihn so wütend machten, sondern die Art, in der sie sie aussprach, die seelenlose Kälte, mit der sie mit dem Leben von Menschen umsprang.

»Natürlich nicht«, antwortete er leise. Er konnte nur leise reden – oder schreien. »Aber es ist ein Unterschied, im Kampf zu sterben oder *geopfert* zu werden.«

»Ach?« sagte Gowenna. »Erklär ihn mir.«

Skar ballte wütend die Fäuste. Er fuhr herum und sah zu Arsan hinüber, aber der Kohoner lehnte mit eingefallenem Gesicht und erloschenem Blick an der Wand und schien gar nicht mehr zu registrieren, was um ihn herum vorging.

»Was wirst du eigentlich noch alles tun wegen dieses verdammten Steines?« fragte er.

»Alles«, antwortete Gowenna. »Alles, was ich tun muß und kann. Er ist wertvoller, als du dir auch nur vorstellen kannst.«

»Aber er rechtfertigt nicht –«

»Sein Besitz rechtfertigt *alles*«, unterbrach ihn Gowenna. »Was ist ein Menschenleben gegen das von Millionen? Was zählt das Schicksal eines einzelnen gegen das einer ganzen Welt?«

Skar fuhr abermals herum. Gowenna hielt seinem Blick gelassen stand, und was er in ihren Augen las, ließ ihn noch mehr erschrekken. Sie *glaubte* an das, was sie sagte.

»Wir haben schon mehrmals darüber geredet, aber du hast es bisher nicht begriffen, und du wirst es auch in Zukunft nicht begreifen, Satai«, fuhr Gowenna fort. »Es gibt Dinge, die wichtiger sind als Menschenleben, auch wenn das vielleicht deiner albernen Religion widerspricht.«

»Es widerspricht ihr nicht, im Gegenteil. Aber ich ziehe es vor, die Entscheidung darüber denen zu überlassen, deren Leben betroffen ist.«

Gowenna zuckte gleichmütig die Achseln. »Das ist dein Standpunkt, Skar. Ich frage mich nur, warum du hier bist, wenn du wirklich so denkst.«

»Das weißt du genau.«

Gowenna lächelte, aber die starre Maske aus Schmutz und Blut auf ihrem Gesicht ließ eine Grimasse daraus werden. »Ich weiß, warum du *nicht* hier bist, Skar«, antwortete sie. »Nämlich *nicht*, weil du dazu gezwungen wurdest. Du wärest der erste Satai, der sich zu etwas zwingen oder gar erpressen ließe. Ich weiß nur noch nicht, warum du uns wirklich begleitest. Aber das spielt auch keine Rolle. Du bist da, und das genügt.«

»Bisher hättet ihr recht gut auf mich verzichten können«, grollte Skar. Es klang albern, war aber die einzige Antwort, die ihm einfiel.

Wieder nickte Gowenna. »Das ist richtig. Aber du wirst dir deinen Lohn noch verdienen, sei beruhigt. Wir brauchen weniger dich als vielmehr deinen Schwertarm.«

»Warst du nicht bisher der Meinung, der deine wäre ebenso stark?«

»Vielleicht ist er das auch. Aber eine Frau gehört nicht aufs Schlachtfeld. Erinnerst du dich? Das waren deine Worte. Außerdem – es mag sein, daß *ein* Schwert nicht genug ist.«

»Oder daß du in eine Situation kommst, in der du den besagten Schwertarm opfern mußt«, versetzte Skar boshaft. Aber sein Spott drang gar nicht erst bis zu ihr durch.

Gowenna zuckte gleichmütig die Achseln, verschränkte die Arme vor der Brust und ließ sich neben dem reglos dahockenden Sumpfmann zu Boden sinken.

»Auch das«, gestand sie. »Obwohl ich ganz zuversichtlich bin, daß du überleben wirst, Skar. Ihr Satai seid doch unbesiegbar, oder?«

»Findet ihr es sinnvoll, euch ausgerechnet jetzt zu streiten?« mischte sich Arsan ein.

Skar sah verärgert auf. Der Kohoner hatte sich ebenfalls gesetzt und den Kopf in die Hände gestützt. Seine Stimme schwankte vor Schmerzen und Erschöpfung, aber sein Blick war wieder klar. »Wir haben andere Probleme. Schlagt euch von mir aus die Köpfe ein, aber wartet damit, bis wir hier heraus sind. Sonst schaffen wir es nämlich nie.«

»Keine Sorge, Arsan«, murmelte Gowenna. »Wir sind hereingekommen, und wir kommen auch wieder heraus. Was nicht heißt«, fügte sie nach einer winzigen Pause hinzu, »daß wir dann in Sicherheit sind.« Sie stockte erneut, lehnte sich zurück und lehnte den Hinterkopf gegen die Wand. Ihre Finger fuhren in einer unbewußten Bewegung über ihre Wange. Als sie die Hand zurückzog, klebte

Blut an ihren Fingerspitzen. »Weißt du«, fuhr sie fort, diesmal an Skar gewandt, »daß wir verfolgt werden?«

»Du meinst den Drachen?«

»Nein. Dieses Problem werden wir auf ... andere Weise lösen müssen. Ich meine die Männer, die uns folgen.«

Für einen Moment war Skar überrascht. »Du ... hast die Spuren gesehen?«

Gowenna nickte. »Ich bin nicht blind, Satai. Sie sind schon hinter uns her, seit wir das Schiff verlassen haben, vielleicht sogar schon seit Ikne. Ich dachte, du wüßtest es.«

»Ich habe es auch bemerkt«, murmelte Arsan. Er hob den Kopf, und für einen Moment schien so etwas wie Interesse in seinem Blick aufzuglühen. »Aber ich habe es erst in den Bergen gemerkt.«

»Sie sind leichtsinniger geworden«, bestätigte Gowenna. »Wahrscheinlich werden sie uns irgendwann auf dem Rückweg angreifen.«

»Wer sind *sie?*« fragte Skar mißtrauisch.

»Die, die uns verfolgen, Satai. Räuber vielleicht. Oder Quorrl. Ich weiß es nicht. Vielleicht auch Männer aus Ikne. Vergiß nicht, daß auf deinen Kopf ein ansehnlicher Preis ausgesetzt ist. Es gibt genug Abenteurer, die einen Mann für hundert Goldstücke selbst bis in die Hölle verfolgen.« Sie lächelte. »Aber du brauchst keine Angst zu haben. El-tra und ich werden dich beschützen. Oder vielmehr den Stein, den du trägst.«

Skar schwieg dazu. Gowennas Vermutung klang einleuchtend, und trotzdem weigerte er sich, daran zu glauben. Wer immer sie verfolgte – es steckte etwas anderes dahinter.

Für einen kurzen Moment dachte er wieder an die *Errish,* aber auch jetzt gelang es ihm nicht, sich über seine Gefühle klarzuwerden. Es war alles viel zu kompliziert. Sie spielten ein Spiel nicht mit doppeltem, sondern mit fünf- oder zehnfachem Boden, und er hatte das Gefühl, allmählich die Übersicht zu verlieren. Gowenna, die Sumpfmänner, Arsan, er, Vela – sie alle waren nur Figuren. Aber er wußte mittlerweile selbst nicht mehr, wer nun die Regeln dieser Partie bestimmte.

Eine Zeitlang hatte er sich eingebildet, selbst derjenige zu sein, der letztlich die Fäden in der Hand hielt und die Dinge entscheiden konnte. Aber er wußte plötzlich, daß das nicht stimmte, daß alles viel verwirrender und geheimnisvoller war, als er bisher geglaubt hatte. Sie hatten den Stein gefunden, aber es war nichts Geheimnisvolles an ihm, nichts Magisches und Gewaltiges, er war – zumindest auf den ersten Blick – nichts weiter als ein Stück farbiges Glas.

Die Situation erinnerte ihn auf absurde Weise an sein zweites Zusammentreffen mit der *Errish.* Und so wie damals fühlte er sich auch jetzt verwirrter und hilfloser als je zuvor in seinem Leben …

Das Erwachen war schwieriger als sonst.

Er hatte das Gefühl, in einem zähen, eisigen Sumpf gefangen zu sein, eingewoben in ein Netz unsichtbarer klebriger Fäden, die wie dünne feurige Linien in sein Fleisch bissen und ihn tiefer und tiefer zerrten. Er erinnerte sich an einen Traum, aber es war ihm nicht möglich, sich auf Einzelheiten zu besinnen – alles, was er spürte, war Kälte, ein Gefühl des Frierens, der Furcht und eisblauen, beißenden Schmerzes. Er wollte die Augen öffnen, aber zwischen seinen Lidern und den Augäpfeln schienen Millionen winziger Sandkörnchen zu sein. Er stöhnte, biß die Zähne zusammen und öffnete die Augen einen Spaltbreit.

Das Licht tat weh, unglaublich weh.

»Er wacht auf«, sagte eine Stimme. Sie kam Skar vage bekannt vor, und es schien, als wäre die Erinnerung daran mit etwas Unangenehmen, Gefährlichen verbunden.

Eis …

Das Wort blitzte schmerzhaft grell in seinem Bewußtsein auf. Er wußte nicht, womit er es verbinden sollte, aber plötzlich glaubte er, sich an ein helles Blau zu erinnern, das helle Blau von Eis, Kälte und …

Er versuchte noch einmal, die Augen zu öffnen. Dunkelrotes Licht brannte sich in seine Netzhäute und fraß sich, schnell und flackernd wie eine Flamme, durch die Sehnerven bis in sein Gehirn. Er stöhnte, versuchte die Hände vor die Augen zu schlagen und spürte einen Widerstand.

»Laß es lieber«, sagte eine Stimme. »Es dauert nur wenige Augenblicke, bis du dich besser fühlst. Hier – ich gebe dir etwas.«

Eine Hand berührte sein Gesicht, glitt kühl und leicht über seine Wangen und hielt irgend etwas an seine Lippen.

Er trank. Was immer es war, es schmeckte süß, war warm und spülte die Müdigkeit aus seinem Körper. Der Schmerz in seinen Augen ließ nach, und nach einer Weile konnte er, wenn auch mühsam und wie durch eine wogende Nebelwand, sehen.

Seine Hände waren gefesselt. Die feurigen Linien, die er bei seinem Erwachen gefühlt hatte, waren nicht eingebildet, sondern real; dünne, silbern schimmernde Ketten aus kaum haardünnem Metall. Skar spannte prüfend die Muskeln und unterdrückte einen Schmerzenslaut.

Die Kette hielt, obwohl sie geradezu lächerlich zerbrechlich wirkte, mühelos stand, und die haarfeinen Drähte, aus denen die Kettenglieder geflochten waren, schnitten tief in seine Haut.

»Spar deine Kräfte, Satai«, sagte die gleiche Stimme, die er schon zweimal gehört hatte. »Nicht einmal ein Drache könnte diese Kette zerreißen.«

Skar sah auf und blickte in ein schmales, von unzähligen Linien und Furchen durchzogenes Gesicht. Es befand sich auf gleicher Höhe mit seinen Augen, obwohl er gegen die Wand gelehnt saß und sein Gegenüber aufrecht stand. Tantor, der Zwerg.

Plötzlich kamen die Erinnerungen zurück. Skar stöhnte auf, als das Bild der schmalen Gasse wieder vor seinem inneren Auge auftauchte. Er sah noch einmal das erschrockene Gesicht des Soldaten, das von einem eisigen Hauch des Todes in eine glitzernde Grimasse verwandelt war, hörte das helle, an zerspringendes Glas erinnernde Geräusch, als sein Körper zur Seite kippte und auf dem hartgefrorenen Boden aufschlug.

Tantor lachte leise und meckernd. »Feuer und Eis«, sagte er. »Es gibt nichts, was die Wut eines Satai schneller abkühlt als Eis.«

Skar ballte in hilflosem Zorn die Fäuste. »Ich hätte dir den Hals umdrehen sollen, als Zeit dazu war«, murmelte er.

Tantor kicherte. »Ich halte nichts davon, über Dinge zu reden, die man hätte machen können, aber nicht gemacht hat«, erklärte er trocken. »Überdies wäre es ein Fehler gewesen. Ich bin nicht dein

Feind, Skar. Im Gegenteil. Du wirst sehen, wir werden noch Freunde.«

Skar gab ein abfälliges Geräusch von sich. »Ich freunde mich nicht mit jemandem an, der hilflose Menschen umbringt«, sagte er.

Tantor grinste. »Soldaten sind zum Sterben da«, wiederholte er die Worte, die er schon in der Gasse von sich gegeben hatte. »Man tötet sie oder wird von ihnen getötet. Was mich angeht, so stehe ich lieber auf der Seite derer, die töten, statt bei denen, die getötet werden.«

Skar sah das Gesicht des Zwerges jetzt zum ersten Mal deutlich. Sein Kopf erschien ihm unnatürlich groß für den kleinen, spindeldürren Körper, und zudem wackelte er beim Sprechen ständig hin und her, als würde er jeden Moment wie eine überreife Melone von dem dürren Hals herunterfallen. Sein Gesicht war eine zerschründete Landschaft aus Falten und Runzeln und tiefen, vernarbt wirkenden Linien, wirkte aber auf bizarre Weise trotzdem jugendlich, beinahe kindlich, als gehörte es zu einem Knaben, den eine grausame Laune der Natur binnen weniger Monate zum Greis hatte werden lassen.

»Du bist nahe dran, Skar«, sagte Tantor plötzlich.

Skar begriff erst nach einigen Sekunden. »Du – liest meine Gedanken?« keuchte er erschrocken.

Tantor schüttelte den Kopf. Ohne daß sich auf seinem Gesicht auch nur der kleinste Muskel gerührt hätte, wirkte sein Blick mit einem Male kalt und feindselig. »Nein. Aber jeder, der mich zum ersten Mal sieht, denkt das gleiche. Wie fühlst du dich?«

»Komm zwei Schritte näher, und ich zeige es dir«, grollte Skar.

Tantor lächelte. »Irgend etwas sagt mir, daß es besser wäre, deine freundliche Einladung abzulehnen«, sagte er. »Du bringst es fertig und legst wirklich Hand an mich.«

»Darauf kannst du dich verlassen«, nickte Skar. »Wenn nicht jetzt, dann später. Irgendwann wirst du mich schließlich losmachen müssen.«

Tantor seufzte. »Fühlst du dich kräftig genug, mit meiner Herrin zu reden?«

Skar sah sich unwillkürlich im Zimmer um. Er war allein mit Tantor, obwohl der Zwerg bei seinem Erwachen mit jemandem gespro-

chen hatte.

Tantor wartete seine Antwort nicht ab, sondern wandte sich um und eilte mit schnellen, trippelnden Schritten zur Tür. Er schob den Riegel zurück, trat auf den Gang hinaus und wechselte ein paar Worte mit jemandem, der offensichtlich draußen gewartet hatte. Wenige Augenblicke später kam er zurück. Hinter ihm betraten zwei schlanke, in fließendes Grau gehüllte Frauengestalten die Kammer.

Skar setzte sich auf, soweit die im Boden verankerte Kette dies zuließ, und starrte die *Errish* mit aller Feindseligkeit an, die er aufbringen konnte.

»Du scheinst nicht sonderlich überrascht zu sein«, sagte Vela.

Skar lächelte; weniger, weil ihm danach zumute war, als vielmehr, weil es der Situation angemessen schien.

»Ihr habt Euch den falschen Mann ausgesucht, wenn Ihr glaubt, ich könne nach allem, was geschehen ist, noch überrascht sein«, sagte er.

Die Worte kamen nicht so glatt von seinen Lippen, wie er es gerne gehabt hätte. Sein Gesicht war taub, starr. Etwas von der Kälte, mit der Tantor ihn und die Soldaten gelähmt hatte, war noch in ihm, aber er spürte es erst jetzt. Die Haut spannte, und seine Lippen fühlten sich spröde und aufgeplatzt an. Er hatte Durst.

»Ihr habt eine Vorliebe für dramatische Auftritte, wie?« fragte er.

Vela hielt seinem Blick gelassen stand. Er war nicht in der Situation, sie verletzen oder auch nur mit seinem Spott treffen zu können, und sie wußte es. Sie trat ein paar Schritte näher und machte eine herrische Handbewegung.

»Geht!« sagte sie. »Laßt mich allein mit ihm reden!«

Skar sah, wie Gowenna zusammenzuckte und einen erschrockenen Blick mit dem Zwerg wechselte. Ihre Hände krampften sich um das Schwert, das sie jetzt offen trug. »Aber Herrin, ich . . .«

»Geht!« wiederholte die *Errish*. »Ich weiß, wie gefährlich er ist, aber er wird uns nichts tun. Laßt uns allein.«

Gowenna schien noch etwas sagen zu wollen, beließ es dann aber bei einem stummen, trotzig wirkenden Achselzucken und verließ mit raschen Schritten den Raum. Der Zwerg folgte ihr dichtauf.

Vela wartete, bis die Tür hinter den beiden geschlossen war.

Dann ließ sie sich auf einen Schemel dicht neben dem erloschenen Kamin nieder und sah Skar durchdringend an. Anders als beim ersten Mal, als sie sich begegnet waren, verbarg sich ihr Antlitz jetzt hinter einem dünnen, grauen Schleier, einem Geflecht jener Art, das dem Beobachter das Gefühl verleiht, mühelos hindurchsehen zu können, gleichzeitig aber verhinderte, daß man sich hinterher wirklich an das Gesicht seines Gegenübers erinnerte. Er war aus dünnen, an Spinnweben erinnernde Fäden gefertigt, die sich ständig zu bewegen schienen, so daß ihr Gesicht wie hinter einer Schicht bewegten Wassers verborgen war und sich ihre Züge in andauernder Veränderung befanden. Ihre Rechte war in einer Falte ihres Gewandes verborgen. Skar zweifelte nicht daran, daß sie dort eine Waffe hielt. Auch ein an Händen und Füßen gefesselter Satai ist ein gefährlicher Feind, erst recht, wenn man ihn so gedemütigt hatte, wie es mit Skar geschehen war.

»Was wollt Ihr von mir?« fragte er. »Wenn Ihr mich nur habt entführen lassen, um mich umzustimmen, dann ist die Antwort immer noch nein. Ein Satai läßt sich nicht erpressen.«

Vela seufzte, und sie tat es bewußt in einer Art, als verzweifle sie an einem uneinsichtigen Kind. »Erinnerst du dich an Tantors Worte?« fragte sie spöttisch. »Du kannst dich wehren, oder du kannst freiwillig mitkommen. Das Ergebnis bleibt sich gleich. Dasselbe, Skar, gilt für deine jetzige Situation. Du kannst dich eine Weile sträuben, wenn du glaubst, es deiner Ehre schuldig zu sein, oder du gibst auf und tust, was ich von dir verlange. Wir verlieren nur Zeit, wenn du unbedingt den Helden spielen willst.« Sie beugte sich leicht nach vorne und sah Skar durch die Maschen ihrers Schleiers abschätzend an. Ihr Gewand raschelte, und für einen Moment sah Skar etwas Kleines, Silbernes in ihrer Hand aufblitzen.

»Wir sind allein, Skar«, fuhr die *Errish* in verändertem Tonfall fort. »Ich habe gegen Gowennas und Tantors Rat gehandelt und allein mit dir geredet, weil ich dir eine Chance geben wollte.«

»Wie mutig«, sagte Skar ätzend. »Mit einer Waffe in der Hand neben einem gefesselten Mann zu sitzen und darauf zu warten, daß er aufwacht. Was hat dieser verdammte Zwerg mit mir gemacht?«

Vela schien dem plötzlichen Gedankensprung nicht folgen zu können oder zu wollen. Sie runzelte die Stirn, sah ihn einen Moment fragend an und setzte sich dann kopfschüttelnd wieder auf.

»Laß es, Skar«, sagte sie. »Ich bin nicht dumm. Ich habe dich für diese Aufgabe ausgesucht, weil du der fähigste Krieger bist, den ich überhaupt finden konnte. Ich werde ganz gewiß kein Risiko eingehen.«

Skar schürzte abfällig die Lippen. »Vielen Dank für das Kompliment.«

»Es war keines«, antwortete Vela. »Es war nur eine Tatsache, mehr nicht. Wollen wir jetzt noch mehr Zeit mit kindischen Spielereien vertun, oder reden wir?«

Skar starrte die *Errish* eine Weile finster an und hob dann die gefesselten Hände. »Macht mich los«, sagte er.

Vela lachte leise. »Du scheinst mich für eine Närrin zu halten, Skar«, sagte sie. »Ich werde dich losmachen, aber zuerst wirst du dir anhören, was ich zu sagen habe.«

»Und was wäre das?«

»Wir haben uns schon einmal getroffen, Skar«, begann Vela. »Ich habe dir gesagt, daß ich das nächste Mal fordern werde, was ich beim ersten Mal erbat, und so ist es. Du wirst tun, was ich von dir verlange. Du wirst nach Combat gehen und den Stein für mich holen.«

»Werde ich das?« erwiderte Skar. Seine Stimme klang nicht ganz so spöttisch, wie er es gerne gehabt hätte. Wie beim ersten Mal, als er mit Vela zusammengetroffen war, machte sich Unsicherheit in ihm breit. Er spürte auch jetzt wieder, daß er ein Duell mit Worten nicht gewinnen konnte. Die *Errish* standen nicht umsonst in dem Ruf, Hexen zu sein.

»Du wirst«, antwortete Vela ungerührt. »Denn wenn du es nicht tust . . .«

»Sterbe ich?« grinste Skar.

Vela schüttelte den Kopf. »Nein. Nicht du, Skar. Del.«

Die Worte wirkten wie ein Schlag in Skars Gesicht. Er fuhr hoch, starrte die *Errish* ungläubig an und unterdrückte im letzten Moment einen erschrockenen Ausruf. »Du –«

»Ich habe ihn in meiner Gewalt, ja«, sagte Vela. »Oder hast du gedacht, ich wäre so naiv, dir Forderungen zu stellen, ohne etwas in der Hand zu haben, womit ich dir drohen kann? Ich weiß, daß du keine Angst vor Schmerzen oder dem Tod hast. Nicht genug jedenfalls. Aber die Ehrenschuld einem Freund gegenüber steht bei euch Satai doch ganz an der Spitze, oder?«

Skar schwieg. Alles, was er hätte sagen können, hätte in diesem Augenblick nur albern geklungen.

»Du brauchst dir keine Sorgen zu machen«, fuhr Vela nach einer Weile fort. »Es geht deinem Freund gut, sehr gut sogar. Er hat alles, was er braucht.«

Skar versuchte noch einmal, sich gegen seine Fesseln zu wehren. Diesmal ignorierte er den brennenden Schmerz, mit dem sich die haardünnen Drähte in seine Haut fraßen. Aber es nutzte nichts.

»Du vergeudest nur deine Kräfte, Skar«, sagte Vela tadelnd. »Diese Kette ist aus dem gleichen Metall gefertigt, aus dem auch dein Schwert geschmiedet wurde. Keine Macht der Welt kann sie zerreißen. Aber bitte – verletze dich ruhig, wenn du willst. Der Weg über das Schattengebirge ist weit. Deine Wunden werden verheilt sein, bis du Combat erreicht hast.«

»Ihr seid verrückt!« keuchte Skar. »Selbst wenn ich zustimmen würde, wäre es unmöglich. Niemand kann Combat betreten.«

Für einen winzigen Moment huschte so etwas wie Zorn über Velas Gesicht. »Das stimmt nicht. Ich habe diese Aktion lange und gründlich vorbereitet, Skar«, sagte sie scharf. »Ihr habt eine gute Chance, in die Stadt hinein- und auch wieder herauszukommen, glaube mir. Ich habe nichts davon, zehn gute Männer in den sicheren Tod zu schicken. Hätte ich dich töten wollen, hätte ich es ein dutzendmal leichter und rascher haben können.« Sie sog scharf die Luft ein, lehnte sich zurück und sah Skar mit einem undefinierbaren Blick an. »Aber ich bin nicht hier«, fuhr sie fort, »um mich mit dir zu streiten, Satai. Ihr werdet noch vor Morgengrauen aufbrechen. Ich habe dafür gesorgt, daß ihr unbemerkt die Stadt verlassen könnt und ...«

»Ihr?« unterbrach Skar sie. »Wer ist das?«

»Du, Gowenna, Tantor und zwei weitere Männer.«

»Ihr spracht von zehn.«

»Der Weg den Besh hinauf ist weit, Skar«, antwortete Vela geduldig. »Die anderen werden zu euch stoßen, bis ihr die Sümpfe von Cosh erreicht habt. Aber ihr müßt euch beeilen. Der Winter steht vor der Tür. Ihr müßt das Schattengebirge überschreiten, bevor die Schneestürme beginnen und ...«

Skar unterbrach sie mit einer unwilligen Handbewegung. »Nicht so eilig, *Errish«*, sagte er. »Noch habe ich nicht zugesagt.«

»Du –«

»Ihr *behauptet«*, fuhr Skar mit übertriebener Betonung fort, »Del in Eurer Gewalt zu haben. Aber Ihr müßt es mir schon beweisen.«

»Ich muß überhaupt nichts, Skar«, sagte Vela ruhig. »Du hast mein Wort, und das muß dir genügen. Ich kann dir natürlich Dels rechte Hand zum Beweis bringen lassen, wenn du es unbedingt willst. Es ist deine Entscheidung.«

»Ihr kennt kein Mitleid, wie?«

»Nicht, wenn es um so wichtige Dinge geht«, antwortete Vela ungerührt. »Ich habe dich gewarnt, vergiß das nicht. Und ich habe nicht die Zeit, lange mit dir zu diskutieren. Gowenna und Tantor bereiten draußen alles vor. Hinter der Stadtmauer wartet ein Schiff auf euch. Ihr werdet losfahren, bevor die Sonne aufgeht. Gowenna hat sämtliche notwendigen Karten mit. Sie kann dir alles sagen, was du wissen mußt. Du wirst zurückkommen und mir den Stein aushändigen, und ich werde dir Del übergeben.«

»Und was sollte mich daran hindern, bei der ersten Gelegenheit zu fliehen?« fragte Skar. »Ihr könnt mich schlecht die ganze Zeit in Ketten halten.«

»Nichts«, sagte Vela.

Irgendwie hatte Skar plötzlich das Gefühl, daß sie sich über seine Worte amüsierte. Für einen Moment kam er sich vor wie eine Maus, die von einer Katze in die Ecke gedrängt worden ist und verzweifelt im Kreis herumirrt, um doch nur überall auf tödliche Krallen zu stoßen.

»Natürlich könntest du fliehen«, sagte Vela. »Und ich zweifle eigentlich nicht daran, daß du mit Gowenna, Tantor und den anderen fertig würdest, wenn du es wirklich wolltest. Selbst Tantor mit seinen Zauberkräften wäre dir letztlich nicht gewachsen, Skar. Das ist der Grund, aus dem ich dich ausgewählt habe. Du könntest sie erschlagen und zurückkommen, und wahrscheinlich könntest du selbst mich töten.« Sie beugte sich abermals vor, nahm den Schleier vom Gesicht und legte eine wirkungsvolle Pause ein.

»Aber ich werde nicht mehr hier sein, wenn du zurückkommst«, fuhr sie fort. »Ich werde die Stadt noch vor euch verlassen, und ich nehme Del mit mir. Du würdest Monate brauchen, um uns zu finden. Und du hast diese Monate nicht, Skar.«

»So?«

Statt einer direkten Antwort griff Vela unter ihr Gewand und förderte einen kleinen Lederbeutel zutage. Sie hielt ihn einen Moment nachdenklich in der Hand und warf ihn Skar mit einem bösen Lächeln vor die Füße.

Skar runzelte die Stirn, zögerte merklich und griff nach dem Beutel. Er war schwer, schwerer, als er geglaubt hatte, und enthielt eine Anzahl glatter, brauner Kugeln, die ihn entfernt an Nüsse erinnerten.

»Was ist das?« fragte er.

»Du wirst jeden zweiten Tag eine davon nehmen«, sagte Vela. »Wenn du sie zählst, wirst du feststellen, daß es fünfzig sind. Du hast hundert Tage. Genug, um nach Combat zu gehen und zurückzukommen.«

Skar drehte den Lederbeutel unschlüssig in den Händen. »Und warum«, fragte er, unsicher und von einer dumpfen Ahnung erfüllt, »sollte ich das tun?«

»Weil du sonst stirbst, Skar«, antwortete Vela gleichmütig. »Erinnerst du dich an den Trunk, den Tantor dir gab? Er hat deine Kräfte geweckt, aber das war nicht seine einzige Wirkung. Es war Gift. Ein langsam wirkendes, schleichendes Gift. Es gibt ein Gegenmittel, aber nur ich habe es. Diese Kugeln, die du in der Hand hältst, Skar, enthalten etwas von dem Gegengift. Aber nicht in der richtigen Zusammensetzung, um die Wirkung ganz aufzuheben. Sie halten sie nur auf, für jeweils zwei Tage, vielleicht ein paar Stunden mehr, wenn du Glück hast und mit deinen Kräften haushältst. Du bekommst das endgültige Gegenmittel, sobald du mir den Stein aushändigst. Kehrst du nicht zurück, stirbst du in genau hundert Tagen. Und dein Freund auch.«

Es dauerte lange, bis Skar die Kraft fand, zu antworten. Er hätte nicht überrascht sein dürfen, nach allem, was geschehen war, aber er war es trotzdem. Er hätte wissen müssen, daß Vela sich absicherte, aber er hatte nicht geglaubt, hatte gegen alle Logik noch immer an das sprichwörtlich Gute der *Errish* geglaubt.

»Du ...«

Vela machte eine rasche Handbewegung. »Vergeude keine Kraft damit, mich zu beschimpfen, Skar«, sagte sie. »Du bist nicht in der Lage, mir zu drohen. Wirst du tun, was ich verlange?«

»Ich brauche ... Zeit«, murmelte Skar. »Eine Stunde. Gib mir eine Stunde.«

Vela schüttelte den Kopf. »Fünf Minuten, Skar. Ich lasse dich fünf Minuten allein. Danach erwarte ich deine Entscheidung. Und ich werde ein neuerliches Nein nicht akzeptieren.« Sie fuhr ohne ein weiteres Wort herum, verließ den Raum und warf die Tür hinter sich ins Schloß.

Fünf Minuten, dachte Skar. Fünf Minuten, um eine Entscheidung zu treffen, von der nicht nur mein, sondern auch das Leben von Del und vielleicht unzähliger anderer abhängt.

Er durfte es nicht tun. Nach allen Ehrenregeln der Satai mußte er ablehnen. Es war nicht das erste Mal, daß jemand auf die Idee kam, Del oder ihn zu entführen, um den anderen gefügig zu machen, und sie hatten sich schon vor Jahren darauf verständigt, in einem solchen Fall keinerlei Rücksicht auf den anderen zu nehmen. Del würde es verstehen, ja, sogar erwarten, daß er ablehnte und sie damit beide zum Tode verurteilte. Es war auch nicht die Tatsache, daß sein eigenes Leben bedroht war. Er war Satai, ein Mann, der mit dem Tod auf du und du stand und genau wußte, daß er nicht an Altersschwäche sterben würde.

Aber was erreichte er damit? Ein Opfer hat nur dann einen Sinn, wenn damit etwas erreicht werden kann. Wenn Del und er starben, würde Vela einen anderen finden, der für sie ging. Vielleicht würde sie ein weiteres Jahr warten müssen, aber es würde am Ende nichts ändern. Und der Gedanke, den Stein der Macht in den Händen einer Besessenen wie Vela zu wissen, bereitete ihm Übelkeit. Er wußte nicht einmal, ob es diesen Stein überhaupt gab oder welche Macht er hatte, aber die bloße Möglichkeit war schon zu viel. Er war Satai und damit nicht nur Krieger, sondern auch Wächter über etwas, das in einer Welt voller Gewalt und Haß mehr und mehr verlorenging – Gerechtigkeit.

Nein, dachte er dumpf. Er hatte kein Recht, Dels Leben und das seine wegzuwerfen. Er konnte nicht nur, er *mußte* sogar nach Combat gehen und diesen Stein holen, und sei es nur, um zu verhindern, daß Vela ihn mißbrauchte.

Und sie wußte es. Sie mußte gewußt haben, daß er nicht zu erpressen war, nicht mit Dels Leben und schon gar nicht mit seinem eigenen! Aber sie hatte auch gewußt, daß er gehen mußte, aus genau den Gründen, die er jetzt erwog.

Mit einem Mal kam er sich nur noch hilflos und alleingelassen vor. Er hatte sich eingebildet, kämpfen zu können, aber das stimmte nicht. Die *Errish* hatte jeden einzelnen seiner Schritte vorhergesehen und berechnet, alles, was er tun und sagen würde, ja, selbst seine Gedanken. Sie hatte genau gewußt, daß er zustimmen und gehen würde, und sogar diese letzte Frist, die sie ihm zugestanden hatte, diente allein dazu, ihm Gelegenheit zu geben, seine eigene Hilflosigkeit zu begreifen.

Er ließ den Lederbeutel nachdenklich durch die Finger gleiten. Hundert Tage ... das war nicht viel Zeit. Aber vielleicht doch genug, um eine Lösung zu finden.

Trotzdem spürte er genau, wie dünn und brüchig der Strohhalm war, an den er sich klammerte.

Die Sonne ging zum zweiten Mal auf, als sie aus dem Schacht krochen und mit letzter Kraft auf den schwarzen Würfel am Horizont zuwankten. Skar hatte bis zu diesem Tag nicht gewußt, was das Wort Erschöpfung wirklich bedeutete. Der Weg zum Tempel hatte ihnen das Letzte abverlangt, aber der Weg zurück war schlimmer gewesen; tausendmal schlimmer. Gowennas Behauptung, der Stein würde sie schützen, war nur zur Hälfte zutreffend gewesen. Er hatte sie geschützt – vor dem lauernden Wahnsinn im Inneren des Treppenschachtes und den Feuerkindern. Sie hatten sie weiter begleitet, durch den Tempel, über die Steinallee bis hin zu jenem großen, halbmondförmigen Platz, auf dessen Seite der Eingang des unterirdischen Ganges lag, hatten aber nicht wieder angegriffen, sondern nur noch ein loderndes, kicherndes Spalier gebildet, Tausende und Abertausende der kleinen, flinken Wesen, von denen Skar jetzt sicher war, daß sie lebten, auf eine unbegreifliche, erschreckende Weise dachten und zu gezieltem Handeln fähig waren. Vor ihnen hatte sie der Stein geschützt.

Nicht so vor der Hitze.

Der Rückmarsch war die Hölle gewesen. Sie hatten mehr als zwei Stunden gebraucht, um die wenigen hundert Schritt bis zum Tunneleingang zurückzulegen, und jede Sekunde hatte ihnen neue Schmerzen und neue Todesangst gebracht. Tantors Salbe schützte sie kaum noch, und sie hatten immer wieder zurückgehen und große Umwege in Kauf nehmen müssen, um Feuerbarrieren, die sie auf dem Hinweg ohne zu zögern durchschritten hatten, zu umgehen und unsichtbaren Hitzewolken und flammenden Geysiren auszuweichen. Und der Weg durch das unterirdische Labyrinth war kaum weniger schlimm gewesen.

Aber irgendwie hatten sie es geschafft, obwohl sich Skar mit jedem Schritt mehr fragte, wie sie die Schmerzen, die kochende Luft in ihren Lungen und die unerträglichen Strapazen aushalten konnten.

Er war der letzte, der aus dem senkrechten Schacht emporstieg. Ohne das Seil, das er mitgenommen hatte, hätten sie es nicht geschafft. Keiner von ihnen hatte noch die Kraft gehabt, an den Schachtwänden emporzusteigen, zumindest keiner außer den beiden Sumpfmännern. Sie waren als erste hinaufgestiegen und hatten Arsan, Gowenna und ihn mit übermenschlicher Kraft hinaufgezogen, obwohl sie von allen vielleicht diejenigen waren, die am meisten gelitten hatten. Skar empfand ein leises Gefühl der Dankbarkeit, das aber beinahe sofort in dem Ozean aus Schmerzen und Müdigkeit wieder ertrank, der über ihm zusammenschlug. Er hatte kaum die Kraft, das Seil von seiner Hüfte zu lösen und aufzustehen, und er wäre gestürzt, wenn El-tra nicht rasch zugegriffen und ihn gestützt hätte.

»Danke«, murmelte er leise.

Der Sumpfmann nickte. Für einen Moment schien ein Lächeln durch die wirbelnden Schwaden unter seiner Kapuze zu blitzen, aber Skar war sich nicht sicher. Etwas in seinem Verhältnis zu den beiden Chamäleonmännern hatte sich geändert, etwas Wichtiges und Großes, obwohl er noch nicht in der Lage war, es zu begreifen. Es war, als hätten die beiden bizarren Wesen nicht nur die Form seines Körpers, sondern auch etwas von seiner Seele in sich aufgenommen. Aber er war zu müde, um darüber nachzudenken.

Er streifte El-tras Hand ab, blieb einen Herzschlag lang schwankend stehen und sah sich nach Arsan und Gowenna um. Keiner von ihnen war ohne schwere Verbrennungen davongekommen, und Skar begriff mit plötzlichem Erschrecken, daß sie nur scheinbar außer Gefahr waren, daß ihnen Combats Fluch noch lange anhaften und sie vielleicht - vielleicht sogar alle drei - sterben würden. Arsans Rücken schien eine einzige blutende Wunde zu sein, und sein linker Arm hing in seltsam verkrümmter Haltung herab. Sein Gesicht war unter einer starren Maske aus Schmutz, Ruß, Blut und eingetrocknetem Schweiß verborgen, aber in seinen Augen lag ein Ausdruck unerträglicher Qual. Skar fragte sich unwillkürlich, woher dieser kleine, dürre Mann die Kraft nahm, sich noch auf den Beinen zu halten.

»Wir müssen . . . weiter«, flüsterte Gowenna. Es waren die ersten Worte, die sie sprach, seit sie den Altarraum unter der Kuppel des Tempels verlassen hatten, und ihre Stimme klang fremd und verzerrt in Skars Ohren. Ihre Lippen waren aufgeplatzt und starr von verkrustetem Blut; sie hatte Mühe, überhaupt zu sprechen.

Skars Hand fuhr zum hundertsten Male unter den Harnisch. Er hatte den Stein zu seinem Vorrat an Leben in den Lederbeutel gesteckt. Er spürte ihn durch das dünne Leder hindurch - ein hartes, kaltes Etwas, das gleichermaßen Leben wie millionenfachen Tod bedeutete. Seltsamerweise ließ ihn der Gedanke an die Macht, die er mit sich trug, kalt. Er hatte niemals nach Macht gestrebt, obwohl er sie ein dutzendmal hätte haben können, und er erlag ihrer Verlockung auch jetzt nicht. Gerrions Tod war ihm Warnung genug.

Sie stolperten kraftlos auf das schwarze Gebäude zu. Unter ihren Füßen wirbelten kleine, heiße Staubwolken auf, und der Wind hämmerte mit unsichtbaren Fäusten in ihre Gesichter, als biete die Natur noch einmal alle Macht auf, um sie im letzten Moment zurückzuhalten. Die Entfernung betrug nur noch ein paar Dutzend Schritte, aber sie erschienen Skar weiter und qualvoller als die unzähligen Meter, die sie im Inneren Combats zurückgelegt hatten. Er kam sich wie in einem jener bösartigen Spiegelkabinette gefangen vor, die man manchmal auf Jahrmärkten antraf: nur Gänge, deren Ausgang sich desto weiter zu entfernen schienen, je schneller man lief. Das Gebäude begann vor seinen Augen zu verschwimmen, und ein dumpfer, grauer Druck machte sich hinter seiner Stirn breit; brodelnder Schmerz, von dem dünne Fäden durch seinen Körper schossen ...

Seine Hand tastete wieder nach dem Beutel, aber er führte die Bewegung nicht zu Ende. Er würde eine weitere der kleinen braunen Kugeln schlucken müssen; zwei Tage Leben weniger in seiner Rechnung. Aber jetzt noch nicht. Nicht, bevor er das Haus erreicht hatte. Diese wenigen letzten Schritte war er sich und seinem Stolz schuldig.

Er wankte weiter, stolperte über einen Felszacken und fiel in El-tras ausgebreitete Arme. Er hatte nicht gemerkt, daß der Sumpfmann ihm gefolgt war, daß Gowenna nicht länger drei, sondern nur mehr einen schweigenden grauen Schatten hatte und der andere nicht von seiner Seite gewichen war, seit sie den Gang verlassen hatten. Er schüttelte den Kopf und wollte sich losmachen, aber El-tra schob seine Hand einfach beiseite und lud ihn wie ein Kind auf die Arme. Skar war zu schwach, um sich ernsthaft zu wehren.

Er mußte für einen kurzen Moment das Bewußtsein verloren haben, denn das nächste, was er wahrnahm, war der rauhe Stein unter seinem Rücken und das milde, graue Licht im Inneren des Gebäudes. Jemand schob die Hand unter seinen Kopf, hob ihn behutsam an und setzte einen Wasserschlauch an seine Lippen. Das Wasser schmeckte bitter, warm und abgestanden, aber er trank trotzdem mit schnellen, gierigen Schlucken.

Die wirbelnden Schwaden vor seinen Augen lichteten sich nur langsam. Er blinzelte, setzte sich mühsam auf und stützte den Kopf in die Handflächen. In seiner Brust wütete ein pochender, scharfer Schmerz, und seine Gedanken waren in einem Netz dünner, grauer, klebriger Fäden gefangen. Das Gift in seinen Adern begann stärker zu wirken. Wieder kroch seine Hand zu dem ledernen Brustbeutel unter dem Harnisch, aber seine Finger schienen plötzlich zu grob, um die dünne Lederschnur zu ergreifen und den Knoten zu öffnen.

»Warte«, sagte eine Stimme über ihm. »Ich helfe dir.«

Skar sah verblüfft auf und blickte in El-tras formloses Nebelgesicht. Es war das erste Mal, daß einer der drei Sumpfleute das Wort direkt an ihn richtete, und Skar spürte das Besondere der Situation. El-tras Worte waren mehr als ein Ausdruck von Hilfsbereitschaft, und als der Sumpfmann vor ihm niederkniete und seine Hand berührte, spürte er eine Welle warmen, wohltuenden Vertrauens, ein Gefühl der Zuneigung, des *Menschseins,* das er im Wesen der Chamäleonmänner bisher vermißt hatte.

El-tra löste behutsam den Beutel von Skars Hals, nahm eine der unscheinbaren braunen Kugeln heraus und legte sie in Skars geöffnete Hand. Skar führte sie rasch zum Mund, aber er zögerte noch, sie zu zerbeißen und hinunterzuschlucken. Mit einem Mal erschien ihm alles sinnlos, alles, was geschehen war und was noch geschehen würde. Das winzige glatte Etwas zwischen seinen Zähnen würde sich innerhalb weniger Augenblicke auflösen und die Wirkung des Giftes stoppen; zwei Tage mehr Leben, aber vielleicht auch nur zwei Tage weiterer sinnloser Qual, zwei weitere Tage eines Kampfes, den er nicht gewinnen konnte.

Trotzdem zerbiß er sie schließlich. Er schluckte ein paarmal, auch, als sein Mund längst leer war, und spülte den bitteren Geschmack mit Wasser aus dem Schlauch hinunter, den ihm El-tra hinhielt.

Die Wirkung des Gegengifts setzte fast augenblicklich ein. Eine warme, wohltuende Welle aus Stärke und einem ganz und gar ungerechtfertigten Optimismus spülte durch seinen Körper und seinen Geist, vertrieb die Schmerzen aus seinen Muskeln und die grauen Spinnweben aus seinem Kopf.

Skar sah auf, als ein Schatten auf den Boden vor ihm fiel.

Es war Gowenna. Er mußte länger am Rande der Bewußtlosigkeit gewesen sein, als ihm bisher klar gewesen war, denn Gowenna hatte Zeit gehabt, die versengten Kleider zu wechseln und sich zu waschen.

Skar erschrak, als er in ihr Gesicht sah. Die Brandwunden waren nicht so schlimm, wie er bisher geglaubt hatte – eine Anzahl großer, rot unterlaufener Blasen verunzierten ihre Wangen und die Stirn, sicher sehr schmerzhaft, doch sie würden rasch heilen und kaum bleibende Narben hinterlassen. Aber etwas anderes hatte sich in ihrem Antlitz gewandelt, etwas, das ihn mehr erschreckte, als es jede körperliche Wunde hätte tun können. Da war eine Verletzung, tiefer und schmerzhafter, als sie jede noch so heiße Flamme hätte schlagen können, eine Wunde nicht ihres Körpers, sondern der Seele. Skar versuchte vergeblich, eine Erklärung für den Ausdruck unsäglichen Schmerzes auf ihren Zügen zu finden. Es konnte nicht allein die Tatsache sein, daß sie versagt hatte, daß *er* es gewesen war, der den Stein geborgen hatte. Da war noch mehr, ein Schmerz, für den er keine Erklärung fand, etwas, das ihn an den Ausdruck in den Augen eines Menschen erinnerte, dessen Welt zusammengebrochen war, der das einzige verloren hatte, woran er glaubte.

»Tantor ist fort«, sagte sie. Die Worte kamen schleppend. In ihrer Stimme klang etwas von dem gleichen Schmerz, der sich in ihre Züge gebrannt hatte.

Es dauerte einen Moment, ehe Skar wirklich begriff, was sie gesagt hatte.

Er stand auf, wartete, bis das Schwindelgefühl in seinem Kopf nachließ, und sah sich erschrocken um. Die plötzliche Bewegung ließ eine neue Welle von Übelkeit in ihm aufsteigen. Er war bei weitem nicht so kräftig, wie er sich eingebildet hatte.

»Was . . . heißt das?« fragte er lahm.

»Fort«, wiederholte Gowenna. »Er ist verschwunden. Zusammen mit den Packpferden und den gesamten Vorräten. Nur etwas Wasser hat er uns dagelassen.«

Skar starrte sie sekundenlang verwirrt an und drehte dann noch einmal - vorsichtiger diesmal - den Kopf, als müsse er sich selbst davon überzeugen, daß Gowenna die Wahrheit sprach.

Der würfelförmige Raum war leer. Die schwarzverbrannte Stelle auf dem Boden zeigte noch, wo das Feuer gebrannt hatte, aber mit Ausnahme einiger nur halb gefüllter Wasserschläuche war weder von dem Zwerg noch von ihrer Ausrüstung eine Spur zu entdecken.

»Und die . . . Pferde?« fragte er stockend, obwohl er die Antwort bereits kannte.

Gowenna schüttelte stumm den Kopf.

»Aber warum?« murmelte Skar. »Was hätte er davon, uns im Stich zu lassen? Wir –« Er stockte, starrte einen Augenblick an Gowenna vorbei und schüttelte gleichermaßen verwirrt wie erschrokken den Kopf.

»Der Drache?« fragte er leise.

»Nein.« Es schien Gowenna schwerzufallen, seine Frage zu beantworten. Sie sprach langsam, als müsse sie sich mühselig auf jedes einzelne Wort konzentrieren, ehe sie es aussprach. »Vor einem Staubdrachen kann man nicht fliehen, Skar. Dieses Gelände stünde nicht mehr, wäre er hier gewesen.«

»Aber was . . .«

»Es ist aus, Skar«, fuhr Gowenna leise fort. »Wir sitzen in der Falle.« Sie sah ihn einen Moment ernst an, schüttelte dann den Kopf und lächelte schwach und resigniert. Skar hatte das deutliche Empfinden, daß sie noch mehr sagen wollte, aber sie beließ es bei einem kaum hörbaren Seufzen, wandte sich um und strich sich mit einer müden Bewegung die Haare aus der Stirn; eine Geste, die mehr als alles andere ihre Erschöpfung verdeutlichte, Erschöpfung, die weit über bloße körperliche Müdigkeit hinausging. Irgend etwas war mit ihr geschehen, auf dem Weg von Combat hierher, mit ihr oder in ihr, etwas, das Skar sich nicht erklären konnte. Diese müde, verletzte, bis über das Maß des Erträglichen hinaus erschöpfte Frau war nicht mehr die Gowenna, die er kannte.

Er machte eine unwillige Handbewegung. »So rasch gebe ich nicht auf, Gowenna«, sagte er. »Wir können versuchen, das Gebirge zu Fuß zu erreichen.« Seine Worte klangen nicht überzeugend, weder in seinen noch in Gowennas Ohren, und er spürte es. Sie waren nicht wahr, einzig dazu gedacht, Gowenna und vielleicht auch ihn selbst aufzumuntern.

»Und dann?« fragte sie. »Willst du vielleicht zu Fuß nach Ikne gehen?«

»Wenn es sein muß, ja«, erwiderte Skar barsch. »Oben in den Bergen kommen wir auch zu Pferde nicht viel schneller voran. Und sind wir erst einmal aus dem Gebirge heraus, sehen wir weiter. Wir werden uns Reittiere besorgen, und auch alles andere, was wir brauchen.«

Gowenna schwieg eine Weile. Ihr Blick glitt über Skars Gesicht und blieb schließlich an dem Lederbeutel auf seiner Brust hängen. »So viel Zeit hast du nicht mehr, Satai.«

Skar spürte für einen Moment Zorn in sich aufsteigen. Er war noch viel zu erschöpft, um den Ernst ihrer Lage wirklich zu begreifen, ihn nicht nur verstandesgemäß zu akzeptieren, sondern wirklich einzusehen, daß Gowenna recht hatte und nicht er. Aber er begriff, daß sie ihn absichtlich verletzte, daß sie ihre eigene Hilflosigkeit und Verzweiflung damit zu kompensieren suchte, indem sie ihm weh tat.

»Wir bleiben den Tag und die Nacht über hier«, sagte er in bestimmendem, abschließendem Tonfall. »Morgen bei Sonnenaufgang brechen wir auf.«

»Und erfrieren in den Bergen.«

Skar zuckte gleichmütig die Achseln. »Vielleicht. Aber vielleicht auch nicht. Wir können die erste Nacht in der Höhle verbringen und dann zwei oder auch drei Tage durchmarschieren. Zeit genug, um über die Pässe zu kommen.«

Gowenna fuhr auf, aber Skar duldete keinen Widerspruch mehr. »Wir brechen morgen bei Sonnenaufgang auf«, sagte er noch einmal. »Vergiß nicht, daß ich jetzt das Kommando habe.«

In Gowennas Augen blitzte es zornig auf. Doch es war nicht mehr der alte Zorn, nicht mehr diese ungebändigte, wütende Kraft, die sie bisher ausgestrahlt hatte, sondern nur noch reiner Trotz. Aber Skar kannte sie auch gut genug, um zu wissen, daß dieser Trotz bei ihr so gefährlich sein konnte wie wirklicher Zorn, vielleicht noch gefährlicher. Gowenna war nicht halb so beherrscht, wie sie sich stellte. Es mochte sein, daß sie Dinge sagte und tat, zu denen sie sich noch vor wenigen Stunden niemals hätte hinreißen lassen.

»Was ist mit dir?« fragte er leise, beinahe sanft.

»Nichts. Ich –«

»Das stimmt nicht«, unterbrach Skar sie. »Es ist nicht wahr, und du weißt es. Glaubst du nicht, daß es an der Zeit wäre, mir zu vertrauen?«

Ihre Reaktion überraschte ihn selbst. Er wußte nicht genau, was er erwartet hatte – Spott vielleicht, Ablehnung, Hohn oder Herablassung. Aber es kam nichts von alledem. Der einzige Ausdruck, den er für einen winzigen Moment auf ihren Zügen zu erkennen glaubte, erinnerte an etwas wie Trauer, beinahe Schuldbewußtsein.

Aber der Moment verging so rasch, wie er gekommen war. Ihr

Gesicht erstarrte wieder zu einer Maske der Unnahbarkeit, und Skar spürte von einer Sekunde zur anderen wieder die alte Kälte und Herablassung.

»Es ist nichts, Skar«, sagte sie kühl. »Ich bin erschöpft und habe Schmerzen, das ist alles.« Sie wandte sich brüsk um, ging mit ein paar raschen Schritten zu den beiden Sumpfmännern hinüber und begann sich leise mit ihnen zu unterhalten.

Skar blieb sekundenlang reglos stehen, drehte sich dann ebenfalls um und ging zur entgegengesetzten Seite des Raumes. Erschöpft ließ er sich an der Wand zu Boden sinken, bettete die Stirn auf die angezogenen Knie und schloß die Augen. Das Blut rauschte in seinen Ohren, und sein Herz begann urplötzlich und ohne ersichtlichen Grund so rasch zu schlagen, daß ihm schwindelig wurde.

Es war zuviel gewesen. Sein Körper revoltierte, obwohl er bereits größere Strapazen ausgestanden hatte. Aber es war nicht sein Körper, nicht die Muskeln und Sehnen, die aufgaben, sondern sein Geist. Er hatte sich auf ein Spiel eingelassen, das zu groß für ihn war, kämpfte einen Kampf gegen Windmühlenflügel. Er kam sich vor wie ein Mann, der blindlings Türen und Mauern einrannte und nicht begriff, daß hinter jeder Tür eine weitere, hinter jeder Wand eine noch höhere warten würde, ganz egal, wie viele er einriß.

Er hatte geglaubt, Vela überlisten zu können, verdammter Narr, der er war. Er hatte geglaubt, sie mit ihren eigenen Waffen schlagen zu können, mit Waffen, von denen er nicht einmal wußte, wie sie aussahen, geschweige denn, wie er sie zu führen hatte. Der einzige, der getäuscht worden war, das wurde ihm mit plötzlicher Deutlichkeit klar, war er selbst.

Er war sich nicht einmal sicher, ob er sich nicht selbst belogen hatte, ob seine eigene Einschätzung seiner Kraft und Unnahbarkeit nicht ebenso falsch wie Velas Versprechungen gewesen war. Er hatte sich eingeredet, sich nicht erpressen zu lassen, nicht zu gehen, um Del zu retten, sondern um Velas Pläne zu hintertreiben.

Aber nicht einmal das stimmte. Er war wegen Del hier, um sein und sein eigenes Leben zu retten, aus keinem anderen Grund. Der Stein war nur ein Vorwand, ein weiterer Knoten in dem Gespinst von Lügen und Halbwahrheiten, in das er sich mit jedem Tag tiefer verstrickte.

Seine Hand glitt unter das Hemd und umklammerte den Brustbeutel. Das Leder war unter der Hitze rissig und hart geworden, aber er konnte den Vorrat an lebensspendenden Kugeln darin spüren, jede einzelne Ration Leben, sie und den Stein. Letzterer war klein, kaum größer als eine der Giftkugeln, hart und unscheinbar. Skar lauschte vergeblich in sich hinein, suchte nach einer Reaktion, einem Echo, nach irgend etwas. Aber da war nichts. Er wußte nicht, was dieser Stein bedeutete, welche Macht er – wenn überhaupt eine – besaß, und er hatte es im Grunde nie wissen wollen. Es interessierte ihn nicht. Es interessierte ihn nicht, welche Macht Vela durch dieses kleine Stückchen Mineral erringen würde. Alles, was ihn interessierte, war sein und Dels Leben.

Jemand trat neben ihn und blieb reglos stehen, bis er den Blick hob. El-tra. Einer der beiden El-tras, ohne daß er hätte sagen können, welcher. Vielleicht gab es auch keinen Unterschied.

»Ja?« fragte er.

Der Schattenmann hob die Hand. »Dich bedrückt etwas, Geistbruder«, sagte er.

Skar unterdrückte ein Schaudern. Es war nicht die Wahl der Worte, die ihn – obwohl sie sonderbar genug waren – erschreckte. Aber der Sumpfmann sprach ihn mit *seiner eigenen* Stimme an . . .

»Bin ich das?« fragte er, ohne auf El-tras Frage einzugehen.

»Was?«

»Dein . . . wie hast du es genannt? Geistbruder?«

Der Sumpfmann zögerte sichtlich. »Nein«, sagte er dann. »Nicht so, wie du das Wort vielleicht verstehst. Aber eure Sprache ist so irreführend. Du gabst uns Leben. Etwas von dir ist in uns.«

»Ich weiß«, sagte Skar. »Aber ich könnte nicht behaupten, daß ich stolz darauf bin. Ihr habt euch den falschen Mann ausgesucht, El-tra.«

Nun war es der Sumpfmann, der nicht auf seine Worte einging. Er schwieg eine Weile, ließ sich dann – Skars Haltung nachahmend – neben ihm auf den Boden sinken, kreuzte die Beine und lehnte den Rücken gegen die Wand. Er sagte nichts, und Skar spürte, daß er auch nicht noch einmal von sich aus das Wort ergreifen würde. Aber Skar empfand plötzlich ein absurdes Gefühl der Dankbarkeit, Dankbarkeit dafür, daß jemand bei ihm war, einfach dasaß und nichts sagte, der zuhören, seine Verzweiflung und Müdigkeit teilen konnte.

Behutsam löste Skar den Lederbeutel von seinem Hals, öffnete ihn und nahm den Stein hervor. Das blaue Leuchten war mittlerweile ganz erloschen, und er erschien Skar mehr denn je wie ein gewöhnliches, schon etwas blind gewordenes Stück Glas. Er ließ ihn vorsichtig auf seine geöffnete Handfläche fallen, hielt ihn dicht vor das Gesicht und versuchte, einen Sonnenstrahl in den winzigen Facetten seiner Oberfläche aufzufangen. Es mißlang.

»Was ist das?« fragte er leise. Die Worte galten mehr ihm selbst als dem Sumpfmann, und El-tra antwortete auch nicht. »Wie viele Menschen sind dafür gestorben?« fuhr er fort. »Hunderte? Tausende? Welche Macht verleiht er seinem Besitzer?«

»Ich weiß es nicht«, sagte El-tra. »Niemand weiß das.«

»Nicht einmal Vela?«

»Nicht einmal Vela«, bestätigte der Sumpfmann. »Er kann alles bedeuten – oder nichts. Er ist ein Schlüssel, Skar, nicht mehr. Der Schlüssel zu einem Ding, das . . .« Er brach ab, und Skar wußte, daß er nicht weiterreden würde. Er hatte bereits mehr gesagt, als er gewollt hatte. Viel mehr.

»Schon gut«, murmelte Skar. »Ich werde es herausfinden, irgendwann.« Er schloß die Faust um den Stein, steckte ihn aber noch nicht zurück in den Beutel. Wieder lauschte er in sich hinein, suchte in den tiefsten Winkeln seiner Seele nach einem Echo, nach irgend etwas, das auf den glatten, kühlen Stein in seiner Hand reagierte. Aber da war nichts. Der Stein war tot.

»War er das alles wert?« fragte er. »War er es wert, daß so viele Menschen dafür starben?«

»Viele von euch sind für weniger gestorben«, antwortete El-tra ruhig. »Für eine Idee, einen Traum . . .« Er schwieg, breitete in einer bedrückend menschlich wirkenden Geste die Hände aus und ließ den Kopf gegen die Wand sinken. »Ihr überschätzt den Wert des Lebens«, sagte er. »Der einzelne zählt nichts, solange die Gemeinschaft weiter besteht.«

Skar lachte leise, aber es war ein Laut ohne Humor, eigentlich ohne jedes echte Gefühl.

»Was amüsiert dich daran, Satai?« fragte El-tra.

»Oh – nichts.« Skar setzte sich auf, ließ den Stein wieder in den Beutel gleiten und sah den Sumpfmann kopfschüttelnd an. »Ich frage mich, wie ein Wesen, das nicht einmal über eine eigene Identität verfügt, über das Schicksal eines Menschen philosophieren kann. Ihr wart nie zu dritt, nicht?«

»Nein«, bekannte El-tra. »Eins – drei – Millionen Facetten eines einzigen großen Wesens. So wie Gowenna, Vela, Arsan und du und alle anderen Menschen ebenfalls. Ihr habt es nur noch nicht gemerkt.«

»Oder ihr habt noch nicht gemerkt, daß es so etwas wie ein eigenes Leben gibt«, konterte Skar. »Man kann die Sache von zwei Seiten sehen.« Obwohl er mit jeder Sekunde müder zu werden schien und seine Gedanken träge wie Sirup durch seinen Schädel krochen, begann ihm die Diskussion Spaß zu machen. Es war das erste Mal, daß der Sumpfmann so frei über sich und sein Volk sprach, und Skar begann zu spüren, daß die beiden bizarren Wesen vielleicht mehr waren als Gowennas Vertraute und Wächter.

»Individualismus ist nicht das höchste Ziel«, widersprach El-tra nach kurzem Zögern. »Sieh dir unser Volk an, Skar, und betrachte deines. Wir kennen das, was ihr Persönlichkeit nennt, nicht. Nicht so wie ihr. Aber wir leben seit Jahrtausenden in Frieden, während ihr euch in einem immerwährenden Krieg zerfleischt.«

Skar machte eine ärgerliche Handbewegung. »Frieden«, stieß er hervor. »Im Grab ist auch Frieden, El-tra. Und ihr zahlt einen hohen Preis dafür. Ihr seid isoliert. Ausgestoßen.«

»Glaubst du?« Wieder schwieg El-tra lange, als müsse er sich die Antwort genau überlegen. »Wer sagt dir, daß nicht wir euch ausgestoßen haben, und nicht umgekehrt?« Für einen Moment blitzte ein fast spöttisches Lächeln durch die grauen Nebel unter seiner Kapuze. »Und wie ist es mit dir und Del?« fuhr er dann fort. »Auch ihr seid Geistbrüder, mehr, als dir vielleicht bewußt ist. Töte den einen, und der andere stirbt.«

»Unsinn«, knurrte Skar.

El-tra nickte. »Sicher. Vielleicht ist Del schon nicht mehr am Leben, vielleicht stirbst du mit uns in wenigen Stunden oder Tagen, und der andere wird weiterleben. Aber er wird nicht mehr der sein, der er vorher war.«

Diesmal verzichtete Skar auf eine Antwort. Es gab nichts, was er hätte sagen können. El-tra hatte recht, in jedem einzelnen Punkt. Skar hatte bereits begonnen, sich zu verändern. Von seiner früheren Stärke und Sicherheit war nicht viel geblieben, er fühlte sich verwirrt, hilflos, schwach. Er wußte nicht, was geschehen wäre, wäre Del bei ihm geblieben, aber soviel wußte er, daß alles ganz, ganz anders gekommen wäre.

El-tra erhob sich mit einer plötzlichen fließenden Bewegung, nickte noch einmal und ging ohne ein weiteres Wort zu Gowenna und dem zweiten Sumpfmann zurück.

Er wußte nicht, wie lange er geschlafen hatte, aber es war merklich dunkler geworden, als Arsan ihn weckte. Im ersten Moment hatte er Mühe, in die Wirklichkeit zurückzufinden. Es waren nicht die grauen Spinnweben des Giftes, die seine Gedanken gefangen hielten, sondern einfach Müdigkeit, Erschöpfung von einer Tiefe, wie er sie lange nicht mehr verspürt hatte.

Er sah auf, blickte in Arsans Gesicht und versuchte sich hochzustemmen. Es gelang ihm erst beim zweiten Anlauf.

»Was gibt es?« fragte er undeutlich.

Arsan deutete mit einer Kopfbewegung zur Tür. Vor dem Ausgang herrschte noch heller Tag, aber die Sonne war weitergewandert, so daß ihre Strahlen nun nicht mehr direkt in den Eingang fielen, und das Innere des Gebäudes war in grauen Schatten versunken. »Komm mit«, sagte er einfach.

Skar stand vollends auf, hielt sich einen Moment an der Wand fest, um nicht das Gleichgewicht zu verlieren, und folgte dann dem Kohoner zum Ausgang.

»Was ist los?« fragte er noch einmal.

Arsan sah ihn mit seltsamem Ausdruck an. In seinem Blick lag Schrecken, aber auch Resignation. Er hob die Hand und deutete nach Westen. »Dort.«

Zuerst gewahrte Skar nichts außer den massigen Schatten der Berge, die hinter einem Vorhang aus heißer Luft auf und ab zu tanzen schienen. Seine Augen, gewöhnt an die graue Dämmerung hier drinnen, begannen unter dem grellen Licht zu tränen, und irgendwo über seiner Nasenwurzel saß plötzlich ein kleiner scharfer Schmerz. Erst nach einer Weile erkannte er, was der Kohoner gemeint hatte: Auf halbem Wege zwischen ihnen und der Schneegrenze, vielleicht noch drei, höchstens vier Meilen entfernt, bewegte sich eine Anzahl winziger dunkler Punkte.

»Reiter«, murmelte Arsan. »Das sind Reiter.« Seine Stimme klang auf unangemessene Weise ruhig, beinahe heiter. Skar hätte Schrekken oder zumindest Überraschung erwartet, aber in den Worten des Kohoners schwang nichts von alledem mit. Er schien das Auftauchen der Reiter so gelassen hinzunehmen, als wäre es die natürlichste Sache der Welt, als gehöre ihre Anwesenheit ebenso selbstverständlich zu der Szenerie wie die Berge im Westen und die zerschründete Ebene davor.

Skar sah den kleinwüchsigen Mann verwirrt an und wandte sich dann wieder den Reitern zu. Er schätzte ihre Anzahl auf fünf oder sechs, war sich aber nicht sicher. Es konnten mehr sein; in der hitzeflimmernden Luft war es schwer, Einzelheiten zu erkennen.

»Das müssen die sein, die uns die ganze Zeit verfolgt haben«, sagte Gowenna hinter ihm. »Sie hätten sich keinen besseren Augenblick aussuchen können, um uns zu überfallen.«

Skar drehte sich um. Er hatte nicht gemerkt, daß Gowenna hinter ihn getreten war. Als Arsan ihn weckte, hatte sie schlafend zwischen den beiden Sumpfmännern gelegen.

»Wer sagt dir, daß sie uns überfallen wollen?« fragte er lauernd.

Gowenna wandte mit einem schnellen Ruck den Kopf. In ihren Augen blitzte es spöttisch auf. »Sie sind wohl kaum hier, um einen Becher Wein mit uns zu trinken«, gab sie zurück. »Die sind hinter uns her.«

»Und das weißt du?« antwortete Skar. »Ich meine – du befürchtest es nicht nur? Du *weißt* es!«

Das Erschrecken auf ihrem Gesicht war nicht zu übersehen.

»Du hast es die ganze Zeit schon gewußt, nicht wahr?« fuhr er rasch und ohne ihr Gelegenheit zu einer Erwiderung zu geben, fort. »*Deshalb* bin ich hier. Vela war nicht die einzige, die von der Existenz des Steines gewußt hat.«

»Und wenn es so wäre?« gab Gowenna trotzig zurück. »Was würde das ändern?«

»Eine Menge«, erwiderte Skar ruhig. »Wenn ich die Wahl habe, dann übernehme ich lieber die Rolle des Jägers als die des Gejagten. Wir hätten ihnen irgendwo in den Bergen auflauern und –«

»O ja«, unterbrach ihn Gowenna spöttisch. »Genau diese Reaktion habe ich von dir erwartet, Satai. Du hättest den Helden gespielt und unsere Mission in Gefahr gebracht.«

»Zum Kampf kommt es so oder so«, antwortete Skar mit einer wütenden Kopfbewegung in Richtung der näher kommenden Reiter. »Aber die Karten wären vielleicht ein wenig besser verteilt gewesen. *Wer sind diese Männer?*«

»Das weiß ich so wenig wie du.«

»Du lügst!« fauchte Skar. »Du wußtest vom ersten Tag an, daß wir verfolgt werden, lange, bevor ich oder einer der anderen es bemerkt haben! Und du wußtest auch, von wem!«

»Ich weiß es nicht, Skar«, erwiderte Gowenna. »Vielleicht habe ich einen Verdacht, aber ich werde nicht darüber reden. Nicht jetzt.«

Skar sog hörbar die Luft ein. Für einen winzigen Moment kämpfte er mit aller Kraft gegen den übermächtig werdenden Drang an, sich auf Gowenna zu stürzen und das zu tun, was er die ganze Zeit hätte tun sollen - sie zu packen und die Wahrheit aus ihr herauszuprügeln. Er spürte, daß es jetzt kein Zurück mehr gab. Sie hatte ihn zu lange hingehalten, zu lange versucht, ihn an der Nase herumzuführen, vor den anderen und vor allem vor sich selbst. Und er hatte zu lange dazu geschwiegen. Aber er spürte auch, wie gefährlich die Situation war, in der sie sich beide befanden. Ihr Streit begann sich zu eskalieren.

Sie waren beide erschöpft, mehr, als ihnen selbst bewußt war, erschöpft und überreizt. Aber er hatte auch einen Punkt erreicht, wo er einfach nicht mehr wollte.

»Allmählich reicht es mir«, sagte er mit mühsam erzwungener Ruhe. »Seit wir aufgebrochen sind, hast du mich belogen. Du hast mich verspottet, verhöhnt und beleidigt, und ich habe die ganze Zeit dazu geschwiegen. Ich habe Rücksicht darauf genommen, daß du eine Frau bist, Gowenna, aber damit ist es jetzt vorbei. Du hast, was du haben wolltest, also sag mir endlich, was hier gespielt wird.«

Gowenna schürzte trotzig die Lippen. Für einen Moment blitzte in ihrem Blick wieder der alte Hochmut auf. Sie wandte sich ab, trat zwei, drei Schritte in den Raum hinein und blieb erst stehen, als Skar ihr nachsetzte und sie grob am Arm zurückriß.

»Rede endlich!«

Gowenna machte sich mit einem wütenden Blick frei. Ihre Hand zuckte zum Schwertgriff. »Tu das nicht noch einmal!« zischte sie. »Ich habe dir gesagt, daß du mich nicht noch einmal anrühren sollst, und ich sage es kein drittes Mal, Skar!«

Skar verzog das Gesicht zu einem bewußt verletzenden Lächeln. »Mach dich nicht lächerlich, Gowenna«, sagte er provozierend ruhig. »Ich will Antworten. Du kannst deine Zirkusnummer aufführen, wenn Zeit dafür ist. Nicht jetzt.«

Gowenna erbleichte. Für den Bruchteil einer Sekunde breitete sich ein fassungsloser, beinahe entsetzter Ausdruck auf ihren Zügen aus, ein flüchtiger Schatten von Erschrecken, von Furcht. Ihre Hand krampfte sich so fest um den Schwertgriff, als wollte sie ihn zerbrechen.

Skar sah die Bewegung im letzten Moment.

Er hatte geahnt, daß Gowenna schnell sein würde, aber er hatte nicht geahnt, daß sie *so* schnell war. Ihr Schwert sprang, in einer Bewegung, die fast zu blitzartig war, als daß das Auge ihr folgen konnte, aus der Scheide und züngelte in einem tödlichen Halbkreis flirrenden Stahls direkt auf ihn zu.

Skar warf sich zurück und versuchte gleichzeitig seine eigene Waffe zu ziehen. Es gelang ihm nicht mehr ganz, aber der geschliffene Stahl glitt auf Armlänge aus der Hülle und bildete so eine Sperre dicht über seinem Körper. Ein hoher, peitschender Laut brachte die Luft zum Schwingen, als die beiden Klingen aufeinanderprallten. Skar schrie vor Schmerz auf, als sein Handgelenk – im falschen Winkel und verspannt – die ganze Kraft des Hiebes auffing. Die Wucht des Aufpralls schleuderte ihn vollends hintenüber, ließ aber auch Gowenna zurücktaumeln und gab ihm so Gelegenheit, wieder auf die Füße zu kommen.

Er ließ ihr nicht einmal die Spur einer Chance. Vierzig Tage Haß, vierzig Tage aufgestauter Wut und Verzweiflung entluden sich in einem einzigen mörderischen Hieb. Sein Schwert schmetterte Gowennas Waffe zur Seite, züngelte in einer ungeheuer raschen Bewegung nach ihrem Gesicht und hinterließ, im letzten Moment herumgerissen, einen langen, blutigen Schnitt auf ihrer Wange, prallte in der Abwärtsbewegung abermals gegen ihr Schwert, die Klinge wie Glas zerbrechend und sie selbst meterweit zurückschleudernd.

Skar schleuderte seine Waffe fort und setzte mit einem wütenden Sprung nach. Gowenna versuchte sich zu wehren, aber sie hatte nicht mehr Chancen als ein Kind gegen einen wütenden Quorrl. Ihre Hand zuckte hoch, Zeige- und Mittelfinger zum tödlichen »V« gespreizt und auf seine Augen gezielt. Er schlug sie mit einer fast spielerischen Bewegung zur Seite, parierte einen Kniestoß mit dem Ellbogen und schlug ihr den Unterarm quer über den Leib.

Gowenna stieß einen gurgelnden Laut aus, verkrampfte die Hände über dem Bauch und brach in die Knie. Skars abschließender Tritt wäre nicht mehr nötig gewesen, um sie vollends zu Boden zu schleudern. Aber es bereitete ihm Freude – für einen winzigen Moment bereitete es ihm Freude, ihr seine ganze Überlegenheit zu zeigen, ihr weh zu tun, sie, anstelle von Vela, deren er nicht habhaft werden konnte, zu quälen, zu schlagen und zu demütigen.

Und er tat es weiter, wenn schon nicht mit Taten, so doch mit Worten. »Hast du jetzt genug?« fragte er schweratmend. »War es das, was du wissen wolltest? Oder soll ich weitermachen?«

Er bückte sich, riß sie grob vom Boden hoch und schleuderte sie gegen die Wand.

Sie stöhnte. Ihr Gesicht war blutüberströmt. Sie brach wieder in die Knie, krümmte sich vor Schmerzen und versuchte qualvoll zu atmen. Wahrscheinlich verstand sie seine Worte gar nicht, aber er sprach trotzdem weiter, sprudelte all das hervor, was sich wochenlang in ihm aufgestaut hatte, gleichermaßen erschrocken über seine eigenen Worte wie unfähig, sie zurückzuhalten. »Du bist ja eine so große Kriegerin, nicht?« sagte er. Seine Stimme troff vor Hohn, jedes Wort, jede einzelne Silbe war ein Hieb, der sie treffen, verletzen, quälen sollte. »Die ganze Welt soll sich vor dir fürchten, nicht wahr? Aber selbst ein Satai-Novize würde dich mit leeren Händen fertigmachen. Du bist nicht so stark, wie du glaubst. Du bist nichts, Gowenna, nichts als ein verbittertes, männerhassendes Weib, das sich für unbesiegbar hält, nur weil es ein Schwert führen kann und von zwei Ungeheuern bewacht wird. Du wirst mir jetzt die Wahrheit sagen! Ich will wissen, was es mit diesem Stein auf sich hat, und ich will wissen, wer diese Männer sind!«

Jemand riß ihn grob am Arm zurück. Skar fuhr herum, darauf gefaßt, von den beiden Sumpfmännern angegriffen zu werden.

Aber es war nur Arsan. »Hör auf, Skar!« sagte er mit zitternder Stimme. »Hör auf!«

Skar schlug seine Hand beiseite, aber der Kohoner griff sofort wieder zu. In seinen Fingern lag eine erstaunliche Kraft.

»Misch dich nicht ein!« zischte Skar.

»Hör auf!« sagte Arsan noch einmal. »Ich bitte dich, hör auf. Du hast sie besiegt. Du mußt sie nicht auch noch demütigen.«

Für einen winzigen Moment kreuzten sich ihre Blicke, und Skar las in den Augen des Kohoners eine Stärke, die er ihm nicht zugetraut hätte. Eine Stärke, die vielleicht aus Furcht geboren, aber trotzdem da war.

Sekundenlang blieb er reglos stehen, dann streifte er Arsans Hand endgültig ab. »Gut«, knurrte er. »Vielleicht hast du recht. Aber ich mußte die Sache klären. Es ist auch dein Leben, das auf dem Spiel steht.«

»Leben ...« Arsan gab einen seltsamen, schwer zu deutenden Laut von sich. »Wir sind doch längst tot, Skar.«

»Du vielleicht«, konterte Skar barsch. Sein Blick glitt an Arsan vorbei und suchte die beiden Sumpfmänner. Sie hatten nicht in den Kampf eingegriffen, sich noch nicht einmal gerührt. Skar war sich nicht sicher, ob sie überhaupt Notiz davon genommen hatten. Er verstand nicht, warum.

»Wir sollten uns auf den Kampf vorbereiten«, sagte Arsan nach einer Weile, »statt uns gegenseitig an die Kehlen zu fahren.« Sein Blick war wieder klar, und seine Stimme hatte den gleichen leicht resignierenden und doch zuversichtlichen Tonfall wie immer. Er hatte die Beherrschung verloren, aber nur für einen Moment.

»Welchen Kampf?« fragte Skar. »Es wird keinen Kampf geben.«

Arsan legte den Kopf auf die Seite. »Was heißt das? Willst du aufgeben?«

»Fliehen«, korrigierte Skar. »Wir fliehen, wenigstens für den

Moment. Sie brauchen zwei, vielleicht drei Stunden, um hier zu sein. Das gibt uns Zeit genug, zu verschwinden und sie in weitem Bogen zu umgehen.«

»Sie haben Pferde.«

»Eben.« Skar nickte aufmunternd. »Und vermutlich Bögen und Armbrüste und jede Menge anderer unliebsamer Dinge. Aber auch Decken und Feuerholz und Essen, alles, was wir brauchen.«

»Du willst . . . sie überfallen?« fragte Arsan stockend.

Skar nickte. »Wir haben keine andere Wahl. Sie werden eine Weile hier herumstreifen und uns suchen. Zeit genug, um ihnen irgendwo einen Hinterhalt zu legen. Sie sind in der Überzahl und besser bewaffnet und vermutlich ausgeruht, aber wir überleben zu Fuß und ohne Ausrüstung nicht einmal den ersten Tag in den Bergen. Also komm. Wir haben schon viel zuviel Zeit verloren.«

Er bückte sich nach einem der Wasserschläuche, band ihn sich um die Hüfte und forderte Arsan mit einer befehlenden Geste auf, es ihm gleichzutun. Hinter ihm kam Gowenna mit einem stöhnenden Laut auf die Füße. Er sah nicht einmal hin.

»Du willst sie wirklich angreifen?« fragte Arsan noch einmal.

»Hast du eine bessere Idee?« antwortete Skar. »Du kannst natürlich auch hierbleiben und dich abschlachten lassen. Ich will dich nicht zwingen, mit mir zu kommen.« Er richtete sich auf, zog sein Schwert aus der Scheide und ließ die Klinge spielerisch ein paarmal vor Arsans Gesicht durch die Luft pfeifen.

»Ihr habt mich doch mitgenommen, damit ich für euch kämpfe, oder?«

Es war gleichzeitig heiß und kalt, aber wie alles in diesem Teil der Welt war es nicht bloß einfach heiß und kalt, sondern unerträglich heiß und unerträglich kalt. Er hatte geglaubt, zu wissen, was sie erwartete. Aber er hatte vergessen, wie ungeheuerlich der Feuersturm Combats war, wie schneidend der Wind, der, angesogen von der Kraft der brennenden Stadt, in ihre Gesichter fuhr und die Eiseskälte der Berge mitführte, wie brennend die

Hitze, die selbst gegen die Macht des Sturmes hinter ihnen herkroch und sie versengte, den Boden unter ihren Füßen zum Glühen brachte und die Luft in brennenden Sirup verwandelte, der jeden Atemzug zu einer unerträglichen Qual werden ließ. Er hatte es längst aufgegeben, die Entfernung abzuschätzen, die sie noch bis zum Gebirge zurückzulegen hatten. Sie waren gelaufen, gerannt, stunden-, tagelang, wie es ihm vorkam, aber die schneegekrönte Mauer im Westen schien noch um keinen Fußbreit näher gekommen zu sein. Er hatte kaum mehr die Kraft, sich auf den Beinen zu halten und weiterzuschleppen. Woher Gowenna und Arsan die Energie nahmen, noch einen Fuß vor den anderen zu setzen und weiterzumarschieren, war ihm ein Rätsel. Selbst die beiden Sumpfmänner zeigten bereits deutliche Anzeichen von Erschöpfung. Ihre Gestalten schienen im schwächer werdenden Licht des Abends zu flackern; die Nebel unter ihren Kapuzen wogten stärker. Und es war Schmerz in diesen Wogen.

Skar ertappte seine Hand dabei, wie sie gleich einem kleinen, selbständigen Wesen, das seinen Befehlen nicht mehr länger gehorchte, zu dem halb gefüllten Wasserschlauch an seinem Gürtel kroch. Aber er gestattete sich nicht zu trinken. Weder sich noch den anderen. Er hatte das Kommando endgültig übernommen, als sie das Gebäude verlassen hatten, einfach dadurch, daß er als erster gegangen war. Gowenna hatte nicht noch einmal versucht, sich zu widersetzen. Sie hatte mehr verloren als einen Kampf.

Aber es war ein Sieg, über den sich Skar nicht freuen konnte.

Als wären seine Überlegungen ein Stichwort gewesen, brach Arsan in diesem Moment in die Knie. Skar sprang rasch vor und versuchte ihn aufzufangen, aber die Erschöpfung ließ seine Reaktionen langsamer werden als gewohnt. Er griff daneben. Arsan fiel mit einem wimmernden Laut vornüber und schlug mit dem Gesicht auf dem hartgebackenen Boden auf.

Skar hatte nicht mehr die Kraft, sich um ihn zu kümmern. Erschöpft ließ er sich neben dem Kohoner zu Boden sinken, zog die Knie an den Körper und blinzelte in den Himmel hinauf. Combat schleuderte ihren flammenden Gruß noch immer zu den Wolken hinauf, aber ihr Licht schien jetzt verändert; es war nicht länger nur Hitze und Helligkeit, sondern eine stumme, blutige, unheilvolle

Drohung.

»Wir rasten hier«, murmelte Skar. Die Worte waren zu leise, als daß Gowenna oder einer der beiden Sumpfmänner sie hätten verstehen können. Trotzdem blieb Gowenna stehen, schwankte einen Moment und ließ sich dann erschöpft auf einen Felsen sinken. Die beiden El-tra nahmen stumm rechts und links von ihr Aufstellung.

Die Erschöpfung schlug wie eine betäubende Woge über ihm zusammen, und diesmal versuchte er nicht mehr sich zu wehren. Es war nicht allein die körperliche Müdigkeit. Er war Satai und verfügte noch immer – selbst jetzt – über Reserven, auf die er zurückgreifen konnte.

Nein, die körperliche Erschöpfung war nicht das Schlimmste. Aber die heiße, ewig brennende Flamme, die ihn zeit seines Lebens erfüllt hatte, die Kraft, die einen Satai zum Weitermachen und immer wieder zum Weitermachen, zum Kämpfen und Durchhalten und Siegen oder Sterben trieb, war erloschen. Sein Kampfeswille war fort.

Er wußte, daß sein Plan nicht aufgehen würde, daß die Verfolger sie einholen mußten, lange bevor sie das Gebirge erreichten, und er wußte, daß sie sie angreifen und töten würden. Aber er empfand nicht einmal Furcht vor diesem Gedanken. Er würde noch einmal kämpfen und mit dem Schwert in der Faust sterben; ein Tod, der unnötig, aber eines Satai würdiger war als das langsame Dahinsiechen, das ihn sonst erwartet hätte.

Sie hatten keine Chance, hatten sie nie gehabt. Das Glück hatte sie – soweit es überhaupt je bei ihnen gewesen war – endgültig verlassen. Sie waren nicht annähernd so gut vorangekommen, wie es nötig gewesen wäre. Das zerschründete Gelände gab ihnen genügend Deckung, aber es hatte sie auch zu unzähligen Umwegen und mühsamen und kräftezehrenden Klettereien gezwungen. Sie hatten Zeit verloren, Zeit, die sie nicht hatten.

Skar lehnte sich zurück, lehnte den nackten Rücken gegen heißen Fels und unterdrückte einen Schmerzlaut, als der glühende Stein in seine verbrannte Haut biß. Die Ebene begann vor seinen Augen zu verschwimmen, und für einen winzigen Moment bildete er sich ein, ein schmales, blasses Gesicht zwischen den wabernden Nebeln vor sich zu erkennen. Velas Gesicht ...

Arsan regte sich stöhnend. Er bewegte den Kopf, so daß sein zerschundenes Gesicht über den rauhen Boden rieb und eine dünne Blutspur hinterließ. Er stemmte sich, nur auf die Fingerspitzen gestützt, in eine kniende Position hoch und rang mühsam nach Luft. Aus seiner Brust drang ein krächzender, kranker Laut, der Skar frösteln ließ.

»Das ... war es dann wohl, Satai«, sagte er schleppend. »Aus.«

Skar lächelte, obwohl ihm eher zum Heulen zumute war. »Hältst du dich schon wieder für tot, Arsan?« erwiderte er. »Für eine Leiche hast du dich bisher recht tapfer geschlagen. Aber wenn man deinen Worten glauben kann, dann bist du ja schon auf dem Herweg gestorben. Mindestens zwanzigmal.«

Aber seine Worte verfehlten die beabsichtigte Wirkung. Sie alle hatten einen Grad der Erschöpfung erreicht, in dem aufmunternde Worte nicht mehr halfen.

Skar suchte den Blick Gowennas. Aber sie schien das, was um sie herum vorging, gar nicht mehr wahrzunehmen. Sie starrte aus leeren Augen an ihm vorbei zu Boden, die verletzte Wange mit der Hand bedeckend. Der Schnitt hatte längst aufgehört zu bluten; er war nicht sehr tief und würde keine Narbe hinterlassen. Aber Skar wußte auch, daß weder der Schmerz noch die körperliche Niederlage, die er ihr zugefügt hatte, das wirklich Schlimme war. Irgend etwas war mit ihr geschehen, kurz bevor sie aus Combat zurückgekehrt waren. Er wußte nicht, was, aber er wußte, daß er sie endgültig zerbrochen hatte, ohne es zu wollen, dafür aber brutal und endgültig. Mit einem Mal kam er sich gemein und niederträchtig vor, schmutzig. Er empfand fast so etwas wie Abscheu vor sich selbst, wie ein Mann, der ein Kind schlug und erst zu spät merkte, was er überhaupt tat. Von dem Triumph, den er für wenige kurze Momente gespürt hatte, war nichts geblieben. In ihm war nichts als Leere, Leere und ein bitterer, harter Geschmack. Er hatte gesiegt, aber es war ein billiger Sieg gewesen, ein Sieg, der eines Satai unwürdig war.

Gowenna war letztlich nichts als ein Mädchen, dessen Gefühle durch Gründe verwirrt waren, die er nicht erraten konnte; sie war nicht einmal ein besonders kräftiges Mädchen dazu, während er, sein Körper, sein Geist und seine Reflexe, eine hochgezüchtete

Kampfmaschine war, ein Mensch, der sich zeit seines Lebens zum Kämpfen und Töten abgerichtet hatte. Nein – es war kein Sieg, über den er sich freute.

Aber er war nicht der Mann, der zu ihr ging und ein Wort der Entschuldigung sagte.

Und sie wäre nicht die Frau gewesen, es anzunehmen. Sie würde ihn zurückstoßen, und er würde verärgert reagieren und sie noch mehr verletzen. So zog er es vor, sitzen zu bleiben und nichts zu tun.

Zum erstenmal seit Beginn ihrer unfreiwilligen Partnerschaft verglich er Gowenna mit Del, und obwohl ihm der Gedanke im ersten Moment fast absurd erschien, sah er doch mehr und mehr Ähnlichkeiten. Er hatte ein Jahrzehnt gebraucht, um aus Del einen Mann zu machen, und er würde ein weiteres Jahrzehnt brauchen, um aus diesem Mann einen Satai zu formen. Vielleicht wäre Del so geworden wie Gowenna, wenn sie sich nie begegnet wären. Nicht so voller Haß und Zorn, aber von dem gleichen unbeherrschten Feuer beseelt.

Er sah auf, als einer der Sumpfmänner neben ihn trat. »Ja?«

»Sie kommen«, sagte El-tra.

»Die Reiter?« Skar sah rasch zu Arsan hinüber, aber der Kohoner war im Sitzen zusammengesunken und schien die Worte nicht gehört zu haben. Seine Augen waren geöffnet, aber ihr Blick war leer.

El-tra nickte. »Sie sind keine halbe Meile mehr hinter uns. Und sie sind genau auf unserer Spur – frag mich nicht wie, aber sie scheinen genau zu wissen, wo sie uns suchen müssen.«

Für einen Moment flammte etwas von dem alten Kampfgeist in Skar auf, aber es war nicht mehr als ein bloßer Reflex, mit dem seine Instinkte auf die Bedrohung reagierten, so bedeutungslos wie die letzten Schritte, die ein Huhn noch macht, nachdem man ihm den Kopf abgeschlagen hat, und ebenso rasch vorbei. Statt dessen übermannten ihn wieder Müdigkeit und Resignation. Mit einer müden Bewegung drehte er den Kopf und sah sich um, zum ersten Mal, seit sie angehalten hatten, seine Umgebung bewußt wahrnehmend.

Sie waren in einem flachen, fast ebenen Krater, der sich nur zur Mitte hin leicht senkte und von gut doppelt mannshohen, wie ausgestanzt wirkenden glatten Wänden umgeben war. Kein idealer

Platz, sich zu verteidigen, aber auch kein sonderlich schlechter. Zum Sterben so gut wie jeder andere.

Skar stemmte sich hoch, griff dankbar nach El-tras ausgestreckter Hand und ging neben ihm zum Kraterrand. Es gab einen schmalen Aufstieg zur Mauerkrone hinauf, ähnlich dem, durch den sie hereingekommen waren. Skar folgte dem Sumpfmann, ließ sich oben auf den heißen Stein sinken und zuckte zusammen, als ihn eisiger Wind und Hitze gleichzeitig aus zwei verschiedenen Richtungen trafen und seinen Körper zwischen einem weißglühenden Amboß und einem gewaltigen eisigen Hammer zu zermalmen drohten. Er spürte erst jetzt, wie geschützt sie unten im Krater gewesen waren.

El-tra hatte nicht übertrieben. Die Reiter waren nahe, näher noch, als Skar ohnehin befürchtet hatte. Bis zu ihrem Eintreffen würden keine zehn Minuten mehr vergehen. Skars Mut sank noch weiter, als er die Männer sah.

Es waren ausnahmslos große, kräftige Krieger, keine bunt zusammengewürfelte Gruppe wie die ihre, sondern Soldaten, Söldner in schweren ledernen Kampfpanzern auf großen, grobknochigen Schlachtrössern, die kaum weniger stark gepanzert waren wie sie; waffenstarrende Mordmaschinen, von denen drei gereicht hätten, ihnen den Garaus zu machen. Aber es waren nicht drei – es waren zehn.

Und an ihrer Spitze ritt ein schwarzgepanzerter Hüne, ein Gigant, mindestens so groß und noch breitschultriger als Del, bewaffnet mit Schild und Morgenstern und einem schlanken Schwert aus schimmerndem Sternenmetall.

Einem *Tschekal.*

Für einen Moment hatte Skar das Gefühl, zu Eis zu erstarren. Er spürte plötzlich weder Hitze noch Kälte noch Schmerz noch überhaupt etwas, das um ihn herum vorging. Die Welt schien aus einem winzigen grellen Kreis zu bestehen, in dessen Zentrum die schlanke Waffe loderte. Ein *Tschekal!*

Es gab niemanden, auf ganz Enwor niemanden, der es gewagt hätte, eine solche Waffe zu tragen, ohne dazu berechtigt zu sein.

Niemanden außer den Satai.

»Arsan hatte recht«, flüsterte er tonlos. »Wir sind tot.« Er starrte weiter wie gebannt zu der riesigen, schwarzgepanzerten Gestalt hinüber, ballte hilflos die Fäuste und versuchte das Chaos hinter seiner Stirn zu ordnen.

»Aber wie . . .«

»Du bist doch auch hier, oder?« El-tras normalerweise so ausdruckslose Stimme klang fast amüsiert.

Skar fuhr mit einem Ruck herum. Aber er sagte nichts. Es gab nur eine Erklärung, eine einzige, doch der Gedanke war zu schrecklich, als daß er ihn auch nur zu Ende zu denken wagte.

»Sie dienen dem gleichen Herrn wie wir«, bestätigte El-tra seinen Verdacht. »Ist es ihr gelungen, dich gefügig zu machen, so wird es ihr auch bei einem anderen Satai gelingen. Einem, der nicht so widerspenstig ist wie du.«

»Aber warum?« flüsterte Skar hilflos.

»Weißt du das wirklich nicht, Skar?« fragte El-tra. »Du bist zu gefährlich. Nicht einer von uns hat auch nur einen Augenblick daran geglaubt, daß du Vela den Stein würdest ausliefern wollen. Diese Männer sind da, um dich auszuschalten. Du bist ein gefährlicher Mann, Skar. Zu gefährlich, als daß sie dich am Leben lassen könnte.«

Skar schwieg lange. Der Wind schien plötzlich kälter zu werden.

»Ihr habt es gewußt, nicht?« fragte er schließlich leise.

El-tra verneinte. »Nicht, bevor wir die Stadt verließen, Skar. Wir hatten den Befehl, dich zu töten, sobald du den Stein aus der Stadt gebracht hast, aber sie muß geahnt haben, daß wir es nicht tun werden.«

Auch diese letzte Enthüllung berührte Skar kaum mehr. Es war wie bei seiner ersten Begegnung mit der Stadt: Sein Vorrat an Gefühlen, selbst an Haß und Wut, war aufgebraucht. Er fühlte sich nur noch leer.

»Warum habt ihr es nicht getan?« fragte er leise. »Es hätte zumindest euer Leben gerettet.«

»Gowenna verbot es uns«, antwortete El-tra. Er wandte den Kopf, starrte gleich Skar zu den näher kommenden Reitern hinüber und wechselte dann abrupt das Thema. »Du hättest sie nicht schlagen dürfen, Skar.«

Die Worte stachen wie kleine glühende Messer in Skars Gehirn.

»Warum habt ihr es nicht verhindert?« fragte er in dem ebenso törichten wie nutzlosen Versuch, sich zu verteidigen und El-tra wenigstens einen Teil der Schuld anzulasten.

El-tra schüttelte sanft den Kopf. »Ich habe einmal mit dir gekämpft, Skar, vergiß das nicht. Ich kenne dich und weiß, wie du zu kämpfen verstehst. Ich hätte dich töten müssen, und das wollte ich nicht.«

»*Du* warst das, damals in der Arena?«

El-tra machte eine unbestimmbare Handbewegung. »Ich oder einer meiner Geistbrüder, das ändert nichts. Was der eine tut, tut der andere, und was einer fühlt, fühlen alle.«

Skar starrte weiter auf die beständig näherrückenden Reiter. Sie mußten ihn längst gesehen haben, ihn und El-tra, deckungslos wie sie hier oben auf dem Felsen saßen. Aber das spielte schon keine Rolle mehr.

»Wir sollten hinuntergehen und uns um Arsan und Gowenna kümmern«, sagte El-tra nach einer Weile.

Skar stand wortlos auf und folgte dem Sumpfmann in den Krater hinunter. Arsan hockte noch immer wie betäubt dort, wo sie ihn zurückgelassen hatten. Er würde nicht mehr kämpfen. Für ihn war die Reise vorbei, ganz egal, wie diese Begegnung endete. Selbst wenn gleich mehrere Wunder geschahen und sie lebend davonkamen, würden sie nur noch eine leere Hülle mit zurückbringen, einen Mann, der noch existierte und atmete, aber nicht mehr lebte.

Rasch ging er an ihm vorüber und näherte sich Gowenna. Sie war aus ihrer Starre erwacht und saß aufrecht, in fast unnatürlich steifer Haltung, auf dem Felsen.

Ihre Wangen glitzerten feucht.

Sie weinte ...

Erneut fühlte sich Skar schuldig. Es war nicht nötig gewesen, sie zu demütigen.

»El-tra hat mir alles gesagt«, begann er übergangslos. Seine Stimme klang rauh und holperig, und es fiel ihm selbst jetzt noch schwer, die Worte hervorzustoßen. »Es tut mir leid. Und ich danke dir.«

»Du dankst mir?« antwortete Gowenna. Es waren die ersten Worte, die sie seit Verlassen des Gebäudes am Rande Combats sprach. »Du dankst mir, Skar? Wofür? Daß ich dich hierher geführt habe und du sterben wirst?«

»Daß du mir das Leben geschenkt hast«, sagte Skar. »Ich ... ich habe dir weh getan, mehr als ich gedurft hätte, und ...«

Gowenna lachte schrill auf. »*Du* hast mir weh getan?« keuchte sie. »Du?« Sie stand auf, trat mit einem raschen Schritt auf ihn zu und schluckte ein paarmal schwer. »Du?« sagte sie zum dritten Mal. »Du kannst mir gar nicht weh tun, Satai. Du verstehst nichts. Gar nichts. Und jetzt gib mir ein Schwert. Ich will wenigstens noch einen von diesem Gesindel mitnehmen, ehe ich sterbe.«

Skar fühlte sich verwirrt. Aber er griff trotzdem an den Gürtel, zog sein Schwert und gab es Gowenna. Sie nahm es, drehte es ein paarmal in den Händen und sah ihn fragend an.

»Deine eigene Waffe?«

»Ich habe die deine zerbrochen«, antwortete Skar. »Und sie würde mir so oder so nichts nutzen. Der Anführer der anderen ist ein Satai.«

»Ich weiß.« Gowenna nickte gleichmütig. Von einem Augenblick zum anderen verwandelte sich ihr Gesicht wieder in die altbekannte, starre Maske. Wäre der kaum verkrustete Schnitt auf ihrer Wange nicht gewesen, hätte Skar ernsthaft an dem gezweifelt, was in den letzten Stunden geschehen war. Gegen seinen Willen bewunderte er sie. Trotz allem hatte sie noch mehr innere Kraft, als er jemals hätte aufbringen können. Aber vielleicht war es auch bloß Trotz.

»Erwarten wir sie hier?« fragte Gowenna.

Skar zögerte sekundenlang. »Es ist Wahnsinn, Gowenna«, sagte er anstelle einer direkten Antwort. »Wir können nicht gegen sie kämpfen. Nimm den Stein und fliehe. Ich werde versuchen, sie aufzuhalten. Wenn Vela mich will, soll sie mich haben.«

Gowenna verzog spöttisch die Lippen. »Wie edel!« sagte sie in abfälligem Tonfall. »Der große Satai opfert sich.« Sie lachte leise, rammte das Schwert in die leere Scheide an ihrer Seite und sah ihn mit einem Blick an, als stünde sie einem störrischen Kind gegenüber. »Um mit deinen eigenen Worten zu sprechen, Skar – führ deine Zirkusnummer auf, wenn Zeit dazu ist. Es ist nicht der richtige Moment für großmütige Gesten. Außerdem hast du kein Publikum. Es gäbe also niemanden, der deine Tat zu würdigen wüßte. Wir werden kämpfen. Wie viele sind es?«

»Zehn«, antwortete Skar. »Das heißt – neun. Neun und der Satai.«

Gowenna biß sich nachdenklich auf die Unterlippe. Ihre Haltung wirkte mit einem Mal gleichzeitig gelöst und angespannt. Von Schwäche und Erschöpfung war nichts mehr zu bemerken. »Traust du dir zu, mit dem Satai fertig zu werden?«

Skar hob die Schultern. »Ich werde es versuchen«, sagte er. »Aber –«

»Wenn du es schaffst, ihn lange genug hinzuhalten, haben wir eine Chance«, fuhr Gowenna fort, ohne weiter auf seine Worte zu achten. »Sie ist nicht groß, aber sie besteht, und –«

Ein harter Stoß traf Skar in den Rücken, ließ ihn gegen Gowenna und sie beide zu Boden taumeln. Er fiel, rollte sich blitzschnell über die Schulter ab und wirbelte noch im Aufspringen herum.

Dort, wo Gowenna gestanden war, zitterte der schlanke Schaft eines Pfeiles im Boden. Sie hatten zu lange geredet, um jetzt noch die Wahl zwischen Kämpfen und Fortlaufen zu haben. Die Verfolger waren da, über und hinter ihnen; neun große, gegen den allmählich grau werdenden Abendhimmel beinahe schwarz erscheinende Gestalten, stumm und drohend nebeneinander aufgereiht wie schweigende Boten des Todes.

Skar tauschte einen raschen Blick mit dem Sumpfmann, der ihn weggestoßen hatte. »Danke«, murmelte er.

El-tra nickte flüchtig und konzentrierte sich dann wieder auf die Angreifer.

Irgend etwas in ihrem Verhalten irritierte Skar. Sie saßen in der Falle, endgültig und unausweichlich. Vom Kraterrand aus wäre es für die Männer ein leichtes gewesen, ihn und die anderen mit ein paar gezielten Schüssen niederzustrecken. Skar vermochte einem heranzischenden Pfeil durchaus auszuweichen oder ihn auch beiseitezuschlagen, aber das galt nicht mehr bei fünf oder sechs gleichzeitig abgefeuerten Geschossen. Trotzdem verzichteten die Krieger darauf, ein Ende zu machen. Es schien, als warteten sie auf etwas.

»Geht auseinander«, sagte Skar, ohne den Blick von den schwarzen Schatten auf dem Kraterrand über sich zu wenden.

SCHOBERICH 4/83

Die beiden Sumpfmänner wichen in entgegengesetzte Richtungen aus, bewegten sich gleichzeitig auf die Männer zu. Die Distanz zwischen ihnen und den Pfeilspitzen verringerte sich merklich, aber der Schußwinkel wurde auch steiler und ungünstiger für die Angreifer. Skar selbst blieb stehen, wo er war, während Gowenna nur ein paar Schritte zurück und zur Seite trat. Die Waffen der Angreifer folgten mißtrauisch jeder ihrer Bewegungen; trotzdem spürte Skar, daß sie nicht schießen würden. Auch der erste Pfeil war nicht abgefeuert worden, um zu töten. Er war gezielt gewesen, aber die Männer mußten gewußt haben, daß er ihm ausweichen würde. Er war eine Warnung gewesen, mehr nicht. Hätten sie ihn oder Gowenna töten wollen, hätten sie es gekonnt.

Nach einer Weile teilte sich die schweigende Reihe über ihnen, und eine riesige, in mattglänzendes schwarzes Leder gekleidete Gestalt erschien zwischen den Kriegern. Der Satai . . .

Es hätte nicht einmal des *Tschekal* an seiner Seite bedurft, um Skar zu zeigen, was für einen Mann er vor sich hatte. Jede seiner Bewegungen, seine Art zu gehen, seine Waffen zu tragen, selbst die Haltung, in der er schließlich stehenblieb und schweigend zu ihm hinuntersah, schrie ihm die Wahrheit entgegen. Und deutlich spürte er, daß es dem anderen genauso erging. An Skars Äußerem war nichts mehr von einem Satai; er war zerschunden, verdreckt und erschöpft, ein verwundeter kranker Mann in zerschlissenen Lumpen, und trotzdem meinte Skar den Haß zu fühlen, der in den Augen des anderen brannte. Nicht der heiße, lodernde Haß, der Gowenna verzehrte, sondern der kalte, berechnende Wille zum Töten. Das Gesicht des anderen war vollkommen hinter seinem schwarzen, durchbrochenen Visier verborgen, aber Skar mußte seine Züge nicht sehen, um den Ausdruck darauf zu erkennen.

Und er mußte sein Gesicht auch nicht sehen, um zu wissen, daß sie kämpfen würden. Er *wußte* es einfach, wußte es mit der gleichen Sicherheit, mit der er gewußt hatte, daß er einem Satai gegenüberstand. Sie hätten miteinander reden können, hätten es, allen Regeln der Satai zufolge, tun *müssen,* aber sie würden es nicht tun.

Sie würden kämpfen. Dieser Mann war mehr als irgendein Satai, mehr als irgendein Fremder. Er war sein Feind.

Sie würden kämpfen, und einer würde den anderen töten. Es gab keine andere Lösung.

Der Satai machte einen Schritt über die Felskante hinaus und sprang mit weit ausgebreiteten Armen in die Tiefe. Er prallte mit dumpfem Geräusch auf dem verbrannten Boden auf, federte elegant in den Knien und fand mit einem raschen Schritt sein Gleichgewicht wieder. Seine Begleiter folgten ihm nach kurzem Zögern auf die gleiche Weise.

Skar spannte sich. Seine überanstrengten Muskeln protestierten gegen die plötzliche Belastung, aber er wischte den Schmerz mit einem wütenden Gedanken zur Seite und zwang sich mit aller Willensanstrengung in jenen Zustand der Beinahe-Trance, den nur ein Satai erreichen konnte und der es ihm ermöglichte, verborgene Kraftquellen in seinem Körper anzuzapfen und für kurze Zeit zum Berserker zu werden. Für eine Sekunde - eine einzige Sekunde - war er verwundbar, mehr noch, gelähmt gewesen, starr und hilflos. Ein Pfeil, ein rascher Schritt und ein blitzartig geführter Schwertstreich, und es wäre vorbei gewesen.

Aber der andere hatte darauf verzichtet, obwohl er Satai wie er war und wissen mußte, was er tat.

Ein neues Gefühl der Stärke und Zuversicht durchströmte Skar, eine warme, ungeheuer kraftvolle Welle ähnlich der, die er fühlte, wenn er seine tägliche Ration an Gift nahm; und doch wieder ganz anders. Mit einem Mal wußte er, daß Vela einen Fehler gemacht hatte, ihren vielleicht einzigen und ersten Fehler überhaupt, und doch einen Fehler, der ihnen eine Chance gab. Sie hatte um seine Gefährlichkeit gewußt und versucht, Feuer mit Feuer zu bekämpfen, ihm, dem Satai, eine gleichstarke Kampfmaschine in den Weg zu stellen.

Hätte sie es nicht getan, wäre er jetzt vielleicht schon tot.

Es war nicht das plötzliche Auftauchen der Männer, das ihn noch einmal aus seiner Lethargie gerissen hatte. Der Mantel aus Erschöpfung und Schwäche war zu dicht gewesen, seine körperliche und vor allem seelische Müdigkeit zu tief. Die Söldner allein hätten dieses letzte Aufbegehren nicht bewirken können. Er hätte gekämpft, mit aller Kraft, die er noch hatte, und er hätte verloren. Es war allein der Satai, einzig das Erscheinen dieses Mannes, das Skar aufpulverte, einer Gefahr zu begegnen, die ohne das Auftreten des anderen niemals entstanden wäre.

Der Satai machte einen Schritt in seine Richtung und blieb stehen.

Skar spreizte leicht die Beine, ballte die Hände vor dem Leib zu Fäusten und beugte sich ein wenig vor. Kraft durchströmte ihn, Kraft und noch etwas anderes: Zorn. Er hätte es Vela vergeben können, daß sie ihn gezwungen hatte, hierherzukommen. Obwohl er sich darum bemüht hatte, hatte er sie niemals gehaßt; nicht wirklich. Die Auseinandersetzung zwischen ihm und der *Errish* war etwas anderes: ein Kampf, erbarmungslos und mit letzter Konsequenz geführt, aber ein Kampf auf einem anderen Niveau, ein Kräftemessen zwischen ihm und ihr, das er trotz allem noch mit einem gewissen Abstand betrachten konnte. Der Satai änderte alles.

Sie hatte mehr getan, als einen zweiten Satai unter ihren Willen zu zwingen. Sie hatte an den Grundfesten seiner Welt gerüttelt, hatte alles, woran er glaubte und wofür er lebte, beschmutzt, besudelt. Satai waren mehr als Krieger, mehr als Freunde. Der Gedanke, daß ein Satai die Hand gegen einen anderen erheben würde, war unvorstellbar; Blasphemie.

»Calo!« sagte er, ein kurzer, trockener Laut, keiner bekannten Sprache entspringend und doch mehr bedeutend als alle Worte der Welt: Herausforderung, Drohung und Respektbezeugung zugleich.

Der andere neigte kaum merklich den Kopf.

Skar sah, wie sich die Gestalten der Angreifer und der beiden Sumpfleute gleichermaßen strafften. Mit einem Mal schien der Krater von knisternder Spannung erfüllt zu sein. Aber es war nicht die Anspannung, die einem Kampf voranzugehen pflegte. Ihre Aufmerksamkeit galt jetzt nur mehr ihm. Ihm und dem anderen Satai. Er hatte die Herausforderung angenommen, sie würden kämpfen. Vielleicht das erste Mal seit einem Jahrtausend, daß sich zwei Satai im Kampf auf Leben und Tod gegenüberstanden. Es war unvorstellbar, etwas, das einfach nicht sein durfte. Und doch geschah es.

Skar bewegte sich auf den anderen zu, hob die Arme in Brusthöhe und drehte die leeren Handflächen nach außen.

»Ich bin unbewaffnet«, sagte er ruhig.

Wieder nickte der andere. Behutsam löste er den mächtigen

dreieckigen Schild vom Arm, legte ihn vor sich auf den Boden und zog den Morgenstern aus dem Gürtel. Das leise Klirren, mit dem die stachelbewehrte Kugel auf dem Boden aufschlug, klang in Skars Ohren wie boshaftes Hohngelächter.

Er starrte die Waffen sekundenlang an, als begriffe er nicht, was der Satai tat, hob dann den Kopf und blickte auf den Griff des *Tschekal,* der aus dem Gürtel des Satai ragte. Der Riese zog die Waffe mit einer bedächtigen Bewegung aus dem Gürtel, sah Skar abschätzend an und gab einem der Soldaten einen Wink. Die schlanke Klinge in seiner Hand glitzerte wie ein Strahl eingefangenen Sonnenlichts.

Der Soldat trat vor, näherte sich Skar in eindeutig unterwürfiger, fast ängstlicher Haltung und hielt ihm ein schlankes, in saubere weiße Tücher eingeschlagenes Schwert hin.

Skars Finger zitterten, als er danach griff. Er wußte, was er finden würde, wußte es, noch bevor er das Tuch zurückschlug und sich der letzte Sonnenstrahl auf der schlanken Klinge aus Sternenmetall brach, auf der Klinge eines *Tschekal – seines eigenen Tschekal,* der Waffe, die er dem Stadtkommandanten von Ikne ausgeliefert hatte!

Fassungslos starrte er die Klinge in seinen Händen an. Für einen Moment zuckte ein ungeheuerlicher Verdacht durch seinen Schädel, ein Gedanke, der so bizarr und erschreckend war, daß er voller Grauen davor zurückschreckte, ihn verjagte und im tiefsten Winkel seines Denkens vergrub.

Der schwarzgepanzerte Satai hob die Waffe, berührte mit der flachen Seite der Klinge die Stirnpartie seines Helmes.

Skar erwiderte die Bewegung.

Alles geschah gleichzeitig, zu rasch, als daß er die verschiedenen Eindrücke noch einzeln und hintereinander verarbeiten konnte. Die Söldner teilten sich in drei gleichstarke Gruppen und griffen Gowenna und die Sumpfleute an. Das *Tschekal* des Satai verwandelte sich in einen flirrenden Kreis, sein Körper in einen verschwommenen schwarzen Schemen, und der Krater war von einem Augenblick zum anderen von Schreien und dem Klirren aufeinanderprallender Waffen erfüllt.

Skar wich mit einem verzweifelten Satz zur Seite, parierte einen aufwärts geführten Hieb und versuchte zu kontern, stach zu und zog sich zurück, alles in einer einzigen, fließenden Bewegung, wich aus, fing einen Tritt mit dem Unterarm ab und trat seinerseits nach dem Knie des anderen.

Der Satai sprang zurück; sie trennten sich. Dieses erste, nur mit halber Kraft durchgeführte Aufeinanderprallen hatte weniger als drei Sekunden gedauert. Keiner von ihnen war verwundet worden oder nur wirklich ernsthaft in Gefahr gewesen; der wirkliche Kampf hatte noch nicht begonnen. Sie hatten sich abgetastet, Schnelligkeit und Stärke des anderen geprüft, mehr nicht, aber auch der entscheidende Gang würde nicht viel länger dauern. Skar wußte, daß es kein langes Hin und Her geben würde, kein minutenlanges Klirren aufeinanderkrachender Waffen und Körper, keine Verletzungen, keine Schmerzen. Der Tod würde rasch kommen, in Sekunden, ein schneller, sauberer Hieb, ein Tritt, den der andere vielleicht nicht einmal mehr spüren würde. Aber er wußte auch, daß er verlieren würde. Der andere war ihm überlegen. Er war jünger, stärker, schneller; nicht ganz so erfahren wie er, aber ausgeruht und im Vollbesitz seiner Kräfte.

Ein heller, reißender Laut drang in seine Gedanken. Etwas Hartes, Schweres prallte von hinten gegen sein Bein, fiel zu Boden und blieb zwischen ihm und seinem Gegner liegen. Ein Helm. Ein schwarzer, mit schimmernden Nieten beschlagener Lederhelm, in dem ein Kopf steckte.

Skar war für den Bruchteil einer Sekunde abgelenkt, und der andere nutzte diesen Augenblick gnadenlos aus. Er täuschte einen geraden Stich vor, sprang an Skars hochgerissener Klinge vorbei und trat nach seinem Gesicht. Skar schlug den Fuß im letzten Moment zur Seite, aber der andere warf sich in einer unmöglich erscheinenden Drehung herum, riß auch den anderen Fuß hoch und trat mit ungeheurer Wucht zu. Sein Absatz durchbrach Skars Deckung, traf sein Gesicht mit der Gewalt eines Hammerschlages und ließ ihn meterweit zurücktaumeln. Skars Kopf flog mit einem gnadenlosen Ruck in den Nacken. Ein unerträglicher Schmerz zuckte durch sein Genick, raste wie eine feurige Woge an seinem Rückgrat herab und explodierte in seinem Leib, und flutete wieder zurück. Sein Nasenbein war gebrochen; Blut lief über Mund und Kinn. Er ließ sein Schwert fallen, brach in die Knie und schlug die

Hände vors Gesicht.

Irgend etwas zerbrach in ihm. Etwas Dunkles, Schweres, Brodelndes schien aus den Tiefen seiner Seele emporzuschießen, seine Gedanken hinwegzufegen und ihn mit einer Kraft zu erfüllen, die nicht mehr menschlich war. Der Schmerz erlosch, verschwand und wurde von etwas Neuem, Fremdem und Bösem abgelöst.

Ein dunkler, verzerrter Schatten sprang auf ihn zu, das Schwert zum letzten, entscheidenden Hieb hochgerissen. Skar warf sich zurück, trat, traf irgend etwas und federte auf die Beine. Er dachte nicht mehr, handelte blind, gab die bewußte Kontrolle über seinen Körper endgültig auf und überließ sich ganz seinen Reflexen, war nicht mehr länger Mensch, sondern nur noch ein Bündel aus übermenschlich schnellen Reflexen und entfesselten Killerinstinkten. Seine Faust traf die Waffenhand des Satai, brach sie und ließ sein Schwert im hohen Bogen davonsegeln. Er schrie triumphierend auf, nahm einen Tritt in die Seite hin, spürte, wie zwei, drei Rippen unter dem gepanzerten Fuß des anderen brachen und verwandelte den Schmerz in Wut. Seine Handkante zuckte zur Schläfe des anderen, verfehlte sie und traf mit mörderischer Wucht auf das Gesichtsvisier.

Der Satai wankte zurück. Der stählerne Gesichtsschutz war da, wo ihn Skars Hand getroffen hatte, zerbeult.

Skar setzte nach, schoß seine Faust mit gnadenloser Kraft zweimal hintereinander gegen die Herzgrube des anderen ab und riß das Knie hoch, als der Satai zusammenbrach.

Die schwarze Rüstung knirschte hörbar. Ein greller, pulsierender Schmerz zuckte durch Skars Bein. Der Satai wurde hochgerissen, kam mit einer grotesken, nicht seinem eigenen Willen entsprechenden Bewegung auf die Füße und kippte dann nach hinten.

Skar fuhr herum. Gowenna und die beiden Sumpfmänner lebten noch, aber ihre Lage war aussichtslos. Drei der neun Söldner lagen reglos am Boden, tot oder verwundet, aber die anderen hatten Gowenna und ihre beiden Schatten gegen die Wand gedrängt. Einer der beiden El-tra kämpfte nur mehr mit einer Hand; sein linker Arm hing nutzlos und blutend herab.

Skar griff mit einem gellenden Schrei an. Sein Gesicht war verzerrt, eine Maske aus Haß und Mordlust. Er packte einen der Angreifer, brach ihm das Genick und tötete den zweiten, schneller als die Männer der Bewegung folgen konnten.

Der Kampf war vorbei, ehe er richtig begann. Skars plötzliches Eingreifen überraschte die Söldner total. Er tötete den dritten mit einem Tritt in den Leib und fuhr herum, die Hände zu einer zupakkenden Bewegung erhoben.

Es gab niemanden mehr, gegen den er hätte kämpfen können. Keiner der Söldner war noch am Leben. Gowenna und die Sumpfmänner hatten die drei, die Skars Wüten entgangen waren, getötet.

Skar ließ langsam die Arme sinken. Sein Blick verschwamm. Für einen Moment schienen die Gestalten Gowennas und ihrer Bewacher blasse, halbdurchsichtige Schatten zu bekommen, und das Licht wirkte irgendwie falsch. Ein verlockendes Gefühl wohltuender Schwäche stieg in ihm hoch. Aber er gestattete seinem Körper noch nicht, ihm nachzugeben, sich zu entspannen. Es gab noch etwas zu tun.

Der schwarze Satai stemmte sich mühsam auf die Füße. Er wankte, drohte wieder zusammenzubrechen und fing sich im letzten Moment wieder. Skar verspürte Bewunderung, aber auch Bedauern. Er hatte nie einen Mann gesehen, der so stark war. Er wäre ein würdiger Gegner für Del gewesen, dachte er.

Der andere bückte sich ebenfalls nach seinem Schwert, hob es auf und umklammerte den Griff mit beiden Händen, als hätte er kaum mehr die Kraft, die Waffe zu halten.

Skar schüttelte sanft den Kopf. Er wechselte sein *Tschekal* ein paarmal von der Rechten in die Linke zurück, ließ die Klinge beiderseits seines Körpers durch die Luft zischen.

Auch der andere versuchte, seine Waffe zu heben. Es gelang ihm, aber ihre Spitze zitterte sichtlich.

»Tu es nicht«, sagte Skar leise. »Ich will dich nicht töten.«

Für einen Moment schien es, als akzeptiere der andere sein Angebot und gebe auf. Dann lief ein krampfhaftes, schmerzliches Zukken durch seinen Leib. Er straffte sich noch einmal, spreizte die Beine und beugte den Oberkörper leicht vor; eine Haltung, die Stärke ausstrahlte, aber in Wirklichkeit nichts als ein letztes vergebliches Aufbäumen war.

Skar preßte die Lippen zu einem schmalen, blutleeren Strich zusammen. *Es ist nicht richtig,* dachte er. *Es ist einfach nicht fair.* Dieser Mann war besser als er, um Klassen besser. Er hätte diesen Kampf nicht gewinnen dürfen. Und er durfte ihn nicht umbringen. Es war kein fairer Kampf gewesen. Kein Mensch, auch kein Satai, konnte dieses *Ding* in seinem Inneren besiegen. Es war während des Kampfes erwacht, urplötzlich und ohne Vorwarnung, ein Raubtier, das plötzlich aus dem Schlaf auffuhr und so gefährlich wie eh und je war, ein Ding, das ihm Kraft gab, ihn unbesiegbar machte, ihn aber auch in ein Monster verwandelte, ein Ungeheuer, unbesiegbar, unsterblich und schrecklich.

Nein – er wollte diesen Satai nicht töten.

Aber sein dunkler Bruder wollte es, dieses Ding in seiner Seele, diese körperlose, stumme Stimme, die sich manchmal – wie jetzt – mit einem leisen, spöttischen Lachen meldete, seine Gedanken vergiftete und ihn in ein Etwas verwandelte, vor dem er sich selbst fürchtete. Das Ungeheuer, das er aus den Höhlen von Nonakesh mitgebracht und für tot gehalten hatte. Er wollte es, und der andere würde ihn zwingen, es zu tun.

»Tu es nicht«, sagte er noch einmal, bittend, fast flehend. »Du bist geschlagen. Gib auf.«

Natürlich würde er nicht aufgeben. Wäre es anders herum gewesen, hätte Skar ebenso gehandelt. Trotzdem bereitete ihm der Gedanke, diesen Mann töten zu sollen, beinahe Übelkeit. Es war nicht richtig. *Es war einfach nicht richtig.*

Die Erde bebte.

Ein tiefes, stampfendes Zittern lief durch den glasigen Fels, ein grollendes, dumpfes Vibrieren, als wankten die Berge am Horizont unter den Hammerschlägen eines Riesen. Es war ein Laut, der weit über das Spektrum des eigentlich Hörbaren hinausging und jede Faser seines Körpers zum Schwingen brachte. Skar krümmte sich vor Schmerz, sah, wie der Satai abermals in die Knie brach und die Hände gegen die Schläfen preßte. Gowenna schrie auf, in einer Tonlage, wie Skar sie noch nie zuvor aus einer menschlichen Kehle gehört hatte. Er wankte, preßte die Hände gegen die Ohren und sah aus tränenden Augen nach oben, darauf gefaßt, den Himmel in Feuer gebadet zu sehen, im Widerschein einer gewaltigen flammenden Explosion, mit der sich Combat ihr gestohlenes

Herz zurückholte.

Über dem westlichen Kraterrand erschien ein Schatten.

Grau.

Fließendes, wirbelndes Grau, das den Himmel wie eine kochende Flutwelle überrollte, wuchs und wuchs und wuchs und schließlich einen ganzen Abschnitt des Horizonts verdeckte, grauer Schrecken ohne sichtbare Konturen, als hätte sich die Dämmerung aus diesem Teil der Schöpfung angstvoll zurückgezogen, geflohen vor einem Etwas, einem unbeschreiblichen Alptraum, der plötzlich aus dem tiefsten Schlund der Hölle emporgestiegen war ...

»Nein!« schrie Gowenna. Ihre Stimme überschlug sich, wurde zu einem irren Kreischen. *»Nein. Nicht das!«*

Langsam begann Skar Einzelheiten zu erkennen. Da war ein Schädel, irgendwo über ihm, absurd hoch über ihm, ein gigantisches, verzerrtes Ding, gewaltig und häßlich und abstoßend, das Maul breit genug, einen Mann zu verschlingen. Darunter ein graugeschuppter dürrer Schlangenhals. Auf dem Hals, dicht unterhalb der Stelle, an der er mit dem Kopf verwuchs, war ein Sattel.

Und in diesem Sattel saß ein Mensch.

Skars Atem stockte. Eine eisige, körperlose Hand schien sein Herz zu umfassen und zusammenzupressen. Sein Blick glitt an der grauverhüllten Gestalt empor, saugte sich an einem Paar dunkler, kalter Augen fest, das er hinter dem grauen Gesichtsschleier mehr erahnen als wirklich erkennen konnte. Lange, länger als eine Minute, starrten sie sich an, und Skar war von einem wahren Wirbelsturm von Gefühlen erfüllt: Haß – oder etwas, von dem er sich wünschte, daß es Haß sein konnte –, Verzweiflung und Zorn, ohnmächtiger, hilfloser Zorn.

»Warum?« fragte er. Seine Stimme klang brüchig. »Warum, Vela?«

»Weißt du das wirklich nicht, kleiner Satai?« Velas Stimme klang nur dumpf hinter dem grauen Schleier hervor, und Skar versuchte vergeblich, irgendein Gefühl darin zu erkennen.

»Du solltest niemals versuchen, eine *Errish* zu hintergehen, Skar. Nie!« Der Drache bewegte sich unruhig. Ein Teil seines Körpers wurde hinter dem steinernen Kraterwall sichtbar und verschwand wieder, als Vela die Hand zwischen seine gewaltigen Hörner legte.

Sie beherrscht dieses Ungeheuer wie ein Puppe, dachte Skar entsetzt. Der Drache war nicht so groß, wie Skar im ersten Augenblick geglaubt hatte – nicht größer als ein gewöhnlicher Wüstendrache, nicht einmal so groß wie die Feuerechsen, auf denen die *Errish* normalerweise ritten. Aber er war gefährlicher, viel gefährlicher. Skar konnte die Aura von Gewalt und Bosheit, die das geschuppte Monstrum umgab, fast sehen.

Und er spürte, wie etwas in ihm darauf antwortete, einen schrillen Willkommensschrei ausstieß, Herausforderung, Haß, Wut, aber auch eine bizarre Freude, Befriedigung, hier endlich einen würdigen Gegner gefunden zu haben.

»Hast du wirklich geglaubt, ich würde in Ikne bleiben und darauf warten, daß du mir den Stein bringst oder vielleicht auch nicht?« fuhr Vela fort. Sie lachte, leise, spöttisch und boshaft, schüttelte den Kopf und riß sich mit einer raschen Geste den Schleier vom Gesicht. Ihr Blick löste sich von Skar, glitt teilnahmslos über die reglos daliegenden Körper der Soldaten und heftete sich schließlich auf den schwarzen Satai.

»Komm!«

Sie sprach leise, aber selbst Skar konnte den unbezwingbaren, übermenschlichen Willen spüren, der ihre Worte begleitete; etwas wie eine unsichtbare, eisige Hand, deren Berührung ihn wanken ließ, obwohl ihn nicht mehr als ein schwacher Hauch streifte.

Der Satai schob langsam seine Waffe in den Gürtel und ging an Skar vorbei zum Kraterrand. Seine Bewegungen wirkten eckig. Skar mußte unwillkürlich an eine lebensgroße, menschliche Puppe denken, eine Puppe, an deren Fäden die *Errish* zog.

Wieder regte sich der Staubdrache. Seine Schuppen glänzten stumpf im Licht der versinkenden Sonne und im Widerschein des brennenden Horizonts, und der Wind trug einen scharfen, ätzenden Geruch zu Skar hinüber; Raubtiergestank, aber auch noch etwas anderes, ein stechender Hauch wie nach Säure und Tod.

Der Satai ging langsam bis zur Felswand, stieg – unsicher, aber zielstrebig und schnell – den Kraterrand empor und erstarrte im Schatten des Staubdrachens zur Bewegungslosigkeit. Erneut mußte Skar an eine Puppe denken.

Vela betrachtete die schweigende Gestalt stirnrunzelnd. »Eigentlich sollte ich enttäuscht sein«, murmelte sie. »Doch das, was ich gesehen habe, entschädigt mich für vieles, Skar. Ich liebe diese barbarischen Vergnügungen nicht, aber du bist wirklich etwas Besonderes. Wie hast du es gemacht? Ich meine – was bringt einen Mann dazu, wie ein Drache zu kämpfen?«

Es dauerte eine Weile, bis Skar wirklich begriff. »Du . . . warst hier?« keuchte er. »Du hast den Kampf gesehen? Du . . . warst die ganze Zeit über hier?«

»Sie ist schon seit Tagen in unserer Nähe«, sagte eine Stimme hinter ihm. Skar wandte den Kopf und erblickte Gowenna, die sich von ihrem Platz gelöst und zu ihm herübergekommen war. Ihre Stimme klang flach, als spräche sie im Traum, und ihre Züge waren zur vollkommenen Ausdruckslosigkeit erstarrt. Ihr Blick war starr auf die *Errish* und den Drachen gerichtet, aber ihre Worte galten Skar.

»Sie war die ganze Zeit in unserer Nähe«, wiederholte sie. »Die . . . die Drachenspuren, die wir fanden – erinnerst du dich? Es war ihr Drache. Sie hat die Spinne aus ihrer Höhle gejagt und getötet, und sie . . .«

»Genug!« unterbrach Vela sie scharf. Zwischen ihren Brauen stand plötzlich eine steile, ärgerliche Falte, und der Ausdruck in ihren Augen schien um mehrere Nuancen härter geworden zu sein.

»Ich habe über euch gewacht, das stimmt. Ihr wäret dieser Bestie wie dumme Kinder in die Fänge gelaufen, wenn ich sie nicht erledigt hätte.«

»Das ist nicht wahr«, sagte Gowenna ruhig. »Du hast uns bespitzelt, vom ersten Moment an. Du hattest nie vor, uns –«

»Ich sagte: genug«, fiel ihr die *Errish* ins Wort. »Ich brauche mich nicht zu rechtfertigen, weder vor dir noch vor irgendeinem Menschen. Habt ihr wirklich geglaubt, daß ich einen Schatz wie den Stein in euren Händen lasse? Habt ihr wirklich erwartet, daß ich etwas, das über das Schicksal der Menschheit entscheiden kann, jemandem wie dir anvertraue, dir oder diesem Satai?« Sie lachte abfällig, rutschte in eine bequemere Position und tätschelte dem Drachen geistesabwesend den Schädel. Das Tier stieß ein tiefes, zufriedenes Knurren aus, obwohl es die Berührung kaum gespürt haben konnte.

»Du hast mich benutzt«, sagte Gowenna. »Wie eine Figur in einem Spiel hast du mich benutzt.«

Vela nickte ungerührt. »Sicher. Was hast du erwartet? Es steht zu viel auf dem Spiel, um auf Gefühle Rücksicht zu nehmen.« Sie beugte sich vor, stützte die Handflächen auf dem Drachenkopf auf und sah Gowenna kalt an.

»Du hast gegen meinen Befehl gehandelt, Gowenna«, sagte sie leise. »Ich befahl dir, den Satai zu töten, aber du hast es nicht getan. Ich habe keine Verwendung für jemanden, der meine Befehle nicht befolgt.«

»Ich bin keine Mörderin, Vela.«

Die *Errish* antwortete nicht, aber der mitleidlose, kalte Ausdruck in ihren Augen traf Skar mehr, als es jedes Wort getan hätte. Er begriff plötzlich, daß diese Frau sie mit derselben Gleichgültigkeit betrachtete, mit der man einem lästigen Insekt gegenübertrat, daß Worte wie ›Menschlichkeit‹ und ›Wärme‹ in ihrer Sprache nicht vorhanden waren. Was sie tat, tat sie überlegt, nicht unbedingt böse, aber kalt, seelenlos.

Er ballte in hilflosem Zorn die Fäuste. Für einen Augenblick wurde die Verlockung übermächtig, dem Drängen in sich freien Lauf zu lassen, sich ganz aufzugeben und die dunkle Macht in seinem Inneren zu entfesseln und Vela zu töten. Er wußte, daß er es konnte. Nicht einmal die *Errish* und der Drache waren seinem dunklen Bruder gewachsen. Aber er wußte auch, daß er nie wieder er selbst werden würde, wenn er dem namenlosen Ding in sich gestattete, einmal wirkliche Macht über ihn zu erlangen.

»Warum tust du es nicht, Skar?« fragte Vela spöttisch.

Skar schrak aus seinen Gedanken hoch. »Was?«

»Du willst mich umbringen«, sagte Vela ruhig. »Also, warum tust du es nicht?«

Skar stöhnte. Kalter Schweiß trat auf seine Stirn. Seine Lippen bebten.

»Was . . . hast du mit mir gemacht, du Hexe?« fragte er mühsam. Es war wie die Male zuvor, nur schlimmer. Er wollte sie hassen, wollte seinem Zorn freien Lauf lassen, aber er konnte es nicht. Seine Gefühle waren in Unordnung.

»Du kannst es nicht, Skar«, fuhr Vela fort. »Ein kleiner Liebeszauber, von dem du nichts gemerkt hast – ich hoffe, du verzeihst mir diesen kleinen Kunstgriff, aber es mußte sein. Ich habe nicht erwartet, daß du plötzlich das Bedürfnis verspürst, mich in die Arme zu schließen und zu küssen, aber du bist mir auch nicht wirklich böse, oder?« Sie lächelte wieder, schüttelte mit einer raschen Bewegung das Haar in den Nacken und wurde übergangslos ernst.

»Wir haben genug Zeit verloren«, fuhr sie in verändertem Tonfall fort. »Ich nehme an, du trägst den Stein bei dir. Gib ihn mir.«

Skars Hand fuhr an den Brustbeutel; ein Reflex, der zu schnell kam, als daß er ihn noch unterdrücken konnte. »Nein«, sagte er.

Vela seufzte. »Ich hätte dich für klüger gehalten, Skar«, meinte sie. »Aber wie du willst.«

Eine zweite, in ein rotes, wallendes Cape gehüllte Gestalt erschien neben der *Errish* auf dem Kraterrand. Tantor.

Der Zwerg blieb einen Herzschlag lang reglos neben dem Drachen stehen, sprang dann mit weit ausgebreiteten Armen in den Krater hinab und kam rasch auf Skar zu. »Gib mir den Stein, Skar«, sagte er herrisch.

Skar schüttelte den Kopf und wich einen halben Schritt zurück.

Auf Tantors Zügen erschien ein ungeduldiger Ausdruck. »Spiel nicht den Helden, Satai. Oder willst du unbedingt Bekanntschaft mit dem Atem des Drachen machen?« Er grinste, hob in einer Bewegung, die zu schnell war, als daß Skar noch hätte reagieren können, den Arm und riß ihm den Brustbeutel ab.

»In den Bergen stehen Pferde für euch«, zischte er hastig. »Auch Essen und heilende Salben. Mehr kann ich nicht tun.« Lauter fügte er hinzu: »Das brauchst du ja wohl nicht mehr, oder?«

Skar empfand nichts, absolut nichts. Er war betäubt, gefangen in einem Alptraum, aus dem er nicht erwachen konnte. Tantor hatte ihm nicht nur den Stein, sondern auch den schmalen Rest Leben genommen, der ihm geblieben war. Aber es war – wie ihm erst jetzt wirklich klar wurde – ohnehin nur geliehenes Leben gewesen, zweifach geliehen, zuerst von Vela, dann von Gowenna und den Sumpfmännern. Gab es irgendeinen in dieser Gruppe, den schwarzen Satai eingeschlossen, in dessen Schuld er nicht stand?

Der Zwerg entfernte sich, kletterte behende wie eine übergroße, vierbeinige Spinne den Kraterrand empor und war wenige Augenblicke später verschwunden.

»Umsonst«, flüsterte Gowenna. »Es war alles . . . umsonst.« Sie hob die Hand, führte sie in einer unendlich müden, resignierenden Bewegung an die Lippen. »Warum?« fragte sie. Und dann noch einmal, mit einem gellenden, verzweifelten Aufschrei: *»Warum, Vela?«*

Aber wieder bestand die Antwort der *Errish* nur aus Schweigen. Einen Moment hielt sie Gowennas Blick stand, dann drängte sie den titanischen Staubdrachen mit einer herrischen Bewegung herum. Wieder bebte die Erde, als sich der schuppige Koloß in Bewegung setzte.

Arsan begann zu kreischen, hoch, spitz und in schrillen Tönen des Wahnsinns. Skar wußte nicht, wann er aus seiner Trance aufgewacht war, wieviel von dem, was geschah, er wirklich mitbekommen hatte. Aber es mußte genug gewesen sein, um seinen Geist endgültig zerbrechen zu lassen. Er sprang auf, riß sein Schwert aus dem Gürtel und rannte, wild um sich schlagend, an Skar vorbei hinter Vela her.

Der Drache blieb stehen. Der gewaltige, geschuppte Hals drehte sich wie ein bizarrer Schlangenkörper, und die kleinen, von boshafter Intelligenz erfüllten Augen starrten zu Arsan hinunter. Skar sah, wie sich Velas Lippen rasch und lautlos bewegten.

Skar erkannte die Gefahr im letzten Moment und reagierte, ohne zu denken. Der Drache warf den Kopf in den Nacken, stieß ein gewaltiges, ungeheuerliches Brüllen aus und spuckte eine Wolke flirrenden grauen Staubes in den Krater hinab.

Skar warf sich zur Seite, rollte mit einer verzweifelten Anstrengung weg und verbarg das Gesicht zwischen den Armen. Ein stechender, scharfer, unerträglich scharfer Geruch erfüllte den steinernen Kessel, nahm ihm den Atem und verätzte seinen Rücken. Die Schreie des Kohoners verstummten, aber dafür begann Gowenna zu schreien. Sie fiel, schlug die Hände vors Gesicht, grub die Finger in blutiges, dampfendes Fleisch, eine breiige Masse, in die der Atem des Drachen ihr Antlitz verwandelt hatte. Ein Krampf schüttelte ihren Körper. Sie bäumte sich auf, den Rücken in einem unmöglichen, knochenbrechenden Bogen durchgedrückt, trat in rasender Agonie mit den Beinen aus und erschlaffte von einer Sekunde auf die andere.

Arsan starb leichter. Er stürzte lautlos zu Boden, krümmte sich zusammen und verkrampfte die Hände um den Hals. Dünne graue Rauchfäden begannen sich von seiner Haut und seinen Kleidern zu kräuseln. Seine Glieder zuckten noch, aber er war schon tot, gestorben unter dem ersten flüchtigen Hauch des ätzenden Nebels.

Skar erhob sich langsam auf Hände und Knie. Mit einem Mal war es still in dem weiten flachen Krater, unnatürlich, unheimlich still, so still, daß er selbst das leise Zischen, mit dem sich Arsans Körper zersetzte, überlaut hören konnte. Er stand vollends auf, blickte – ohne wirkliches Interesse und ohne wirklich zu registrieren, was er wahrnahm – der Reihe nach Arsan, Gowenna und die beiden Sumpfmänner an und starrte dann zum Kraterrand empor.

Die *Errish* war verschwunden, und mit ihr waren Tantor und der Satai gegangen. Der Kraterrand war leer, als wäre alles nichts als ein böser Spuk gewesen.

Langsam, sehr, sehr langsam, als zögere er die Bewegung so lange wie überhaupt möglich hinaus, allein um irgend etwas tun zu können, wandte Skar sich um und ging zu Arsan hinüber.

Der Kohoner war tot; natürlich. Der Staubnebel hatte sein Fleisch bis auf die Knochen weggeätzt, sein Gesicht zu einem grinsenden Totenschädel werden lassen, ein weißes, abstoßendes, von blutigen Fleischfetzen bedecktes Ding, aus dessen Augenhöhlen sich dünne Rauchfäden kräuselten.

Nicht einmal mehr die Augen konnte Skar ihm schließen. Selbst diesen letzten Freundschaftsdienst hatte sie ihm genommen.

»Armer kleiner Mann«, flüsterte er. »Armer alter kleiner Mann.«

Arsan war der einzige gewesen, der einzige außer ihm und Gowenna und den beiden Schattenmännern, der die Hölle überstanden hatte, der einzige, obwohl er von Anfang an gewußt hatte, daß er sterben mußte. Es kam Skar wie ein höhnischer Betrug vor, gemeiner noch als das, was sie ihm und Gowenna angetan hatte. Er verstand nicht, warum Arsan hatte sterben müssen, warum Vela das getan hatte. Es war so sinnlos, so vollkommen sinnlos. Eine Machtdemonstration, mehr nicht. Er verstand nicht, warum Arsan tot war. Daß Vela ihn und Gowenna umbrachte, begriff er. Sie waren Feinde, gefährliche Feinde, die sie einfach nicht am Leben lassen durfte. Aber Arsan? Er war nichts als ein alter, schwacher Mann gewesen, der einen Traum geträumt hatte, den Traum, einmal im Leben genügend Geld zu haben, um sich und seine Familie satt zu bekommen. Und nun war dieser Traum aus, verkocht im tödlichen Staub der Bestie.

So sinnlos.

Er richtete sich auf, schloß die Augen und atmete ein paarmal hintereinander hörbar ein und aus. Seine Hand berührte die Stelle über seiner Brust, an der der Beutel gehangen hatte, der Beutel mit seinem Leben. Er empfand nichts. Seine Brust war leer. Mit einem Male war er sich der Schwäche bewußt, die von ihm Besitz ergriffen hatte. Seine Knie begannen zu zittern, und seine Arme schienen plötzlich Zentner zu wiegen, tote, nutzlose Gewichte, die ihn unbarmherzig zu Boden zerrten.

Er lauschte in sich hinein, aber auch in seiner Seele war nichts außer dieser gewaltigen, schmerzenden Leere. Sein dunkler Bruder war verstummt. Was war es gewesen, das ihn geweckt hatte? Der Stein? War dies das Geheimnis des Steines? Keine Magie, keine göttlichen Blitze, keine Zauberkräfte, sondern nur die Fähigkeit, die finstere Seite der menschlichen Seele zu wecken? War das, was er seinen dunklen Bruder nannte, vielleicht gar nichts Fremdes? Nicht Teil einer anderen Welt, den er aus der Nonakesh mitgebracht hatte, sondern etwas, das in jedem Menschen schlummerte, eine unbezwingbare, böse Kraft, die nur darauf wartete, geweckt zu werden – *vom Stein der Macht geweckt zu werden?*

Ich werde es herausfinden, dachte er. Aber dann fiel ihm ein, daß er nicht mehr die Zeit dafür hatte, daß er sterben würde, morgen, vielleicht schon heute, daß das Gift in seinen Adern unbarmherzig seine Arbeit tat und er jetzt keine Möglichkeit mehr hatte, es aufzuhalten. Der Gedanke an seinen Tod schreckte ihn mehr, als er zugeben wollte.

Eine Hand berührte ihn an der Schulter. Er drehte müde den Kopf und sah ins Gesicht eines Sumpfmannes. Seine Kleider schwelten, gestreift vom tödlichen Hauch des Drachenatems, aber er schein unverletzt zu sein.

»Gowenna«, sagte er.

Skar blickte an dem Sumpfmann vorbei zu Gowenna. Sie lebte,

und sie war bei Bewußtsein. Sie saß halb aufgerichtet, den Oberkörper im Schoß des anderen Sumpfmannes gebettet, die Hand auf das Gesicht gepreßt. Zwischen ihren Fingern quoll dunkelrotes, zähflüssiges Blut hervor.

Skar nickte, ging an El-tra vorbei und ließ sich neben Gowenna auf ein Knie herabsinken. Sie drehte mühsam den Kopf, und Skar begriff, was für unerträgliche Schmerzen sie erleiden mußte. Aber ihm fehlte die Kraft, Mitleid zu empfinden.

Trotzdem erschrak er, als sie die Hand herunternahm und er ihr Gesicht sah. Die rechte Gesichtshälfte war unversehrt, schön wie zuvor, trotz der Qual, die ihre Züge verzerrte. Ihre linke Seite aber war eine einzige schreckliche Wunde. Das Fleisch war zerfurcht, zerfressen, als wäre es mit Säure übergossen worden. Es war eine Wunde, die nie wieder heilen würde. Vielleicht würde sie es überleben, aber sie würde vom heutigen Tage an wirklich eine Maske tragen, Engel und Teufel zugleich, eine grausige Verschmelzung von Leben und Tod, strahlender, unversehrter Schönheit auf der einen und schwärender Fäulnis auf der anderen Seite. Das linke Auge war blind.

»Wie lange wußtest du es schon?« fragte Skar.

Gowenna atmete mühsam ein. Ihr Körper bebte unter einem Krampf. »Seit . . . ich die Drachenspuren . . . sah«, antwortete sie. Ihre Stimme klang brüchig vor Schmerz. »Nicht eher. Aber ich . . . ich wollte es nicht glauben. Ist das nicht komisch, Skar? Ausgerechnet ich habe mich gegen das Offensichtliche gewehrt.« Eine einzelne, schimmernde Träne quoll aus ihrem Augenwinkel und hinterließ eine feuchtschimmernde Spur auf der Wange. »Ich habe sie geliebt, Skar«, fuhr sie fort. »Ich hätte mein Leben für sie gegeben, ein dutzendmal und mit Freuden. Aber sie hat mich betrogen.«

»Sie hat uns alle betrogen, Gowenna«, antwortete Skar sanft. Doch er spürte bereits in dem Moment, in dem er die Worte aussprach, wie hohl und leer sie klingen mußten, fast wie grausamer Spott.

Er setzte sich vollends, zog die Knie an den Körper und sah nach Osten. Combats Feuer loderte am Horizont und tauchte die Wolken in flackerndes blutiges Rot, und für einen winzigen Moment erschien es Skar, als bewege sich vor der brennenden Stadt ein noch

winzigerer, noch grellerer Lichtpunkt, und in das Brüllen der Flammen schien sich ein neuer Ton zu mischen, ein helles, unendlich klagendes Geräusch, fast wie das Heulen eines Wolfes.

»Sie hat mich benutzt«, murmelte Gowenna. »Sie hat mich benutzt und weggeworfen, als ich meinen Dienst getan hatte.« Wieder brach sie ab, als koste es sie ihre ganze Kraft weiterzusprechen.

»Wohin ... gehst du von hier aus, Satai?« fragte sie endlich.

Skars Hand berührte die Stelle an seiner Brust, wo der Beutel gehangen hatte. »Nicht mehr sehr weit, Gowenna«, sagte er.

»Vergiß ... das Gift.«

Skar lächelte dünn. »Auch das werde ich tun, Gowenna. In ein paar Stunden.«

»Du wirst nicht sterben«, sagte sie leise. »Es war ... kein Gift. Nur ... der Extrakt einer seltenen Pflanze, der süchtig macht. Du wirst ... Schmerzen haben und Fieber, aber du wirst ... weiterleben.«

Skar nahm die Worte so ruhig hin, als gingen sie ihn nichts an. Er war leer, endgültig jetzt, ausgebrannt. Er hatte nicht mehr die Kraft, irgend etwas zu empfinden.

»Vielleicht«, murmelte er nach einer Weile, »nach Ikne. Ich muß Del suchen.«

»Dann reisen wir zusammen«, sagte Gowenna. Sie stockte, rang mühsam nach Atem und versuchte sich hochzustemmen, aber ihre Arme knickten unter dem Gewicht ihres Oberkörpers weg. Sie fiel, nicht zurück in den Schoß des Sumpfmannes, sondern nach vorne, so daß Skar sie auffangen mußte. Ihr Körper erschien ihm seltsam leicht, als hätte nicht nur ihre Kraft sie verlassen.

»Danke«, murmelte sie.

Skar lehnte sie behutsam gegen seine Schulter. Ihre Haut fühlte sich trocken und heiß an, fiebrig, und ein seltsames, neues und fast erschreckendes Gefühl durchströmte ihn für einen winzigen Moment, als er sie berührte. »Nicht reden«, flüsterte er. »Sei ganz ruhig jetzt.« Seine Hand glitt an ihrer Schulter empor, strich behutsam über ihre Wange und ihr Haar, und für endlose, lange Sekunden hielt er sie einfach schweigend in den Armen, drückte sie sanft wie ein Kind, dem er Trost spenden wollte, an sich. »Nicht reden«, sagte er noch einmal.

Aber Gowenna schien seine Worte gar nicht zu hören. »Bist du bereit, einen ... neuen Dienstherren anzunehmen?« fragte sie. Ihre Stimme war so leise, daß er sich herabbeugen mußte, um die Worte überhaupt zu verstehen.

»Dich?«

»Mich«, bestätigte sie. Ihr Atem ging schneller, unregelmäßiger, und für einen Moment durchfuhr Skar ein heißer, ungläubiger Schrecken, als er daran dachte, daß sie hier und jetzt in seinen Armen sterben könnte. Aber sie starb nicht, sondern redete leise und stockend und doch fest weiter: »Ich habe Geld, Skar. Es wird nicht reichen, den Preis eines Satai zu zahlen, aber es wird reichen, das Schiff des Freiseglers zu chartern. Er ist ... der einzige, der uns zu ihr führen kann. Und ich kann dir etwas bieten, das mehr wiegt als Geld: Rache. Ich werde Vela suchen. Ich werde weiterleben, und ich werde sie finden, ganz egal, wo sie sich versteckt.« Wieder stockte sie, krallte die Hände in den glühenden, verbrannten Boden und atmete hörbar ein. Wieder wurde ihr Körper von Krämpfen geschüttelt, und wieder zuckte ihr Gesicht unter Schmerzen, die Skar sich nicht einmal vorzustellen wagte. Aber als sie weitersprach, schwang in ihrer Stimme ein neuer, entschlossener Ton mit, ein Gefühl von solcher Kälte und Entschlossenheit, daß Skar plötzlich fror.

»Ich werde sie suchen, Skar«, sagte sie leise. *»Und ich werde sie töten.«*